LUX TENEBRAE

Éric Giacometti
et
Jacques Ravenne

LUX TENEBRAE

ÉDITIONS FRANCE LOISIRS

Édition du Club France Loisirs,
avec l'autorisation des Éditions Fleuve Noir

Éditions France Loisirs,
123, boulevard de Grenelle, Paris
www.franceloisirs.com

Le Code de la propriété intellectuelle n'autorisant, aux termes des paragraphes 2 et 3 de l'article L. 122-5, d'une part, que les « copies ou reproductions strictement réservées à l'usage privé du copiste et non destinées à une utilisation collective » et, d'autre part, sous réserve du nom de l'auteur et de la source, que les « analyses et les courtes citations justifiées par le caractère critique, polémique, pédagogique, scientifique ou d'information », toute représentation ou reproduction intégrale ou partielle, faite sans le consentement de l'auteur ou de ses ayants droit ou ayants cause, est illicite (article L. 122-4). Cette représentation ou reproduction, par quelque procédé que ce soit, constituerait donc une contrefaçon sanctionnée par les articles L. 335-2 et suivants du Code de la propriété intellectuelle.

© 2010, Fleuve Noir, département d'Univers Poche.
ISBN : 978-2-298-04254-2

Bienvenue dans un monde parfois obscur, souvent paradoxal, toujours fascinant...

J. Ravenne

Partez à la découverte des secrets de l'Égypte mythique et ouvrez avec Antoine Marcas les portes ultimes, celles de la mort. Un amical salut à nos lecteurs qui nous suivent depuis des années.

*À tous nos amis lecteurs, accros à ce cher Marcas.
Et plus particulièrement, au trio Éric,
Michaël et Françoise.
Ils sauront pourquoi.
À tout le groupe Antoine Marcas de Facebook
et à son créateur Sylvio.*

Avertissement

La septième porte

Nous voici à la septième aventure de Marcas, flic franc-maçon : 7 thrillers avec ce cher Antoine pour héros. 7, le chiffre initiatique par excellence, qui hante toutes les traditions spirituelles, des 7 vertus maçonniques (selon Jacques) aux 7 piliers de la sagesse (pour Éric). Chacun de nous, au gré de sa propre vie, a toujours été marqué par ce chiffre, ce qui nous a décidés, pour cette nouvelle aventure d'Antoine Marcas, à explorer l'ésotérisme jusqu'aux ténèbres.

Lire un thriller ésotérique, c'est entrer dans un univers dont les seules frontières sont celles de l'imagination. Un monde merveilleux, parcouru de codes secrets et de trésors cachés, tissé de prophéties obscures et de manuscrits étranges, habité par des rituels redoutables et des sociétés secrètes, un univers ambigu où se révèle, au travers de symboles énigmatiques, la vérité souvent occultée de l'histoire officielle... Amis lecteurs et lectrices, nous sommes semblables, nous avons eu les mêmes lectures et vu les mêmes fictions. C'est un *Matin des magiciens* de Pauwels et Bergier relu avec passion, puis tendresse, c'est Belphégor qui hante la nuit les couloirs du musée du Louvre, c'est Indiana

Jones à la poursuite du Graal ou Benjamin Gates obsédé par le trésor des Templiers, c'est l'or du millième matin des alchimistes, c'est une citadelle cathare brûlée au soleil des mystères, c'est le curé d'un petit village de l'Aude et son secret incroyable, c'est Corto Maltese fasciné par un Abraxas dans une cour perdue de Venise, c'est un vent qui se lève dans la forêt de Brocéliande.

C'est surtout un rêve éveillé, une poésie initiatique qui colore enfin ce monde actuel devenu si conventionnel et nombriliste. Car, comme le disait Jean Cocteau : « Il existe un considérable public de l'ombre, affamé de ce plus vrai que le vrai qui sera un jour le signe de notre époque. »

Écrire pour ce public de l'ombre est notre privilège.

Et maintenant, il ne vous reste plus qu'à tourner cette page.

Lux Tenebrae est une porte qui ouvre sur un autre univers.

Une autre porte.

La septième.

Éric Giacometti
Jacques Ravenne

Le pharaon Akhenaton

PROLOGUE

De nos jours

La lumière verte baignait le temple d'un halo diffus. Malsaine. Antoine fixait son regard sur les deux piliers de pierre qui se dressaient devant lui. Eux aussi, rayonnaient de la même lueur irréelle.

Il pouvait encore renoncer, après ce serait trop tard.

Il tourna les yeux sur la gauche. À quelques mètres, le visage minéral, fin et allongé, du pharaon le contemplait, avec un sourire énigmatique. Un pharaon plus proche de la divinité que de l'homme. Cela ne fit qu'augmenter sa peur. Une peur panique, incontrôlable. Elle le submergeait.

Antoine Marcas crispa ses mains sur les accoudoirs sculptés du trône de pierre. Il était assis, prisonnier, par sa propre volonté.

Plus d'échappatoire.

Il allait enfin savoir.

Le secret immémorial.

Il venait de prendre la décision la plus importante de sa vie. Jamais il n'était allé aussi loin. Jamais. Il pensa à ceux qu'il aimait. Très peu nombreux. Son fils. Cela lui donna du courage.

La peur n'avait pas tout à fait gagné.
Marcas articula lentement. Sa voix grave monta dans la grande salle.
— Tuez-moi…

PARTIE I

1

De nos jours
Deux semaines plus tôt
Avignon
Place du palais des Papes

Le squelette lança vers le ciel étoilé un premier os, un deuxième puis un troisième. Chaque fémur virevolta avec grâce avant de retomber dans sa main puis de s'élancer à nouveau dans les airs. Le squelette était à l'évidence un professionnel aguerri du jonglage, les os ne s'entrechoquaient jamais. À côté de lui, deux autres squelettes dansaient avec légèreté sur l'adagio de la *Sixième Symphonie* de Beethoven. Les justaucorps noirs peints de traînées blanches, étonnants de réalisme, laissaient apercevoir les formes souples et gracieuses de danseuses. Les mouvements des bras et des jambes, les arabesques des os dans le ciel, épousaient à merveille le rythme lancinant de la symphonie. Un petit écriteau était posé à terre, avec cette mention en lettres gothiques noires :

𝔗𝔲 𝔢𝔰 𝔡é𝔧à 𝔪𝔬𝔯𝔱 𝔢𝔱 𝔱𝔲 𝔫𝔢 𝔩𝔢 𝔰𝔞𝔦𝔰 𝔭𝔞𝔰…

La place du palais des Papes était noire de monde mais il y avait peu de badauds autour des quatre intermittents du spectacle macabre. Les touristes préféraient s'agglutiner par grappes devant des types déguisés en gros ours marron, portant des tee-shirts jaunes, qui distribuaient des canettes de boissons sucrées. L'un des ours bouscula le squelette jongleur. Déséquilibré, l'artiste ne put attraper ses fémurs, qui tombèrent à terre. L'ours n'avait même pas fait attention à l'artiste et continuait à lancer ses boissons gazeuses à la foule avide.

Assis à la terrasse du café bourrée de touristes, Marcas ne put s'empêcher d'éprouver de la compassion pour le squelette. Le pauvre type ne faisait pas le poids face à la multinationale du sucre en bouteille qui utilisait des peluches géantes pour se faire de la pub. Il se leva et alla déposer un billet de cinq euros dans la casquette des squelettes. Puis il s'approcha de l'ours et d'un mouvement souple, il lui fit un croche-pied discret. L'animal s'affala et des dizaines de canettes roulèrent à terre. Les badauds se ruèrent sur les sodas en riant. En silence, les trois squelettes s'inclinèrent. Marcas fit de même et tourna les talons.

Il se sentit l'âme généreuse et justicière. Un tribut à la mort, en quelque sorte.

Il retourna à sa table pour contempler le spectacle. La place du palais des Papes était bondée. Les hautes façades gothiques blanches de la forteresse religieuse se découpaient sur le ciel noir. Les terrasses des restaurants retentissaient de cris et de rires. Il consulta sa montre et jeta un dernier regard sur les tours du palais. Il allait être en retard à la tenue. Il héla le garçon pour payer et sortit de sa poche le plan froissé qui indiquait l'adresse de la loge Dom Pernety où il devait se rendre. À vue de nez, c'était à moins de trois cents mètres de là où il était.

Une main se posa sur son épaule. Il se retourna et se trouva face à face avec le visage épais et cramoisi d'un quinquagénaire, vêtu d'une chemisette à manches courtes, décorée de fleurs mauves. L'homme sentait fortement la bière.

— Dis donc, mon gars, je t'ai vu. Il t'a fait quoi l'ours ?

Marcas le toisa.

— J'aime pas les ours.

— Et moi, j'aime pas les gars qu'aiment pas les ours. Il t'a rien fait le mec que t'as fait tomber.

— Cet ours, qui n'en pas un, distribuait des sodas sucrés à des mômes, c'est pas bien. Dans ton langage, il fait pas ce qui faut faire.

— Ah ouais ! Le type qui fait le con sous son déguisement gagne sa croûte. Je vais peut-être appeler les flics pour te faire apprendre les bonnes manières.

Marcas leva les yeux au ciel. Cet abruti allait le mettre en retard pour sa tenue maçonnique. Il ne pouvait pas expliquer qu'il avait raté l'ouverture des travaux pour une histoire d'ours. Il sortit sa carte et la colla sous le nez du protecteur des animaux.

— La police est devant vous et à votre service.

Il aimait pratiquer de temps à autre des petits abus de pouvoir.

— Euh, pardon, bredouilla l'homme.

Marcas prit son air le plus menaçant.

— Cet homme déguisé en ours est à la tête d'un dangereux groupement terroriste. Il devait rejoindre des complices. Je l'ai stoppé le temps que mon collègue déguisé en squelette lui pose un micro dans la fourrure. Vous voulez être arrêté pour obstruction à enquête ? Toute la place est quadrillée par mes hommes, déguisés en touristes. Il fait pas bon me contrarier.

Le visage de l'homme vira au rouge vif.

— Je ne savais pas. Désolé.

Marcas déposa sa monnaie pour régler son demi et se leva.

— C'est bon. On va faire comme s'il ne s'était rien passé. Vous voulez vous rattraper et participer à l'opération ?

— Oui, tout ce que vous voulez.

— Allez voir le squelette là-bas et glissez-lui un billet de dix euros. Ça authentifiera sa couverture. Dites-lui que son numéro est génial, de façon à ce que tout le monde entende.

— Bien sûr, monsieur le commissaire, dit l'homme en bondissant de son siège, sans attendre de réponse.

Antoine se félicita de son à-propos, il avait fait coup double… Il quitta le café et se dirigea vers le sud de la place puis obliqua dans une petite ruelle. L'agression du nounours avait eu raison de sa mauvaise humeur. Un quart d'heure plus tôt, il s'était fait envoyer balader par son ex, au téléphone, sous prétexte qu'il ne pouvait pas prendre leur fils le prochain week-end. Il avait eu beau plaider qu'il devait assurer une perquisition, rien n'y avait fait. Quatorze ans après leur divorce, ils se prenaient toujours le bec. Il chassa l'image de son ex et réalisa avec retard que son croc-en-jambe justicier était dû en partie à son altercation. Elle avait toujours le don de l'énerver et le pauvre type en costume, qui devait être lui aussi un intermittent comme le clown, en avait les frais.

Peut-être était-il en train de devenir un vrai con, elle avait sans doute raison. Et un con avec une carte de police disposait d'un pouvoir de nuisance nettement plus important que ses congénères. Il soupira et accéléra le pas. Il était trop tard pour revenir s'excuser.

2

1368 av. J.-C.
Vallée du Nil
Thèbes
Première heure

Le banquet avait duré plus que de coutume. Et quand la lumière du soleil couchant était tombée, les serviteurs avaient apporté les flambeaux. C'était, pour la plupart, des esclaves nubiens. Le père d'Aménophis les avait ramenés d'une de ses campagnes au-delà des cataractes du Nil : là où les arbres touchent au ciel et où les hommes ont la peau plus noire que la nuit. Ils parlaient une langue incompréhensible, aux syllabes rauques, aux intonations violentes. On leur avait coupé la langue pour ne pas offenser l'oreille de Pharaon. Muets et serviles, ils avaient beaucoup impressionné les ambassadeurs étrangers. Surtout quand ils étaient sortis à reculons de la grande salle, le visage ostensiblement penché vers le sol. Jamais leur regard ne devait croiser celui de Pharaon.

— Sous peine de mort, avait précisé le grand prêtre à l'intention des ambassadeurs.

Ces derniers venaient de l'est. Au-delà du désert. Un peuple de tribus, remuant et querelleur, qui, parfois, s'approchait un peu trop du delta du Nil. Des nomades, pauvres et belliqueux, auxquels les richesses de l'Égypte tournaient la tête. Il suffisait de voir leurs yeux avides quand ils contemplaient la vaisselle en or sur les tables de marbre. Certains osaient même poser très brièvement leur regard sur la sœur de Pharaon, la princesse Anémopi. À la différence des autres femmes de la famille royale, elle n'était pas encore mariée et sa beauté sauvage était devenue légendaire des sources du Nil aux terres du Nord. Nombre de princes étrangers la convoitaient autant pour son sang royal que pour la grâce unique de son corps.

Le grand prêtre suivit le regard brûlant des ambassadeurs. À son tour, il contempla Pharaon et sa sœur : elle, avec sa beauté provocante, lui avec sa face osseuse et ses lèvres rebondies. Le feu et le vent.

De quoi embraser le monde.

Le banquet réunissait toute la famille royale. Des règles précises définissaient la place protocolaire de chacun en fonction de son lien avec Pharaon. En bout de tablée, cousins éloignés, gouverneurs de province ou chefs d'armée commentaient avec envie la table royale. Eupalinos, le conseiller grec, avait baissé les yeux comme si la boisson avait eu raison de sa vigilance. Une vieille ruse, mais qui fonctionnait toujours. Autour de lui, les conversations s'animaient. On échangeait des rumeurs, on partageait des ragots. De temps en temps, un des invités jetait un œil soupçonneux sur le Grec, puis reprenait la parole. Sous ses paupières closes, Eupalinos écoutait tout, analysait tout, retenait tout. Quand il les souleva, les conversations se turent. La voix pâteuse, il s'excusa auprès de ses voisins. La fatigue, la bonne chère, la boisson… Des dizaines de sourires hypocrites lui répondirent.

Un des ambassadeurs s'était levé, lissant sa barbe grasse. Le silence se fit. Au nom des peuples du désert, il venait offrir sa soumission. Désormais, les nomades reconnaîtraient et respecteraient l'autorité de la puissante Égypte. Le regard de Pharaon ne cilla pas. Il régnait maintenant jusqu'aux confins où le soleil se lève. Il devenait ainsi le seigneur et maître du plus vaste royaume du monde. Autour de la table, un murmure de louanges enfla. L'ambassadeur tendit les paumes en signe de sujétion et reprit son discours.

Il parlait d'une voix lente, fixant le sol. Un à un, il énonçait les termes du traité. Eupalinos le coupa brusquement. C'est lui qui avait rédigé le texte d'allégeance que le diplomate récitait.

— Noble étranger, je n'ai pas souvenir du dernier paragraphe que tu viens de nous lire.

Le visage de l'ambassadeur devint livide. Autour de la table, le silence se fit. Le Grec reprit :

— Si j'en crois tes paroles, tu souhaites que la toute-puissante Égypte t'aide pour venir à bout d'une tribu…

— Oui, noble Eupalinos, la tribu de la montagne, les Caïnites.

L'ambassadeur tomba à genoux. La peur l'empêchait de continuer. Soudain, le grand prêtre intervint :

— Et tu oses modifier un traité qui va être sanctifié par la main sacrée de Pharaon qui est roi et dieu ?

— Les Caïnites sont plus qu'une tribu, seigneur, ils disent que…

La voix du grand prêtre tonna.

— Ils disent quoi ?

— Seigneur, ils disent qu'il n'y a pas de dieu.

À cet instant, Eupalinos comprit que l'ambassadeur et sa suite ne verraient jamais le jour se lever. Déjà, le grand prêtre avait levé la main. Aussi immobile qu'une statue de granit, Aménophis, quatrième du nom, ne bougeait pas. À ses pieds, un homme allait mourir. Il venait de commettre le blasphème des blasphèmes : il avait nié la divinité de Pharaon.

La dernière tête tomba d'un coup, roula un instant sur le dallage, puis s'immobilisa au pied de la princesse Anémopi. Elle se leva brusquement. Sous le fard, son visage tremblait. Tout son corps luisait étrangement sous la lumière des flambeaux. Elle vacilla, saisit la main de son frère et, avant de s'écrouler, la posa sur son ventre.

Quand Pharaon retira sa main, elle était rouge de sang.

3

De nos jours
Avignon
Place du palais des Papes

L'air était doux, presque chaud, en cette fin de mois de juin. La douceur du climat du Comtat Venaissin. Un vrai bonheur alors qu'à Paris, une pluie grise et glacée ne cessait de tomber depuis une semaine. Marcas songea à ces papes du Moyen Âge venus se réfugier ici, loin de Rome, pour préparer l'avenir de la Chrétienté.

Il remerciait intérieurement son supérieur de l'avoir envoyé dans la région. Arrivé tôt le matin même, par le TGV de Paris, il avait passé la journée avec l'équipe mixte composée de gendarmes et de policiers à planifier la perquisition prévue pour le lendemain. Son adjoint, Tassard, l'avait accompagné, ravi, lui aussi, de s'échapper pendant trois jours sur des terres de soleil.

L'opération Memphis avait été soigneusement minutée. Le procureur avait délivré le mandat, les lieux étaient surveillés depuis trois jours par les gendarmes du coin, l'opération ne devait pas prendre plus de deux heures, qui consistait à récupérer les documents, les œuvres trouvées et embarquer les suspects. Il récapitula mentalement ce qui allait se produire. Parmi les rares qualités de Marcas, outre le fait de pratiquer des abus de pouvoir pour satisfaire son ego, tous ses collègues lui reconnaissaient une mémoire d'exception. Pour examiner un dossier, monter une opération, enregistrer mille et un détails, il avait rarement besoin de lire des fiches de rappel. Memphis était bien calé dans sa tête. Un dossier de niveau 3, selon ses supérieurs. Traduction : un bon plan sans les emmerdements avant les grandes vacances. Pas de personnalités publiques ou de notables connus suspectés, niveau 1, pas de gang dangereux ni d'implications internationales à gérer comme l'affaire de l'année précédente qui l'avait mené à Jérusalem, niveau 2. Tout juste un trafic d'œuvres d'art à la petite semaine, lié à une fondation franco-égyptienne quasi inconnue, située du côté de Beaumes-de-Venise. Pour Marcas, une perquise et une journée en douce de plus, histoire de profiter du soleil. Un bonus climatique en quelque sorte.

Seul inconvénient, comme pour toutes les perquisitions, l'horaire matinal. Lever 4 heures, jonction avec Tassard et l'équipe à 4 h 30 dans la campagne et mise sur site, une expression qu'affectionnaient les gendarmes, pour 5 h 30. Le tout pour être prêt à 6 heures pile. Les gens ne se rendaient pas compte à quel point il fallait se coucher tôt pour faire une bonne perquise, songea Marcas en évitant une poussette.

Il repéra un croisement, regarda à nouveau le plan. Il était dans la bonne direction. Normalement, il devait continuer sur une cinquantaine de mètres puis tourner sur la droite. La loge se trouvait au milieu de la rue suivante. Il ne pouvait pas se tromper, lui avait dit, la veille, le vénérable au téléphone.

Tes pas s'arrêteront devant Dieu.

Il était intrigué par cette indication. Les maçons du coin avaient le sens de l'humour.

Un couple éméché sortit d'un café et faillit le bousculer. Il le contourna soigneusement et poursuivit sa route en dépassant deux jeunes filles qui s'apostrophaient en riant. Il en avait assez de la foule et hâte de rejoindre la loge, de s'extraire du monde profane. Retrouver le temple, le calme, l'harmonie, ses frères. Les règles maçonniques soigneusement codifiées depuis des siècles assuraient à celui qui les acceptait librement le privilège de changer d'univers.

Il arriva dans la rue indiquée et comprit le sens du message du vénérable. Des murs de pierre polis par le temps, une rangée de fenêtres hautes et élégantes, encadrées de dentelles sculptées, des vitraux dont la couleur bleue laissait s'échapper une lumière étrange. Les fondateurs de la loge Dom Pernety avaient eu la curieuse idée d'allumer leurs feux au sein d'un ancien presbytère niché dans le Vieil-Avignon. Et ce, à quelques ruelles du palais des Papes. Extérieurement, rien ne prouvait la présence des maçons en ce lieu. Sur le mur qui encadrait la porte de bois massif, ni signe gravé ni indication officielle, et aucun nom sur l'interphone. Juste un chiffre écrit en noir sur une minuscule plaque de cuivre : 9.

Antoine Marcas aimait visiter les loges de province, loin des intrigues de la capitale. Il éprouvait la sensation paradoxale d'être en terre maçonnique inconnue et familière. Quand il était en vacances ou en mission, il se connectait à l'avance sur le réseau Internet crypté de *l'acacia* et consultait le programme de tenues des loges, une sorte d'Allô Ciné des séances maçonniques. Celle de Pernety avait retenu son attention.

Les origines égyptiennes d'Hiram, le fondateur mythique de la maçonnerie.

Il avait goûté la coïncidence avec délice : assister à une conférence sur l'Égypte la veille d'une descente dans une fondation soupçonnée de trafic avec le pays des pharaons.

Il s'agissait d'une TBF en langage maçonnique. Une tenue blanche fermée, durant laquelle un profane venait faire une conférence devant des frères et des sœurs. À la différence de la TBO, tenue blanche ouverte aux non-initiés, qui avaient alors le droit de se rendre dans les temples. Dans le cas de la TBF, le profane était admis seulement après l'ouverture des travaux et prenait place en bout de loge pour développer un exposé dont la durée pouvait varier d'une demi-heure à une heure pleine. Après cela, il était soumis au jeu des questions-réponses.

Dans toute la France, les loges de chaque obédience organisaient des TBF sur une foule de sujets en apparence hétéroclites. Celle de Marcas, ou du Droit Humain, avait une préférence marquée pour les thèmes de société comme la parité dans les conseils d'administration, le port du voile dans les banlieues ou même l'influence de la télé-réalité sur les jeunes. D'autres, au contraire, se gardaient bien de se mêler des soubresauts de la vie profane et donnaient la parole à des artistes, des scientifiques ou des érudits dans des domaines pointus. Marcas y voyait là une université du savoir permanente prodigieuse, l'occasion de rencontrer des experts dans leur domaine qu'il n'aurait jamais pu approcher. Ces invitations devenaient plus sensibles en période électorale. Les candidats à l'élection présidentielle, à l'exception des partis extrémistes, se pressaient pour présenter leur programme à l'invitation de loges influentes au sein de l'obédience. Marcas se souvenait d'une TBF, rue Cadet, organisée pour un candidat de gauche dont il avait retrouvé, stupéfait, les grandes lignes de l'intervention dans un hebdomadaire, la semaine suivante. Après recoupements, il était apparu que le candidat lui-même avait tout balancé à un journaliste pour assurer sa promo auprès des frères. Bien évidemment, l'extrême droite avait repris ses vieilles manies moisies et s'était empressée de dénoncer ces candidats qui venaient faire acte de soumission aux forces maçonniques qui dirigeaient en sous-main le pays.

Antoine rangea le plan dans la poche de sa veste et appuya sur la sonnette. Trois fois, de manière rituelle. Chaque fois qu'il arrivait dans une loge inconnue, souvent le soir, il ne pouvait s'empêcher d'éprouver un frisson d'excitation. Comme s'il se rendait dans un lieu mystérieux, hors du temps, coupé du commun des mortels. Il savait qu'il allait rencontrer de parfaits inconnus qui deviendraient, comme par enchantement, des êtres amicaux et familiers. N'importe où dans le monde, du moins dans les pays où la maçonnerie n'était pas interdite ou persécutée, il pouvait se faire recevoir par des frères et des sœurs. Le secret et la fraternité, les deux piliers de la maçonnerie.

Une voix grésilla dans l'interphone.

— Oui ?

Marcas connaissait par cœur le sésame, le double mot de passe communiqué par l'obédience à toutes ses loges en France, chaque mois. Cette fois c'était…

Le panneau de bois d'un judas s'ouvrit. Un œil apparut et le scruta quelques secondes. Le judas se referma. La porte s'entrebâilla. Un homme âgé apparut dans l'encadrement. Sa barbe grise, soigneusement coupée, et ses sourcils légèrement effilés vers le haut des tempes lui donnaient un air de vieux mandarin. Le tuileur de la loge Pernety, le gardien des lieux, recula pour le laisser entrer.

— Sois le bienvenu, mon frère.

— Merci, mon frère.

Antoine lui donna l'accolade traditionnelle. Le tuileur le regarda en plissant les yeux.

— Tu es le dernier.

— Désolé, je me suis un peu perdu.

— L'important n'est-il pas de finir par se retrouver ? répondit le faux Chinois, non sans une pointe d'humour. Tu peux laisser tes affaires dans la pièce à ta gauche, il y a des casiers et un vestiaire.

Marcas passa dans un vestibule où il déposa son manteau et ajusta rapidement le tablier qu'il avait plié dans sa grande poche ainsi que ses gants blancs.

— Suis-moi, dit le tuileur.

Antoine monta un escalier de pierre et se retrouva devant une porte noire en fer, ouverte. Il entra dans la grande salle baignée de silence. Il en eut presque le souffle coupé.

Une pure merveille. Le temple avait conservé sa magnifique apparence médiévale et devait s'étendre sur une trentaine de mètres. Les murs, peints dans une nuance bleu nuit, étaient décorés d'une rangée d'épées étincelantes. Le plafond étoilé se piquetait d'une myriade de petits spots lumineux qui donnaient l'illusion d'une véritable voûte céleste. Au fond, au-dessus du bureau du vénérable, trônait un œil gigantesque inscrit dans un triangle du même or que les épées. Le centre du sol était recouvert d'une mosaïque de marbre noir et blanc de la plus belle facture. Un éclairage subtil, disséminé derrière les moellons de pierre ancestraux, illuminait le temple d'une atmosphère de mystère. À l'évidence, les fondateurs de la loge Pernety avaient choisi les matériaux les plus nobles pour abriter leurs tenues.

Les frères étaient tous déjà assis sur des bancs de pierre taillée, de part et d'autre du pavé mosaïque. Ici, on ne badinait pas avec l'habit de cérémonie, tous les hommes portaient un costume et une cravate ou un nœud papillon, les femmes, elles, de longues robes noires. Un silence pesant planait sur l'assistance.

Le vénérable nota l'arrivée d'Antoine, les surveillants fermèrent toutes les portes. Les travaux allaient pouvoir commencer.

Marcas en profita pour détailler les frères et les sœurs présents. La moyenne d'âge était de plus de cinquante ans, excepté deux trentenaires assis sur le banc des apprentis. Ici aussi, la maçonnerie vieillissait et souffrait d'absence de sang neuf.

L'orateur prit la parole.

— Nous allons accueillir le professeur Igor Abastase. Frère couvreur, veuillez faire entrer le profane.

4

1368 av. J.-C.
Vallée du Nil
Thèbes
Deuxième heure

Le grand prêtre avait refusé sa litière et son escorte. Il préférait marcher seul. De haute taille, légèrement voûtée, sa silhouette était reconnaissable entre toutes. Devant lui, un esclave portait un flambeau pour éclairer son chemin. Comme il remontait vers les hauts quartiers, il s'arrêta un instant pour reprendre son souffle. Un vent frais montait du Nil. À ses pieds, la masse compacte du palais s'enfonçait dans la nuit. Pas une lumière. Toute la cour devait être au chevet de la princesse Anémopi. Le grand prêtre haussa les épaules. Il suffisait que le vent de la mort souffle sur la tête des hommes pour qu'ils tremblent en commun. Jusqu'à Pharaon qui avait manqué s'évanouir quand il avait vu un sang noir jaillir du ventre de sa sœur. Un faible comme son père ! Le serviteur s'était rapproché. L'ombre du grand prêtre, éclairée par la lumière tremblotante du flambeau, vacillait sur le sol. Il pensa aux ambassadeurs décapités. Les imbéciles ! Qu'avaient-ils raconté, déjà ? Ah oui ! Cette tribu du désert qui croyait qu'il n'y avait pas de dieu. Une idée de nomades, de peuple sans terre… Une idée sans avenir.

La cité royale de Malgatta avait été construite par le père d'Aménophis sur la rive occidentale du Nil, juste à côté de la nécropole royale. Selon la tradition, l'édifice qui n'avait cessé de s'étendre, était bâti à l'emplacement exact de la ligne sacrée qui séparait la haute et la basse Égypte, les deux royaumes longtemps rivaux que les pharaons avaient réunis.

Aménophis III, le père, avait été un monarque étrange. À la différence de ses prédécesseurs, il avait peu aimé la guerre, à part quelques démonstrations de force dans l'est et la Nubie. Il vivait en reclus, à Malgatta, entouré de sa famille et fasciné par la question du divin. Des interrogations mystiques qui inquiétaient la caste puissante du clergé.

Pharaon, seul éternel parmi les mortels, était la clef de voûte du système religieux égyptien. Considéré comme un dieu vivant, il ne pouvait se permettre de penser en humain. Et le grand prêtre avait consacré beaucoup de sa patience et de sa science à contenir les angoisses métaphysiques d'Aménophis III dans les limites du dogme et de la tradition.

Une leçon que le vieil homme qui contemplait le palais, n'oubliait pas. Dans le secret de son cœur inexorable, il s'était juré de ne plus jamais laisser croître l'herbe folle de l'hérésie, ni de tolérer la moindre pousse de chaos. Le bruit d'une course sur le chemin l'arracha à sa méditation. Un serviteur surgit qui s'agenouilla avant de délivrer son message. Pharaon voulait le voir à l'instant.

Le grand prêtre hocha la tête. Il devait redescendre. Avant de se mettre en marche, il jeta un dernier coup d'œil au palais. Une rangée de fenêtres venait brusquement de s'allumer. Un cri déchira la nuit.

Hurlant de peur et de douleur mêlées, la sœur de Pharaon entamait son combat contre la mort.

Troisième heure

L'oreille dressée, le chacal se tapit dans un nid de broussailles. Il attendait depuis le milieu de la nuit, la faim aiguisée par les cris qui se répétaient. Il courba l'échine et se glissa entre les pieux disjoints de la clôture. Les cris devenaient de plus en plus intenses. Le chacal frémit de plaisir. Il traversa le jardin, en évitant les flaques de lumière de lune, et se posta derrière un palmier, sous une fenêtre ouverte à l'étage. Un hurlement glacé transperça l'obscurité. Le chacal frotta son pelage contre le tronc de l'arbre. Un gémissement lui échappa. Depuis le temps, il connaissait bien les cris de détresse des humains, de l'enfant qu'on frappe au soldat qui agonise, mais jamais il n'avait entendu pareil hurlement de douleur. Ses babines se couvrirent de bave. Brusquement, une porte s'ouvrit sur une femme qui se mit à courir. Une odeur acre emplit le museau luisant du chacal. De joie, il griffa la terre de ses crocs. La servante, une lampe à huile à la main, portait sous le bras un ballot de linge humide. Un rayon de lune éclaira son visage : il dégoulinait de sueur. À l'étage, les cris venaient de cesser. Inquiet, le chacal se mit aussitôt en chasse. L'odeur, lourde et âcre, le guidait. Soudain, la femme s'arrêta. Sa respiration haletante suintait la peur. Elle jeta un coup d'œil circulaire : une rangée de fagots était posée contre la clôture. Elle se précipita et creusa un orifice entre les branches. Le chacal était à deux pas, les narines aux aguets. L'odeur devenait un parfum : du sang caillé, des viscères croupis…

Quand il bondit, la servante courait déjà vers la maison. Les fagots roulèrent au sol. Le linge souillé apparut, dépassant de la terre. D'un coup de mâchoire, le chacal s'empara de sa proie et disparut dans la nuit.

5

1368 av. J.-C.
Vallée du Nil
Quatrième heure

Un à un, les soldats débarquèrent sur le ponton en pierre qui donnait sur le Nil. L'ordre était tombé au milieu de la nuit : Pharaon devait se rendre au temple d'Osiris pour y invoquer le dieu. Eremeth le chef des gardes fut le premier à descendre du bateau. À voix basse, il disposa ses hommes en deux rangs parallèles, de l'embarcadère à l'entrée du temple. Chaque soldat, visage tourné vers la nuit, portait un flambeau d'une main, une lance de l'autre. Quand Pharaon passerait, il ne verrait qu'une suite de statues. Une fois l'alignement vérifié, Eremeth s'épongea le front et se tourna vers le temple. Nul ne se souvenait quand il avait été construit. C'était un édifice modeste, à l'écart de la ville de Thèbes et qu'il fallait gagner par le fleuve. Depuis longtemps, les notables et courtisans l'avaient oublié. Seul le petit peuple du Nil continuait d'y adorer Osiris. Eremeth franchit la porte et entra dans la cour. Les colonnes de pierre usées brillaient sous la lune. Il s'avança et trébucha : une des dalles du pavement s'était enfoncée dans le sol. Devant lui se dressait le sanctuaire, un bloc noir d'où émanait un relent de salpêtre : c'était là, entre ces murs délabrés, que Pharaon avait décidé de prier pour la vie de sa sœur.

Le grand prêtre se prosterna quand Pharaon monta dans le bateau pour descendre le Nil. Quand il se releva, les voiles avaient disparu dans la nuit. Une douleur lui cisailla les reins. Il vacilla. Aussitôt, un serviteur se précipita qu'il chassa d'un geste. Depuis quelques années, tout son corps l'abandonnait et, bientôt, il serait un sujet de choix pour les embaumeurs. Il s'était souvent représenté ce moment. Il voyait son corps, long et maigre, ses côtes saillantes, son visage émacié, ses paupières scellées par la mort. Il distinguait la table au bois noirci de sang, le couteau de pierre qui allait fendre ses entrailles, jusqu'au crochet en fer rouillé arrachant, pli par pli, le cerveau du crâne… Pourtant, il ne ressentait ni peur, ni dégoût. C'était là sa force : le mépris de tout sentiment personnel, la haine de tout individualisme. Un homme ne devait exister que par et dans la société. Un simple maillon d'une chaîne éternelle. Du simple paysan jusqu'à Pharaon. Surtout Pharaon.

Aménophis s'était agenouillé devant le *naos*, le tabernacle qui renfermait la statue d'Osiris. De tous les dieux égyptiens, le mari d'Isis était le plus proche des hommes. Sans doute parce que sa vie n'avait été qu'une succession de malheurs. Tué par son propre frère, démembré, émasculé, son destin tragique fascinait. À commencer par Pharaon qui implorait le dieu de lui conserver sa sœur, Anémopi, la bien-aimée. Dans l'obscurité du sanctuaire, Aménophis s'abandonnait à la douleur. À chaque prière, une image de sa sœur lui revenait. Ses yeux de biche alanguie, sa voix douce et chaude… Il commença à gémir. Plus que tout, Pharaon craignait la souffrance. Lui, dont on construisait le tombeau depuis le jour même de son avènement, lui, à qui les prêtres promettaient une vie éternelle, tremblait devant le néant. Et il tremblait plus encore de voir sa sœur y tomber.

Son front touchait la dalle humide. Les prières montaient de sa bouche. Il suppliait.

Une goutte d'eau tomba du plafond. Pharaon se releva précipitamment. Son cœur battait à se rompre. Il n'était plus un dieu vivant et adulé, il n'était plus un souverain puissant et révéré, mais un homme que la peur faisait sursauter.

Depuis longtemps, il doutait de l'enseignement des prêtres. Que se passait-il vraiment après la mort ? Allait-il réellement se réveiller, âme immortelle, auprès des dieux éternels ? À quoi servaient ces prières de protection gravées sur les sarcophages, ces amulettes glissées entre les bandelettes du linceul ? Qui était revenu d'entre les morts pour dire le chemin de l'éternité ?

Aménophis frissonna. Avait-il eu raison de parler de ses doutes au grand prêtre ? Avait-il bien fait de chercher l'oubli de ses angoisses dans les bras de sa sœur ?

Un bruit de pas le fit tressaillir. On s'approchait. Pharaon bougea la tête. Aussitôt, il entendit le bruit d'un corps qui se prosternait. Il leva la main droite, puis l'abaissa, signe que le serviteur pouvait parler.

— Seigneur...

La voix semblait sortir d'un puits. Eremeth balbutia :

— ...la princesse Anémopi est morte.

6

De nos jours
Avignon
Loge Pernety

Le maître des cérémonies fit entrer un homme d'une soixantaine d'années, aux cheveux blancs plaqués sur les côtés. Les deux hommes contournèrent le pavé mosaïque, longèrent la rangée de bancs sur leur gauche et gravirent les trois marches qui menaient au bureau du vénérable. L'orateur s'assit derrière un pupitre et, après les quelques mots de présentation et de bienvenue, commença son exposé.

Marcas fut vite happé par l'érudition de l'invité. Avec le ton mélodieux de la voix, les faits entrecoupés d'anecdotes soigneusement distillées, l'argumentation fluide et précise, le professeur Abastase plongeait les frères des millénaires en arrière. L'heure s'était écoulée comme par enchantement. Le jeu des questions-réponses s'enchaîna avec rapidité. Une heure plus tard, les frères et les sœurs, ainsi que leur invité d'honneur, se retrouvèrent pour les agapes dans une salle souterraine du presbytère, devant une grande table recouverte d'une nappe de damas bleu sur laquelle étaient posées des victuailles et des bouteilles de vin.

Marcas était assis à l'extrémité de la table, et à son profond regret, loin de l'orateur. Il écoutait poliment les conseils d'un frère chauve natif de Cannes, marchand de piscines, sur l'avantage incomparable d'installer un jacuzzi dans son appartement parisien de soixante mètres carrés. Des cataractes du Nil aux baignoires encastrées, la descente était rude pour Antoine.

— Mon cher Antoine, je vais t'envoyer le catalogue. Ça change la vie. Imagine quand tu rentres du travail, hop ! Un bain à remous et ton stress est évacué. C'est le meilleur. Je suis sûr que Mme Marcas appréciera.

— Il n'y a pas de Mme Marcas.

— Et une petite poulette ?

Le chauve lui fit un clin d'œil salace.

Marcas opinait de la tête, maudissant le vénérable de l'avoir installé à côté d'un frère casse-burnes. Il avait inventé ce terme en hommage à tous les emmerdeurs patentés qui fréquentaient un peu trop à son goût les loges de France et de Navarre. Il y en avait partout des frères casse-burnes. On les voyait venir de loin, un large sourire aux lèvres, la poignée de main chaleureuse. Ils ne rataient pas une seule tenue, distribuaient des tonnes de cartes de visite et n'avaient pas leur pareil pour extirper les numéros de portable. Le frère casse-burnes proposait toujours ses services, souvent parfaitement inutiles, pour mieux fourguer sa marchandise ou des prestations diverses et variées. Antoine les évitait comme la peste mais devait faire preuve de politesse, fraternité oblige, pour ne pas les envoyer paître. Il regarda discrètement sa montre. Onze heures. Il n'allait pas tarder à s'esquiver. Il devait se lever tôt. Pas question que sa culture en installation de jacuzzi ne le fasse changer de métier et se reconvertir dans la vente de baignoires. Le chauve lui tapa sur l'épaule.

— Mais je t'embête avec mes histoires, tout le monde me le reproche. Je n'y peux rien, je suis passionné par mon business. J'en fais trop.

— Pas du tout, mentit Marcas en essayant de saisir les bribes de conversation qui provenaient du bout de la table où était assis l'orateur. Il entendait, en vrac, pharaons, doctrine, éternité…

Le frère assis face à lui intercepta son regard de désespoir. C'était un homme de haute stature, les épaules massives, le visage légèrement couperosé, avec une grosse moustache poivre et sel et un faux air de l'acteur Jacques Weber. Il vola à son secours.

— Le problème d'Alain, c'est qu'il est passionné par des trucs dont tout le monde se fout. Il a dû placer un magasin entier de baignoires dans toutes les loges d'Avignon. Alain, notre frère parisien ne va pas emporter ton jacuzzi dans le train ! Laisse-le tranquille.

Le frère casse-burnes se tortilla sur son siège. Marcas adressa un sourire complice à son sauveur qui en profita pour changer de conversation.

— C'est marrant, je viens de finir le best-seller de l'Américain sur les francs-maçons. S'il avait mis notre frère vendeur de baignoires dans son roman, je suis sûr qu'il en aurait moins vendu. Ça casse le mystère, la plomberie initiatique.

Les frères rirent de bon cœur. L'un d'eux ajouta :

— Ici, on n'arrête pas d'enregistrer des demandes d'entrée depuis la parution de son bouquin. Il y a plein de lecteurs profanes persuadés qu'on détient le secret pour devenir Dieu. Si je pouvais seulement en avoir un pour ne plus payer mes factures.

— Et moi pour retrouver du travail, intervint une sœur qui s'essuyait les lèvres. Il paraît qu'on dirige le monde en sous-main.

Le vendeur de jacuzzis mit la main sur le poignet d'Antoine.

— Le frère en face de toi, qui se fout de ma gueule, est le professeur Labiana. Évite qu'il te propose ses services.

Les convives rirent de plus belle.

— Pourquoi ?

— Parce qu'il dirige le service de chirurgie et de réanimation de l'hôpital de Carpentras. S'il s'occupe de toi, c'est que tu seras vraiment mal en point.

Le médecin croisa les bras.

— Je fais dix pour cent de remise aux frangins quand je les sauve, tonna-t-il avec truculence. Et toi, ô frère parisien, que viens-tu faire en Avignon ?

— Je suis flic, je viendrai faire une perquisition demain matin.

Le frère, maître en robinetterie, le regarda avec curiosité.

— Sans blague ! Tu peux dire où ? Pas chez moi !

— Laissez-le, vous voulez qu'il sorte son flingue ?

Marcas finit d'avaler son médaillon de veau et se resservit un verre de Chinon.

— Mes frères, le secret professionnel passe avant celui de notre sympathique confrérie. J'ai déjà fait une faute, je n'aurais même pas dû vous parler de la perquise. Mais bon, la probabilité que vous trouviez l'endroit concerné est proche du néant.

Un tintement se fit entendre. Le tuileur qui ressemblait à un vieux Chinois prit la parole. Tout le monde s'arrêta de parler, même ceux du bout de la table qui évoquaient l'Égypte. Son visage était tendu.

— J'ai entendu tes paroles sur ton métier de policier, mon frère. J'aimerais apporter mon point de vue, si c'est possible.

— Bien sûr, répondit Marcas, qui se méfiait des frères bavards dont les points de vue se transformaient en longs monologues.

— Je dirige, depuis vingt ans, une entreprise de travaux publics de la ville. J'ai une douzaine de salariés dont je paie les cotisations sociales. Je n'ai jamais fraudé le fisc et je fais régulièrement des dons aux bonnes œuvres de la police. Je suis un père de famille responsable et...

— Va droit au but, Étienne, notre frère parisien doit se lever avec les poules, gronda le médecin.

— J'y viens, mon frère. Il y a quatre ans, des policiers sont venus perquisitionner chez moi dans le cadre d'une enquête sur les marchés passés avec la mairie. Ma maison est attenante au siège de mon entreprise. Ils m'ont traité comme un voyou. Ils m'ont mis les menottes, embarqué devant mes employés et mes enfants qui partaient à l'école. Je me suis retrouvé en garde à vue au commissariat, enfermé au milieu d'ivrognes et de petits voyous. Un petit inspecteur, qui pouvait avoir l'âge de mon fils aîné, m'a tutoyé. Heureusement, j'ai été relâché et, par la suite, blanchi. Il s'agissait d'une dénonciation d'un concurrent malveillant.

Antoine se raidit. Chaque fois qu'un frère avait des problèmes avec la police, ça lui retombait dessus. Il fallait qu'il se tire de ce mauvais pas.

— Des collègues jouent parfois aux cow-boys. Je suis navré de...

— Ça ne suffit pas, j'ai été traîné dans la boue par ces connards de journalistes et j'ai perdu des clients. Vous avez un pouvoir exorbitant. Mais peu importe, j'ai une question.

— Je t'écoute.

— Si tu avais été en face de moi, à la place de ce policier, et moi menotté, m'aurais-tu aidé, sachant que nous étions frères ?

Toute l'assemblée se tourna vers Marcas. Il avait horreur de ce genre de débats de fin d'agapes. Il posa sa serviette à côté de l'assiette. Sa réponse fusa.

— Non.

Un trouble envahit les convives. Certains fronçaient les sourcils, d'autres toussèrent, la cote de sympathie fraternelle de Marcas dégringolait à vue d'œil. Il reprit.

— Tu as choisi un mauvais verbe : aider. Je ne peux pas aider une personne sur qui pèsent des soupçons, qu'il soit frère ou profane. Mon métier passe avant mes sentiments fraternels. En revanche, je t'aurais traité avec respect. Peut-être aurais-je fait mon possible pour améliorer ta condition de détention. Mais ça se serait arrêté là. À ce stade de l'enquête, je n'aurais eu aucun élément pour savoir si tu étais coupable, frère ou pas.

— Tu es bien dur, ajouta un homme à sa gauche. Je suis juge au tribunal de commerce et il m'arrive de transiger plus facilement avec des avocats de notre ordre. Je n'ai jamais eu de cas de conscience. La franc-maçonnerie est une vaste fraternité et chacun de ses membres se doit de porter assistance aux autres.

Marcas tapota la table de son index. Signe de nervosité habituel quand il sentait l'agacement monter en lui.

— Sauf ton respect. C'est ce genre de passe-droit et de comportement qui donne une image déplorable de notre ordre. Nous ne sommes pas au-dessus des lois et il ne faut pas confondre serment maçonnique d'assistance et petits arrangements entre amis. Je peux rendre des services mais ça s'arrête là où la loi commence.

— Où est la frontière, mon cher Antoine ? rétorqua le juge. Imagine qu'il t'arrive un accident et que tu te pointes aux urgences, tu serais bien content que notre ami Labiana, ici présent, te fasse passer en priorité, pour que tu n'attendes pas au milieu des autres blessés pendant des heures. Ne me dis pas que tu n'as jamais profité des avantages de ton appartenance.

Antoine écarquilla les yeux.

— Une frontière sépare la lumière des ténèbres. C'est ce qui doit nous guider. Pour ton histoire d'urgences, j'espère que son serment d'Hippocrate passera avant tout !

Le juge ironisa.

— Lumière et ténèbres, bons et méchants, justes et mécréants. Beau mais trop simpliste à mon goût. L'humain est imparfait par nature et même les maçons ne peuvent atteindre la perfection. Sauf peut-être notre frère parisien. Il est vrai qu'à la capitale on est au sommet…

L'attaque était directe, Marcas voulut répondre mais le médecin se leva, un verre à la main.

— Mes frères, allons. Antoine est un frère noble et désintéressé, il a raison. Si je voyais passer sur un brancard le sosie de Laetitia Casta, j'irais la réconforter et je laisserais notre frère Antoine se tordre de douleur dans la salle d'attente ! Buvons.

Les rires fusèrent à nouveau. Tous se levèrent et trinquèrent de concert. L'atmosphère se détendit. Marcas but une gorgée, remerciant en silence le médecin de l'avoir sorti de ce mauvais pas. Un quart d'heure plus tard, il était debout dans le petit réduit qui servait de cuisine, et tendait les assiettes à l'apprenti qui avait les mains plongées dans l'évier. Il ne devait pas avoir plus de trente ans. Marcas se réjouissait de voir des jeunes rejoindre la maçonnerie. Il n'était pas peu fier d'avoir été le parrain du fils d'un ami, du côté d'Aix-en-Provence, Michael, le plus jeune frère de toute l'obédience. Il donna à l'apprenti un plat couvert d'une épaisse couche de graisse d'agneau.

— On ne dit jamais aux jeunes qui rentrent chez nous que l'épreuve la plus difficile, quand on commence en maçonnerie, c'est de se taper la vaisselle après les agapes. On est loin des cérémonies mystiques avec des libations dans des crânes humains, décrites par ce cher Dan.

Le jeune grimaça.

— Vivement l'année prochaine que je passe compagnon. Le pire de l'histoire, c'est que je m'occupe du rayon électroménager dans la grande surface du coin, je suis incollable sur les derniers lave-vaisselle. Je leur ai proposé de leur en fournir un à prix cassé.

— Et alors ?

— Ils m'ont jeté en me disant que c'était formateur, tout apprenti passe par là. La tradition.

Marcas s'étira. Il fallait qu'il parte s'il voulait être frais à 5 heures pour la perquisition.

— La tradition… Elle a bon dos parfois.

— Tu fais référence à votre discussion aux agapes ?

— Oui.

— Bravo pour ton intervention. Le frère du tribunal de commerce sait de quoi il parle. Il a été suspendu il y a quelques années pour des soupçons de trafic d'influence, il est revenu discrètement. Le véné m'a dit que ça avait gueulé dans les rangs après son retour.

— J'ai bien vu qu'il ne me portait pas dans son cœur. Mets plus de liquide vaisselle sacré, la graisse ne va pas partir par l'opération du Grand Architecte de l'Univers. À bientôt.

7

1368 av. J.-C.
Vallée du Nil
Thèbes
Cinquième heure

Eupalinos attendait dans le jardin. De son origine grecque, il conservait une barbe fournie que l'âge commençait à peine à griser. Elle poussait, drue et sauvage, au grand scandale des Égyptiens. S'il n'avait été le conseiller de Pharaon, il aurait dû la raser. Désormais, elle était la marque de son indépendance et de l'amitié que lui portait le monarque le plus puissant de l'univers.

Le soleil se levait à peine. Les gémissements des pleureuses avaient commencé, accompagnés des cris de désespoir des servantes. La mort était entrée dans la maison de Pharaon.

Comme les autres dignitaires, il était venu s'agenouiller auprès du corps de la princesse, mais, à la différence des Égyptiens qui pleuraient face contre terre, il avait osé lever les yeux pour observer le cadavre. Depuis son adolescence, il était fasciné par la mort. C'est d'ailleurs pour cela qu'il avait dû quitter précipitamment la Grèce. Sa passion l'avait entraîné dans des recherches que la philosophie refoule, que la science redoute et surtout que la loi condamne. Avant de finir comme les cadavres qu'il avait pris pour habitude de disséquer, il s'était embarqué pour l'Égypte.

Dans la chambre, il avait furtivement examiné le corps. Un détail l'avait frappé : la commissure des lèvres était noire et saline. Comme si, en vomissant, la malheureuse avait recraché de la bile acide. Une hypothèse intrigante, mais qu'on ne pouvait vérifier qu'en examinant les organes internes, en particulier les viscères, pour voir s'ils avaient été brûlés.

En marchant dans le jardin, Eupalinos tentait de trouver des explications allant dans le sens de sa supposition. Il se souvenait du banquet de la veille, quand il avait feint de s'assoupir pour mieux entendre les conversations des courtisans. C'était toujours la même rumeur qui courait, celle des rapports incestueux de Pharaon avec sa sœur. Une liaison, toujours renouée, qui datait de l'adolescence et que le père d'Aménophis avait voulu briser en mariant son fils à la hâte avec la princesse Néfertiti. Pourtant les Égyptiens étaient plutôt tolérants envers les amours consanguines. Ainsi, plusieurs Pharaons avaient épousé leur propre sœur afin de préserver le sang. Jamais aucun roi, en revanche, n'avait fait de sa sœur sa concubine notoire. Une véritable provocation. Surtout pour le gardien absolu de la tradition : le grand prêtre.

Le Grec s'appuya contre le tronc d'un oranger. Une rigole d'eau claire serpentait entre les arbres. Il la suivit du regard. Elle se perdait sous un banc de brume en train de rosir sous la lumière du matin. Eupalinos en oublia ses spéculations morbides. Un instant, il se crut transporté dans le royaume des dieux, le pays de toute éternité où la mort n'existe pas.

Un cri angoissé déchira cette plénitude. Un esclave courait vers lui.

— Maître, il y a un chacal mort près de la palissade.

Tout en lissant sa barbe, le Grec s'approcha. La bête, les yeux vitreux, gisait dans une flaque de sang. Encore accrochée à ses crocs, une tunique de femme déchirée dégageait une odeur viciée d'entrailles. Eupalinos reconnut la robe de la princesse Anémopi.

Dans la chambre où les pleureuses s'étaient tues, Pharaon contemplait sa sœur. On avait étendu un voile sur son visage. Un instant, il fut tenté de le retirer, mais il renonça. Il préférait garder le souvenir d'Anémopi rayonnante de beauté. Autour de lui, les dignitaires étaient muets, prostrés dans la douleur officielle. Le deuil s'était emparé de la maison de Pharaon. Soudain, il se sentit épuisé. Il avait besoin d'être seul. Il claqua dans ses mains.

Aussitôt, la chambre se vida. Sitôt seul, un flot désordonné d'images l'assaillit. Anémopi qui dansait, le corps à peine recouvert d'une tunique de gaze, les hanches perlées de sueur… Pharaon serra les poings. Et dire que ce corps de rêve allait bientôt finir vidé, asséché, dans une nuit de pierre.

Un instant, Aménophis eut la sensation qu'il allait s'évanouir. Sa tête tournait, il se dirigea vers la terrasse qui donnait sur le jardin. Adossé à la rambarde de cèdre, il tenta de reprendre force et vigueur. Un bruit de pas attira son attention. Un serviteur se dirigeait en courant vers la palissade.

De la chambre s'échappait un parfum capiteux. On faisait brûler un mélange d'encens pour masquer l'odeur de la mort. Cette idée bouleversa Pharaon. Fébrile, il descendit les escaliers pour gagner les jardins. Malgré le soleil ascendant, l'ombre était encore fraîche sous les palmiers. Il s'engagea dans une allée de traverse qui se perdait parmi les branches. Son corps frissonnait, il dut s'appuyer contre un tronc. Aménophis s'accroupit. Son ventre le faisait souffrir.

Un juron retentit en grec. Aménophis se leva, encore tremblant, et se dirigea droit vers le fond du jardin. La haute silhouette d'Eupalinos se devinait à travers le feuillage. Il tenait dans ses bras un tissu froissé tandis que deux serviteurs creusaient un trou. Pharaon les épia un instant, le temps de reprendre son souffle. Lui qui était sans cesse guetté, observé, analysé, oublia quelques instants son chagrin en surveillant ses propres sujets. Le premier esclave creusait avec les mains tandis que l'autre déblayait la terre.

Tous deux jetaient des coups d'œil angoissés au Grec perdu dans sa réflexion. Le trou prenait la forme d'une petite fosse. Eupalinos jaugea la profondeur. De la tête, il leur fit signe d'arrêter.

— Rentrez au palais, je finirai seul.

Les esclaves décampèrent. Le conseiller grec se pencha vers le trou.

Pharaon, intrigué, franchit la lisière. Les jambes encore peu assurées, il heurta une branche basse. Le bruit fit tressaillir Eupalinos qui se retourna. Aménophis reconnut la robe de sa sœur, tachée de sang caillé. Il pâlit.

— Mais pourquoi ?

— Pardonne-moi, Seigneur, j'ai voulu t'épargner la vérité.

— Pousse-toi !

Le Grec se jeta aux pieds du monarque.

— Seigneur juste et grand, permets-moi d'assister à l'embaumement de la princesse.

— Pour la dernière fois, pousse-toi.

Pharaon se précipita vers la fosse.

Une main minuscule émergeait de la terre noire. Juste avant de s'effondrer, il entendit la voix d'Eupalinos :

— C'est ton fils, Seigneur…

8

*De nos jours
Avignon
Loge Pernety*

Antoine descendit l'escalier et se retrouva dans le vestibule où il avait laissé son manteau. D'autres frères s'étaient déjà éclipsés. Le tuileur ouvrit la porte et lui donna l'accolade sans enthousiasme. Il avait connu départ d'une loge plus chaleureux. L'air était encore doux quand il sortit dans la rue. Celle-ci était déserte. Il ne prit pas la peine de consulter son plan. Il n'aurait pas de mal à repérer la station de taxi derrière la grand-place. Il jeta un dernier coup d'œil à la façade médiévale de l'ancien presbytère. À coup sûr, il ne serait pas réinvité. Sa sortie sur la déontologie n'avait pas convaincu. Il longea un mur couvert d'affiches qui annonçaient les spectacles à venir du festival. D'ici quelques semaines, la même ruelle serait remplie de comédiens et festivaliers. Il se demanda si les frères louaient leur temple pour les représentations. Il tourna sur sa gauche et arriva sur une petite placette. Il aperçut un homme de dos qui fumait à côté d'une voiture. L'homme se retourna en entendant ses pas.

— Eh bien, le Parisien se serait-il égaré ?

La voix lui était familière. Marcas reconnut immédiatement le médecin.

— Tu parles, c'est surtout impossible de trouver un taxi à cette heure-ci.

— Où es-tu descendu ?

— Au Dumortier, en dehors des remparts.

— C'est pas le meilleur, la police ne dilapide pas l'argent du contribuable. Je vais t'accompagner en voiture. Monte.

— Je te suis reconnaissant deux fois, pour m'avoir sauvé du frère casse-burnes et maintenant pour me raccompagner.

— Frère casse-burnes, c'est bon ça. Je te pique le copyright.

Ils s'engouffrèrent dans la berline noire. Une forte odeur de cigare imprégnait l'habitacle. Labiana démarra en trombe. Marcas se plaqua contre le siège. La voiture fit le tour de la place et fila dans un dédale de petites rues. Marcas s'agrippait à la poignée. Le médecin sourit.

— Désolé, je conduis comme un malade. C'est plus fort que moi.

— Pas de problèmes avec la police ? demanda Marcas alors que la voiture grillait un feu rouge.

— Un commissaire frangin me fait sauter les prunes. Je fais partie de ceux qui en profitent…

— Je ne porte pas de jugement.

La voiture bondit sur un dos-d'âne, Marcas faillit se cogner au plafond. Le veau des agapes lui remontait de l'estomac. À ce rythme, il allait vomir sur le tableau de bord avant d'avoir atteint l'hôtel. Il aurait dû décliner l'invitation du chirurgien et arrêter un taxi. L'odeur de cigare froid accentuait la nausée qui s'emparait de lui.

— Peux-tu rouler un peu moins vite ? J'ai du mal à digérer.

— Navré. Je ne me rends pas compte et pourtant tous mes passagers me le reprochent.

La voiture ralentit en sortant de l'enceinte de la vieille ville et, pour la première fois, stoppa devant un feu. Antoine entendit des cris et de la musique sur sa droite. Un groupe d'une dizaine de jeunes était assis, agglutinés, sur un bout de pelouse devant les remparts. De gros baffles déversaient du slam. Des bouteilles à moitié vides jonchaient l'herbe. Beaucoup fumaient, d'autres chantaient, tous parlaient fort. Les garçons enlaçaient les filles. Ils paraissaient heureux d'être là, en pleine nuit. Antoine les contemplait avec envie. Jamais il n'avait eu l'occasion dans sa jeunesse de faire partie d'une bande de potes, de partir en vacances et de déconner avec des ados de son âge. Labiana intercepta son regard.

— Bien roulées les petites cailles. Nostalgique ou envieux, Antoine ?

— Les deux. Je n'ai pas eu d'adolescence conviviale. J'étais un solitaire, personne ne m'invitait à faire la fête. Je ne parle même pas des filles, c'était une catastrophe. J'avais l'impression d'être différent, que l'on ne m'aimait pas.

— Je compatis, frère Caliméro, s'esclaffa le médecin.

— Ça a changé après.

— Après quoi ? demanda nonchalamment le médecin, qui n'en avait rien à cirer des confidences de son passager, seulement soucieux de retrouver sa copine de dix ans plus jeune que lui et qui l'attendait au chaud dans son lit.

— Après mon initiation. Jusque-là je me liais peu. Au moins, en maçonnerie, j'ai trouvé des gens avec qui je pouvais échanger, ça m'a rendu plus sociable à défaut de découvrir les secrets de l'univers.

Le médecin tourna la tête vers lui avec un sourire sarcastique. Il reprit.

— C'est beau ce que tu dis... Tu sais quelle est la différence entre nous, mon frère ?

— Vas-y.

— Cette nuit, tu vas dormir tout seul dans ton hôtel minable, ensuite tu vas te lever à point d'heure pour lancer ta perquisition, donc faire chier des gens. Avec un peu de chance, tu passeras quelques heures sous le soleil de Provence avant de repartir dans ta région parisienne grise et pluvieuse pour réintégrer ton trois pièces. Moi, je vais retrouver ma nana qui attend ma gaule pour la remettre d'équerre, après je me taperai une grasse matinée d'enfer et demain soir, le temps de passer faire mes huit heures de garde, je pars à Saint-Jean-Cap-Ferrat rejoindre des amis dans leur superbe villa avec plage privée. Ils y organisent une soirée *Eyes Wide Shut*, tu vois ce que je veux dire.

— Partouze de luxe ?

— Tout juste. Ne me dis pas que tu ne m'envies pas.

Antoine soupira. La franchise de ce frère jouisseur l'agaçait. Il avait hâte d'être dans son lit et de ne plus écouter les conneries d'un vieux beau obsédé.

— Non, j'ai d'autres plaisirs, mais ça a l'air de te rendre heureux. Tant mieux pour toi.

La voiture ralentit et pila net devant l'hôtel de trois étages qui avait connu des jours meilleurs dans les années soixante-dix. L'enseigne au néon rouge grésillait, la moitié des lettres avait grillé. Marcas faillit rentrer dans le tableau de bord.

— Palace Dumortier. Terminus. Merci d'être venu nous voir, Antoine.

Marcas le regarda avec politesse.

— Je te dois combien pour cette consultation.

— Rien. Fais-toi plaisir et profite de la vie.

Labiana aspira une longue volute de fumée et prit, tout à coup, un air sérieux, les mains sur le volant.

— Tous les jours, je suis en contact avec la mort. Accidents, agressions, tentatives de suicide. J'arrive devant la table d'opération et je vois ces corps défiler devant moi. Femmes, hommes, vieux, jeunes, aucun n'a choisi de passer entre mes mains. Je vois leurs souffrances, leurs espoirs. La veille, ils se portaient comme toi et moi et tout a basculé. Je fais chaque fois mon maximum mais, très souvent, j'échoue. Et ils disparaissent. Pfuit... Ces gens n'existent plus. Direction la chambre froide puis le cimetière ou l'incinérateur. En route vers le néant.

— Cette fois, c'est toi le frangin casse-burnes, fit Marcas, agacé. Moi aussi, je vois des cadavres dans mon job. Ça fait d'ailleurs des années. Je pourrais te décrire des scènes de crime dégueulasses, des morts absurdes. J'ai même perdu la femme que j'aimais il y a deux ans. Les grandes envolées lyriques du toubib qui se bat pour sauver des vies, c'est du cliché à la louche.

Antoine sortit de la voiture et claqua la porte. Il tendit sa main à travers la vitre pour le remercier. Le frère chirurgien la lui prit et la serra avec force.

— T'as pas compris. Bordel. La vie est un don précieux, magnifique et j'enrage quand je rencontre des mecs comme toi qui ne profitent pas de chaque instant. Il faut vivre, tu comprends ! Vivre. C'est tout. Le reste n'est que foutaises.

— Merci du conseil, mon frère, et bonne partouze à toi.

Antoine essaya de dégager sa main, en vain. Il sentit la poigne de Labiana le broyer. Le médecin se pencha vers lui et le scruta.

— Lumière et ténèbres.

— Quoi ?

— Pendant les agapes, tu parlais de la séparation entre la lumière et les ténèbres, pour évoquer ce qui te semblait juste.

— Et alors, grogna Marcas qui voyait la conversation s'éterniser.

— Mon métier est d'arracher mes patients aux ténèbres, Antoine. C'est pour ça que j'aime intensément la lumière. Mon combat ne s'arrêtera jamais mais, un jour, je serai vaincu. Les ténèbres sont partout, même en pleine lumière. Et elles sont toujours victorieuses à la fin. Toujours.

Avant même qu'Antoine ne lui réponde, la voiture démarra en trombe. Il la regarda s'éloigner puis tourna les talons vers l'entrée de l'hôtel.

Sa tête lui faisait mal.

Il sortit la clé magnétique qui servait à ouvrir la porte de l'hôtel. Il jeta un œil à l'entrée. Au-dessus de la porte, l'enseigne au néon tremblait. Il ne restait que six lettres illuminées.
D. MORT... R.
Marcas grimaça.

9

1368 av. J.-C.
Thèbes
Quartier de la mort

Dans la ruelle étroite, un enfant sortit titubant d'un porche. Il marchait depuis quelques semaines et il avait hâte d'explorer le monde. Une flaque d'eau attira d'abord son attention. On y voyait l'image tremblante d'un bambin au ventre bombé, au pagne effrangé, aux cheveux hirsutes. Il s'écarta brusquement et faillit tomber à la renverse. Une charrette passait, attelée à un mulet. Un vieux paysan aux yeux presque clos transportait un chargement de roseaux séchés. Il huma l'air et son visage se crispa. De sa bouche édentée, un murmure angoissé sortit :

— L'odeur jaune.

Et aussitôt, il s'arrêta. De sa main droite, il saisit une amulette, suspendue à son cou par un lacet de cuir. Il la massa longuement et tourna soudainement à gauche dans une venelle sombre qui se perdait dans le quartier des tanneurs.

La flaque n'intéressait plus l'enfant. Il trébuchait maintenant le long du mur. Lui ne sentait pas l'odeur. Ou plutôt, il en sentait dix, vingt... celle de la boue piétinée, de l'eau croupie, du crottin du mulet. Il leva les yeux pour s'orienter. Au fond de la rue se dressait une porte monumentale encadrée de deux colonnes en brique. Au-dessus de l'entrée trônait la statue d'Anubis, le dieu à tête de chacal. La porte s'ouvrit et un homme sortit. L'enfant se figea contre le mur. L'inconnu portait une capuche dont l'ombre cachait son visage. Il marchait à grands pas. Sa main pendait négligemment sur son flanc comme un instrument oublié. Une main au bout de laquelle un sac rebondi se balançait.

Un appel monta du fond de la rue. L'enfant reconnut la voix de sa mère, mais ne bougea pas. Il était fasciné par cette ombre qui s'approchait. De ses yeux ébahis, il contemplait surtout la main, les doigts osseux, les ongles saillants... À nouveau, l'appel retentit.

L'homme lâcha son fardeau. Une fosse, presque comble, s'ouvrait en bordure de la rue. Il y jeta le contenu du sac et repartit aussitôt.

L'enfant s'approcha. Il voyait une couleur, une couleur merveilleuse. Il se pencha, tendit la main...

Sa mère surgit en hurlant. Eupalinos, qui remontait la rue, hâta le pas. L'enfant, affolé, lâcha une forme rouge qui roula sur le sol. Surpris, Eupalinos la bloqua entre ses pieds.

Il baissa les yeux et recula aussitôt.

Un cœur. Un cœur humain.

Les embaumeurs avaient mauvaise réputation. Surtout parmi les pauvres. À la différence des puissants, le petit peuple n'avait accès qu'à la version besogneuse de l'au-delà. Pour eux, pas de sarcophage rutilant d'or, pas d'essences exotiques, pas de vases précieux pour recueillir les entrailles, mais une caisse en bois, du foin dans le ventre et des viscères jetés dans la boue.

Eupalinos remontait la ruelle en songeant à toutes les légendes qui couraient sur la corporation des embaumeurs. On disait qu'ils vendaient des organes aux sorcières nubiennes. Visiblement ce n'était pas le cas. Mais la rumeur était têtue et beaucoup d'Égyptiens craignaient qu'une partie de leur anatomie ne finît dans les mains des magiciennes à la peau noire. On racontait qu'à l'aide d'un foie ou d'un rein, elles pouvaient transformer un mort en esclave éternel. Et elles ne manquaient pas de clients.

Partout dans les bas quartiers, on savait que les notables, pour mener une vie de luxe et de richesse même après la mort, garnissaient leur tombe de statuettes magiques, serviteurs virtuels qui continueraient à les servir dans l'au-delà. C'était le travail d'un prêtre qui prononçait les incantations nécessaires pour que ces figurines en bois peint se métamorphosent, dans le royaume des ombres, en domestique éternel.

Mais, pour certains, rien ne valait un vrai mort, condamné par envoûtement à la servitude à perpétuité.

Eupalinos secoua ses sandales. Il était arrivé. Le museau efflanqué d'Anubis brillait au soleil. Il se retourna. En bas de la ruelle, la mère, agenouillée devant son fils, lui frottait tout le corps avec une amulette.

Les Égyptiens étaient incroyablement superstitieux. Ils craignaient surtout de ne pouvoir accéder à la vie éternelle. Longtemps réservée à Pharaon et aux siens, la voie de l'immortalité était devenue l'obsession du plus infime de ses sujets, entretenue par les prêtres qui prétendaient seuls connaître le chemin qui menait à l'au-delà.

Un chemin qui commençait ici, dans le quartier de la Mort.

10

1368 av. J.-C.
Thèbes
Quartier de la Mort

Dans les caves qui donnaient sur le Nil, les aides travaillaient à plein temps. La mort ne s'arrêtait jamais. À tout moment, des cadavres arrivaient. Un premier tri s'effectuait en fonction de l'état du corps, c'était le travail du *nez*.

En général, on choisissait un embaumeur qui avait perdu l'usage de ses mains, mais non celui de l'odorat. En un instant, il était capable de distinguer quel cadavre avait besoin de soins intensifs, quel autre pouvait attendre, dans les sous-sols, qu'une équipe se libère. Chaque odeur avait un nom de couleur et correspondait à un état précis de la décomposition. Entre eux, les *nez* employaient un code : *rose* quand la mort ne datait que de quelques heures, *vert* si l'odeur devenait plus entêtante, *jaune* quand le corps devait être rapidement traité, *violet* lorsqu'on laissait aux rats du dernier sous-sol, le soin du travail de nettoyage.

Quand un corps arrivait, il passait aussitôt devant le *nez*. Le verdict était sans appel, la marge d'erreur insignifiante. Aussitôt, les cadavres prioritaires étaient pris en charge par plusieurs embaumeurs qui travaillaient en cadence. Chacun avait sa spécialité. En haut de la hiérarchie se trouvaient ceux qui intervenaient sur les parties nobles du corps. Tout en bas, les porteurs de paille dont on bourrait le ventre des cadavres des pauvres. Entre ces deux niveaux, les spécialistes des bandelettes tentaient d'affirmer leur supériorité sur les préparateurs d'aromates tandis que les préposés aux amulettes regardaient de haut les commis chargés du dessèchement. Sans compter tout le peuple des artisans qui fournissait les embaumeurs : potiers qui façonnaient les vases sacrés, menuisiers qui taillaient les sarcophages jusqu'aux bûcherons qui saignaient les arbres pour recueillir la résine de pin…

Tout un monde qui ne vivait que pour et par la mort.

Quand il toqua contre la porte, Eupalinos ressentit une sourde angoisse. Le monde souterrain des embaumeurs, ses légendes et ses secrets, le mettait mal à l'aise. Son esprit rationnel s'offusquait de la fascination morbide des Égyptiens pour leur propre cadavre.

Un bruit de serrure le fit sursauter. La lourde porte s'ouvrit.

L'odeur lui piqua la gorge dès qu'il entra. Tout en suivant un serviteur, il toussa légèrement. Le couloir était sombre. Leurs pas résonnaient entre les murs. À intervalles réguliers, des galeries s'ouvraient sur le côté. Chaque fois, la même odeur surgissait. Eupalinos sentait le froid et l'humidité monter du dallage. Le Nil ne devait plus être loin. Le quartier de la Mort donnait sur le fleuve. De nombreux débarcadères permettaient de déposer les cadavres arrivés par bateau. Des esclaves spécialisés les convoyaient ensuite dans des salles souterraines. Là, un représentant des embaumeurs attendait les familles et leur proposait les services de la confrérie. De l'embaumement de luxe à la prestation de série. On montrait aux parents des modèles en bois où des peintures représentaient différents types de momification. Après d'âpres négociations financières, la famille passait commande et abandonnait son mort aux mains expertes des embaumeurs.

Le serviteur déverrouilla une autre porte. La lumière jaillit, violente et crue. Le Grec baissa les yeux. Il vit un corps, entouré de bandelettes, que des esclaves déposaient dans un sarcophage ouvert. Partout, des cadavres, alignés dans leur linceul, séchaient au soleil.

— Il faut entre neuf et dix semaines pour dessécher totalement un corps.

Eupalinos se retourna. Un homme d'âge mûr venait d'apparaître. Ses bras étaient étonnamment longs et maigres. Les tendons étaient visibles à la jonction des os et des muscles. Il s'inclina :

— Je suis Sephoris, le maître des embaumeurs.

À son tour, le Grec s'inclina. Il allait se présenter, mais son regard restait rivé sur le cadavre emmailloté. Une poussière d'argent brillait sur les bandelettes.

— Le natron, un mélange qui permet de capter l'humidité. Le soleil fait le reste.

Sephoris montra la rangée de sarcophages au fond de la cour. Des aides saupoudraient les corps.

— Le début du traitement. Ils seront prêts dans une soixantaine de jours. Comme celui-là.

Le maître s'approcha d'un cadavre. De sa main osseuse, il estima la tension des bandelettes desséchées par la chaleur.

— Encore un jour ou deux. Ici, tout est question d'affinage.

Eupalinos avait reculé dans l'ombre, à l'entrée du couloir. L'odeur le saisit à nouveau. Il toussa, cette fois bruyamment. Sephoris se retourna.

— L'odeur jaune…

La gorge en feu, le Grec lança un regard interrogateur vers l'embaumeur qui précisa :

— …L'odeur de la mort. Elle ne part jamais.

11

*De nos jours
Beaumes-de-Venise*

L'odeur d'herbe mouillée de rosée enveloppait tout le sous-bois. L'aube s'était déjà levée et il se sentait bien. Il ferma son manteau, l'air était encore un peu frais à son goût. Marcas n'avait dormi qu'à peine trois heures, mais c'était un cycle complet, suffisant pour être en alerte, du moins pour la matinée. Trois cafés avalés d'affilée en compagnie de son adjoint venu le récupérer à son hôtel, et de deux autres collègues, puis la jonction faite avec les gendarmes, le temps avait filé rapidement. Tassard avait retiré sa paire de jumelles de devant ses yeux et l'avait posée sur le capot de la Peugeot grise. Ils s'étaient garés à moins de cent mètres de la fondation, protégés par un massif de végétation.

— Ils font encore dodo ? demanda Marcas.

— Comme des bébés, on va leur apporter leur petit déjeuner au lit.

Antoine sourit. Il appréciait son adjoint qui le lui rendait bien. Ils n'avaient jamais noué des relations d'amitié suffisamment poussées pour se voir en dehors des heures de travail mais chacun pouvait compter sur l'autre et ça suffisait. Tassard le charriait parfois sur son appartenance à la maçonnerie ou sur sa vie de célibataire, mais ça n'allait pas plus loin.

Marcas vérifia qu'il avait bien dans sa poche le document officiel délivré par le juge d'instruction pour la perquisition. Tout se présentait à merveille et son anxiété de la veille avait disparu. Marcas avait lu attentivement le dossier dans le TGV. Comme souvent dans les affaires de familles riches, il était question d'héritages et de fortunes qui changeaient de main. La fondation Memphis gérait depuis la fin des années cinquante la collection privée d'un riche antiquaire, Hassan al-Asroul, apparenté à la famille royale égyptienne déchue. Alerté par des amis militaires, Al-Asroul avait quitté le pays en 1952, six mois avant la chute du roi Farouk et la prise du pouvoir par les colonels Néguib et Nasser. Al-Asroul avait emporté avec lui des lots importants d'antiquités qui lui avaient servi à entretenir un commerce, très lucratif, dans le monde entier. Il s'était marié à une Française qui lui avait donné un fils, Hector. À sa mort, sa veuve avait racheté un manoir à Beaumes-de-Venise pour y mourir à son tour un an plus tard, n'ayant eu que le temps d'y installer le siège de la fondation et un musée consacré à l'Égypte ancienne.

Les années avaient passé. Le fils d'Hassan s'était marié, avait eu un enfant, Cléa. Un matin de printemps, Hector, le dilettante argenté, et sa femme disparaissaient dans un accident de voiture, dans la descente du mont Ventoux. Cléa al-Asroul, l'unique héritière, petite-fille d'Hassan al-Asroul, devenue entre-temps avocate, avait abandonné la gestion de la fondation à l'équipe laissée en place par ses parents. Tout aurait pu continuer paisiblement. Mais, en février, un contrôle de routine des douanes à la frontière italienne avait permis de découvrir des antiquités qui ne correspondaient pas aux liasses administratives de référence. L'alerte était remontée au service de répression du trafic des œuvres d'art où travaillait Marcas. La fondation Memphis avait été mise sous surveillance rapprochée. Les services égyptiens avaient été, eux aussi, alertés. Au bout de trois mois d'enquête, les policiers des deux pays avaient acquis la certitude que Memphis servait de paravent à un réseau de vol et de recel d'antiquités entre la France et l'Égypte. Une expédition suspecte avait été pistée depuis son départ du Caire vers Marseille, *via* un cargo libérien. À peine le container avait été débarqué dans la cité phocéenne et expédié vers la fondation que le feu vert avait été donné pour une perquisition. Quant au directeur de la fondation, un certain Antoine de Fléhaut, il n'avait aucun casier judiciaire, et l'incertitude planait sur le rôle de l'héritière dans cette histoire. Les écoutes, elles, n'avaient rien révélé. Marcas s'était attardé, un peu trop, sur la photo de Cléa. Une belle femme dont l'origine orientale était responsable du teint mat et des grands yeux sombres effilés.

— On y va ? demanda Tassard qui avait ajusté son pistolet dans l'étui.

Antoine sourit. L'impatience de son second le fascinait toujours, il était incapable de rester une seconde en place.

— Pas encore. Il est exactement 5 h 51. Il suffit qu'ils enregistrent notre sonnerie avant l'heure légale pour que la perquisition tombe à l'eau.

— Je ne vois pas comment. Le temps qu'ils se réveillent il sera 6 heures.

Antoine s'étira. Sa nuque commençait à s'assouplir.

— Faut toujours se blinder avec les perquises chez les riches. Dans ce genre d'endroits, l'interphone est souvent relié à un réseau informatisé de surveillance. Et, dans ce cas, l'heure de sonnerie est automatiquement enregistrée. De quoi foutre en l'air toute une procédure.

— Tout est connecté en ce bas monde, ajouta son adjoint, goguenard.

Un petit cumulo-nimbus avançait paresseusement au-dessus de la fondation. Comme s'il voulait se mettre en bonne position pour assister à l'intervention des policiers. Marcas prit son talkie et régla la fréquence protégée. Dix hommes attendaient ses ordres. Six gendarmes étaient cachés de l'autre côté du parc, où se trouvait une autre issue. Lui, son adjoint et deux policiers d'Avignon se tenaient prêts à foncer vers l'entrée principale. Selon leurs estimations, il y avait deux personnes à la fondation. Le gardien et le directeur qui y avaient élu domicile.

Marcas ouvrit le canal du talkie et fit un petit signe à Tassard et aux deux autres policiers.

— Écho 1 à Écho 2. C'est parti.

— Écho 2 à Écho 1. Bien reçu.

Il huma encore une fois l'air embaumé, jeta un dernier coup d'œil au ciel qui commençait à s'embraser.

— On y va. Vers l'Égypte et ses mirages.

Les quatre hommes sortirent de leur cachette et marchèrent rapidement. Ils longèrent un mur de pierre recouvert de mousse et de lierre et arrivèrent devant une haute grille peinte en vert. Une plaque noire en fer, décorée de motifs égyptiens, était scellée sur le mur.

Fondation Memphis, musée.

Derrière la grille se profilait un manoir provençal, période XIXe, en pierre du cru, tendance ex-nouveau riche industriel parisien qui se serait installé en Provence et en aurait rajouté des tonnes pour faire couleur locale.

Marcas consulta sa montre : 6 h 03.

— Que le spectacle commence, murmura-t-il.

Il appuya son index sur le bouton de l'interphone.

Rien ne se produisit. Il laissa passer une dizaine de secondes et appuya à nouveau plusieurs fois. La maison semblait déserte, les fenêtres restaient closes. Il frappa la grille avec le poing. Les coups se répercutèrent dans le parc silencieux.

Il pointa le doigt en direction d'un petit pavillon situé de l'autre côté de la grille, où logeait le gardien. Une lumière s'était allumée dans la pièce principale.

— Ah, nos amis daignent se réveiller, murmura Marcas.

L'interphone crachota. Un bourdonnement désagréable fit vibrer la petite grille en plastique. Une voix aigrelette chuinta.

— Le musée est fermé. Ça ouvre à 10 heures.

Marcas fit un signe de tête à son adjoint.

Tassard colla sa bouche sur l'interphone, en se tordant le cou.

— Police nationale. Nous avons un ordre de perquisition. Veuillez nous ouvrir ou nous enfonçons la grille.

Il tambourina à son tour sur la grille.

Au troisième étage du manoir, un volet s'entrouvrit. Antoine aperçut une petite lumière qui filtrait. Il prit le talkie.

— Écho 1 à Écho 2. Contact avec occupant.

— Écho 2 à Écho 1. Bien reçu, on va essayer de ne pas s'endormir pendant vos mondanités. Terminé.

Marcas sourit. Il aimait bien ce capitaine de gendarmerie, taillé comme un demi de mêlée. Il allait lui proposer de déjeuner avec lui, ça le changerait de Tassard qui passerait le repas à maugréer contre le monde entier. Une main se posa sur son épaule. La voix de son adjoint résonna à son oreille.

— Le gardien arrive.

Machinalement, Marcas mit la main sur la crosse de son arme. Un vieux réflexe.

Un jeune costaud à la tignasse ébouriffée, vêtu d'un tee-shirt noir, se planta derrière la grille.

— Vous avez un mandat ? grogna-t-il.

L'adjoint de Marcas sortit de la poche de sa veste la commission rogatoire signée par le juge d'instruction la veille et la tendit à travers les barreaux.

— Messieurs, nous avons affaire à un gardien soucieux de la procédure, c'est tout à son honneur. Mais il confond mandat et commission rogatoire. Peut-être un peu trop de séries télé américaines, ironisa Marcas en se retournant vers ses collègues.

— Quatrième saison des *Experts : Miami* avalée la semaine dernière, répliqua le jeune qui examina le papier.

Antoine haussa le ton.

— On parlera séries télé plus tard. Je vous conseille de vous dépêcher sinon nous enfonçons votre jolie grille ouvragée.

Le gardien examina le document, et émit un sifflement.

— Je n'en avais jamais vu en vrai. C'est comme à la télé. Je vous ouvre tout de suite.

— On a de la chance, on aurait pu tomber sur un accro à *Bob l'éponge*, grimaça Antoine.

Un déclic retentit. La grille s'ouvrit sans le moindre grincement. Les policiers s'engouffrèrent dans l'entrée. Le jeune gardien les regardait avec curiosité.

— Restez là, nous vous appellerons en cas d'urgence, ordonna Marcas d'une voix sourde.

Le gardien les regarda s'éloigner. Ils grimpèrent la volée de marches en pierre qui menait aux portes du musée.

L'adjoint de Marcas martelait déjà la porte de bois massif.

— Ouvrez, police !

Un bruit de parquet qui grince se fit entendre.

— J'arrive. Je vous ouvre.

Antoine et les trois policiers restaient sur la défensive. Par réflexe, ils se postèrent de chaque côté de la porte, arme au poing. L'une des premières choses qu'on apprenait à l'école de police était de ne jamais rester devant une porte au moment d'une perquisition. Les veuves d'une centaine de policiers pouvaient en témoigner. La porte s'ouvrit. Un homme de haute stature apparut sur le perron. Marcas fit un saut de côté.

Il se figea net.

12

1368 av. J-C.
Vallée du Nil
Thèbes

Un instant, Pharaon crut qu'il rêvait. Les serviteurs venaient de rentrer dans sa chambre, et déjà l'un d'eux se précipitait. Mais au dernier moment, son geste fut suspendu. Le serviteur s'immobilisa et le silence se fit dans la pièce. Aménophis gisait sur le plancher. Il devait se relever. Il chercha un appui sur le rebord du lit, mais il ne sentait plus sa main. Devant lui, les serviteurs étaient en train de s'estomper, de devenir transparents. Il essaya de crier, mais aucun son ne sortit de sa bouche. Il gisait près du lit, la lèvre fendue au cours de sa chute. Pour autant, il ne ressentait aucune douleur. En fait, il ne ressentait plus rien. Si ce n'est qu'autour de lui, tout se décomposait. Déjà les serviteurs avaient disparu. La pièce devenait de plus en plus sombre.

Il tenta de rassembler ses souvenirs, mais tout partait à la dérive. Il avait reçu les ambassadeurs étrangers et... Sa mémoire le fuyait... Puis Anémopi était tombée malade et... Il ne voyait presque plus rien. L'obscurité montait par nappes... puis, il était allé prier au temple d'Osiris et...

D'un seul coup, la nuit l'engloutit.

Le grand prêtre fut le premier à arriver. Affolés, les serviteurs n'osaient toucher le corps de Pharaon. Un filet de sang coulait de sa bouche. Tout son corps tressautait.

— Allongez-le sur le lit.

Un garde entra, glaive au poing.

— Les médecins, vite.

La main du grand prêtre happa la nuque d'un des serviteurs.

— Toi, va prévenir la reine.

Une lumière diffuse dissipa l'obscurité de la chambre. Stupéfait, Aménophis se retrouva au-dessus de son lit. Il voyait distinctement les médecins penchés sur un corps dont il ne parvenait pas encore à distinguer les traits. Un homme en robe noire tentait de lui ouvrir les lèvres. Il suait, la peur se lisait sur son visage. Pharaon cherchait à comprendre. Que s'était-il passé ? Il revoyait le jardin, Eupalinos, la fosse… La lumière redoubla d'intensité. Sa vision se métamorphosa, il pouvait distinguer le moindre recoin de la chambre. Il était comme un rayon de soleil. Rien ne lui échappait.

Il voyait tout : les mains tordues de douleur de sa femme, Néfertiti, un garde armé qui se tenait près de la porte, le visage muet d'émotion du grand prêtre. Jusqu'aux gouttes de sang qui tombaient sur le plancher de cèdre.

Mais pourquoi sa femme se tordait-elle les mains ? Brusquement, le chagrin de Néfertiti le bouleversa. Pour tout le peuple d'Égypte, ils formaient le couple sacré, le binôme qui incarnait l'avenir du royaume. Un bonheur tout en apparence, car lui n'avait qu'un amour en tête. Sa sœur.

Soudain, il descendit. Cette fois, il était sous le lit. Il voyait le corps du malade par transparence. Un corps maigre d'où saillaient les omoplates. C'était incroyable. Il repéra un cartouche gravé de hiéroglyphes sur un des montants du lit.

Son esprit se mit à courir comme un cheval au galop. Tous les hiéroglyphes de l'Égypte, des milliers de symboles, se rassemblèrent. Subitement, il comprit que tout était lié, que tout avait un sens.

Il remonta au-dessus du lit. Que s'était-il passé ? Après avoir quitté le jardin, il s'était retiré dans sa chambre. Sa tête tournait. Il s'était couché. Il avait chaud et froid en même temps. Il avait hurlé. Des serviteurs s'étaient précipités. Il avait tenté de se lever et puis…

Subitement, le mur, devant lui, s'ouvrit. Il vit tout le palais en enfilade, les serviteurs qui couraient dans tous les sens, la salle vide du conseil, une chambre où un courtisan s'habillait à la hâte. Arrivé aux portes du palais, il aperçut la silhouette d'Eupalinos dans le quartier des embaumeurs. Le quartier de la mort.

Il fut de nouveau au-dessus de son corps. Il se pencha pour voir le visage.

C'était *lui*.

Un flot de paroles et de pensées l'envahit aussitôt.

Le cœur ralentit de plus en plus.
Par tous les dieux, sauvez Pharaon, mon mari !

Après la sœur, le frère.
Le cœur ne cesse de ralentir !
Le médecin se releva brusquement.

Il se sentit happé vers le haut. Le plafond ondula, puis s'ouvrit en une bouche béante. Une bouche d'ombre.

Les ténèbres étaient de retour et réclamaient leur dû.

Il tenta de résister. La bouche s'élargit. Il se sentait monter. Au-dessous, le lit devenait minuscule. Les courtisans, les serviteurs, sa famille, s'éloignaient à vue d'œil.

Une dernière fois, il entendit leur pensée.
Il respire à peine.
Par Osiris, non !
Qui va régner ?

Aménophis sentit que la bouche d'ombre l'engloutissait.

Le grand prêtre sortit de la chambre, ferma les yeux et prononça une seule phrase :
— Pharaon est en train de mourir.

13

1368 av. J.-C.
Thèbes
Quartier de la Mort

Le corps de la princesse Anémopi reposait sur une dalle de pierre. Son visage n'avait pas encore pris la teinte cireuse de la mort. On avait fardé ses paupières et rehaussé de rouge ses pommettes. Eupalinos frissonna quand il rentra dans la cave des embaumements. L'air était glacial.

— Le froid conserve les corps, lança Sephoris, mais nous ne devons pas trop tarder, les premiers signes de corruption ne vont pas tarder.

Au chevet de la princesse se tenait Eremeth. C'est lui qui avait convoyé le cadavre du palais de Malgatta au quartier de la Mort.

Depuis des années, le chef de la garde accompagnait la dépouille des membres de la famille royale vers leur ultime demeure. Il était le dernier gardien du corps. Il le protégeait contre les esprits du mal qui erraient autour des morts. Pour une fois, Eupalinos n'était pas surpris par ces croyances. Les Grecs en avaient de très semblables. Jusqu'à ce que le corps soit embaumé, l'âme des défunts était sans abri. Faible, peureuse, elle tournait autour de son propre corps, sans pouvoir le rejoindre. C'était le moment le plus dangereux, car le monde invisible était rempli d'âmes fantômes, privées de sépulture rituelle, et qui cherchaient un cadavre pour élire domicile.

Sous la forme de démons menaçants, elles tentaient d'effrayer l'âme du défunt pour prendre sa place, dans son propre corps. Mais Eremeth veillait. Attentif au moindre souffle d'air, au moindre insecte qui pouvait trahir la présence d'une âme en peine, il protégeait le corps sacré de la princesse.

Sephoris examinait ses instruments posés sur un établi. Il avait renvoyé ses aides. Nul à part lui ne pouvait toucher une dépouille de sang royal. Il vérifia d'abord les vases sacrés. C'étaient eux – les canopes – qui allaient recueillir et préserver les organes vitaux avant d'être déposés dans la tombe. Sephoris fit tinter son index sur la panse des vases, puis en tâta le col avec le pouce. Eupalinos le regardait avec fascination.

— Les canopes doivent être d'une excellente qualité, énonça le maître des embaumeurs, il faut qu'ils résistent à la fois à la sécheresse du climat et au risque de fermentation interne.

À cette idée, le Grec fit la grimace. Sephoris, tout en contrôlant encore chaque vase, continua :

— Ça ne m'est arrivé qu'une fois. Un aide avait mal dosé le mélange d'aromates où devaient reposer des viscères. Ils se sont décomposés.

— Et alors ?

Le visage du maître des embaumeurs se fendit d'un sourire qui découvrit ses dents jaunies.

— Alors le vase a éclaté. Juste au moment de la mise au tombeau !

Il venait de saisir un instrument que le Grec n'avait jamais vu, une sorte de long crochet qui s'amorçait en poignée, se transformait en lame de couteau pour finir en une pointe recourbée. Sephoris vérifia la prise en main, puis le tranchant de la lame, avant d'aiguiser le crochet sur une pierre ponce.

Durant toute la préparation, Eremeth n'avait pas bougé, la main droite posée sur son glaive. Il scrutait les ténèbres au fond de la cave.

— Apportez les lampes à huile autour du corps.

Eupalinos s'exécuta.

— Coupez sa tunique – Sephoris lui tendit une lame effilée – et surtout n'entaillez pas la peau.

Les suivantes de la princesse l'avaient revêtue d'une robe blanche brodée d'or. Le Grec la trancha le long de la couture latérale. Au moment d'ôter le tissu, une pudeur imprévue le fit hésiter.

— Allons donc, ce n'est qu'une femme ! Vous n'en avez jamais vu ?

D'un geste brusque, Sephoris écarta le pan de la tunique. La princesse était nue, les seins menus et la toison du pubis à peine fournie. Le corps était intact. À part les traces noires à la commissure des lèvres, il n'y avait aucune tache suspecte sur l'épiderme, aucun signe d'une décomposition équivoque due à l'effet du poison.

— À cet âge, on dirait toujours qu'elles vont se réveiller, commenta l'embaumeur, en partant chercher ses instruments.

Eupalinos ne l'écoutait pas. Il écarta le bras de la morte et glissa deux doigts sous son aisselle. Il retint un cri. Son instinct ne l'avait pas trompé. Il se pencha pour mieux voir. Une boule de chair, lourde et noire, roulait sous ses doigts.

— Éloignez-vous.

Sephoris se courba sur le visage. Il leva les paupières et les maintint rétractées avec de minuscules bâtonnets gravés. Eremeth s'était penché à son tour et, un à un, vérifiait les dessins des hiéroglyphes. Devant l'air ébahi du Grec, l'embaumeur expliqua :

— Des démons peuvent se refléter dans ses yeux et ainsi pénétrer dans son esprit. C'est pour ça qu'on ôte le cerveau en premier. Les conjurations inscrites sur les bâtonnets la protègent durant l'opération.

La superstition des Égyptiens, face à la mort, était incroyable, mais Eupalinos s'abstint de tout commentaire. Il regardait l'embaumeur qui glissait un coussin sous la tête de la morte avant de poser une toile épaisse sur sa poitrine. D'un coup sec, il enfonça une lancette dans les narines. Un double filet de sang commença à serpenter des lèvres vers le cou.

— D'abord, on perce la paroi qui sépare les fosses nasales du cerveau…

Sephoris s'empara du crochet. La pointe fraîchement aiguisée brillait à la lueur des lampes.

— … puis on la brise…

Un craquement sec retentit. Le crochet venait de pénétrer sous le visage.

— … ensuite, on décolle l'encéphale du crâne…

Lentement, l'embaumeur commença de racler l'os. Les yeux s'enfoncèrent. Un des bâtonnets tomba. La paupière sombra aussitôt dans l'orbite. Sephoris changea de mouvement et actionna le crochet de haut en bas.

— ...La lame sert à broyer le cerveau, à le réduire pour l'extraire.

Un jus noir et gras, parsemé d'éclats roses, dégoulina puis se coagula sur la toile qui protégeait la poitrine de la morte. L'embaumeur la montra du doigt.

— Le tissu a plusieurs épaisseurs. Il sert de filtre en absorbant le sang. Le cerveau, c'est ce qu'il reste.

Le Grec, fasciné, regardait un monticule se former entre les deux seins de la princesse. Il s'approcha pour examiner les débris de l'encéphale. Jamais, en Grèce, il n'avait eu cette chance d'étudier de si près de quelle matière était fait l'esprit.

Autour du cou, retenue par un collier d'argent, pendait une intaille. Une pierre verte, gravée d'un *Ouroboros*. Un serpent qui se mordait la queue. Eupalinos la détacha avec précaution. C'était un cadeau de Pharaon : il portait la même autour du cou.

Sephoris ôta le coussin et boucha les narines avec du lin. D'une main experte, il cueillit les globes oculaires, saisit un vase à col étroit et commença à verser un liquide gélatineux dans les orbites.

L'odeur saline du natron envahit la cave. Eupalinos recula pendant qu'Eremeth récupérait les amulettes et les yeux pour les déposer dans un des vases sacrés.

— Le natron va dissoudre les derniers restes. Bientôt, le crâne sera vidé et...

Un coup de poing ébranla la porte. Sans attendre de réponse, un serviteur apparut. Il tomba aux pieds d'Eupalinos, la voix larmoyante :

— Seigneur, Pharaon est en train de mourir.

14

*De nos jours
Beaumes-de-Venise*

— Vous désirez, messieurs ?

L'homme parlait d'une voix caverneuse. Les trois autres policiers se tenaient aux côtés de Marcas et ne purent s'empêcher d'éprouver le même sentiment de répulsion.

Le visage de l'homme était brûlé du menton jusqu'aux pommettes. La peau, presque à vif, était gonflée par endroits de cloques violettes. La bouche n'avait plus de lèvres et se réduisait à une fente horizontale, craquelée sur le pourtour. Les yeux noirs étincelaient dans des orbites creusées à la serpe. Le front était encadré d'une chevelure noir de jais qui descendait jusqu'au cou. Il regardait les policiers comme s'il s'agissait de représentants de commerce. Marcas prit la parole.

— Nous venons effectuer une perquisition. Voici les papiers officiels. M. de Fléhaut est-il là ?

Le brûlé les dévisageait, sûr de l'effet que son apparence produisait, puis il s'effaça devant eux et indiqua du doigt l'intérieur de la maison.

— Le directeur de la fondation va descendre, veuillez me suivre, je vous prie.

Marcas était déstabilisé, le dossier sur la fondation ne faisait pas mention du personnage. Il était pourtant reconnaissable, les planques de surveillance auraient dû le repérer.

— Qui êtes-vous ?

L'homme étira l'ouverture qui lui servait de bouche.

— Personne... Avant, j'étais quelqu'un.

Le commissaire et ses collègues s'enfoncèrent dans le vestibule. L'homme referma la porte. Des masques mortuaires égyptiens étaient accrochés sur les murs. Une tête grimaçante de batracien, posée sur un pilier de bois peint, se moquait des visiteurs. Marcas toussa.

— Je vous ai posé une question.

Le brûlé inclina le buste.

— Yann Triskell, le gardien de la fondation en quelque sorte.

— On l'a vu le gardien, il nous a ouvert la grille, intervint Tassard.

— Lui garde la porte d'entrée. Moi, je garde cette maison.

Des bruits de pas précipités se firent entendre venant d'une autre pièce. Un homme essoufflé d'une cinquantaine d'années apparut sur le seuil, maigre, vêtu d'une robe de chambre nouée à la hâte, le visage encore bouffi de sommeil, le cou décharné, des cheveux gris ramenés en arrière. Fin de race, nota Marcas, soulagé de voir surgir un être humain.

— Nous avons une autorisation pour procéder à une perquisition. Nous avons besoin de vérifier vos dépôts d'œuvres et les certificats de propriété. Il est prévu d'emporter vos ordinateurs ainsi que les pièces comptables. Monsieur ?

— De Fléhaut. Antoine de Fléhaut, je suis le directeur de la fondation, mais...

— Veuillez nous indiquer les pièces de stockage, s'il vous plaît, monsieur de Fléhaut.

L'échalas se redressa. Les joues gonflées, il ressemblait à un héron.

— Je proteste. Nous sommes une fondation respectable et…

Marcas brandit sa commission rogatoire.

— Nous perdons du temps. Si vous ne coopérez pas, je considérerai cela comme de l'obstruction. On vous mettra les menottes et nous fouillerons quand même cette maison de fond en comble. À vous de voir.

Fléhaut passa la main sur son visage et s'appuya contre le mur. Antoine eut l'impression fugitive que le directeur de la fondation avait adressé un regard apeuré à l'homme brûlé.

— Allez-y. Veuillez m'excuser, je suis fatigué en ce moment. Yann, aidez ces messieurs. Je vais me changer en attendant.

Le défiguré inclina à nouveau le buste. Marcas leva la main.

— L'un de mes hommes va vous accompagner à votre chambre.

— Je ne vais pas m'enfuir, répondit le directeur de la fondation d'une voix lasse.

— Je n'en doute pas. Mais c'est obligatoire.

Le commissaire fit un signe de tête à l'un de ses adjoints, s'isola dans un coin de la pièce et prit son talkie.

— Écho 1 à Écho 2. Tout se passe bien.

— Écho 2 à Écho 1. Super, on va pouvoir continuer à dormir.

— Écho 1 à Écho 2. Fidèle à l'esprit de la gendarmerie. Terminé.

Marcas sentait l'excitation monter en lui. Il allait retourner chaque centimètre de cette putain de fondation.

— Au travail, lança-t-il. Toi, Tassard, accompagne le directeur le temps qu'il se change et, ensuite, direction son bureau. Un homme va avancer la voiture à l'entrée pour charger les documents et les ordinateurs de la fondation. Un autre en appui avec moi.

Les policiers connaissaient leur mission et disparurent dans le manoir.

Deux heures plus tard, ils n'avaient toujours rien. Les œuvres exposées dans le musée correspondaient toutes au relevé du catalogue de la fondation. Le coffre-fort ouvert, les papiers mis sous scellés et déposés dans la voiture, ils s'étaient tous retrouvés dans la cave principale de la maison, déjà fouillée une première fois. Le brûlé et le directeur restaient impassibles. Marcas inspecta la cave voûtée. Il n'y avait aucune odeur d'humidité, une grosse ouverture grillagée laissait passer l'air de l'extérieur. Les murs ne présentaient pas de trace de salpêtre.

— Rien d'autre à me montrer ?

— Non, j'aimerais en finir, répondit Fléhaut qui avait revêtu un costume. Le musée attend ses visiteurs à partir de 10 heures.

— Je confirme, ajouta Yann, nous attendons deux groupes allemands. La fondation a toujours scrupuleusement respecté la législation.

Antoine était persuadé qu'ils mentaient. Il lui restait deux options : les embarquer maintenant et les mettre en garde à vue, au risque de rater son flag ou bien trouver la faille. Mais laquelle ? Le camion arrivé de Marseille avait bien dû décharger sa cargaison quelque part.

L'heure tournait. Par expérience, il savait que les trafiquants ne font jamais preuve d'imagination pour planquer leur came. C'était là, sous ses yeux. Quelque part. Il refit le tour de la cave, encombrée de caisses et cartons poussiéreux.

Il allait renoncer quand, tout à coup, un détail l'alerta. Il se baissa et aperçut la trace de deux lignes irrégulières au sol. Il passa son doigt sur l'un des traits noirs. Son index se colora de gris.

— Vous avez déposé des objets récemment ?
— Ça nous arrive, de temps à autre.
— Et ici, qu'y a-t-il ?

Il montrait un enchevêtrement de caisses en bois de plus de deux mètres de haut, posées contre un mur.

— Rien, ça s'entasse depuis des années.

Antoine plissa les lèvres.

— Dégagez tout ça.

Fléhaut se raidit et jeta un coup d'œil furtif au brûlé.

— C'est dangereux, les caisses sont pleines de clous rouillés.

— L'administration met à disposition des sérums antitétaniques. Tassard, donne un coup de main à monsieur le directeur.

Un quart d'heure plus tard, les caisses enlevées avaient révélé une ouverture obstruée par une plaque de bois, assez large pour laisser passer un homme, et insérée dans la paroi de pierre.

Marcas se tourna vers Fléhaut.

— C'est quoi ?

— Je ne sais pas. Personne ne rentre là-dedans, c'est trop dangereux, il y a même des rats.

— Des rats ? Voyez-vous ça... Ça mène où ?

Fléhaut perdait de son assurance.

— Je ne sais pas, les égouts peut-être.

— Les égouts d'où sortent les fameux rats. J'avais oublié. Mais qu'avons-nous là ?

L'ouverture béante donnait sur une rampe en béton qui s'enfonçait dans l'obscurité. Marcas braqua une torche, le sol descendait à une profondeur d'environ deux mètres. Au fond, il y avait d'autres caisses.

— C'est quoi ? demanda Marcas à Fléhaut.

— Je vous l'ai dit, je ne sais pas.

Vingt minutes plus tard, les policiers avaient rapporté au grand jour leurs découvertes. Trois statuettes de divinités, Osiris, Isis et Bastet reconnaissable à sa tête de chat, une dizaine de vases et un petit coffre rempli de turquoises. Marcas émit un sifflement.

— Eh bien, monsieur de Fléhaut, vous allez sans doute nous dire que vous ne connaissez pas la provenance de ces objets ?

Le directeur avait croisé les bras. Son visage se contractait.

— Je n'ai jamais mis les pieds ici.

— Bien sûr... Bien sûr. On trouve tellement de choses dans ces vieilles demeures. Vous allez nous expliquer tout cela avec votre ami.

— Je veux parler à mon avocat.

— Vous le ferez au commissariat. Tassard, réveille nos amis les gendarmes, qu'ils amènent leur fourgon, ils ont des invités.

Le petit groupe sortit de la cave. Marcas était plus que satisfait. Le flag obtenu, le reste suivrait. La mission était terminée. Le brûlé et le directeur de la fondation avaient été menottés et restaient debout devant l'entrée. Curieusement, Triskell restait de marbre, comme si tout ce qui s'était passé ne le concernait pas, alors que Fléhaut paraissait abattu. Marcas tapa sur l'épaule de Tassard.

— Je crois qu'on a bien mérité de s'en jeter un.

— Avec plaisir.

L'un des gendarmes s'approcha de Marcas. Il lui murmura quelque chose à l'oreille. Antoine fronça les sourcils et vit arriver le jeune gardien.

— Vous vouliez me parler ?

— Écoutez, moi je ne suis au courant de rien. On m'a embauché pour faire le gardien pendant six mois. Je vous le jure.

Il paraissait sincère.

— Je n'en doute pas mais il va falloir nous suivre. Vous devez être interrogé. Comme témoin assisté, je ne sais pas encore.

Le gardien jeta un regard apeuré en direction de son patron et du brûlé puis murmura à l'oreille de Marcas.

— Je bosse ici pour me faire de la thune. C'est tout. Ça me permet de continuer mes études. Je veux pas aller en prison pour ces connards. J'ai un tuyau à vous filer. Dans les séries télé, les innocents aident la police, non ?

— Ça dépend des séries, les coupables aussi quand ils veulent se faire bien voir.

— Il se passe des choses étranges ici.

— Je sais, on trouve des œuvres d'art égyptiennes dans les caves.

— Non.

Le gardien pointa le doigt en direction du fond du parc.

— Il existe un ancien pavillon de chasse, à trois cents mètres d'ici. Personne n'a le droit d'y entrer. Il est fermé depuis la mort de l'ancien propriétaire. Pourtant…

— Pourtant ?

— Quand je fais ma ronde dans le parc, j'entends des bruits.

— Quel genre de bruits ?

— Des raclements, des gens qui parlent. Une nuit, il y a un mois, j'ai cru voir de la lumière derrière les volets. Alors, j'y suis allé avec ma copine. Je vous jure qu'on a entendu des voix. J'ai frappé à la porte et ça s'est arrêté net.

Marcas sourit à son adjoint qui regardait sa montre.

— Un manoir provençal hanté… Merveilleux. Peut-être que monsieur de Fléhaut organisait des petites soirées privées ?

Le jeune gardien avait l'air terrorisé.

— Quand j'ai demandé ce qui se passait là-bas, Yann m'a dit que s'il me trouvait aux alentours, il s'occuperait de moi personnellement. Ce type me fout vraiment les jetons.

— C'est normal, étant donné son allure, répondit Tassard d'un ton agacé. On s'en va, patron ?

— Je vous jure, allez-y. Je suis sûr qu'ils ont mis quelque chose là-bas. Je sais pas quoi.

Marcas scruta le directeur et le brûlé. Ce dernier dardait vers lui son regard noir. Un regard de haine.

— Tassard, tu peux boucler l'opération ? Et laisse-moi Fléhaut, on n'a pas fini la visite.

Le directeur de la fondation ouvrit de grands yeux. Marcas y lut distinctement de la peur.

15

1368 av. J.-C.
Thèbes
Palais de Malgatta

Le grand prêtre avait revêtu sa robe de deuil. Pharaon gisait sur le lit d'apparat. Autour de lui, le défilé des courtisans avait déjà commencé. On se prosternait devant la dépouille prochaine du maître des deux Égypte. Ambassadeurs en tunique sombre, princesses du sang, généraux en cuirasse de parade, tous se pressaient pour voir le monarque agoniser sous les draps de lin. On avait envoyé des messages aux confins du pays. Des rives du Nil aux frontières du désert, la rumeur enflait : Pharaon allait mourir, Pharaon était mort.

Bientôt, la foule allait assiéger le palais et toute l'Égypte vivre au rythme du deuil.

Le grand prêtre s'était retiré dans un coin de la chambre, loin du cortège éploré des visiteurs. Le visage impassible, il écoutait le compte rendu des médecins qui venaient d'examiner Aménophis. Pour eux, il était perdu. Un mal mystérieux avait pris possession de son corps. Il serait mort avant le petit matin. Le grand prêtre les congédia d'un geste. Son visage émacié se tourna vers la chambre. Toute l'assistance avait vu les médecins rendre leur verdict. Nul n'avait rien entendu, mais plus personne ne doutait de l'issue fatale. Déjà, certains courtisans quittaient la pièce. Ils se rendaient en toute hâte auprès de la jeune reine, la future régente.

Le corps d'Aménophis se mit à tressauter. Une écume blanche déborda de ses lèvres tandis que ses dents s'entrechoquaient. Les médecins s'avancèrent, mais ne savaient que faire.

— Par Esculape – une voix rugit de la porte – mais réagissez ! Vite, ouvrez-lui la bouche ! Vous voulez qu'il s'étouffe avec sa langue ?

Tous se retournèrent. Eupalinos, la barbe tachée de sang, venait de surgir.

Le Grec se précipita vers Aménophis. Un murmure d'horreur se répandit. Un courtisan dégaina son poignard. Eupalinos s'en empara. Il glissa la lame entre les dents du mourant et la fit pivoter. Peu à peu, les mâchoires se desserraient. Une femme lui tendit un foulard en tremblant. Il le roula en boule et l'inséra entre les molaires pour éviter que la bouche ne se referme brusquement. Il examina la langue, elle était intacte quoique révulsée. Lentement, il se releva. Il sentait derrière lui les regards des Égyptiens. Lui, un étranger, avait osé toucher Pharaon. Avant de se retourner, il glissa discrètement la main sous l'épaule d'Aménophis. Une boule de chair était en train de se former. Elle n'était pas encore dure. Avec un peu de chance, il pouvait encore le sauver.

Le grand prêtre n'avait pas bougé. Les yeux fixes, il semblait perdu dans une prière lointaine. Eupalinos le provoqua du regard. Les deux hommes ne s'appréciaient guère. Chacun redoutait l'influence de l'autre. Le grand prêtre détestait la curiosité intellectuelle du Grec, sa volonté d'expliquer toute chose par le raisonnement. Eupalinos se défiait du clergé et se moquait de ses superstitions.

Dans le lit, la respiration d'Aménophis devenait plus calme. Ses membres ne tremblaient plus. Ses joues s'étaient creusées et deux rides parallèles barraient son front. En quelques heures, il avait vieilli de plusieurs années.

Le grand prêtre s'était avancé près de la couche royale. Lui aussi examinait la face marquée de Pharaon.

— Ainsi est le visage de l'homme qui s'est trop approché de l'origine du Soleil, prononça-t-il d'un ton énigmatique.

Eupalinos chercha le sens caché de ses paroles obscures. Il ne le trouva pas.

— Grec – la voix du grand prêtre retentit – que dis-tu du destin de Pharaon ? Va-t-il nous quitter, nous ses enfants ? Ou, sur le chemin de l'éternité, va-t-il revenir sur ses pas ?

— Seigneur, répondit Eupalinos, le chemin est long et tortueux qui mène au monde d'en bas.

Le grand prêtre frappa des mains. Tous les courtisans se levèrent. Des esclaves ouvrirent les battants de la porte. Un à un, les visiteurs sortirent. Eupalinos allait se joindre à eux quand le grand prêtre l'arrêta d'un geste.

— Si tu ne veux pas le rejoindre dans l'au-delà, alors fais que Pharaon rebrousse chemin.

On lui avait accordé une aide, une jeune esclave dévolue aux basses tâches, une adolescente qui se tenait, tremblante, près de la porte d'entrée. Sitôt le grand prêtre parti, Eupalinos avait commandé qu'on aille chercher dans sa chambre, la caisse en bois d'olivier qui l'accompagnait, depuis des années, dans ses périples. Les charnières du couvercle étaient usées, Eupalinos l'ouvrit avec précaution. À l'intérieur, il choisit une fiole bleu pâle, versa une poudre odorante dans une coupelle puis, d'un vase en terre cuite, extirpa une poignée d'herbes sèches. Ensuite, il prit une balance de cuivre et pesa avec précaution chacun des ingrédients. Quand la bonne proportion fut atteinte, il versa le mélange dans un mortier et commença de le broyer.

— Quel est ton nom ?

L'esclave s'agenouilla avant de répondre.

— Aleiah, Seigneur.

Eupalinos la regarda avec curiosité. Elle avait une peau de miel, des yeux dont on ne connaissait pas la couleur en Égypte.

— D'où viens-tu ?

— Je viens des terres des Vents.

Le Grec ne réagit pas immédiatement. Son mélange était prêt, il s'assit sur le bord du lit. Les lèvres d'Aménophis étaient sèches et gonflées, il les desserra à l'aide d'une spatule en bois et commença de verser les premières gouttes. Dans le nord de la Grèce, on se servait de cette préparation pour sauver les enfants qui avaient mâché de la ciguë.

Quand il eut fini, il reposa la tête inerte de Pharaon sur le coussin. Seul un souffle inégal prouvait qu'un peu de vie demeurait tapie dans ce cadavre en sursis.

Eupalinos se leva. L'esclave était toujours agenouillée.

— Des terres des Vents, c'est bien ça ? Lève-toi et va chercher la bassine en cuivre.

Aleiah s'exécuta. Ses pieds moites laissaient une empreinte, vite évaporée, sur les dalles du sol. Eupalinos, lui, réfléchissait : les terres des Vents ! Des caravaniers qui venaient de l'ouest en parlaient parfois, à voix basse. On disait qu'au plus profond du désert, s'élevait un massif, sans cesse habité par le vent, un labyrinthe de gorges asséchées, de plateaux pierreux que même les nomades évitaient prudemment. Pourtant, une rumeur tenace voulait qu'au centre de ce dédale existât une vallée heureuse et fertile. Le Grec secoua la tête. Ce n'était pas le moment de se laisser distraire par des légendes. Il se tourna vers Aleiah.

— Prends la bassine en cuivre et pose-la sous le menton de Pharaon. Si Esculape le veut bien, nous le sauverons.

16

1368 av. J.-C.
Vallée du Nil
Thèbes

Pharaon ouvrit les yeux. Tout était calme, serein. Plus de douleur, de peur... Pour la première fois, depuis longtemps, il se sentit bien. Pourtant, il était de nouveau dans l'obscurité. Une voix résonna.

— Qu'as-tu fait de la vie que je t'ai donnée ?

Aménophis reconnut la voix, mais resta muet. Il avait toujours eu peur de son père, toujours craint de ne pouvoir l'égaler. Souvent, dans le regard de ses conseillers, il avait vu la comparaison s'établir. Et toujours à son détriment.

Brusquement, des images jaillirent.

Deux hommes se disputaient. Ils étaient en colère. À cause de lui. La salle du trône avait été désertée par les courtisans. Son père et le grand prêtre haussaient le ton. Il ne comprenait pas. Il n'avait rien fait de mal. Au contraire, tout avait été si naturel.

Sa sœur s'était réfugiée dans sa chambre. Il tenta de la rejoindre, mais des serviteurs veillaient devant la porte.

Une voix grave envahit la chambre.

— Seigneur, tu ne peux laisser l'héritier du trône prendre de telles habitudes. Il en va de l'avenir de l'Égypte.

Les veines sur le front d'Aménophis III se durcirent. Il contenait sa colère avec peine. Tout autre que le grand prêtre serait déjà mort ou emprisonné. Mais il ne pouvait pas éliminer le puissant chef du clergé de Thèbes. Il tenta de temporiser.

— Ce ne sont que des adolescents.

La voix du grand prêtre vibra comme la corde d'un fouet.

— Seigneur, depuis plusieurs générations déjà, l'habitude s'est prise dans la famille royale de se marier et de se reproduire entre frère et sœur…

— Le seul moyen de préserver le sang et d'assurer sa pureté !

— Seigneur, encore un mariage de ce genre et la pureté du sang ne sera plus qu'un souvenir. Ton fils ne donnera vie qu'à un Pharaon amoindri, un dégénéré qui ne régnera pas.

— Tu oses prétendre…

— Seigneur, toi et les tiens n'avez pas de vie propre. Vos désirs ne peuvent être que ceux du royaume. Vos vies ne sont que l'incarnation de l'Égypte éternelle. Vous vous devez tout entiers à la terre et au peuple. Vous ne vous appartenez pas.

L'argument avait porté. Sous le maquillage rituel, le visage d'Aménophis blêmit.

— Que veux-tu que je fasse ?

Le grand prêtre se prosterna. Il pouvait courber l'échine. Il venait de l'emporter.

— Seigneur, il n'y a qu'une solution : marie ton fils.

Soudain, le temps s'accéléra. Aménophis se trouvait dans un temple. Il était seul. Il traversa le péristyle et se dirigea vers le *naos*. Les murs étaient couverts de fresques. Partout, des effigies des dieux rayonnaient de lumière. Même Anubis, le dieu du monde d'en bas, irradiait comme un soleil. Jamais il n'avait ressenti une si grande force.

— Force et vigueur.

Il reconnut la voix. Sa sœur était auprès de lui. Elle se tenait sur un siège, le visage lumineux, entre deux colonnes. Elle semblait flotter dans les airs.

— Où suis-je ?
— Dans un lieu de passage.

Il tendit la main. Le trône recula aussitôt.

— Je ne peux pas te rejoindre ?
— Tu as encore un long chemin à découvrir et tu n'as pas passé toutes les épreuves.

Autour de lui, les dieux devenaient incandescents. Il tendit la main à nouveau et buta contre le mur de fresques. La pièce se rapetissa jusqu'à atteindre la taille d'une cellule.

— Je suis prisonnier ?
— Prisonnier de toi-même, de tes propres représentations. Si tu veux continuer le chemin, il va falloir te dépouiller de toutes tes croyances. Mais je t'aiderai.

— Mais comment sais-tu…
— Je suis allée jusqu'au bout de la mort, jusqu'aux portes de l'éternité.

Sa sœur franchit le mur de fresques. Elle lui prit la main. Il pouvait sentir sa chaleur. Ses yeux bleus le fixaient avec chagrin.

— Tu dois savoir une chose importante.
— Quelle chose ?
— Même si j'ai atteint les portes de l'éternité, je n'ai pu les franchir.
— Mais pourquoi ?
La main se retira et toute chaleur se dissipa.
— Il m'a tuée, mon frère. Le grand prêtre m'a fait assassiner.

17

De nos jours
Beaumes-de-Venise
Fondation Memphis

Le trajet jusqu'au pavillon de chasse construit au milieu d'une clairière n'avait pas pris plus de dix minutes. Le bâtiment était de forme carrée. Les fenêtres étaient murées, et le toit présentait une curieuse particularité : une charpente recouverte de tuiles noires de forme pyramidale. Marcas s'était fait accompagner par l'un des policiers, le jeune gardien et le directeur de la fondation, à qui on avait enlevé les menottes. Devant la porte, Marcas se tourna vers ce dernier.
— Et là, il y a des rats aussi ?
— Je n'en sais rien. Je n'y mets jamais les pieds.
— Comme dans la cave ! C'est dingue ce qu'on trouve dans les endroits que vous ne fréquentez pas. On entre comment ?

Fléhaut restait muet.

— J'ai un double des clés, glapit le jeune gardien, mais je veux pas entrer seul là-dedans.

Le directeur le fusilla du regard. Le jeune homme sortit un trousseau et s'approcha de la serrure. La porte s'ouvrit sans grincement.

Le petit groupe pénétra dans le pavillon silencieux. Une ouverture percée dans le plafond en forme de pyramide laissait filtrer un mince rayon de lumière qui ne suffisait pas à chasser l'obscurité.

— On ne peut pas y voir plus clair ? lança Marcas au gardien.

— Je ne sais pas. Je ne vois pas le commutateur, chuchota ce dernier.

Ils s'avancèrent au centre de la pièce. Leurs yeux commencèrent à s'habituer à la pénombre. La grande salle semblait vide, à l'exception d'un objet recouvert d'un drap qui trônait en son milieu, juste sous le rayon de lumière. L'objet dissimulé faisait face à deux colonnes de pierre, très hautes. Le style était épuré, sans fioritures. Entre les deux piliers, pendait un grand voile blanc. Marcas s'approcha.

— Lieutenant, sortez votre torche et braquez-la sur ce truc.

Le policier d'Avignon sortit sa lampe, cliqua sur l'interrupteur. Une pauvre lumière se mit à clignoter.

— Désolé, il n'y a quasiment plus de piles. On a dépensé tout le jus dans la cache de tout à l'heure.

— Monsieur de Fléhaut, il y a un interrupteur ici ?

— Je vous l'ai déjà dit. Je ne sais pas.

— Ben voyons !

Marcas prit la torche qu'il dirigea vers le drap. Une pâle lueur illumina le tissu, couleur bleu nuit.

— On dirait une sorte de fauteuil, dessous.

Le faisceau de la torche remonta le long des pieds vers le centre du fauteuil. Une forme bosselée se dessinait entre le tissu et le siège.

Marcas se tourna vers le directeur et leva la lampe sur lui. Sous le halo, le visage de l'homme formait un masque de cire, un visage froid, livide, dont les petits yeux ne cillaient pas. La peur avait disparu. La métamorphose avait laissé place à quelque chose d'insidieux, de malsain.

— Pouvez-vous nous dire ce qu'il y a sur ce siège, monsieur de Fléhaut ?

Le directeur de la fondation eut un sourire ironique.

— Vous n'avez qu'à regarder vous-même.

Il y avait du défi dans sa voix.

Antoine s'avança vers le siège. Il ne pouvait s'empêcher de ressentir une appréhension. On avait tendu un drap pour cacher une chose mystérieuse aux regards.

— Tenez-moi la torche.

Il donna la lampe à son assistant. Le halo faiblit en tremblotant. La lueur devint diffuse.

— Les piles vont lâcher, lança le policier.

— On en a de rechange ? demanda Marcas, agacé.

— Oui, chez les gendarmes.

Marcas décrocha son talkie.

— Écho 1 à Écho 2 : vous pouvez nous apporter des piles ou une torche ?

— Écho 2 à Écho 1 : affirmatif, on va vous trouver ça.

— Écho 1 à Écho 2 : merci, terminé.

Marcas posa la main sur le tissu du drap. Il était soyeux, presque doux. Il tira sur le drap, plus lourd qu'il ne le croyait. Le tissu ne venait pas. Il était attaché à plusieurs extrémités du siège.

— Merde. Quelqu'un a un couteau ?

— Oui, dit le gardien qui sortit un Opinel.

Marcas ouvrit la lame et entreprit de couper les points d'attaches. Il n'osait pas toucher ce qu'il y avait sous le tissu, comme si la chose allait bondir sur lui.

La torche s'éteignit brusquement.

La pièce retomba dans les ténèbres.

— Et merde ! Plus de jus.

— Je m'en doute, fit Marcas.

Ses yeux tentèrent de s'habituer à l'obscurité. Un silence glacé s'était installé entre les quatre hommes. Il entendit un bruit de pas sur le côté, là où se trouvait Fléhaut.

— Surtout ne bougez pas, intima le commissaire.

Les pas se firent plus feutrés.

— J'ai dit stop !

— Calmez-vous, je suis là, proféra d'une voix neutre le directeur de la fondation.

L'origine de la voix s'était déplacée de l'autre côté du fauteuil. Marcas s'appuya sur l'un des accoudoirs. Il sentit quelque chose de dur sous le tissu.

— On va attendre que la lumière revienne, gronda Marcas. Putain, dites-moi ce que vous avez fait de cet endroit.

— Je vous l'ai dit, un ancien pavillon de chasse. À une époque, on y donnait des concerts, il paraît qu'il y avait un piano. La veuve d'Hassan al-Asroul a ensuite muré toutes les fenêtres et peint le plafond de la verrière pyramidale en noir. Elle a enlevé tous les meubles et fait ériger les deux colonnes.

Marcas nota que la voix avait à nouveau changé de place, comme si le directeur de la fondation tournait autour d'eux.

— Bordel, je vous ai dit de vous arrêter, réitéra Marcas. Lieutenant, arrêtez-le. Je n'aime pas ça.

— Les ténèbres vous gênent, commissaire ? J'oubliais, les policiers aiment la lumière.

La voix était dure, tranchante, ironique.

— Vous savez ce qu'il y a sur le siège ?

— Bien sûr et vous aussi, chuchota la voix derrière lui. Vous l'avez deviné dès le début.

Marcas se retourna. Il lança son poing dans le vide. En vain. Fléhaut était devenu un fantôme, une ombre mouvante dans la nuit.

— Allez-y, commissaire, retirez la couverture. Vous crevez d'envie de savoir.

— Lieutenant, coincez-moi ce type !

— J'arrive pas, on y voit que dalle.

— Sors ton arme et poste-toi à l'entrée.

Un rire aigrelet perla.

— Attention, commissaire, il risque de tirer sur vous ou sur le gardien. La voix semblait provenir de l'autre bout de la pièce.

— Arrêtez vos conneries. Dans quelques minutes, les gendarmes vont arriver.

— Il peut se passer bien des choses en une minute. Une éternité pour certains, répondit la voix des ténèbres.

— Je me casse aussi, glapit le jeune gardien. Ça me fout la trouille, vos histoires.

Marcas était ulcéré, il s'était lui-même mis dans cette situation. Il aurait dû faire chercher des piles de rechange quand ils étaient entrés dans le pavillon. De plus, il avait fait la connerie de laisser son arme à Tassard, juste après la fin de la perquisition. Il hésitait entre s'emparer de Fléhaut et retirer la couverture du siège.

— Pourquoi avons-nous peur de l'obscurité, commissaire ?

— Je m'en fous. Ne faites pas l'idiot. Vous allez plonger pour recel et probablement trafic d'œuvres d'art volées, vous voulez un délit de fuite en plus ?

— Vous ne répondez pas à ma question. Les ténèbres, commissaire, les ténèbres. On en a tous peur. Ceux qui ont aménagé cet endroit savaient ce qu'ils faisaient. L'absence de lumière n'est-elle pas la fin de tout espoir ?

La voix était chuintante, étouffée.

— Je me casse ! hurla le jeune gardien.

Des pas rapides s'éloignèrent. Marcas tenta de garder son calme. La situation lui échappait. Sans repère visuel, il ne pouvait contrôler à la fois le gardien et Fléhaut. Il fallait mieux qu'il laisse partir le jeune.

— Lieutenant, bloquez la porte.

Un bruit sourd retentit.

— Lieutenant ?

— Il l'a assommé, cria le jeune gardien.

Un autre coup sourd. Marcas reconnut le bruit d'un corps qui s'affaissait.

Sa peau se hérissa.

— Les ténèbres. Les ténèbres. Vous les sentez autour de nous ? Elles sont vivantes, aussi réelles que vous. Et elles me parlent. De vous…

La porte se ferma dans un grincement métallique. Toute la salle était désormais plongée dans les ténèbres, sauf le haut du fauteuil sur lequel tombait le rayon de lumière.

Deux détonations retentirent.

18

1368 av. J.-C.
Thèbes
Quartier de la Mort

Sephoris avait revêtu une longue robe noire. Le tissu était épais, rêche, parsemé de taches sombres. Il venait de vider la boîte crânienne. Le natron avait pris une consistance grumeleuse. Tout ce qui adhérait encore à l'os, tissus, filaments… finissait au fond d'un chaudron de bronze. Seul un capillaire sanguin, tel un serpent minuscule, flottait en surface. Malgré les années, Sephoris était toujours fasciné par la variété étonnante de l'anatomie humaine. Cette veine s'était gonflée, distendue, au hasard des émotions de la princesse. Elle avait battu au rythme de ses plaisirs et de ses peines pour finir dévorée par les rats du Nil. L'embaumeur haussa les épaules. Il n'était pas là pour méditer, il avait un travail à finir.

Découper l'abdomen était toujours une tâche délicate. En fait, il fallait tailler dans le ventre une sorte de couvercle que l'on pouvait ouvrir et fermer à volonté. Pour cette opération, les embaumeurs n'utilisaient jamais de métal, ils se servaient de pierres aiguisées qui coupaient mieux qu'une lame. On disait que ces pierres au tranchant inégalé venaient d'au-delà les sources du Nil. Elles étaient si rares et précieuses que les embaumeurs ne s'en séparaient qu'aux portes de la mort.

Sephoris incisa d'abord l'épiderme en forme d'ovale, puis il tâta l'intérieur de la plaie avec le petit doigt pour évaluer la résistance des tissus et des muscles. Chaque abdomen était différent et il fallait éviter à tout prix de transpercer les tissus au risque de léser un organe. Il commença d'ouvrir juste au-dessus du pubis, puis remonta vers la droite, avant d'entreprendre le chemin en sens inverse. Pas de graisse, pas de muscle tétanisé, la pierre taillait sa route de chair. Il s'arrêta juste sous les côtes. C'était l'instant de vérité.

Lentement, il souleva la paroi de chair. Une odeur violente l'assaillit. *Mauve*.

Pendant que l'embaumeur ouvrait l'abdomen, Eremeth, le chef des gardes, procédait à une autre opération. Penché sur une table, il dessinait au charbon de bois les contours d'une forme humaine. Ce travail accompli, il traça sept cercles à différents endroits du corps. Le premier aux chevilles, le second aux genoux, le troisième au pubis...

Un bruit de serrure lui fit lever les yeux. Sephoris venait d'ouvrir la porte et appelait un serviteur. Il portait un canope dont il avait scellé le goulot au moyen d'un bouchon de lin huilé. Une traînée de graisse coulait lentement le long du vase. Du travail rapide, songea Eremeth, avant de se remettre à l'œuvre. Un cercle au niveau du nombril, un autre à la place du cœur, le suivant sur la gorge et le dernier entre les deux yeux.

— Cours au palais et porte ce vase au Grec, Eupalinos. Uniquement à lui. Tu m'as compris ?

Le serviteur acquiesça, prit le vase et disparut. Eremeth n'avait pas réagi, il venait de sortir d'un coffret d'ivoire sept amulettes d'or et d'onyx.

— Tu t'entraînes ? l'interrogea Sephoris

— Je n'ai pas droit à l'erreur, embaumeur, si l'on veut que la princesse ait accès à la vie éternelle, il faut que chacun de ses centres vitaux soit protégé par le nom d'un dieu.

Il choisit une des amulettes et la plaça sur le cercle de la gorge.

— Que le dieu Thot inspire tes paroles quand ton âme sera pesée et jugée.

Sephoris s'écarta prudemment. S'il ne craignait plus les morts, les dieux l'inquiétaient toujours. Il bredouilla une prière à Osiris et se remit aussitôt au travail. Après le foie qu'il avait déjà retiré, il lui fallait maintenant dévider les intestins et extraire les poumons.

L'estomac n'avait pas posé de difficulté. Il avait rejoint les autres viscères qui, lavés, parfumés, finiraient scellés dans les vases sacrés. Sephoris se releva, le visage en sueur. Il venait de terminer le plus ingrat, le ponçage méticuleux de l'abdomen. Penché sur sa table, Eremeth venait de placer sa dernière amulette. Quand le corps serait dans son linceul, il n'aurait plus qu'à les ajuster au bon endroit entre les bandelettes. L'embaumeur, lui, se pencha à nouveau et glissa la main entre les côtes. Il lui restait une dernière tâche : arracher le cœur.

19

Thèbes
Palais de Malgatta

Eupalinos contemplait le corps dénudé de Pharaon. Le cœur battait lentement sous le flanc, la respiration n'était plus qu'un souffle léger. À l'aide d'une aiguille, le Grec piquait des points sensibles de l'anatomie. Il avait commencé par le talon et remontait le long de la cuisse. En vain. Pourtant Aménophis avait réagi à l'antidote. Presque aussitôt, il avait vidé ses entrailles. Si les viscères avaient réagi, le reste du corps restait inerte. Depuis des heures, aucun muscle de Pharaon n'avait bougé. Il semblait perdu dans un lointain sommeil. À ses pieds, Aleiah, le visage dans les mains, invoquait ses dieux. L'aiguille à la main, Eupalinos hésitait. Il avait appris cette technique sur les champs de bataille. Pour distinguer les blessés inconscients des morts, on chauffait une aiguille à blanc et d'un geste sec...

On frappa à la porte, Aleiah se leva pour ouvrir. Un serviteur entra qui tenait un vase entre ses mains.

— Seigneur, mon maître vous envoie cela.

Le Grec le congédia et tira aussitôt sur le bouchon de lin. Une odeur atroce envahit la chambre. Aleiah se précipita vers la fenêtre.

— Surtout ne te retourne pas !

La fille des terres des Vents se mit à trembler.

Eupalinos versa le contenu du canope. Une masse visqueuse tomba, forme noire trouée d'ulcères.

Le Grec comprit aussitôt. On avait empoisonné Anémopi et sans doute Pharaon. Il fallait réagir :

— Une lampe, vite.

Aleiah lui tendit un bec d'huile. Eupalinos plongea l'aiguille dans la flamme. La pointe se couvrit de suie, rougit, blanchit...

Quand il se retourna, Aménophis était toujours inconscient. Le Grec lui dégagea les cuisses et piqua sans hésitation dans les parties génitales.

Un hurlement retentit et s'éteignit aussitôt. Brutalement, le corps de Pharaon se redressa, les bras secoués de soubresauts, les yeux fous. Dans le couloir, une cavalcade de pas se précipitait. On frappait aux portes. Eupalinos se jeta au sol.

— Maître, ta sœur a été...

La voix ressuscitée de Pharaon le coupa :

— ...empoisonnée ? D'où je reviens, je le sais déjà.

20

*De nos jours
Beaumes-de-Venise
Fondation Memphis*

— Qu'avez-vous fait ?

Un gémissement monta des ténèbres.

— J'ai tiré sur votre homme et le gardien, commissaire. Ils vont probablement mourir. Ici, dans la nuit.

Prudemment, Marcas se déplaça derrière le fauteuil. La perquisition tournait au cauchemar. Fléhaut perdait les pédales. La cause en était ce qui se dissimulait sur le siège.

— Nous sommes tranquilles tous les deux. J'ai changé la serrure l'année dernière et la porte est solide. Vos amis vont mettre du temps avant de la défoncer.

— C'est stupide. La propriété est cernée, une brigade de gendarmerie boucle le parc. Pourquoi avoir tiré sur eux ?

— Pourquoi ? Peut-être qu'il n'y a pas de raison logique. Votre voix tremble... Vous avez peur du noir ?

Marcas essayait de réfléchir. Il fallait gagner du temps. Tassard forcerait la porte avec les gendarmes. Il devait rentrer dans son jeu.

— Que voulez-vous ?

— Parler, simplement parler des ténèbres. Voyez-vous, je viens souvent ici. Je ne suis pas le seul, d'ailleurs. Cette pièce a une fonction précise.

— Laquelle ?

— C'est une sorte de temple. Un temple de ténèbres. Avez-vous remarqué sa beauté, sa pureté ? Un siège au milieu de cette grande salle. Deux colonnes qui ouvrent sur autre chose. Dans la nuit totale.

— OK, tout ce que vous voulez, laissez sortir les blessés. Gardez-moi en otage.

— Patience. Nous parlons des ténèbres. Le noir est une couleur fascinante. Elle nous enveloppe, nous absorbe. Ça tisse un lien unique. Nos paroles prennent plus d'éclat. Je pourrais même en goûter la saveur. La saveur du noir. Elle nous rend différents, vulnérables, inquiets, elle enlève par lambeaux notre humanité. Ce n'est pas que l'absence de lumière, c'est tout le contraire. La lumière est l'absence de noirceur.

— Où voulez-vous en venir ?

— Je parle avec les ténèbres, elles me disent des choses merveilleuses, des choses horribles aussi. C'est un mot féminin, ténèbres, ça vient du latin *tenebrae*. Ça vous prend, vous aspire jusqu'à l'infini. Une fois, je suis resté ici toute une nuit à prononcer uniquement ce mot en latin, *tenebrae*. Pendant des heures entières. Comme un mantra. Je pleurais de joie. J'étais épuisé et je les ai vues. Je vous assure.

Le débit de la voix s'accélérait. Les paroles devenaient plus saccadées. Marcas crispa les poings, le type était en plein délire.

— Vous avez vu quoi ?

— Les ténèbres, je viens de vous le dire. Vous ne pouvez pas comprendre, comme tous ces êtres bornés qui parasitent la terre. Vous auriez dû vous contenter de rester dans le manoir et de vous occuper du stock volé.

Les élucubrations du directeur de la fondation lui paraissaient complètement surréalistes.

— Je ne comprends pas. Quel rapport avec votre petit trafic ?

Le rire aigrelet reprit.

— Les œuvres n'ont aucune valeur face à ce qui nous entoure. Les hommes vivent dans les ténèbres, commissaire, la lumière qui baigne notre existence est une illusion. Qui s'éteint à notre mort. Et là, jaillit la vraie lumière. Celle des ténèbres. *Lux tenebrae.*

Le directeur devenait dingue. Marcas avait déjà rencontré des types qui basculaient pour un rien.

— Je forme la lumière, je crée les ténèbres !
— Quoi ?
— Je forme la lumière, je crée les ténèbres. Tout est là. *Lux tenebrae.* Mon Dieu, c'est si beau.

— OK. Mais faites sortir les blessés, Fléhaut, ils ont besoin de soins.

Le directeur haussa la voix.

— Je pourrais dire n'importe quoi, vous seriez d'accord. C'est beau cette compréhension naturelle entre un flic et un délinquant. Puisque nous avons établi ce lien entre nous, je vais vous raconter une petite histoire. Vous voulez bien ?

— À votre guise.

— La fondation a racheté cette propriété pour une raison très précise, outre le cadre magnifique. La veuve française de Hassan al-Asroul était la dernière descendante d'une famille de meuniers qui s'était enrichie outrageusement avant la Révolution. Ces gens ont bâti leur fortune sur les famines et les disettes. Or, il se trouve qu'à l'endroit précis où nous nous trouvons s'est déroulé, au milieu du XVIIIe siècle, un effroyable massacre. Plus de trois cents paysans, hommes, femmes et enfants, tenaillés par la faim, avaient envahi la propriété pour récupérer de la farine. Ils ont été exécutés impitoyablement par la troupe venue d'Avignon. Tous ces pauvres gens ont été enterrés dans une fosse commune, sous vos pieds. Les meuniers se sont fait égorger par la suite pendant la Révolution.

— Et alors ?

— Je n'ai pas fini. D'autres massacres ont eu lieu ici, à différentes époques. Macabre coïncidence. Les Allemands ont exterminé un petit maquis juste avant le débarquement de Provence. On trouve même la trace d'un prieuré qui a été brûlé pendant les guerres de Religion. Ce lieu sue le sang et la mort depuis des siècles.

Un gémissement monta du côté de la porte.

— Commissaire... Je...

Marcas repéra au jugé l'emplacement du policier et bondit dans sa direction.

— Vous n'écoutez plus mon récit, jeta Fléhaut.

— Ces hommes vont mourir si on les laisse là. Vous allez finir votre vie en taule. Vos histoires morbides, je m'en contrefous.

— Au point où j'en suis, ça ne changera pas grand-chose. Je vais vous aider à vous concentrer.

Une nouvelle détonation retentit. Marcas hurla.

— Non !

— Votre collègue ne souffre plus. Maintenant, je vous conseille de m'écouter attentivement.

Marcas ne répondit pas. Il s'était déplacé sur la droite du fauteuil, en direction de la porte. L'obscurité était aussi son alliée. Son adversaire ne pouvait pas le voir.

— Commissaire ?

Antoine restait figé dans le noir, atténuant sa respiration.

— Vous pensez que je ne vous entends pas ?

De nouveau, le petit rire. Antoine ne bougeait toujours pas. Il crut entendre du bruit à l'extérieur du pavillon. Comme des craquements sur du bois cassé. Son adjoint arrivait.

— J'entends aussi les pas de vos hommes. Mais ça ne change rien, commissaire. Surprise.

Une faible lumière blanche jaillit tout à coup derrière les colonnes. Le faisceau arrivait sur le siège. À quelques mètres, se dressait un petit pilier sur lequel était posé le buste en pierre d'un pharaon au visage énigmatique et allongé. La lueur indirecte baignait les deux tiers de la salle, dont l'endroit où se trouvait Marcas. Fléhaut était debout à côté de la porte et braquait l'arme dans sa direction.

— Il y avait bien l'électricité. Retournez vers le fauteuil et soulevez la couverture !

— Non.

Le directeur sortit de la pénombre et s'avança vers le jeune gardien qui était en train de se relever, l'épaule tachée de sang. Il agrippa ses cheveux, lui releva brutalement la tête, introduisit le canon de l'arme dans sa bouche. L'index se crispa sur la gâchette.

— J'appuie, il meurt. La puissance du verbe, c'est fascinant.

Le jeune homme était terrorisé. Ses yeux roulaient dans tous les sens. Une larme coula sur sa joue. Marcas l'observa puis s'avança lentement vers le fauteuil.

— D'accord, laissez-le.

Il se plaça sur le côté droit du siège. La lumière blanche irisée rendait la couverture plus massive.

— Retirez la couverture !

Il l'agrippa aux deux extrémités et tira d'un coup sec. Le tissu tomba à ses pieds. Marcas recula de stupeur.

Un regard d'un bleu intense le transperça.

21

1365 av. J.-C.
Vallée du Nil
Cité royale d'Akhenaton

Trois ans plus tard...

Eremeth avait disposé les gardes aux endroits stratégiques. Depuis que la cour avait quitté Thèbes pour s'installer plus au nord, il ne se passait pas un jour sans que la cité ne bruisse de la rumeur d'un complot. Fonctionnaires écartés du pouvoir, généraux sans armée, prêtres chassés des temples, la foule des mécontents grossissait.

Sur les frontières, les tribus s'agitaient jusqu'à tenter des razzias dans le Delta. À l'intérieur même de la cour, la nombreuse famille du monarque ne cessait de se déchirer entre ceux qui soutenaient publiquement la réforme religieuse de Pharaon et ceux qui s'y opposaient sourdement. Durant la nuit, un bruit avait couru : des partisans du grand prêtre allaient tenter de s'emparer en force du palais. Eremeth avait appris à reconnaître la rumeur d'un complot à des signes discrets, mais aléatoires : le départ imprévu d'une parentèle de courtisans pour une résidence éloignée, la baisse subite d'activité sur le port... Aussitôt, il activait ses espions. En attendant, il positionnait à l'avance la garde pour éviter tout risque. Vers midi, les premières informations remontèrent. Il ne s'agissait que d'une fausse nouvelle.

Épuisé par une nuit d'attente, Eremeth s'était couché sur son lit de camp. Sur le carrelage, un espion était prosterné. C'était un journalier qui vendait ses muscles au plus offrant. Tous les matins, il déchargeait les marchandises des bateaux. Il vendait aussi ses oreilles attentives à Eremeth.

— Je te le jure, ô seigneur, ce n'est qu'une pâle rumeur. Le grand prêtre n'a autour de lui qu'une poignée de braillards. Ils ne savent que crier. Rien qui ne doive troubler ta sérénité, ô l'aimé des dieux.

— Cesse tes basses flatteries et rapporte-moi plutôt ce que l'on dit de Pharaon.

Tout le corps de l'espion se mit à frissonner.

— Seigneur, demande-moi tout ce que tu veux, mais pas…

— Parle, chien !

— Ô Miséricordieux ! Chacun est perdu. Nul ne comprend pourquoi Pharaon a rompu la tradition, pourquoi il a changé de nom…

La voix de l'espion se brisa. Ce n'était pas seulement à cause de la crainte, mais du désarroi, de l'angoisse de tout un peuple qui ne comprenait plus où son maître le menait. Son maître absolu qui désormais s'appelait Akhenaton.

— Continue !

— Ô Seigneur, le peuple tremble, il a peur. Peur de la vengeance des dieux.

Eremeth leva la main ouverte, le pouce plissé sur la paume. Il avait besoin de silence pour réfléchir.

Depuis qu'il était revenu d'entre les morts, Pharaon avait connu la lumière et voulait la faire partager à son peuple. Il avait décidé d'une profonde réforme du sentiment religieux. Désormais, les Égyptiens devraient révérer Aton, le dieu soleil. Partout les chantiers s'étaient ouverts et on sculptait, dans tout le royaume, le profil de Pharaon en train d'adorer la lumière dont il avait reçu la révélation. Un bouleversement inouï que ne supportait pas le clergé.

Venu de Thèbes, le grand prêtre se dirigeait vers la nouvelle cité royale d'Akhenaton. Il remontait le long du Nil à petite allure, s'arrêtant dans chaque temple où il laissait tomber son venin contre la réforme spirituelle de Pharaon. Peu à peu son escorte, d'abord réduite, grossissait à mesure que les insatisfaits la rejoignaient. Le voyage du grand prêtre se transformait en une marche de protestation.

Eremeth congédia l'espion et réfléchit. Il connaissait bien le grand prêtre, jamais il ne prêterait la main à une action violente publique. C'était un homme de l'ombre qui manœuvrait en douce. Un serpent caché sous le sable. Quant aux religieux qui l'accompagnaient, ils étaient pour la plupart des sans-grade qu'un mouvement de sourcil de Pharaon ferait se terrer au fin fond du désert. Néanmoins, pour désamorcer toute tentative de déstabilisation, Eremeth décida de lui envoyer une escorte militaire. Un honneur que le vieil homme ne pourrait refuser et qui suffirait pour écarter ses partisans les plus remuants.

Le chef des gardes appela un des officiers de permanence pour transmettre au plus vite ses ordres. Le grand prêtre n'était plus qu'à un jour de marche de la cité. Avec les années, le vieillard, malgré sa grande taille, s'était largement voûté. Il avait perdu un œil qui était devenu vitreux et ses cheveux avaient blanchi. Un ambassadeur étranger qui l'avait rencontré prétendait qu'il ressemblait désormais à ces prophètes que l'on voyait arpenter les déserts de l'est. Des illuminés, convaincus que Dieu leur parlait et, bien sûr, ne s'adressait qu'à eux seuls. La comparaison avait frappé Eremeth. Depuis que Pharaon avait décidé de bouleverser le destin religieux de l'Égypte, le grand prêtre faisait de plus en plus figure d'un homme du passé, arc-bouté sur la tradition. Restait à prévoir jusqu'où son intransigeance risquait de le mener... Eremeth pesta en silence, les disputes théologiques l'excédaient. Que lui importait que Pharaon croie en Aton, Dieu unique, ou que le grand prêtre préfère Amon et son panthéon ambulant de dieux bigarrés. Lui était un militaire et se devait d'obéir aux ordres.

Mais les ordres étaient rares. Depuis la mort de sa sœur, Pharaon ne paraissait presque plus en public. Il semblait se désintéresser des questions politiques. Certains prétendaient qu'il méditait une nouvelle réforme, une véritable révolution. D'autres, qu'il était devenu fou et que ses conseillers, pour ne pas provoquer le chaos, dissimulaient son état. Eremeth avait beau faire le tri des bruits qui filtraient du palais, analyser les ragots qui serpentaient le long du Nil, nul ne savait rien de Pharaon. Ni de lui-même ni de ses pensées.

Quand on alluma les lampes, Eremeth était plus serein. Un coursier à cheval avait annoncé la bonne nouvelle. Le grand prêtre avait accepté l'escorte qui arrivait. Ses partisans s'étaient dispersés. De nouveaux rapports arrivaient. Dans le peuple, une nouvelle rumeur se répandait. On disait que le grand prêtre et Pharaon allaient se réconcilier... Qu'une nouvelle religion allait naître... Qu'une nouvelle ère de prospérité allait commencer.

Eremeth secoua la tête. Combien le peuple était versatile ! Ce matin, il prédisait la guerre civile, ce soir, il annonçait le royaume d'abondance sur terre. Pourtant, le chef des gardes préféra ignorer cette contradiction. Il ne voulait pas bouder son plaisir. Tous les signes étaient favorables. Ce soir, l'Égypte croyait en son destin. Il allait pouvoir dormir en paix

On frappa à la porte. Eupalinos entra. Eremeth, surpris, se leva pour l'accueillir.

Eupalinos s'assit. Lui aussi avait vieilli. Sa barbe avait perdu de sa superbe et ses cheveux étaient devenus gris. Mais il était toujours le conseiller favori de Pharaon et, quand il se déplaçait en personne, c'était Akhenaton même qui parlait par sa voix.

— On dit que le grand prêtre remonte le Nil ?

Le regard subitement durci, Eremeth acquiesça.

— J'ai envoyé une troupe s'assurer de sa protection.

— Vous avez bien fait de lui envoyer une escorte digne de son rang. C'est un homme qu'il faut savoir protéger de lui-même.

Eremeth s'inquiéta. Le Grec possédait l'art subtil de la parole à double sens. Un vrai virtuose. Et c'est lui qui interprétait la volonté de Pharaon.

— Mes hommes peuvent avancer plus ou moins vite... suggéra prudemment le chef des gardes.

— Alors qu'ils accélèrent le pas. Que l'on voit bien partout combien Pharaon honore le grand prêtre. Que ce jour soit, pour lui, exceptionnel !

Eremeth, stupéfait, regarda le conseiller caresser une amulette autour de son cou. Une pierre verte.

— Qui sait, ajouta le Grec en se levant, c'est peut-être son dernier.

22

De nos jours
Beaumes-de-Venise
Fondation Memphis

La femme était assise, droite sur le fauteuil. Les mains sur les accoudoirs. Habillée d'une longue robe blanche. Les yeux grands ouverts. Bleus, ils irradiaient sous la lumière blanche. La peau était émaciée, tendue sur les os. Les cheveux tombaient raides. La bouche était scellée.

— Ma princesse de la nuit, murmura Fléhaut, extatique.

Marcas contemplait le cadavre avec dégoût. La momification du visage était impressionnante. Aucune trace de putréfaction.

— Cette femme est morte depuis combien de temps ?

Fléhaut gifla le policier à toute volée avec son arme. Marcas tomba à terre sous la violence du coup.

— Imbécile, elle vit. Elle est la Reine de la nuit. Elle me parle.

Des coups retentirent sur la porte d'entrée. Marcas se releva en portant sa main à sa lèvre inférieure éclatée.

— Ouvrez !

Marcas voulut répondre mais le directeur lui laboura le ventre avec son pied. Une onde de douleur parcourut le policier.

— Ils vont enfoncer la porte. C'est une... momie... rien d'autre...

— Ils ne peuvent rien faire, tes amis ! Ma reine est vivante.

L'homme se rapprocha de Marcas et le frappa à nouveau, cette fois sur la tempe.

— La vie, c'est la douleur. Tu comprends, flic ! La mort apporte la plénitude. Ultime. Plus de souffrance, de torture, d'angoisse. L'harmonie pure.

À deux mètres, le jeune gardien s'était relevé à son tour. Il se hissa contre la porte et agrippa la poignée. Le cliquetis du métal résonna dans la grande salle. Fléhaut l'entendit et pivota sur sa droite. Il brandit son arme et appuya sur la détente.

Le gardien poussa un hurlement, deux taches rouges grandirent sur le dos de la chemise blanche.

— Un autre amant pour ma reine, lança Fléhaut, puis il se tourna vers Marcas, triomphant. On y va ?

Il saisit Antoine à la gorge et posa le canon sur son front. La chaleur du canon brûlant était insupportable.

— Où ça ? balbutia le commissaire qui déglutissait sous l'étau de la poigne de l'homme.

— De l'autre côté des colonnes. Là où tout commence. Je te l'ai dit. Je forme la lumière, je crée les ténèbres. Ma reine nous attend. Nous allons vers la lumière et les ténèbres nous guident.

La momie fixait les deux hommes de son regard immobile.

Subitement, Antoine comprit. Il allait y passer, lui aussi.

Des coups sourds retentissaient de l'autre côté de la porte. Les policiers tentaient d'enfoncer le bois massif. Fléhaut poussa Marcas vers les colonnes. Il fallait tenter quelque chose. Ne pas subir. Inverser le cours des choses. Il était à la merci d'un homme prisonnier d'une obsession, l'obsession des ténèbres. Pourtant, il venait d'allumer une nouvelle lumière. Un spot illumina la momie. Si les ténèbres étaient le but, la lumière les guidait vers sa mort.

La scénographie macabre n'avait de sens que pour Fléhaut.

Le commissaire fixa les deux piliers. Le mêmes que ceux que l'on trouvait dans les temples francs-maçons, Jakin et Boaz.

— Pourquoi ces deux piliers ? Puisque je dois y passer, je veux savoir.

— Enfin une question intelligente. Ils marquent l'entrée du seuil. Nous allons mourir, toi et moi, face à ma reine, entre les piliers. Je serai en paix. Toi aussi.

— Je suis frère, ces deux colonnes sont des symboles maçonniques.

L'homme ralentit sa progression.

— Voilà un point commun avec le vrai créateur de ce temple.

— Pourquoi avez-vous besoin de la lumière pour le grand passage ? Vous pouviez me tuer dans le noir. Je n'avais pas besoin de voir votre... reine.

Fléhaut sourit.

— Je voulais la voir une dernière fois dans ce monde.

— Vous êtes dingue, putain. Posez cette arme !

Le directeur éclata de rire.

Les coups redoublaient, les gonds de la porte tremblaient, des éclats de bois volaient dans tous les sens. Fléhaut poussa le commissaire entre les colonnes.

Il braqua le canon de l'arme sur sa tempe et se rapprocha de son oreille.

— Ça va être rapide, puis je me tuerai. Je forme la lumière, je crée les ténèbres.

Antoine s'appuya contre le pilier. Il n'avait plus aucune issue. C'était trop stupide. Mourir pour une banale perquisition. Il rassembla toutes ses forces. Il pouvait essayer de se dégager et de se jeter en arrière. Une chance sur cent. Sur mille.

Une rafale d'automatique déchiqueta la porte qui vola en éclat. Un flot de lumière jaillit de l'entrée. Fléhaut se détourna une fraction de seconde. Antoine en profita et recula violemment en arrière, jetant tout son poids contre l'homme.

L'arme vibra dans la main de Fléhaut.

Un choc brûlant emplit la tête de Marcas. Son corps partit en roue libre. Sa bouche s'ouvrit au moment où il regardait arriver son équipe. Ils marchaient au ralenti. Comme dans un vieux film muet. Quelque chose clochait. Les sons se déformaient. Ses jambes cédèrent. La dernière chose qu'il vit fut le visage de la morte. Il crut apercevoir un sourire sur les lèvres de la momie. Toute lumière s'abolit.

Et il chuta dans les ténèbres.

23

*1365 av. J.-C.
Vallée du Nil
Hatnoub*

Les gardes veillaient au-dessus du fleuve. La suite du grand prêtre, elle, campait au bord du Nil. Les tentes avaient été dressées et, après une dernière prière aux divinités pour qu'elles éclairent enfin l'esprit et le cœur de Pharaon, tout le monde était parti dormir.

Seul un petit groupe d'hommes s'était réuni. Ils regardaient les feux de camp des soldats.

— Par Amon, que veut donc Pharaon avec cette escorte ? Nous intimider ? s'exclama Kémopé.

L'ancien scribe avait toujours été vindicatif. Ce qui l'avait écarté de la direction suprême du clergé. En revanche, il avait un don inné pour les chiffres. Dans son infinie sagesse, le grand prêtre lui avait confié une fonction où qualité et défaut se complétaient à merveille : la collecte des impôts. Aujourd'hui que ses cheveux avaient déserté le sommet de son crâne, il était devenu le grand argentier de tout le clergé.

— Trop nombreux pour simplement nous escorter, pas assez pour nous tuer tous, nous aurons au moins la vie sauve jusqu'à la cité royale, ricana Sequena.

Plus jeune que ses deux compagnons, la situation ambiguë le poussait à l'autodérision. Une tendance qui avait freiné son ascension, malgré son intelligence. Mais le grand prêtre, sous l'écorce rêche, avait su discerner la sève invisible. Depuis des années, Sequena réglait les problèmes délicats à sa manière. Dans l'ombre et le sang.

Le grand prêtre ne rentra pas dans la discussion. Il méditait, assis près du feu. Depuis qu'il avait perdu l'usage d'un œil, le monde ne lui apparaissait plus que sous une seule dimension. Celle du temps. Ainsi il distinguait la trame unique du destin. Pour celui qui, désormais, savait voir, le véritable cours du monde était comme un dessin dissimulé dans la trame d'un tapis : invisible quand on vivait à genoux, évident dès qu'on prenait de la hauteur.

Dans ce plan, chacun avait un rôle à tenir, obscur ou lumineux, banal ou tragique. Mais la plupart des hommes n'en savaient rien. Seule une poignée d'élus avait conscience de leur destin. Et le grand prêtre était de ceux-là. Maintenant, il le savait.

Kémopé, de colère, frappait le sol avec une tige de bois.

— Maudit soit Pharaon, cet hérétique, ce fou qui ignore la puissance des dieux. Mais Amon se vengera et fera tomber sur lui sa malédiction

Sequena se rapprocha du grand prêtre et haussa la voix.

— Que la rage du divin Amon ne retombe pas sur l'Égypte. Le peuple et le royaume sont innocents de la folie de leur maître. Seul Pharaon doit payer pour ses crimes.

Le grand prêtre ne réagit pas. Ce n'était pas la première fois que Sequena suggérait, à demi-mot, de frapper à la tête. La cour ne manquait pas de membres favorables aux prêtres et un bras dévoué serait facile à trouver. Kémopé avait cessé de s'en prendre au sol. Lui aussi pensait à en finir avec Akhenaton. Que croyaient-ils donc ? Qu'il n'avait pas déjà essayé ? Le grand prêtre les jaugea du regard. Deux borgnes dont le regard ne voyait que dans une seule et même direction.

— Vous ne comprenez rien.

La surprise, aussitôt remplacée par le respect, se marqua sur les visages des deux religieux. Ils s'agenouillèrent.

— Seigneur, explique-nous !

— Souvenez-vous quand sa sœur a quitté ce monde pour le royaume de la nuit, nous avons tous cru que Pharaon irait la rejoindre… Les dieux ne l'ont pas voulu.

— Mais pourquoi ? s'écria Sequena.

— Il a effacé jusqu'au nom du divin Amon sur les murs des temples, gémit le grand argentier.

Le grand prêtre leva son sourcil au-dessus de son œil mort. Oui, vraiment, lui seul comprenait le plan des dieux, les autres n'étaient capables d'imaginer le divin qu'en tant que projection de leurs désirs ou de leurs peurs. Patiemment, il tenta d'expliquer :

— Et le dieu l'a-t-il foudroyé pour son crime ?

Le regard de Sequena se figea. Le grand prêtre reprit.

— Amon n'a pas réagi. Il n'a pas puni Pharaon. Car la vraie menace ne vient pas de lui. Mais que va penser le peuple, selon vous ?

— Qu'il n'a pas commis de blasphème ? s'inquiéta Kémopé.

— Tout juste.

À son tour, Sequena s'était emparé d'un bâton et traçait des cercles concentriques dans le sable.

— Je crois te comprendre, Seigneur. Notre peuple ne vit que dans la crainte des dieux et dans l'espoir qu'ils nous accueilleront, après notre mort, dans la vie éternelle. Si, demain, il croit que cette espérance est vaine… que les dieux que nous adorons ne sont pas tout-puissants…

Le grand prêtre se leva.

— Nous ne pouvons le tolérer, sinon ce serait la fin de l'Égypte.

24

De nos jours
Carpentras

Le fourgon bleu Iveco de la gendarmerie fonçait à toute allure vers le boulevard qui contournait la ville. Les flashs syncopés du gyrophare se reflétaient dans les vitrines des boutiques. Le soleil inondait tous les recoins de la ville. Les rues étaient bondées de touristes qui flânaient devant les échoppes. C'était jour de marché et la circulation était complètement engorgée. Une atmosphère joyeuse planait dans les petites rues, bien différente de celle du fourgon. À l'intérieur, Antoine

Marcas reposait sur une couverture. Une grosse bande de gaze blanche était enroulée autour de sa tête. Tout le côté droit était taché de rouge. D'un rouge sale. Sa respiration était faible. À côté de lui, son adjoint le tenait fermement pour éviter que les cahots le fassent rouler. Sur sa droite, un autre homme était couché, il n'arrêtait pas de gémir. Tassard regarda Fléhaut avec mépris.

— Tu peux gueuler tant que tu veux, si je m'écoutais, j'irais te jeter dans une benne à ordures.

— Les ténèbres, vous m'avez empêché de rejoindre les ténèbres, délirait l'homme en se tenant le ventre.

Deux gendarmes étaient assis sur la banquette. La radio du fourgon délivrait un crachotement incessant.

— Boulevard Gambetta bloqué. Un semi-remorque s'est renversé sur la chaussée. Essayez de couper par le centre.

— Bien reçu.

— Prends par la rue de la Tour.

— Elle est en sens unique.

— On s'en fout. Fais marcher la sirène.

Le fourgon tourna dans une petite ruelle sur sa gauche. Au bout d'une cinquantaine de mètres, il se retrouva bloqué par un 4×4, garé à moitié sur la chaussée, juste devant un magasin vidéo.

— Merde.

Le conducteur mit le volume de la sirène au maximum. Les vitres vibraient.

Une jeune fille en jean et tee-shirt bleu sortit en trombe, ouvrant de grands yeux face au fourgon et monta dans le 4×4 en adressant aux deux gendarmes un sourire enjôleur.

Ceux-ci échangèrent un regard de connivence. L'un d'entre eux murmura quelque chose à son collègue qui étouffa un rire.

— Vous me faites dégager cette conne, hurla Tassard qui avait repéré le manège des deux gars. Putain, il perd tout son sang.

— On arrive, tenta de le calmer l'adjudant-chef, assis à côté de lui. L'hôpital n'est plus qu'à une centaine de mètres. Le bloc opératoire a été prévenu.

Tassard observait, désemparé, son patron. Il était arrivé trop tard dans le pavillon de chasse. À une minute près, il aurait pu empêcher le directeur de commettre son geste. Quand il s'était engouffré à l'intérieur, il avait juste vu Fléhaut tirer sur son supérieur. Instinctivement, Tassard avait dégainé son arme et appuyé sur la détente. La lumière était incertaine, il avait porté son tir au jugé, au ventre. Ensuite, tout s'était déroulé très vite. Le directeur s'était écroulé à son tour. Les deux blessés avaient été évacués directement par les gendarmes afin d'atteindre le plus vite possible l'hôpital de Carpentras. Attendre les secours aurait été trop risqué.

L'un des deux flics de la PJ d'Avignon avait embarqué le brûlé, ainsi que le disque dur de l'ordinateur et la comptabilité saisis pendant la perquisition. Deux gendarmes étaient restés auprès des corps du policier et du jeune gardien. Des scellés avaient été apposés dans le musée. Les policiers reviendraient pour récupérer les œuvres d'art que renfermait la cachette.

Le 4×4 démarra dans un grondement sourd. À l'intérieur de l'Iveco, Tassard dévisageait Antoine. Son visage était blanc, ses lèvres presque grises, sa tête pendait sur le côté. La balle avait touché le crâne. Quel gâchis ! Il prit le poignet de son supérieur. Il était à peine tiède. Au cours de sa carrière, il n'avait perdu qu'un seul collègue, et il avait mis plus d'un an à s'en remettre.

— Il va mourir, vous savez…

Tassard tourna la tête vers Fléhaut qui, lui aussi, devenait plus pâle.

— Quoi ?

— Votre collègue. Les ténèbres sont déjà en lui. Il a beaucoup de chance.

— Ferme-la. J'ai qu'une envie, c'est te piétiner la gueule avec mes pompes jusqu'à ce que tu crèves !

L'adjudant-chef lui mit la main sur l'épaule.

— Ça ne sert à rien. Laissez-le délirer.

— Il a tiré sur Antoine. Sans lui laisser une chance. Une seule.

Tassard se rendit compte que c'était la première fois qu'il appelait le commissaire par son prénom. Il se pencha vers le directeur.

— Si, par malheur, les toubibs te remettent sur pied, je m'arrangerai pour m'occuper de toi. Juste avant ton transfert. Fais-moi confiance.

Fléhaut émit un rire syncopé. Du sang s'étalait sur le drap.

— Vous ne pouvez rien… Je suis protégé…

— Pas de moi, en tout cas, fit Tassard en grimaçant.

Le fourgon tourna sur la droite et déboucha brusquement sur une large avenue. La radio crachota à nouveau. Le gendarme assis à côté du conducteur se retourna vers l'adjoint.

— C'est un très bon hôpital, moins grand que celui d'Avignon, mais réputé. Le chef de la chirurgie est un as. Mettez-vous sur la banquette pour ne pas gêner l'intervention.

Le fourgon stoppa net devant la porte des urgences. Quatre hommes en blanc attendaient autour de deux lits mobiles. Les portes du camion s'ouvrirent avec fracas. Tassard se plaqua contre la paroi. En une poignée de secondes, Marcas disparut vers la salle d'admission. Deux autres infirmiers soulevèrent Fléhaut qui poussait des cris de douleur.

Ailleurs

Noir. Il flottait dans le noir. Son corps était si léger. Jamais il n'avait connu cette sensation. Antoine tenta de lever les yeux vers le haut pour voir où il se trouvait mais tout était noir. Il n'avait plus mal. Il rêvait peut-être. Il n'avait plus conscience de ses membres, comme s'ils s'étiraient à l'infini. Ses pieds disparaissaient déjà, ses mains devenaient des points imperceptibles.

Il ne savait pas où il se trouvait.

La nuit qui l'environnait était pourtant réelle, quasi palpable. Il lui semblait qu'il flottait depuis une éternité, le temps, comme son corps, se dilatait. Aucune angoisse cependant ne l'étreignait, le noir qui l'enveloppait était protecteur, comme s'il le nourrissait.

Une voix retentit dans sa tête.

Je forme la lumière, je crée les ténèbres.

Il connaissait cette phrase. Il l'avait déjà entendue, il y a très longtemps. Dans une autre vie.

Hôpital Bloc A

Le bloc du service de chirurgie avait été préparé en urgence. Le professeur Labiana se tenait devant la table sur laquelle gisait le policier amené en urgence. Une demi-heure plus tôt, il était en train de finir son service, tout excité à l'idée de prendre son cabriolet Mercedes SLK noir, celui dont il se servait pour frimer sur la Côte, et filer dans la villa de ses amis. Au début, il avait envoyé balader le directeur de l'hôpital quand ce dernier avait exigé qu'il prolonge son tour de garde.

Le directeur avait presque supplié, le patient était quelqu'un d'important, un flic qui avait reçu une balle. Labiana ne voulait rien savoir, l'un de ses confrères pouvait très bien s'en charger. Le médecin se foutait du titre et de la fonction de ses patients. Il les mettait tous sur le même plan, dernier vestige d'humanisme démocratique qui lui restait. Et, de surcroît, il n'aimait pas les policiers, excepté celui qui lui faisait sauter ses prunes. Alors, le directeur avait ajouté que c'était un flic parisien, un commissaire. Une perquisition qui avait mal tourné.

Labiana avait compris.

Il regardait maintenant le frère Antoine, allongé, inconscient. Sa vie était entre ses mains. Le combat entre les ténèbres et la lumière allait recommencer. Le chirurgien fit craquer ses doigts gantés, au vu de la blessure, et de l'hémorragie intracrânienne. Il n'était pas sûr de gagner.

Ailleurs

Une lumière diffuse dissipa les ténèbres. Il flottait au-dessus d'une table d'opération. Il voyait distinctement les médecins et les infirmières réunis autour d'un corps dont il ne distinguait pas le visage. Un homme en calot vert suant à grosses gouttes se tenait derrière son crâne. Il faisait danser ses instruments autour de la tempe en jetant des coups d'œil rapide sur les appareils de monitoring. Antoine inspecta toute la pièce avec curiosité. Sa vision était devenue incroyablement perçante. Sans le moindre effort, il pouvait distinguer, avec une netteté hallucinante, chaque élément de la salle d'opération. C'était comme s'il était rivé à une caméra dont la focale pouvait changer de n'importe quel angle, instantanément.

Le visage de l'infirmière, son grain de beauté situé sur sa joue gauche, le faisceau lumineux des instruments de contrôle de la tension sanguine, de l'électroencéphalogramme. Le petit jet de sang qui arrosait le majeur ganté du chirurgien, la pulsion du liquide jaunâtre qui irriguait l'artère du patient.

Il se glissa sous la table d'opération pour voir en dessous. Il voyait son propre corps en transparence et, au-dessus de lui, les visages des médecins. C'était extraordinaire. Il repéra une plaque gravée sur l'un des montants en fer qui reliait les pieds du lit.

4-8-15-16-23-42

Son esprit fonctionnait à toute vitesse, il pouvait faire des multiplications croisées de ces chiffres. Il en comprenait intuitivement la beauté. La pureté mathématique d'un numéro de série d'un lit d'hôpital pouvait donner, si on le comprenait, une clé vers quelque chose de supérieur, dont il percevait l'éblouissement. Tout était lié. Tout avait un sens.

Il remonta le long du drap vert qui recouvrait le corps et se posta à nouveau au-dessus de la table d'opération. Rien ne lui échappait. Il porta son regard sur l'un des murs qui devint aussi transparent qu'une vitre. Sans changer de position, il vit une autre opération en cours. Intrigué, il passa dans l'autre pièce, avec une aisance déconcertante. Cette fois, l'un des chirurgiens était en train de poser des pinces à l'intérieur d'un ventre ouvert sur quinze centimètres à la verticale. Un ballet de gestes précis et souples entre le chirurgien et son assistant. Il vit un homme assis sur une chaise, sur le côté de la salle. Il était habillé comme l'opéré. Il regardait l'opération avec attention. Tout à coup, il leva la tête vers Antoine. Ses yeux étaient grands ouverts.

Antoine le reconnut tout de suite.

L'homme qui lui avait tiré dessus.

Fléhaut le reconnut aussitôt et, à la grande surprise d'Antoine, lui sourit. Puis il leva la main et pointa l'index en direction du plafond.

Vous devez y aller. C'est votre tour.

La bouche du directeur de la fondation était restée close, mais Antoine avait distinctement entendu ses paroles. Il voulut répondre mais se sentit tout d'un coup aspiré vers l'autre salle d'opération.

Il flottait à nouveau au-dessus du corps. Il se pencha pour voir le visage.

C'était *lui. Son* visage.

Un concert de paroles et de pensées le submergea aussitôt.

La tension est trop basse.

Pourvu que ça se termine rapidement. Y a Claire qui m'attend.

Tension trop basse, putain.

Pauvre type, il va y rester.

Ce salaud de Lambert m'a encore mis de permanence deux week-ends d'affilée.

Et si je lui préparais un carré d'agneau ?

On le perd. Bordel, on le perd !

Le tracé du monitoring arrêta brusquement de zigzaguer.

Il se sentit aspiré à nouveau. Vers le haut. Le plafond se transforma en une ouverture béante et noire. L'ouverture était vivante, il la voyait onduler, comme une sorte de boyau liquide.

Les ténèbres étaient revenues et l'appelaient.

Il ne pouvait pas lutter. Il se voyait monter. Au-dessous de lui, la table d'opération rapetissait. Le groupe d'infirmiers et de médecins diminuait à vue d'œil, mais les pensées de ces gens étaient encore gravées dans sa tête.

J'aurais pu le sauver, bordel ! Ils me l'auraient amené seulement dix minutes plus tôt…

Super, je serai à l'heure. Pourvu que Labiana ne fasse pas un débriefing.

Pas un carré d'agneau, un poulet basquaise.

Labiana a une drôle de tête. C'est pourtant pas la première fois qu'on perd un client.

Adieu mon frère.

Antoine se sentit disparaître dans l'ouverture béante.

L'infirmière consulta sa montre et prit la feuille d'admission. Elle sortit un stylo et nota d'une écriture nerveuse.

Le patient Antoine Marcas est déclaré mort à 11 h 03.

25

1365 av. J.-C.
Vallée du Nil
Cité royale d'Akhenaton

Eupalinos était en retard. Sans bruit, il s'installa en retrait et jeta un coup d'œil sur le supplice. Il n'appréciait pas ce genre de spectacle. La mort le fascinait, pas la souffrance. Mais il ne pouvait s'empêcher de contempler le corps qui tressautait avec un regard d'expert. L'esclave était debout, attaché à un poteau. Ses bras ne bougeaient plus. Le hurlement qui déchirait son visage avait cessé. Pourtant sa bouche restait grande ouverte. Jamais le Grec n'avait vu une telle dilatation des muscles faciaux. La douleur les avait tendus à l'extrême. Toute la face n'était plus qu'un cri muet, gravé dans la chair.

Agenouillé, Eremeth attendait que Pharaon ordonne la mise à mort. Mais aucun son ne sortait de sa bouche. Il fixait l'esclave comme s'il ne parvenait toujours pas à croire à sa trahison.

— Il était le serviteur de mon père, murmura-t-il enfin.

— Il informait le grand prêtre de vos moindres gestes et paroles… jusqu'à ce matin.

Akhenaton jeta un regard furtif à Eupalinos. Ce dernier réagit aussitôt.

— Comment ça, jusqu'à ce matin ?

La nuque d'Eremeth plongea vers le sol.

— Juste avant que nous l'arrêtions, il a réussi à faire partir un messager pour Hatnoub. Nous n'avons pas encore réussi à l'intercepter.

— Laisse-nous.

La voix de Pharaon s'éleva, impérieuse.

Une odeur âcre monta du jardin où l'esclave agonisait. Eupalinos se pencha. Une coulée rouge marbrée d'ocre serpentait sur les jambes du supplicié tandis qu'une colonne noire montait à l'assaut de son entrejambe. Le Grec recula.

— Le grand prêtre a déjà attenté à ma vie, il l'a ôtée à ma sœur. Aujourd'hui, il corrompt mes serviteurs les plus fidèles... Où s'arrêtera-t-il ?

— Il ne s'arrêtera pas, Seigneur. Depuis trois ans, vous n'avez eu de cesse de le combattre. Vous mettez à bas tout son pouvoir, pire, vous détruisez sa foi. Il ne s'arrêtera pas.

— Je ne me bats pas contre les hommes, je me bats pour la vérité.

Pharaon se leva. Sous la terrasse, les soldats détournèrent le regard. L'un d'eux, un colosse au poitrail épais, avait le crâne rasé, couturé de cicatrices.

— Regarde bien cet homme. Il était déjà dans ma garde quand je marchais à peine. Il n'a pas de maison, pas de femme, pas d'enfant et sais-tu pourquoi ?

Eupalinos caressa sa barbe avant de répondre. Jamais Akhenaton n'avait parlé avec une telle véhémence.

— Je l'ignore, Seigneur.

— Parce qu'il veut vivre éternellement.

Dans le jardin, les jambes du condamné étaient devenues noires. Le Grec se pencha. Ce ne pouvait pourtant être déjà la putréfaction. Akhenaton continua.

— Il a engagé toute sa solde pour payer l'artisan qui embaumera son corps, pour payer le menuisier qui taillera son sarcophage, pour payer l'architecte qui construira son tombeau. Toute sa vie, il l'aura passée à préparer sa mort.

— Seigneur, c'est la foi de tous vos sujets. Ils espèrent tous fouler la terre de l'éternité. C'est ainsi qu'ils peuvent affronter la rigueur et l'injustice de leur sort.

— Est-ce ainsi que les hommes doivent vivre ? À poursuivre des chimères ?

Les yeux rivés sur l'esclave dont le corps noircissait à vue d'œil, Eupalinos sursauta.

— Des chimères, Seigneur ?

Pharaon se leva, revint, posa un papyrus sur sa table. Depuis qu'il avait survécu, son corps était devenu encore plus maigre. Quand il le déplia, sa main n'était qu'os et tendon. Il semblait consumé.

— Quand j'ai officiellement succédé à mon père, le grand prêtre, lors d'une cérémonie au temple d'Amon Rê, m'a remis ceci. Il n'en existe qu'un seul exemplaire, qui se transmet de pharaon en pharaon. Déplie-le.

C'était un plan, tracé à l'encre noire sur un papyrus. Une sorte d'île bordée de flammes, mais couverte de champs de blé.

— La carte de l'*Amenti* : le royaume des morts.

Fasciné, Eupalinos la saisit.

— Au milieu est le *Duat*, les champs des dieux où tout mort doit travailler pour couper les roseaux, ensemencer la terre, remplir d'eau les canaux...

— Même Pharaon ? osa demander le Grec.

Akhenaton laissa échapper un sourire décharné.

— Les puissants s'entourent d'*Ushebti*, des esclaves qui les serviront dans le monde d'en bas.

Eupalinos se rappela des figurines de bois dont s'accompagnaient les défunts fortunés. Juste avant de les inhumer, le prêtre leur soufflait sur les lèvres une formule magique pour en faire des esclaves pour l'éternité. Il haussa les épaules. Le papyrus était rêche et froissé. Combien de mains avides avaient dû le parcourir à la recherche des secrets de l'au-delà ! Il tendit le doigt vers les flammes qui encerclaient la terre promise.

— Le *lac de feu*, il brûle les impies et les maudits des dieux, il faut le franchir pour atteindre le *Duat*.

En se penchant sur la carte, Eupalinos aperçut des formes écailleuses qui se tordaient dans le brasier.

— *Rerek* et *Apopi*, deux des démons qui persécutent les morts et tentent de les entraîner dans les abîmes.

Quand Eupalinos releva la tête, le visage de Pharaon contemplait le cadavre du serviteur noirci comme s'il avait traversé les flammes de l'enfer.

— Des fourmis des sables. On n'en trouve qu'au pays de Kouch. Elles se glissent sous la peau pour attaquer la chair. Si le corps est noir, c'est parce qu'il grouille de fourmis qui le dévorent.

Effaré, le Grec contempla le monarque au visage impassible.

— Seigneur, l'enfer est parfois de ce monde.

— Entends-moi bien, Eupalinos, l'enfer n'est ni de ce monde ni d'ailleurs. Il n'existe pas. Pas plus que le *Duat* et les dieux. Je le sais, j'y suis allé.

Et Pharaon déchira le papyrus de l'*Amenti*.

26

De nos jours
Hôpital de Carpentras

Un rayon de soleil tombait sur le grand canapé blanc où était assis Tassard. Le procureur se tenait debout face à la grande baie vitrée. C'était un homme de petite taille, aux cheveux clairsemés, l'air perpétuellement soucieux. Trop de coups de fil d'en haut pour mettre un certain ordre dans les affaires d'en bas. Le lot de tous les procureurs.

Il écarta le rideau pour contempler le groupe de merles qui s'envolait de la toiture en tuiles orange. La ville flamboyait sous le soleil.

— Magnifique. Vraiment magnifique. Comme toujours. De par ma fonction, j'ai souvent changé de département. Je me suis aperçu d'une chose étonnante au cours de mes pérégrinations. Les directeurs d'hôpitaux et les préfets se débrouillent toujours pour avoir un bureau avec une vue superbe. Pas les procureurs. Et vous savez pourquoi ?

— Non, répondit Tassard d'une voix atone.

— On ne nous aime pas. Un directeur d'hôpital, ça aide à sauver des gens, un préfet, on le respecte, il représente la République. Le procureur, c'est toujours le salaud, celui qui exige des têtes.

— Franchement, monsieur le procureur, je m'en fous.

Le procureur se tourna vers Tassard, l'air pincé.

— Résumons-nous. Votre perquisition est une réussite. Toutes les preuves sont réunies pour démanteler le réseau lié à la fondation. Mais nous avons un tombereau de nouveaux problèmes sur les bras. D'abord, deux morts, un policier de la PJ d'Avignon et le jeune gardien. Sans compter votre supérieur avec une balle dans la tête et le directeur de la fondation, probablement le cerveau du trafic, lui aussi sur le billard. Et, pour finir, nous héritons d'une momie contemporaine. Sûr qu'elle n'a pas même valeur archéologique que celle de Toutankhamon.

Tassard frissonna.

— C'est à cause d'elle... c'est à cause d'elle que ça a mal tourné...

— Reprenez-vous, voyons ! Selon le légiste, le cadavre de cette femme date de plusieurs années, conservé par un procédé d'embaumement qui reste à déterminer. À cause de votre découverte, je vais devoir ouvrir une enquête complémentaire pour l'identifier. Bon sang, pourquoi êtes-vous allés faire les guignols dans ce pavillon de chasse ?

Le policier se leva d'un bond pour se planter devant le procureur. Il le dominait d'une bonne tête.

— Désolé, la prochaine fois, on restera peinard à boire du rosé sous la tonnelle. Bon sang ! le commissaire est en train de se faire charcuter. Il risque d'y passer. Alors, votre momie, vous vous en démerdez !

Le représentant du parquet ne cilla pas et resta imperturbable. Il leva la tête vers l'adjoint de Marcas.

— Je compatis. Croyez-moi. Navré pour votre supérieur, mais moi, je devais partir ce soir à Las Vegas pour me marier. Et je vais annuler.

— Un proc qui convole à Las Vegas...

— J'espère que vous comprenez mon énervement. Il n'y a rien de personnel envers votre supérieur.

— J'aimerais retourner dans la salle d'attente, si ça ne vous dérange pas.

On frappa à la porte. Un homme en blouse blanche entra sans attendre de réponse. Tassard reconnut l'un des infirmiers qui avaient récupéré Marcas à la descente de la fourgonnette.

— Messieurs, le professeur Labiana m'a demandé de vous tenir au courant des opérations en cours.

— Nous vous écoutons, dit le procureur.

— Je suis désolé, le patient vient de décéder. Le professeur a fait le maximum.

— Mais quel patient ? hurla Tassard.

— Marcas. Antoine Marcas.

Ailleurs

Les ténèbres s'étaient dissipées. Antoine marchait dans le jardin luxuriant de la fondation. Les palmiers et les hibiscus flamboyaient sous le soleil. La chaleur collait à sa peau et ses chaussures neuves lui faisaient mal. Il se retourna pour apercevoir Tassard, mais il ne le vit pas. Il entendait juste le bruit de ses pas qui faisaient craquer les brindilles. Devant lui, le jeune gardien avançait d'un pas vif, il avait presque du mal à le suivre. Ils arrivèrent devant le pavillon de chasse, un carré avec un toit en forme de pyramide. Il ressentit une impression familière comme s'il était déjà venu. Son adjoint d'opération, de la PJ d'Avignon, l'attendait sur le seuil. Le gardien ouvrit la porte.

Il entra dans la grande salle. Au centre, trônaient un siège et deux colonnes.

La pièce était immense, lumineuse. Il avait déjà vu cet endroit mais ne savait plus où ni quand. Il s'approcha. Une femme était assise sur un siège. La porte se referma derrière lui. Il se retourna, il n'y avait plus de porte. Le mur était lisse. Cela lui parut normal.

— Venez près de moi.

La voix était mélodieuse comme un ruisseau qui charriait de l'or. L'expression avait jailli dans son esprit naturellement. Ça n'avait aucun sens, un ruisseau qui charriait de l'or, mais c'était comme ça. Il se tourna vers la jeune femme.

Elle était belle. Très belle. Des yeux bleus, intensément bleus.

— Sais-tu pourquoi tu es ici, Antoine ?

— Je dois organiser une perquisition.

La jeune femme sourit. Des paillettes d'or dansaient autour de son visage.

— En es-tu vraiment sûr ?

— Oui, je suis avec mes collègues, nous faisons une descente dans les locaux de la fondation Memphis. On vient de mettre la main sur des pièces volées. Et maintenant…

— Maintenant ?

— Le gardien nous a indiqué ce lieu. Il nous a même ouvert la porte.

Il pivota vers l'endroit où se trouvait la porte. Les deux hommes étaient maintenant à l'intérieur, debout à un mètre d'intervalle. Leur regard était étrange, presque vide, comme transparent. Ils semblaient figés telles des statues. La peau de leur visage était incroyablement blanche. Il se tourna vers la femme. Elle chuchota :

— Que cherches-tu, Antoine ?

La question le laissa perplexe. Il avait déjà trouvé des œuvres dans la cachette. Logiquement, il devait en chercher d'autres. C'est pour ça qu'il se trouvait dans cet endroit étrange. Mais la pièce était vide à part ce fauteuil et ces deux colonnes de pierre.

— Tu ne sais pas ? reprit la jeune femme.

Ses yeux étaient noirs comme la nuit. Il en était mal à l'aise. Elle regardait à travers lui, plongeant à l'intérieur de son esprit. Il se rendit compte tout à coup qu'il parlait à une inconnue. Elle esquissa un sourire. Ses dents étaient d'une blancheur étincelante.

— Qui êtes-vous ?

Maintenant, elle était debout devant lui, posant un index sur les lèvres. Il pouvait sentir son souffle.

— Je suis un songe.

La lumière s'éteignit brutalement.

Ailleurs

Il ouvrit les yeux. Tout était calme. Plus d'agitation, de douleur, d'angoisse... Il se sentait tellement bien. La lumière n'était pas revenue. Une voix jaillit.

— Que reste-t-il de ta vie ?

Antoine reconnut la voix, ne sut que répondre. Des images fusèrent. Sa vie défilait devant lui, comme un film en accéléré. Puis l'image se figea.

Deux adultes se disputaient. Ses parents étaient en colère. À cause de lui. Le papier peint derrière eux était composé de cercles concentriques marron et vert. Les barreaux du lit en bois perdaient leur peinture blanche. L'homme et la femme s'injuriaient, Antoine criait pour qu'ils stoppent leur vacarme ! Il voulait s'excuser, dire qu'il ne recommencerait plus. Parce qu'à cause de lui, ils allaient divorcer.

Pas logique. Il ne pouvait savoir qu'ils se sépareraient des années plus tard. Il n'avait que trois ans. Il avait hurlé pour qu'on vienne le voir, le consoler, le protéger des ténèbres qui tombaient chaque soir. Et eux, ils criaient. Son père leva le bras et la gifla à toute volée. Sa mère tomba à la renverse contre le lit. Il voyait sa chevelure claire onduler. Il se colla contre les barreaux. Il pouvait presque se plaquer contre elle. Sa tête se releva, ses beaux yeux étaient embués de larmes. Il voulait agir, il tendit le bras vers son gros chat pelucheux, Nono, il pouvait peut-être l'aider.

La voix masculine emplissait toute sa chambre.

— Tu n'as pas honte ? Je vais me casser. Tu demanderas à ce fils de pute de s'occuper de toi et du môme. Le fumier.

Sa mère pleurait. Jamais il ne l'avait vue pleurer comme ça. Son père était rouge de colère. Il frappait le mur de son poing à intervalles réguliers. Une onde de tristesse le parcourut. Il sut alors qu'ils se déchiraient à cause d'un autre homme. Pas à cause de lui. Il n'était plus dans le lit. Il était au-dessus. Il ressentit un amour infini l'envahir. Envers ses deux parents qui souffraient l'un et l'autre. Il s'était toujours persuadé qu'il était la raison de leur divorce. Il n'en était rien. Foutaises. Sa mère avait eu un amant. Il entendait les pensées de son père. Il les voyait. La scène tournait en boucle dans l'esprit de son père. Il pouvait la voir lui aussi. Il pleuvait à torrent dans une rue pavée. Sa mère embrassait un autre homme sur le seuil d'une porte. Fougueusement. Il ressentait tout ce que sa mère éprouvait à ce moment précis. Joie, plaisir, chaleur, excitation, peur. Les bras de l'homme autour de sa taille, ses baisers longs et tièdes. Une vie incandescente l'irradiait, loin de sa vie sage de femme mariée, loin de son époux.

L'ivresse se dissipa subitement. Il était dans une voiture, à quelques mètres des amants. Son père les observait, les mains rougies de crispation sur le volant. La colère et le désespoir le rongeaient comme un long filet d'acide versé sur de la chair tendre. Son père l'avait suivie jusque devant l'hôtel, l'avait vue s'y engouffrer. Il avait remarqué, le matin, le temps qu'elle avait pris pour se faire belle, désirable. Les bas, c'est ce qui lui avait mis la puce à l'oreille. Deux fois par semaine, elle enfilait des bas à la dérobée au lieu de ses collants. Ce n'était pas pour aller travailler. Des images de corps dénudés envahissaient son esprit. Antoine voyait son père pleurer, doucement, seul dans cette voiture qui sentait le désodorisant bon marché. Jamais il n'avait vu son père pleurer. Jamais. La rage s'était transformée en désespoir. Il voulut le consoler mais ne pouvait rien faire. Tout était d'une netteté incroyable. Le contraste entre le bonheur de sa mère et l'abîme de haine dans lequel son père se noyait le submergeait en ondes concentriques

Antoine revint au-dessus de son lit. Il était à nouveau dans sa chambre d'enfant. Il se vit hurler. Un cri de panique pour que cesse la dispute, pour que tout redevienne comme avant. Sa mère s'était relevée, son père s'était tourné vers son lit. Il se dressa, ombre gigantesque, menaçante. Des bras se tendirent dans sa direction. Il se sentit soulevé, emporté vers le haut. Son père hurlait.

— Ferme-la ! Tais-toi !

Sa chambre dansait autour de lui, le plafond et les murs bougeaient de façon saccadée. Sa terreur augmenta. Ses hurlements aussi. C'était injuste, il n'avait rien fait, il voulait seulement que sa mère ne pleure plus. Qu'elle soit belle et radieuse, qu'elle le prenne dans ses bras.

Il comprit alors la gêne de sa mère quand il lui avait demandé, bien plus tard, pourquoi elle avait divorcé.

Son esprit sortit du corps du petit Antoine et s'éleva à nouveau. La chambre de son enfance disparut progressivement. Tout redevint calme un instant mais il sut précisément que d'autres moments de sa vie risquaient de l'engloutir. Comme sur les montagnes russes, quand après une descente folle, le chariot remontait pour s'immobiliser une fraction de seconde à un sommet avant de chuter à nouveau.

Il se sentit à nouveau aspiré. Les images défilaient à une allure inouïe : le vortex de sa vie. Chaque scène s'imprimait avec une netteté absolue.

L'enterrement de son père. Ces gens qu'ils ne connaissaient pas autour de lui. Et, au fond, un soulagement même pas honteux, presque jouissif, de ne plus avoir à supporter cet homme ombrageux.

Soudain, le temps ralentit. Il se trouvait dans une pièce sombre, éclairée par une bougie placée sur une table branlante. Il avait froid. Il contemplait un squelette décharné peint sur le mur. Il était dans le cabinet de réflexion. Sur la table était posé un crâne blanchi. Ses orbites vides le contemplaient avec une lueur d'ironie. Il se voyait écrire son testament philosophique sur un parchemin.

Son initiation maçonnique.

Le vortex l'aspira à nouveau.

Des visages surgirent de l'ombre. Les hommes et les femmes qu'il avait rencontrés dans sa vie se croisaient dans un maelström sans fin. Les villes et les décors fusionnaient. Tous ses souvenirs resurgissaient avec une précision stupéfiante.

Le visage halluciné de Sol, l'ancien SS, maître de la Thulé, hurlant au moment d'atteindre l'ultime ; Dionysos, le frère de sang ; Léandre...[1] Tous les salauds qui s'étaient consumés, grâce à lui.

Les ténèbres tombèrent. Il marchait dans le noir. Il pouvait entendre autour de lui des chuchote-

---

1. voir *Le Rituel de l'ombre*, *Conjuration Casanova* et *La Croix des Assassins*.

ments qui montaient à l'assaut de hautes parois. Il n'avait pas peur. Il savait que cette noirceur allait disparaître et la lumière arriver. L'ordre s'imposait dans le chaos.

Il l'aperçut, au loin, très loin. Petit point minuscule, indicible. Il courut, mais le terme n'était pas exact, il montait sur un tapis roulant qui grimpait à une allure folle. La lumière devenait un cercle. Un rond qui grossissait. De plus en plus. Le cercle se faisait plus éclatant. Radieux, puissant. Les ténèbres se dissipaient au fur et à mesure.

La lumière éclata.

Il était debout dans une clairière. Le vortex s'était arrêté. Une paix totale l'imprégna.

Les rayons du soleil descendaient de biais depuis la gauche et illuminaient les ruines d'un temple égyptien. Le sable coulait en spirale autour des pieds des colonnes. Le sol était composé d'un long rectangle découpé en cases blanches et noires. Seules les cases blanches étaient illuminées. Sur un pan de mur, apparut un triangle parfait avec, en son centre, un œil.

L'œil vibrait. Il était vivant.

Antoine leva le regard vers le ciel. Des étoiles scintillaient dans la nuit. Un bleu profond nimbait la voûte étoilée. Son regard s'abaissa, il vit à nouveau les rayons du soleil descendre en fins rectangles. C'était illogique, le soleil et les étoiles, et pourtant...

Cette fois, il savait où il se trouvait. Dans un temple maçonnique à ciel ouvert.

Le lieu dégageait une beauté, une perfection...

— ...géométrique.

Il reconnut la voix. De nouveau, la jeune femme était à côté de lui. Marcas répondit, sa voix se perdait dans un lointain écho.

— Une beauté géométrique. Je n'avais jamais aimé ce mot jusqu'à présent. J'étais vraiment mauvais en maths au collège.

Elle sourit.

— Comment te sens-tu ?

— Bien, merveilleusement bien pour quelqu'un qui vient de mourir. Où sommes-nous ?

— Dans un lieu de transition... qui te correspond.

Antoine fit un geste de la main.

— Tout cela est dû à mon imagination ?

— Non, c'est ta réalité. Certains verront des plages tropicales, des déserts sous la lune, d'autres des lacs gelés, peu importe. Ce n'est qu'un lieu de passage.

— Pour moi, c'est un temple maçonnique, mais je perçois les symboles de façon toute différente. Ce ne sont plus des abstractions.

— Ces symboles vont te servir, Antoine. Mais avant de changer de lieu, tu dois savoir une chose importante.

— Laquelle ?

Elle lui prit la main. Il pouvait sentir sa chaleur. Ses yeux clairs le regardaient avec tristesse.

— Moi, je reste ici

— Je ne comprends pas.

— Je suis bloquée.

— Mais pourquoi ?

La main se retira et toute chaleur disparut.

— Ils m'ont tuée, Antoine. Ils m'ont assassinée.

27

*1365 av. J.-C.
Vallée du Nil
Hatnoub*

Chacun s'était levé. Kémopé marchait en tête. Le regard baissé, il semblait abattu par les révélations du grand prêtre. Surtout il se sentait impuissant. Pharaon pouvait-il à sa guise bouleverser l'ordre du monde sans que les dieux n'interviennent ? Mais qu'étaient donc les dieux, alors ? La tête lui tourna. Il s'arrêta un instant, le temps que Sequena le rejoigne. Ce dernier ne paraissait pas perturbé, mais les veines se gonflaient sur ses tempes. Le groupe se dirigeait vers les tentes. Le grand prêtre marchait d'un pas lent. Il fallait leur laisser le temps de ruminer toutes ces idées, de s'en effrayer. Bientôt, ils seraient prêts à tout.

Un esclave sortit de la tente principale. Il s'approcha du grand prêtre.

— Seigneur, un messager est arrivé de la cité royale. Il a pu franchir les lignes sans être vu par les gardes. Il vous attend.

Quand le grand prêtre ressortit, sa décision était prise. Il franchit le seuil de la tente et se dirigea vers ses compagnons qui l'attendaient. Leurs visages étaient éclairés par les braseros, disposés autour du camp pour se protéger des attaques nocturnes des crocodiles. Kémopé, malgré la fraîcheur de la nuit, suait à grosses gouttes. Le visage de Sequena, en revanche, était comme du bois durci. C'est sur lui qu'il faudrait s'appuyer.

Le grand prêtre ralentit sa marche. Il n'avait pas envie de s'étendre sur sa couche et de laisser la nuit s'emparer de lui. Jamais il n'avait ressenti une aussi vaste lucidité. Il lui semblait être devenu un dieu lui-même, capable de comprendre le passé et de prévoir l'avenir. Akhenaton pouvait bien condamner les dieux à l'anonymat, décréter le culte d'Aton, principe unique et universel, graver les façades des temples de son symbole, le soleil rayonnant... Peu importe. Le temps se chargerait de tout effacer. En revanche...

— Pharaon n'est qu'une graine et il a déjà germé. Sa tige est souterraine. Elle ne vit dans l'ombre que pour fleurir dans l'avenir. C'est elle que nous devons trancher, affirma le grand prêtre.

Ses deux compagnons s'arrêtèrent net, mais le vieil homme ne leur laissa pas le temps de réagir.

— Kémopé ! (Le grand argentier sursauta.) Tu prélèveras sur le trésor du temple d'Amon de Thèbes un trentième de sa valeur que tu transformeras en numéraire.

— Seigneur, nul n'a jamais touché aux objets sacrés...

— Puise dans les dons des étrangers et fais-les fondre pour que nul n'en découvre l'origine. Personne ne doit savoir que nous disposons de cette somme.

Kémopé s'inclina.

— Pars à l'instant. Fais-toi accompagner d'un seul serviteur.

— Mais, Seigneur, les gardes de Pharaon ?

Le grand prêtre tendit la main au-dessus du brasero. Montant du Nil, on entendait le claquement sec des mâchoires des sauriens.

— Nous saccagerons ta tente comme si un crocodile l'avait attaquée pendant la nuit.

— J'égorgerai une chèvre et répandrai son sang sur ta couche, puis sur le sable jusqu'au Nil. Ça attirera les crocodiles et les gardes pourront voir leurs traces, ajouta Sequena.

Le grand prêtre acquiesça.

— Dépose la somme au vieux temple d'Osiris, sous le naos. Plus personne n'y vient.

— Seigneur, il sera fait selon ton désir.

Kémopé posa sa main droite sur son cœur et disparut dans la nuit. Le grand prêtre reprit sa marche en s'appuyant sur Sequena. Ils virent l'ombre d'un serviteur surgir d'une tente puis un cheval hennit dans l'obscurité. Sequena observa le camp des gardes. Aucune réaction. Il se tourna vers le profil busqué de son voisin.

— Seigneur, que veux-tu que je fasse ?

Le grand prêtre répondit instantanément.

— Trouve un chasseur d'hommes.

28

*De nos jours
Hôpital de Carpentras*

L'infirmière s'approcha du corps. Avec un peu de chance, elle finirait son service dans un quart d'heure. Elle avait vraiment besoin de se changer les idées. L'équipe de service ramènerait le corps à la morgue. Le professeur Labiana la bouscula presque en sortant du bloc. Sans s'arrêter, sans une excuse. C'était le meilleur chirurgien de la région, mais un vrai salaud. Elle ravala ses larmes. Il l'avait sautée quelques jours auparavant, après lui avoir fait une cour effrénée pendant plus d'un mois. Il lui avait sorti le grand jeu, fleurs, restaurants, sorties en boîte. Et quand elle avait fini par accepter, il l'avait quittée sans un mot, sans une explication. Même pas un coup de fil. Depuis, il lui parlait avec détachement comme si rien ne s'était passé. Elle avait tenté d'obtenir une explication, il s'était tout juste borné à la remercier froidement pour le « bon moment passé ensemble ». Le vrai con dans toute sa splendeur. En clair, un homme.

Elle débrancha le monitoring.

Pauvre type, songea-t-elle en regardant le cadavre. Elle tira sur la fermeture Éclair et ferma la housse. Elle détestait ce moment-là. Mais bon, ce n'était ni le premier, ni le dernier. La porte s'ouvrit avec fracas. Un homme d'une quarantaine d'années pénétra dans la salle, suivi par un autre, plus petit, qui tentait de le calmer.

— Où est-il ? lança-t-il d'une voix blanche.

L'homme n'attendit même pas la réponse et se dirigea droit vers le corps. Il fit glisser la fermeture Éclair du sac opaque pour découvrir la tête de Marcas. Le visage était légèrement boursouflé, la tempe portait encore les traces de l'intervention. Tassard contempla celui qui avait été son supérieur. Cet homme étendu devant lui n'était plus qu'un amas de chair morte, un corps sans vie, un cadavre comme il en avait tant vu depuis toutes ces années de service. Il allait devoir prévenir son fils, Pierre, son ex-femme. Pauvre gosse, le choc serait rude. La mère de Marcas, elle, vivait quelque part dans une maison de retraite, du côté de Garches. Et puis il fallait aussi prévenir ses frères du Grand Orient, sa famille d'adoption. Il n'aimait guère ces histoires de maçons mais il savait que c'était important pour lui. Peut-être feraient-ils une cérémonie spéciale, un truc funèbre avec leurs tabliers d'opérette et leurs rituels d'ados attardés. De toute façon, il s'était toujours méfié des *frères trois points*, mais Marcas était une exception. Un type bien.

Le procureur s'était approché et regardait le corps sans vie du commissaire.

— Je suis sincèrement désolé pour votre ami. Il se tourna vers l'infirmière. Voulez-vous nous laisser, mademoiselle ?

La jeune femme se dirigea vers la porte.

— J'allais partir de toute façon. On doit venir le récupérer dans quelques minutes.

Elle poussa les deux battants et laissa les deux hommes seuls. Tassard renifla.

— Et Fléhaut ?

— Il s'en est sorti. Le chirurgien a extrait une balle de l'abdomen. Il a eu de la chance, elle n'a pas endommagé d'organes vitaux. Il a été transféré dans une unité de soins. Sous surveillance.

— L'assassin s'en tire, la victime non. Logique...

Le procureur se massa le cou.

— Il passera le reste de sa vie en prison, je vous le promets. Le parquet s'occupera de lui personnellement.

Tassard prit un air désabusé.

— Le parquet, je n'en doute pas. En revanche, en ce qui concerne le système judiciaire, je suis dubitatif. J'ai vu tellement de types sortir de taule plus tôt que prévu. Une remise de peine pour bonne conduite et après vingt ans il se retrouvera à l'air libre.

— Peut-être mais il aura alors soixante-dix, soixante-quinze ans ? Une vie foutue.

Tassard posa la main sur la housse.

— Probablement. La vie de Marcas aussi est foutue.

— Encore une fois, je suis désolé. Mais maintenant je dois prendre certaines dispositions. En premier lieu, ouvrir une enquête sur le corps de cette femme momifiée. L'homme de main, celui qui a une tête ravagée, vos collègues vont le cuisiner et dès que Fléhaut se réveillera, ils l'interrogeront. On vous tiendra au courant.

Tassard remonta la fermeture Éclair. Il n'écoutait plus le procureur. Le visage de Marcas disparut. Le plus dur était à venir, prévenir son ex-épouse. Et ses frères... Fallait-il appeler les francs-macs ? Allô bonjour, pouvez-vous prévenir le grand maître, Antoine Marcas est mort. C'était ridicule. Il eut soudain une inspiration. Il s'adressa au procureur.

— Vous en êtes ?

Le magistrat le regarda en fronçant les sourcils.

— Je vous demande pardon ?

— Vous êtes franc-maçon ?

— Je ne comprends pas le sens de votre question, capitaine. En quoi le fait de savoir si je suis franc-maçon vous intéresse-t-il maintenant ? En ce lieu.

— C'est que… le commandant Marcas était maçon. Il ne s'en cachait pas. Je me demandais comment faire pour contacter ses amis à présent qu'il est mort. Ils organisent des cérémonies. Je me suis dit que si vous en étiez vous pourriez me conseiller…

Le procureur hocha la tête.

— Je vais vous donner un tuyau. Vous avez son portefeuille ?

— Oui, on me l'a donné tout à l'heure.

— Bien. Normalement, vous y trouverez sa carte d'identité maçonnique. Les coordonnées de sa loge y sont inscrites.

Tassard prit la pochette en plastique souple qui contenait les quelques affaires de Marcas. Il retira le portefeuille et en extirpa un mince carnet bleu. Le sceau de l'obédience était apposé à côté de timbres estampillés portant des dates de trimestres dans un ordre chronologique. 6008, 6009, 6010. Les années maçonniques. La photo d'identité de

Marcas lui donnait quinze ans de moins. Le procureur reprit.

— C'est vraiment une sale affaire. Lorsque vous êtes intervenu dans le pavillon de chasse, Fléhaut était comment ?

— Quand j'ai tiré, il avait comme une expression de triomphe dans le regard. Il n'a même pas levé son arme. Comme s'il voulait que je le flingue sur place.

Les portes battantes s'ouvrirent. Deux aides-soignants en blouse bleue surgirent dans le bloc opératoire. Ils parlaient fort. Deux types massifs, les cheveux coupés ras. Ils continuèrent leur conversation sans se soucier du lieu.

— Ils m'ont aligné sur la place jaune, ces connards. Trente-cinq euros dans la gueule. J'ai essayé de négocier. Que dalle. Flics de merde.

— Des connards. Un bon flic, c'est un flic mort.

Tassard mit la main dans sa veste et en sortit sa plaque qu'il brandit sous leur nez.

— Vous reconnaissez… une plaque de connard.

Les aides-soignants se dévisagèrent, gênés. L'un des deux rougit.

— Désolé, m'sieur, on savait pas. On disait pas ça pour votre collègue.

— Vous avez raison, c'est désopilant un flic assassiné. Vous n'êtes pas de cet avis, monsieur le procureur ? Ça peut valoir combien ce mot d'esprit en termes de condamnation.

— Oui, insulte aux forces de l'ordre en présence d'un de ses représentants, ça doit chercher dans les treize mois. Et comme je suis là, ça compte double.

Les hommes se liquéfiaient sur place. Ils bredouillaient.

— On… on s'excuse, m'sieur.

— Barrez-vous, abrutis.

Les aides-soignants reculaient, apeurés. Tassard haussa la voix.

— J'ai dit dehors !

Ils sortirent en courant, les deux portes continuèrent à battre quelques secondes. Un silence s'installa dans le bloc. Pesant, huileux. Une odeur de désinfectant flottait dans l'air. Tassard s'appuya contre un évier.

— Je me demande pourquoi je fais ce job. La semaine dernière, ma fille s'est fait insulter dans sa classe quand la prof leur a demandé la profession de leurs parents. Elle était en larmes et m'a reproché d'être flic. Je lui avais tapé la honte de sa vie.

— Elle aurait voulu quoi ?

— Webmaster, couturier, pilote d'avion, ce genre de trucs… Ses potes lui ont raconté que les policiers tuaient les gens dans la rue, frappaient les jeunes dans les manifs et chassaient les enfants sans papiers pour le plaisir avant de les mettre dans des charters. Le pire, c'est que j'ai toujours voté à gauche.

Le procureur croisa les bras. Il consulta sa montre. Il allait devoir partir.

— On peut être de droite et aimer les jeunes, ironisa-t-il. Un policier de gauche, j'ai toujours trouvé ça bizarre.

— Un magistrat de droite aussi, répliqua Tassard, l'air désabusé.

— On nous crache moins dessus. C'est un avantage…

— Mais on ne vous aime pas.

— Ça nous fait un point commun…

Tassard se redressa.

— Qu'allez-vous faire maintenant ?

— Annuler mon voyage de noces et enclencher les procédures. Ne tardez pas pour votre rapport sur ce qui s'est passé. Le moindre détail sera utile à vos collègues, dit-il d'une voix qui se voulait convaincante.

Le policier se frotta les yeux. La fatigue l'envahit, il était debout depuis 5 heures.

— Je vais dormir quelques heures à l'hôtel.

— La famille de Marcas ?

— Je vais m'en occuper avant. Il m'avait laissé le numéro de son ex-femme.

— Le ministère a été prévenu. Un commissaire de police assassiné, ce n'est pas courant. Il aura droit à une médaille posthume avec cérémonie officielle. Bon courage, Tassard, dit le procureur en lui tendant la main. Nous n'aurons pas l'occasion de nous revoir.

— Merci.

Le procureur sortit discrètement du bloc. Tassard demeura seul. Le désinfectant lui donnait la nausée. Il était figé, incapable de quitter le corps de Marcas. Il avait l'impression de l'abandonner. Ça le rongeait de le laisser entre les mains des deux aides-soignants. Ils le pousseraient sans ménagement vers la zone frigorifiée réservée aux morts. De longues minutes, il fixa la housse verte. Appeler l'ex de Marcas lui était déjà insupportable.

29

*1365 av. J.-C.
Vallée du Nil*

Les soldats trouvèrent deux tentes dévastées dans le campement du grand prêtre. Des traces de sang frais et les empreintes sur le sable : tout indiquait que les crocodiles avaient fait leur œuvre. Un des braseros avait dû s'éteindre pendant la nuit. L'officier se frotta les mains, il annoncerait lui-même la mort des proches du grand prêtre. Nul doute qu'Eremeth apprécie la nouvelle.

Tandis que la troupe se remettait en marche, Sequena contemplait le soleil qui montait au-dessus de la rive orientale du Nil. Toute la nuit, il avait longé le fleuve, frôlant les villages endormis. Dans l'un des plus misérables, il avait volé des vêtements. Sa métamorphose était totale. Son crâne rasé de prêtre disparaissait sous un turban crasseux. Ses jambes, finement épilées, étaient couvertes de boue comme son pagne. À l'entrée d'un champ, un paysan lui avait fait l'aumône d'un peu d'eau et d'une galette rance. Peu avant l'aube, il avait traversé le Nil sur une felouque. Après avoir mordu la piécette de cuivre avec ses dents, le passeur l'avait conduit sur la rive occidentale. Un long massif rocheux bordait le Nil. Sequena s'arrêta au pied d'un sentier qui grimpait vers le plateau. Il passa la main sur son épaule, déjà chauffée par le soleil, et grimaça.

Maintenant, il devait traverser le désert.

Vallée du Nil
Cité royale d'Akhetaton

Chaque nuit, Akhenaton changeait de palais. Au sud de la cité s'étendait le complexe religieux d'Aton. Entre le grand et le petit temple se dressait la demeure royale. C'est là que venait se réfugier Pharaon quand il quittait le palais principal où se déroulaient les audiences. Une demeure intime, entourée de jardins, où il se sentait protégé. Mais ça n'avait pas suffi. De plus en plus épris de solitude, il avait fait construire un palais au nord, juste sur le bord du Nil.

De nouveau, Akhenaton était fiévreux. Il avait encore perdu du poids et l'insomnie le surprenait toujours à l'aube. Les nouvelles qui remontaient des nomes, les provinces de l'Égypte, devenaient inquiétantes. Les rapports transmis par Eremeth ne parlaient plus de complots, mais de tentatives de sédition. Et toutes provenaient du peuple. Des pêcheurs, des paysans se révoltaient contre la réforme religieuse. Des émeutiers ne voulaient pas qu'on les libère, ni de la tutelle du clergé ni de la superstition. Des hommes voulaient rester esclaves. Akhenaton toussa. Malgré la chaleur, ses poumons étaient de glace. Depuis quelques semaines, il craignait d'avoir échoué. L'humanité n'était pas mûre pour être libre.

S'il voulait sauver son œuvre du néant, il lui fallait trouver une autre voie.

Il sonna un serviteur et fit appeler Eupalinos.

Vallée du Nil

La caravane avançait dans un nuage de poussière. Elle convoyait du cuivre pour alimenter une fabrique d'armes dans l'oasis de Nadara. Cette enclave de vie à l'entrée du désert abritait une population aléatoire. Ouvriers qui travaillaient dans la fonderie, marchands de passage, esclaves qui entretenaient les réseaux d'irrigation. Le climat était dur, la mortalité élevée. Première étape de la piste qui menait à la lointaine Libye, l'oasis était dotée d'un fort censé protéger les caravanes des pillards. Une protection toute théorique, car de nombreuses bandes pullulaient dans la région. Brigands de la vallée qui venaient se faire oublier ou nomades en maraude : l'Égypte n'avait jamais réussi à se débarrasser de ces bandes nées de la misère et de la cupidité. La plupart d'entre elles n'étaient qu'un ramassis de paysans sans terre ou d'anciens soldats, d'autres, en revanche, étaient beaucoup plus organisées, en particulier celles dont la spécialité, très technique, était le pillage des tombes.

Ce domaine était l'apanage des Grecs. Souvent d'anciens ingénieurs militaires, des mercenaires de la science dont le plus grand plaisir était de percer les défenses des tombeaux, d'en déjouer les pièges et d'empêcher les Égyptiens de jouir de l'éternité. Leur bande était souvent composée de Noirs, venus du pays de Kouch, des animaux sans foi ni loi, qui n'hésitaient pas à dépecer les morts. Arrêtés, ils finissaient crucifiés ou écorchés vifs.

Sequena s'essuya les mains, dégoulinantes de sueur, sur sa tunique déchirée. Ces caravaniers étaient trop confiants, ils l'avaient accepté sans même l'interroger. Ils traversaient une étendue pierreuse écrasée par la chaleur. Au sud, courait l'arête rocheuse du massif de Nadara. C'est là que se cachait l'homme qu'il cherchait.

Vallée du Nil
Cité royale d'Akhetaton

Aleiah remonta le drap sur sa poitrine quand on frappa à la porte. Ce n'était plus l'adolescente tremblante, la nuit où Pharaon avait failli mourir, mais une femme aux longs cheveux noirs tressés et au corps souple. Elle gémit légèrement. Un souffle qui montait du fleuve rafraîchissait la chambre. Elle venait de rêver du pays de son enfance. Les terres des Vents. Eupalinos revint s'asseoir sur le bord du lit.

— Pharaon m'appelle.

Les paupières lourdes, Aleiah regarda par la fenêtre. Le jour caressait à peine la cime des arbres.

— C'est presque toutes les nuits !

Le Grec lissa sa barbe qu'il portait à l'égyptienne désormais, tressée d'un ruban d'or. Il caressa la pierre gravée de l'*Ouroboros* qu'il portait autour de son cou. Il le faisait chaque fois qu'il se réveillait.

— Il est angoissé.

Aleiah se retourna dans le lit. Elle avait été asservie durant la plus grande partie de sa jeune vie. L'angoisse des puissants la rendait vite cynique.

— Il n'a qu'à remplacer l'esclave qui fait tourner le moulin à eau, ça le calmera.

En quête de ses vêtements de cérémonie, Eupalinos mit du temps à répondre.

— Surtout, il est seul.

— Seul ? répéta Aleiah d'une voix surprise, mais un Pharaon n'est jamais seul !

— Un homme qui porte un secret, si !

30

De nos jours
Hôpital de Carpentras

Tassard salua le corps d'un hochement de tête et tourna les talons. Il allait appeler en sortant de l'hôpital et se prendre une cuite ensuite. Et dormir. S'il le pouvait. Il poussa les battants du bloc, les deux aides-soignants étaient assis sur des sièges en plastique dur, attendant sa sortie. Ils détournèrent le regard quand il passa devant eux et se levèrent presque instantanément. Tassard se figea et recula de quelques pas pour revenir à leur niveau.

— Je vous conseille de bien vous occuper de lui. La famille va venir le reconnaître. J'ai pris vos noms à tout hasard. Et là, c'est pas 35 euros que je vous mettrai dans la gueule. Je me suis bien fait comprendre ?

— Oui. Bien sûr.

— Bonne journée, messieurs.

Il se dirigea vers le secrétariat du service. Une infirmière discutait avec la secrétaire qui rangeait des dossiers dans un meuble. Il ne voulait pas perdre de temps et montra sa plaque.

— Bonjour, je cherche un homme qui a été emmené en urgence dans le service, il y a une demi-heure.

L'infirmière le regarda avec compréhension.

— Nous sommes navrés, il est décédé. Vous êtes un de ses collègues.

Tassard l'interrompit.

— Non, l'autre, Fléhaut. Balle dans le ventre.

La secrétaire leva le doigt et le pointa vers la droite.

— Chambre 27, second couloir en partant des ascenseurs.

— Il est...

— Vivant. Oui. Il a eu beaucoup de chance. Il est sous sédatif, vous ne pourrez pas lui parler. Un gendarme est en faction devant sa chambre.

— Merci, mademoiselle.

Il sortit du secrétariat et pressa le pas. Il fallait qu'il voie cette ordure. Juste le voir. Pour se souvenir de sa tête, avant qu'il ne file en prison. Il passa devant les ascenseurs et aperçut le gendarme assis sur un banc de plastique à côté d'une porte. Ses talons claquaient sur le sol. Le gendarme se tourna dans sa direction et se leva.

— Mon capitaine, comment va votre ami ?

— Il est mort. Et lui ?

Le moustachu haussa les épaules.

— Tiré d'affaire, mais le médecin a dit qu'il ne se réveillerait qu'en fin d'après-midi. Il doit être interrogé demain, je crois.

— Je dois le voir.

Le gendarme se redressa, l'air soucieux.

— Navré, mon capitaine. J'ai des ordres. Personne ne doit l'approcher. Il est menotté aux barreaux de son lit.

— Comment vous appelez-vous ?

— Castillon.

— Bon, Castillon. Imaginez qu'un salaud dans son genre ait tué un de vos collègues et que vous n'ayez plus l'occasion de le voir de près avant longtemps. Qu'il soit dans une chambre d'hôpital. Vous feriez quoi ?

— J'aurais envie de le buter, répondit brutalement le gendarme.

— Pas moi, je veux que ce type aille finir ses jours dans une taule. Qu'il en bave pour tout le reste de sa vie, qu'il se fasse violer et frapper dans sa cellule qu'on lui aura choisie avec soin, au milieu de tarés de son espèce. Donc, rassurez-vous, je veux juste le voir une dernière fois. Je vous laisse mon arme. Ça vous va ?

Le gendarme le jaugea, jeta un coup d'œil au fond du couloir.

— Ça marche. Cinq minutes, pas plus. Les médecins sont au courant des restrictions, j'ai pas envie d'avoir d'emmerdes.

Tassard sortit son arme de sa gaine et la tendit au brigadier. Il poussa la porte. Castillon le dévisageait.

— Pas de bêtise, hein ?

— La taule, Castillon, la taule... La peine de mort, c'est trop doux...

Il entra dans la chambre noyée dans la pénombre. Le volet avait été descendu pour ne laisser filtrer qu'une faible luminosité. Fléhaut était couché sur le lit, intubé, une perfusion reliée à son avant-bras. Un monitoring était installé à droite du lit. Il affichait une oscillation régulière. Tassard s'approcha du directeur de la fondation qui dormait profondément. Son regard courut le long de la perfusion pour s'arrêter en haut du portant. Deux tubes reliés à un petit boîtier électronique étaient remplis d'un liquide jaune. Tassard reconnut la mini-pompe à morphine qui déversait à intervalle régulier son précieux liquide dans le sang du patient. L'arme antidouleur par excellence. Il avait déjà eu le même type d'installation après une opération douloureuse du genou. Il s'assit au bord du lit et prit la main du malade dans la sienne. Il remarqua que l'autre poignet était menotté.

— Tu en as de la chance, on te dorlote, une belle chambre, un petit cocktail de morphine, un gardien pour veiller sur toi… Tu vas rapidement te remettre sur pied. Tes victimes n'ont pas eu la même veine. Tu ne trouves pas ça dégueulasse ?

Le tracé du monitoring ne changeait pas. Tassard s'avança plus près.

— Je te jure qu'on va s'occuper de toi personnellement. Le reste de ta vie de merde sera un enfer. Les tueurs de flic ont droit à un régime spécial. Tu iras croupir dans la pire prison du pays, dans une cellule de choix.

Fléhaut dormait profondément. Tassard se leva et le contempla avec dégoût. Il jeta à nouveau un œil sur la perfusion et sourit. On pouvait doser à volonté l'injection de la morphine. Il tapota sur le boîtier et divisa le chiffre affiché par deux. Quelques secondes s'écoulèrent. Le corps du directeur de la fondation tressauta. Sa tête bougeait de droite à gauche. Une grimace de douleur apparut sur son visage. Le monitoring s'accéléra brutalement. La respiration devint saccadée.

Tassard fit un petit signe de tête.

— Ce n'est qu'un début. Bienvenue dans ta nouvelle vie.

Il poussa la porte, le gendarme passa la tête pour jeter un œil sur le malade.

— Rassuré ?

— J'avais confiance, dit-il en lui rendant son arme.

— Bonne journée, brigadier.

Le gendarme le salua. Tassard se dirigea vers les ascenseurs.

Il sortit rapidement de l'hôpital en évitant le journaliste et le photographe de *La Provence* qui avaient été prévenus. Il se retrouva seul dans la rue et décida de faire le chemin à pied. Il savait qu'il reculait le moment d'appeler l'ex de Marcas.

Le soleil brûlait le bitume, les touristes s'étaient réfugiés à l'ombre. Une journée magnifique. Une belle journée pour annoncer une mort.

C'était trop absurde. Tellement stupide. Il essaya de rejouer la scène, de comprendre à quel moment Fléhaut avait pété les plombs. Aurait-il pu éviter le drame ? Non. Il ne pouvait rien se reprocher et pourtant une saloperie de culpabilité s'enkystait dans son cerveau.

Il sentit son estomac gargouiller et songea qu'il n'avait rien avalé depuis l'aube. Sa montre indiquait 10 heures. Avec un peu de chance, il trouverait un troquet pour lui servir quelque chose de consistant. Genre steak-frites ou croque-monsieur avec des frites ou encore pizza avec des frites. Marcas se moquait toujours de ses choix culinaires qui auraient fait hurler un congrès de diététiciens. Son supérieur lui sortait invariablement en début de repas, la phrase rituelle : « Bon appétit, le gras c'est la vie ! » Tirée d'une série télévisée dont il ne se rappelait pas le nom.

Il arriva sur une petite place ombragée et repéra la terrasse d'un café. Les clients étaient partis, un serveur passait un chiffon sur la table. Tassard obliqua vers la droite et prit une chaise en fer.

— On peut manger quelque chose ?

Le serveur le regarda comme s'il lui avait demandé de lui rouler une pelle.

— Le cuistot est pas arrivé. Pour boire seulement.

Tassard soupira.

— Je pensais qu'ici on accueillait les touristes avec chaleur et bonté.

— Ouais, revenez à partir de midi, je vous donnerai toute la chaleur et la bonté voulues.

Le Parisien grimaça. Il plongea à nouveau sa main pour récupérer sa carte. C'était la deuxième fois en moins d'une heure. Dix minutes plus tard, on lui servit une entrecôte dégoulinante de sauce et des frites grasses à souhait. Il téléphonerait à l'ex après avoir mangé.

Ailleurs

De fines particules dorées virevoltaient dans la clairière. Marcas écoutait la femme avec attention.

— Avant de me tuer, ils m'ont fait souffrir, dit-elle d'une voix mélodieuse. La souffrance est pire que la mort. Elle exacerbe nos pulsions vitales à l'extrême.

— Je ne comprends pas. Qui vous a tuée ?

Elle s'était levée et caressait un bloc de pierre d'une main distraite. Ses mains étaient blanches comme de l'albâtre.

— J'ai servi de cobaye pour l'Expérience. Tu dois m'aider.

— Quelle expérience ?

— Tu comprendras bientôt.

Antoine éprouva une compassion infinie envers cette inconnue. Il s'avança vers elle et voulut lui poser la main sur l'épaule mais elle recula en un éclair.

— Tu ne peux pas me toucher. Nous ne sommes pas sur un même plan. Je te l'ai dit, c'est un lieu de transition entre deux mondes. Une porte, un passage entre des univers qui se rapprochent sans jamais se toucher.

Il resta figé.

Le soleil disparut subitement, les étoiles se voilèrent. La clairière fut envahie de nappes obscures. L'harmonie se disloquait par pans entiers.

— Antoine, ils m'ont tuée. Tu dois découvrir…

La silhouette de la jeune femme se dissolvait de bas en haut. Ses jambes se désagrégèrent. Son buste s'estompa. Son visage se contractait par spasmes. Une tristesse infinie déforma son beau visage. Elle ouvrit la bouche mais aucun son n'en sortit. Antoine voulut courir vers elle mais la clairière s'allongeait au fur et à mesure qu'il progressait. Il se sentit à nouveau happé : le vortex revenait pour le prendre et l'engloutir.

Ça recommençait. Une douleur fulgurante traversa son cerveau, comme une aiguille brûlante qu'on lui aurait enfoncée lentement dans la tempe. Jamais il n'avait enduré une telle douleur. Il appela au secours. L'œil noir et béant du vortex le regardait avec cruauté. Il était seul dans l'univers et personne ne viendrait à son aide.

Il hurla.

Couloir de la morgue de l'hôpital de Carpentras.

Brice poussait le lit roulant le long du couloir aux teintes pastel qui conduisait à l'annexe. Cet enfoiré de Kevin l'avait laissé seul avec le cadavre. La porte de la morgue était visible à une trentaine de mètres. L'architecte de l'hôpital avait tenu à installer la pièce de conservation des cadavres dans un bâtiment distinct des unités de soins. Il tenait à la symbolique des lieux et de leur fonction.

La vie d'un côté, la mort de l'autre.

Pour agrémenter le couloir, des plaques de grès sculptées représentant des visages vaguement égyptiens, avaient été accrochées aux murs. Les yeux étaient percés de trous d'où filtraient de petites lumières rouges. Une idée du premier directeur de l'hôpital, féru d'art contemporain, qui avait trouvé ainsi un moyen infaillible pour passer sur le compte du 1 % culturel une collection de factures surdosées au nom de l'artiste, accessoirement maîtresse du fonctionnaire depuis dix ans. De l'avis général, les visages étaient tout sauf sereins.

Ça lui foutait la chair de poule, chaque fois qu'il passait devant eux. Il avait l'impression qu'ils le fixaient. Il n'était pas le seul, tous ceux qui se rendaient à la morgue éprouvaient la même sensation de malaise. Peut-être aussi parce que l'artiste, larguée par son amant, s'était suicidée un mois après l'installation de son œuvre et avait fait ce même voyage.

Le lit roulait silencieusement sur le sol rectiligne.

Il se murmurait chez les soignants qu'un détecteur infrarouge dénombrait chaque passage dans l'au-delà. Et que, quelque part, un comptable morbide tenait des statistiques qu'il transmettait à des supérieurs. Brice accéléra le pas. Chaque hôpital avait son lot de rumeurs en tout genre.

Il était arrivé devant la double porte de la morgue. Brice sortit son passe magnétique de la poche de sa blouse et le plaça devant le lecteur à côté de l'interrupteur. Les deux portes s'ouvrirent simultanément. Au même instant, la grande pièce s'éclaira.

La température était fraîche, pas glacée. Il fit rouler le lit vers un caisson. La morgue, ainsi que la plupart des unités de l'hôpital, était sous contrôle informatique, le caisson de réception du corps avait été ouvert automatiquement quand l'aide-soignant avait présenté son badge à l'entrée.

Toutes les données sur le mort étaient stockées dans le serveur puis rebasculées sur l'unité périphérique qui contrôlait la gestion de la morgue. Le caisson 17 était attribué à Antoine Marcas, sujet masculin, identifiant LQH 627, décédé ce jour à 11 h 03. Durée de stockage : indéterminée.

Brice poussa le lit contre l'entrée du caisson. Les ergots métalliques s'enclenchèrent dans ceux de la paroi. Il suffisait de glisser le corps et celui-ci s'enfonçait dans l'espace frigorifié.

Il regarda, goguenard, le corps d'Antoine Marcas.

— Allez commissaire, au trou. J'ai un rencart dans une demi-heure.

Un riff strident de guitare brisa le silence. White Rabbits Premium. Brice décrocha son portable. La photo des seins de Yasmina s'afficha sur l'écran.

— Ouais, ma belle. Je mets la viande dans le frigo, je prends une douche et on se retrouve au bar des Remparts... Oui...

Un frottement se fit entendre au bout du chariot.

— Attend une seconde, dit l'infirmier.

Il posa son portable sur le lit et se pencha sur le corps.

Il avait entendu un frottement. Un frottement sur du plastique. Brice se rapprocha de la dépouille. Le corps était emballé dans sa housse de conservation temporaire. C'était stupide. Il reprit son téléphone.

— Non, rien. Si tu arrives avant moi...

Cette fois, c'était sûr. Il s'interrompit à nouveau.

Il se tourna vers le corps.

Ses yeux s'écarquillèrent.

Une terreur froide l'envahit.

31

*1365 av. J.-C.
Oasis de Nadara*

À la nuit tombée, Nadara devenait le paradis des pillards. Cantonnés dans le fort, les soldats n'effectuaient des patrouilles qu'autour des campements de caravanes. Dès la première obscurité, sous les palmiers, apparaissaient des femmes offertes à tous les désirs. Selon son goût, on pouvait choisir des Nubiennes au pubis tatoué ou bien des nomades au visage voilé, mais au corps de braise. À moins que l'on ne préfère les robustes paysannes du delta. Plus loin, sous des auvents de roseaux, des hommes buvaient de la bière, parlant fort et crachant dans le sable. Sequena s'était assis en silence. Il portait la tonsure rituelle des prêtres, mais, à son poignet, brillait un bracelet de cuivre. Tout en continuant leur tapage, les hommes jetaient des coups d'œil de plus en plus fréquents dans sa direction. L'un d'eux, dont la lèvre supérieure était fendue, finit par se lever pour s'asseoir à la table de Sequena.

— Tu as là un bien beau bracelet, frère.
— Un cadeau.
L'homme tendit la main.
— On peut le voir ?
Sequena ôta le bijou et le déposa dans la paume ouverte.
— C'est toi qui as fait les incisions ?
— Les dernières, oui.

Sur le bracelet, une suite de symboles, en apparence désordonnée, courait le long du cuivre. L'homme au bec-de-lièvre hocha la tête d'un air convaincu. Il remit le bijou sur la table et du doigt caressa les entailles.

— Un joli tableau de chasse.

Sequena soupira. Des années auparavant, un bandit du Delta, réfugié dans un temple, lui avait offert le bracelet, en lui expliquant le sens secret des incisions. Chaque symbole gravé représentait un assassinat, la forme et l'orientation du symbole, les modalités du meurtre. Sequena avait retenu la leçon.

— Dis-moi ce que tu veux.
— Rencontrer le Macédonien.

Vallée du Nil
Cité royale d'Akhetaton

Les crises d'angoisse de Pharaon débutaient toujours à l'aube ou au crépuscule. Comme si son destin était intimement lié à la course du dieu soleil, Aton. Eupalinos venait d'arriver pour la deuxième fois de la journée. Il s'était assis face à Akhenaton qui grelottait sous une couverture de laine. Depuis quelque temps, son état s'aggravait. En plus d'insomnies répétées et de crises de plus en plus violentes de fièvre, Pharaon avait maintenant du mal à marcher. Tout son corps se voûtait et ses mains devenaient noueuses. En fait, il ressemblait étrangement au grand prêtre, même profil, même démarche. Comme si, dans leur conflit, les deux hommes se rejoignaient. À moins bien sûr, qu'un lien obscur ne les rattache l'un l'autre. La cour d'Égypte était familière de ces paternités secrètes et incompréhensibles pour les étrangers. Derrière, se cachait une mythologie étrange du sang qui se devait d'être le plus pur possible. Et s'il advenait qu'un Pharaon ne puisse procréer, on faisait appel à un proche pour régénérer la lignée.

— J'ai froid – la voix d'Akhenaton résonna dans l'immense chambre –, si froid.

— Je vais chercher les médecins, ils vont...

— Non – une main tremblante jaillit de sous la couverture –, pas de médecin. Ils ne peuvent rien pour moi. Appelle Eremeth, je dois lui parler.

Sitôt le message transmis à un serviteur, le Grec revint s'asseoir auprès de Pharaon.

— Le dieu Aton, malgré mes prières, ne parvient plus à me réchauffer.

Pendant qu'Akhenaton parlait d'une voix hachée, Eupalinos examina ses yeux. Dilatés, rougis. La fièvre gagnait du terrain.

— J'ai voulu offrir à mon peuple une nouvelle espérance, un dieu unique, bon et généreux. Un dieu dont la manifestation visible, le Soleil, les accompagnerait tout au long de leur vie...

— Seigneur, osa le couper Eupalinos, ne vous fatiguez pas...

— ...Un dieu dont la lumière les accueillerait sur le seuil de la vie éternelle. Un dieu sans prêtre, ni dogme...

On frappa à la porte. Pharaon s'empara de la main du Grec.

— Eupalinos, tu m'as toujours été fidèle. C'est toi qui devras transmettre la vérité.

— Seigneur – Eupalinos s'inclina face contre sol –, je ferai toute ta volonté.

Eremeth entra. Il portait une épée à la hanche.

— Le grand prêtre est arrivé ?

— Presque, Seigneur, il est aux portes de la ville.

Akhenaton fit glisser la couverture. Son corps décharné tremblait de fièvre sous la tunique de soie.

— Arrête-le.

Massif de Nadara

On n'avait pas eu besoin de lui bander les yeux. La nuit était suffisamment obscure. Il avait, enroulé autour de sa taille, une corde qui le reliait à son guide. Une précaution qui s'était vite révélée nécessaire, vitale même. Le sentier était abrupt, pierreux, ouvert sur le vide. À chaque secousse de la corde, Sequena devait réagir pour ne pas tomber dans le précipice qui bordait le chemin. Un coup signifiait qu'il lui fallait se serrer contre la paroi, deux coups, qu'il devait éviter un obstacle au sol. Le sang battait à ses oreilles. Il avait beau écarquiller les yeux, il ne voyait rien. Rien que la nuit.

La corde vibra une fois. Il se colla contre la paroi. Son guide l'appela.

— On s'enfonce dans la faille. Attention au rocher, contourne-le par la gauche.

Ils suivaient maintenant un goulot étroit tapissé de sable. L'ancien lit d'un torrent souterrain. L'air devenait plus froid. Sequena sentit une odeur aigre. Il la reconnut aussitôt. Des chauves-souris.

— Nous ne sommes plus très loin.

Brusquement une lumière apparut. Un feu dont le reflet dansait sur les parois d'une caverne. La corde vibra deux fois. Sequena se figea.

Assis sur le sol, le corps couvert de tatouages, le Macédonien l'attendait.

32

De nos jours
Carpentras

Les pigeons s'agglutinaient à ses pieds, autour des boulettes de pain qu'il leur jetait consciencieusement depuis dix minutes. Il avait déjà avalé trois cafés. Toutes les bonnes raisons pour ne pas appeler l'ex de Marcas étaient épuisées. Il était mort depuis plus de deux heures. Ça devenait grotesque. Et lâche. Il prit le portable de Marcas et le posa sur la table. C'était étrange de posséder un objet aussi personnel. Il regarda le téléphone avec répulsion puis le prit entre ses mains. Il accéda au répertoire et chercha le prénom de l'ex.

Catherine.

Il composa le numéro. La tonalité retentit. Plusieurs fois. Une voix féminine se déclencha. Tassard se crispa sur le téléphone. Il ne pouvait pas lui annoncer sur sa messagerie que le père de son fils était mort.

Bonjour, ici Tassard, l'adjoint de... d'Antoine Marcas. Je suis désolé. Le commissaire est mort. Veuillez me rappeler pour avoir plus d'informations.

Non. C'était impossible de cette façon.

Le bip retentit. Il hésita quelques secondes puis parla.

— Ici Tassard, l'adjoint d'Antoine Marcas. Rappelez-moi sur son numéro. C'est très... urgent. Merci.

Soulagé. Ce serait plus facile de lui apprendre la nouvelle si c'était elle qui appelait. Il n'avait pas entendu venir le serveur qui se tenait debout devant lui. Il leva la tête.

— Oui ?

Le garçon tendit le doigt vers deux gendarmes qui couraient dans sa direction.

— C'est pas des collègues à vous ? On dirait qu'ils vous cherchent.

Il reconnut l'un des gendarmes. Il faisait partie de l'équipe de perquisition. Il agitait ses bras dans sa direction. Tassard se leva, troublé. Les deux hommes arrivaient en soufflant. Le premier faillit renverser une petite vieille qui traversait la place, un cabas à la main.

— Capitaine Tassard, venez vite. Il y a du nouveau.

Le Parisien le regarda, interloqué.

— Que se passe-t-il ?

— On n'en sait rien mais on a ordre de vous faire rappliquer le plus vite possible à l'hôpital.

Ils mirent moins de cinq minutes pour atteindre l'établissement.

Tassard entra en trombe dans le bureau du directeur. Trois autres hommes étaient présents dont le professeur Labiana, complètement surexcité. Le procureur vint à sa rencontre.

— Ah, capitaine, merci d'être venu si rapidement. J'avoue que je suis abasourdi par ce qui vient de se produire.

— Quoi ?

— Dites-lui, ordonna le directeur au chirurgien.

— Si vous voulez. Il s'est passé un genre d'événement comme il en arrive rarement. Pour ma part, en quinze ans de carrière, c'est la troisième fois que je vois ça. Au point que je pense en faire une communication médicale.

Tassard secoua la tête.

— Je ne comprends pas. Vous me parlez de quoi ?

Le directeur et le chirurgien échangèrent un regard entendu. Le professeur Labiana reprit.

— Votre supérieur, Antoine Marcas, est revenu à la vie. Quarante-cinq minutes après la cessation de ses activités vitales.

Le cœur du policier bondit dans sa poitrine.

— Vous vous moquez de moi. Je l'ai vu mort, dans sa housse.

— C'est ce que nous pensions nous aussi. Mais au moment de le mettre en chambre frigorifiée, l'aide-soignant a été alerté par un détail. Une flexion du membre inférieur droit. Il a prévenu l'équipe de réanimation. Le corps de votre ami a été transféré au bloc. Là, les médecins ont découvert, avec stupeur, que le cœur était reparti. Ses fonctions cérébrales sont au ralenti.

Tassard les contempla, interloqué. Le directeur croisait et décroisait les bras. Le chirurgien continua.

— Capitaine, je ne veux pas vous donner de faux espoirs. S'il est considéré comme techniquement en vie, il est dans un état végétatif certain.

— Traduction, professeur ?

— Il est plongé dans un coma profond. Le cœur bat à nouveau, ce qui tient du miracle mais les quarante-cinq minutes de cessation d'activité vitale ont pu gravement endommager ses fonctions cérébrales. Je dois vous prévenir, il peut rester dans cet état pendant des années.

Tassard sentit le steak-frites se transformer en bouillie gargouillante dans son estomac. Un espoir. Juste un espoir. C'est tout ce dont il avait besoin.

— Je peux le voir ?

— Dès qu'il sera sorti du bloc. Vous aviez prévenu la famille ?

— J'ai laissé un message. J'attends qu'on me rappelle.

— Surtout, ne leur donnez pas de faux espoirs. Dans cet état, un comateux sur cent se réveille.

Tassard trépignait.

— Vous ne vous rendez pas compte, professeur. Pour moi, il y a cinq minutes, Marcas était mort et maintenant vous m'apprenez qu'il est ressuscité.

— Une résurrection parcellaire, je vous l'assure.

— Je m'en fous. Je...

Son portable vibrait dans sa poche. Le numéro de l'ex de Marcas s'affichait.

— Excusez-moi.

Il s'éloigna vers la fenêtre. La situation était complètement absurde. Il était excité par le réveil inespéré de Marcas et il devait annoncer à cette femme que son ex-mari avait été assassiné, était revenu à la vie et se trouvait maintenant dans le coma. Il déglutit.

— Bonjour, madame.
— Bonjour.

La voix au téléphone était froide, distante. Il n'y avait aucune émotion perceptible. Il n'avait jamais rencontré l'ex-femme du commissaire mais le peu qu'il savait de leur ancienne relation ne laissait pas beaucoup de doutes sur leurs rapports toujours tendus.

— Je ne sais comment…

La voix sèche le coupa.

— Allez au but.

Il lui fallut dix bonnes minutes pour faire le point. Elle ne l'avait interrompu que brièvement, pour se faire préciser certains détails, comme s'il lui avait parlé d'un dossier en cours.

— Quelles sont ses chances de sortir du coma ?
— Le médecin ne sait pas. Dans un jour, un an ou jamais. Mais il reste un espoir.

Son interlocutrice haussa le ton.

— Un espoir… Ben voyons… J'aurais préféré qu'il… (Elle se reprit.) Notre fils Pierre va vivre une terrible épreuve psychologique… Avoir son père comme un légume… Sans compter qu'il va falloir que l'on s'occupe de son transfert sur Paris, et de lui trouver un établissement d'accueil. Jusqu'au bout, il m'aura pourri la vie !

Tassard crispa sa main sur le portable.

— Vous êtes injuste, madame. Marcas est quelqu'un de bien. Vos paroles dépassent votre pensée, j'en suis sûr.

— Mes paroles sont bien en deçà de ce que je ressens, monsieur l'adjoint. Votre supérieur a brisé ma vie il y a quatorze ans. J'ai mis des années à me reconstruire, à l'oublier et à tout faire pour que notre fils vive cette séparation de manière équilibrée. Je ne compte plus le nombre de fois où Antoine n'a pas assuré son rôle de père, a sauté ses week-ends de garde, a plombé les vacances de Pierre sous prétexte qu'il menait ses enquêtes. Et vous voudriez maintenant que je compatisse. C'est trop tard.

— Nous avons un métier exigeant, madame.

— Je m'en fous, monsieur. À l'heure qu'il est, tout ce qui compte c'est comment me tirer de cette situation de merde. Où il m'a encore foutue...

— J'imagine que...

— Vous n'imaginez rien du tout. Si ça ne tenait qu'à moi, vous débrancheriez le tuyau. Mais j'ai un fils, et il a besoin de son père.

Tassard ne sut quoi répondre. Cette haine recuite le laissait impuissant. Il ne s'était pas attendu à cette réaction. Elle reprit.

— Pour le moment, je ne vais rien dire à Pierre. Son père est en déplacement pour son métier, il a l'habitude.

— Bien. Si je peux faire quelque chose...

— Oui, Antoine doit bien avoir une petite amie, une maîtresse. Il en a toujours eu, même quand on était mariés. Je n'ai pas envie de l'avoir dans les pattes si j'ai le bonheur de l'enterrer. Alors évitez-moi la scène des deux veuves éplorées.

— Oui, mais…

— Bonne journée, monsieur.

Elle raccrocha.

Le policier regarda, médusé, l'écran du portable.

Ailleurs

Les ténèbres l'avaient happé et le faisaient chuter. Sa tête était comme un étau, ses membres de plomb. Il voulait retourner dans la clairière, revoir cette femme si belle. Antoine tombait. Il cria mais aucun son ne sortit de sa bouche. Deux ombres gigantesques apparurent devant lui. Elles étaient colossales. Il ne distinguait pas leurs formes mais il savait au plus profond de lui qu'elles étaient vivantes. Vivantes et malveillantes. Leur présence même était insupportable, c'était la négation de la vie, un mal ancestral, étranger à tout sentiment humain. Il n'était qu'un grain de sable minuscule face à ces deux entités immémoriales. Il tombait toujours, l'espace et le temps n'avaient plus aucune signification.

C'était peut-être l'enfer qui l'attendait en bas. La douleur lui perça à nouveau le cerveau. Son corps était devenu une prison de chair. Il frôla les deux entités qui l'absorbèrent en elles. Le noir se fit encore plus noir.

Puis tout cessa. Il était arrivé. Le silence reflua. Un hurlement strident vrilla son esprit.

Ce qu'il vit le glaça d'horreur.

PARTIE II

33

*1365 av. J.-C.
Vallée du Nil
Cité royale d'Akhetaton*

Une gazelle traversa brusquement la lande de pierre. Eremeth ralentit la marche. L'animal s'était figé et contemplait la troupe nocturne qui progressait en lisière du désert.

— C'est le dieu Seth qui nous regarde, murmura un des soldats.

— Mauvais signe, confirma un autre en saisissant son amulette, Seth n'apprécie pas notre mission.

Un éclat de rire troubla l'obscurité. La gazelle détala. Un garde nubien s'avança. À la lueur des torches, de lourds anneaux d'or brillaient à ses oreilles. Il tenait une corde nouée à son poignet. Parmi les soldats, la rumeur courait qu'il venait d'une tribu qui consommait avec délectation de la chair humaine.

— Seth, ricana le Nubien, encore un de vos dieux aux sourcils peints, à la barbe en postiche, habillés comme des femmes ?

— N'insulte pas le dieu du désert, face de babouin ! répliqua son voisin, ou Seth te fera payer cher ton audace. Tu veux donc qu'il nous perde dans ce pays de misère où tout n'est que cailloux et mort ?

À ces mots, un des soldats éclaira le sol de sa torche. Le sable parsemé de mica brilla légèrement. Une carapace noire ondula et disparut sous une pierre.

— Un scorpion, cria une voix.

— Maudit sois-tu, sale singe, tu as attiré la malédiction de Seth !

Eremeth se retourna. Sa haute stature imposa aussitôt le silence. Il remonta la colonne et s'arrêta devant le prisonnier que le Nubien tenait fermement attaché. Par précaution, on avait entouré ses sandales de plusieurs couches de chiffons pour qu'il ne se blesse pas contre les pierres. Son visage était dissimulé sous un masque aveugle. Un soldat le tenait par-derrière pour le guider. Eremeth le contempla. Il ressemblait à une momie ambulante. Un vrai fantôme. Il fit un clin d'œil complice au Nubien puis, d'un geste, il ordonna de reprendre la marche.

Les hommes avaient peur du désert. Plus encore de la zone frontière entre la vallée du Nil et les premières dunes. Le royaume de la mort que se partageaient Seth et Hathor, deux divinités que craignaient les vivants. Le lieu maudit où « *l'on mange ses excréments et où l'on boit son urine* », répétaient avec terreur les textes sacrés. Sans parler des êtres rampants. Eremeth sentit la sueur âcre couler le long des chevilles. Pas moins de trente-deux espèces, la plupart mortelles. Du cobra envoûtant à l'aspic agressif, le chef des gardes ne connaissait qu'une peur, celle des serpents. Et cette région en était infestée.

C'est pourtant là que, depuis des siècles, les Égyptiens édifiaient leurs tombeaux. Une terre intermédiaire entre les crues du Nil, promesses de vie, et l'aridité du désert, synonyme du néant.

Le soldat de tête abaissa de nouveau sa torche, aussitôt suivi par les autres porte-flambeaux. Par chance, il n'y avait ni scorpion ni serpent. Eremeth soupira. Encore une heure de marche et ils atteindraient leur but.

La falaise surgit avec soudaineté : une masse noire qui tranchait sur la nuit. Depuis qu'Akhenaton avait établi son trône dans sa nouvelle cité, les ingénieurs funéraires avaient cherché dans les environs un nouveau site propice pour son inhumation et celles de ses proches. Depuis, ils creusaient patiemment cette falaise, multipliant les couloirs, les impasses, les chausse-trapes, tous les obstacles imaginables pour que le repos de Pharaon soit à jamais éternel.

C'était le moment. Eremeth fit éteindre les torches. Il soupira mais il n'avait pas le choix. Les soldats, postés en ligne, se tenaient par l'épaule. Le prisonnier se trouvait entre le septième et le huitième soldat, entre le Nubien et une jeune recrue venue de l'oasis du Fayoum. À pas lents, Eremeth remonta la colonne. Comme à son habitude, il avait tout prévu. Aucun des soldats ne connaissait l'identité du prisonnier. Il avançait à l'aveugle en comptant les épaules. Il toucha une corde, la suivit jusqu'aux mains attachées du grand prêtre, puis remonta jusqu'au visage masqué. Sur l'épaule droite du prisonnier, se tenait la main de la jeune recrue.

Avant de tirer son épée, il se retourna vers la falaise. Il devrait l'atteindre dans l'obscurité la plus totale, mais il ne se perdrait pas. Il avait fait le chemin tant de fois déjà. Chaque fois qu'un contingent d'ouvriers avait percé un nouveau tunnel ou édifié une chambre funéraire, c'est lui, Eremeth, qui les escortait pour leur retour en ville. Mais jamais ils ne parvenaient jusqu'à la ville. Les ordres étaient stricts : aucun ouvrier qui avait travaillé à la dernière demeure de Pharaon ne devait survivre. Ils finissaient leur courte vie dans une fosse, égorgés comme des chiens galeux, leurs corps abandonnés aux crocs avides des chacals.

Mais cette fois, c'était ses propres hommes qu'il devait tuer. Nul ne devait connaître le destin du grand prêtre. Juste avant de frapper, le chef des gardes tapota trois fois le torse du Nubien. Ce dernier comprit le signe et se dégagea brusquement de la chaîne humaine. Eremeth abattit son épée. La main tranchée de la jeune recrue resta agrippée à l'épaule du grand prêtre. Un hurlement de douleur déchira l'obscurité. Eremeth se mit à courir. Le Nubien le suivait, tirant le prisonnier à sa suite. Dans la colonne disloquée, la confusion et la peur éclatèrent.

— Seth ! Seth nous attaque !

Le cliquetis des épées, jaillies du fourreau, emplit la nuit. En un instant, la mêlée fut totale.

Essoufflé, le chef des gardes s'arrêta. À moins de vingt pas, ses hommes s'entretuaient en aveugle.

Un dernier cri retentit, suivi du bruit sourd d'un corps qui s'effondre sur le sable. Eremeth revint sur ses pas, l'oreille aux aguets, prêt à achever les blessés. Il recula d'un bond. Un liquide chaud et gluant venait juste de s'insinuer entre les lanières de sa sandale. Son cœur cognait dans sa poitrine.

— Maître (la voix du Nubien l'appelait), maître, il est temps d'y aller.

Eremeth tourna le dos au carnage. Il avait toujours exécuté les ordres de Pharaon sans rechigner, mais jamais il n'avait conduit volontairement ses hommes jusqu'à la mort. Il rengaina son épée d'un geste vif.

Le grand prêtre allait payer.

Le chantier avait été interrompu par ordre spécial de Pharaon pour le temps des grandes fêtes en l'honneur d'Aton. Afin de célébrer le nouveau dieu majeur de l'Égypte, toute la cour et l'administration de Pharaon devaient être présentes. Le corps des architectes royaux, des ingénieurs funéraires, tous se rendraient au grand temple du Soleil pour adorer le dieu unique et flamboyant. Quant aux ouvriers, on attendait la reprise des travaux pour en engager de nouveaux.

Le chantier était désert. Le soleil recouvrait déjà les blocs de pierre abandonnés. Plus loin, dans la nuit, un treuil de bois gémissait sous le vent. Eremeth se dirigea vers l'entrée du tombeau, plaie béante et noire dans la gorge de la falaise. Aucun obstacle ne protégeait l'entrée. Sa réputation suffisait. Dans toute la région, on racontait que des mauvais génies infestaient ce lieu de mort. Les nomades, en route vers le Nil, faisaient un détour pour l'éviter. Même les pilleurs de tombes ne tentaient pas de reconnaissance. On racontait même que, d'un tacite accord, ils avaient décidé de ne pas s'attaquer à la future tombe d'Akhenaton, tant ce Pharaon mystérieux créait une aura de peur autour de sa sulfureuse personne.

Eremeth franchit le seuil et longea le mur. L'obscurité devenait plus lourde. À tâtons, il cherchait le système qui commandait les herses. Il en repéra trois le long du couloir d'entrée. Elles étaient toutes en bois plein, des portes suspendues qu'il ferait tomber au dernier moment.

— Maître, (Le Nubien l'avait suivi.) le prisonnier s'agite.

— Enlève-lui sa cagoule et allume une torche.

Le visage du grand prêtre apparut dans la nuit. Une barbe rêche lui couvrait les joues.

— Eremeth, tu es fou ! Tu sais qui…

Le chef des gardes le coupa brutalement.

— Pharaon sait que tu as tué sa sœur.

La voix du grand prêtre s'étrangla :

— Moi, un meurtrier, moi, le grand prêtre d'Amon, le dieu des dieux !

— Il sait aussi que tu as tenté de le tuer.

— Mensonges !

La paupière du grand prêtre clignait sur son œil mort. Le Nubien le saisit par la taille et le poussa dans le noir. Eremeth reprit d'un ton adouci.

— Pharaon est patient. Il t'a laissé trois longues années… qu'en as-tu fait ? Tu as continué à t'opposer à sa réforme, à fomenter rumeurs et complots.

— Je n'ai jamais comploté !

— Pharaon a décidé de se montrer grand et généreux. Il t'invite au repentir…

— Mais je n'ai…

— …tu vas avoir tout le temps pour méditer…

Le chef des gardes alluma une torche et la jeta au bout du couloir. Un mur percé de trois portes apparut.

— …c'est ici que commence le futur tombeau de Pharaon. On dit que les architectes ont rivalisé de prouesses et d'inventions pour égarer le fou qui aurait le malheur de s'introduire ici.

Le Nubien fit avancer le vieillard vers les portes surmontées du sceau d'Anubis, le dieu des enfers. Une odeur, lourde et poussiéreuse, montait de l'obscurité. Les deux hommes s'enfoncèrent dans la nuit.

— …Les ouvriers doivent revenir dans quatre semaines. D'ici là, tu auras eu le temps de réfléchir…

Sans prévenir, Eremeth trancha la corde qui retenait la dernière herse. Celle-ci dégringola dans un bruit de tonnerre. Surpris, le Nubien se précipita pour échapper à l'enfermement. Eremeth lui sourit juste avant que la herse ne s'abatte sur le dallage.

— Maître, tu m'avais dit que si je t'aidais, je serais libre…

— Tu as eu tort de me croire.

Le chef des gardes se pencha pour ramasser la torche tombée au sol. Sous le choc, une des dalles s'était brisée, formant un léger interstice sous la porte.

Eremeth s'agenouilla et colla sa bouche contre la fente.

— On dit que le pire, c'est la soif…

Un hurlement lui répondit.

— …et qu'on ferait n'importe quoi pour l'étancher…

Un coup sourd fit vibrer la porte. Le Nubien pouvait toujours frapper.

— …même égorger quelqu'un…

Le chef des gardes se releva.

— …juste pour boire son sang.

34

Massif de Nadara

Sequena sortit en clignant des yeux. La lumière du jour lui faisait mal.

Deux hommes, au visage masqué d'un foulard, l'attendaient en jouant aux osselets. D'un signe, ils lui indiquèrent le sentier qui descendait en pente raide vers la vallée. Tout en marchant avec précaution, il toucha ses joues. Une barbe d'un jour, pas plus, sans doute le temps passé dans la grotte où il s'était réveillé, hagard, après sa discussion avec le Macédonien. Au début, ses souvenirs étaient confus, puis peu à peu la mémoire lui était revenue. Après avoir écouté sa proposition, le Macédonien n'avait rien répondu. Il s'était contenté de lui tendre une lourde coupe de vin.

Sequena, malgré sa répulsion, n'avait pas osé refuser. C'était un vin grec qui avait un goût prononcé de pomme de pin. Quand il avait reposé la coupe, le Macédonien l'avait remplie à nouveau d'autorité, jusqu'à ce que la jarre soit vide. Quand il était revenu à lui, il était couché dans une grotte, barrée par un mur de pierre. À tâtons, il avait bien trouvé une porte, mais elle était solidement fermée. Il avait pensé appeler à l'aide, puis s'était ravisé. Après tout, les pillards ne l'avaient pas tué. Sans doute voulaient-ils se consulter pour savoir s'ils devaient ou non accepter sa proposition. Rassuré par la justesse probable de son hypothèse, Sequena était revenu se coucher sur le sable au fond de la grotte. Il dormait encore quand la porte s'était ouverte sur un ciel ruisselant de lumière.

Il venait d'arriver au camp. Quelques tentes de toile brune étaient adossées à la paroi tandis que, devant, un foyer laissait échapper une maigre fumée. Sequena ne s'y trompait pas. Sa liberté n'était qu'apparente. Un peu partout, derrière une crête, sous un ressaut du rocher, des guetteurs veillaient. Certains devaient surveiller le désert, d'autres sa lente descente. Chaque fois qu'il trébuchait, il croyait entendre le sifflement aigu de la flèche qui allait se ficher entre ses omoplates. Le risque le rendait sensible au moindre bruit. Un caillou qui roule, le cri de chasse d'un faucon le mettaient en éveil. Jamais, il ne s'était senti aussi présent au monde.

Soudain, le camp apparut.

Le Macédonien sortit d'une des cabanes. Sans un mot, il s'approcha du feu, tisonna un instant, puis repartit vers un trou dans la paroi. Comme à son habitude, il était torse nu et chacun de ses tatouages se détachait sur sa peau blanche. Lors de leur premier échange, il avait été frappé de stupeur : presque tous les dessins étaient inspirés par les mythes égyptiens. D'après la position du corps, il avait reconnu le corps démembré d'Osiris, le profil à tête de chacal d'Anubis...

Une surprise pour un homme qui venait des terres du Nord, des frustes montagnes de la Macédoine.

Certains y voyaient une allégeance aux dieux secrets de l'Égypte, d'autres, plus subtils, y décelaient tout le contraire. Selon eux, sous chaque tatouage se cachait la honte d'une cicatrice, le souvenir d'une flagellation reçue après une tentative de pillage échouée. Roué de coups, le corps du Macédonien avait été abandonné en lisière du désert. La brûlure du soleil et le sel de la sueur avaient cicatrisé ses plaies. D'ailleurs, Sequena préférait cette version à toute autre explication. Il était certain que, sous son mutisme insolent, le Macédonien était dévoré par l'esprit de vengeance. Et de la vengeance, il allait lui en donner.

Le long de la paroi, protégées par une avancée du rocher, les cabanes semblaient désertes. Elles étaient toutes construites de la même manière : un mur de pierre rectangulaire, surmonté d'une façade en bois grossier. Pas de fenêtre, une porte étroite et une simple toiture de branchages : de vrais repaires de sauvages. Dans l'une d'elles, on entendait le murmure de l'eau qui tombait dans un bassin. Sans doute une source qui s'échappait du rocher. Autour du feu, empalé sur des branches taillées, du petit gibier achevait de se faisander, répandant une odeur acre et sèche, une odeur qui ne devait guère troubler des pilleurs de tombes endurcis.

Les épaules chargées d'un fagot qu'il fit rouler au sol, le Macédonien revint s'installer près du feu. Il saisit une hampe couronnée de la dépouille d'un rongeur et la mit à rôtir sur les flammes.

— Ainsi, tu veux que je tue un homme ?

Sequena acquiesça.

— Et tu paies pour ça ?

— Ne te l'ai-je pas déjà dit ?

D'un geste brusque, le Macédonien retira le gibier du feu, en huma l'odeur de graisse braisée et en brisa les cervicales d'un coup de dents.

— Alors, répète-le-moi !

— Tu seras payé en argent grec. Trois cents talents.

— À ce prix-là, tuer un seul homme, c'est du gâchis !

— Un seul nous suffira.

Le Macédonien cracha un os. Sans répondre.

— Mais il nous faudra une preuve.

Le feu commençait à baisser. De sa main droite, couverte de tatouages, le Macédonien dénoua son fagot pour chercher du combustible.

— Sa tête, ça ira ?

— Si elle est reconnaissable.

— On fera en sorte qu'elle le soit.

Sequena sentit les muscles de son corps se décontracter. Un poids fut ôté de sa poitrine. Il venait de réussir.

— Reste que je ne sais toujours pas qui je dois tuer.

Le Macédonien jeta une brassée de son fagot dans le feu. Une odeur de bitume brûlé envahit le campement.

— Par le dieu Seth, s'exclama le prêtre, mais quelle est cette odeur abominable ?

Pour la première fois, le pillard sourit.

— Tu ne devines pas ? Tu sais, il n'y a pas de petits profits dans mon humble métier de violeur de tombes.

— Je ne comprends pas…

— Dis-moi son nom.

Mais Sequena ne l'entendait plus. Son regard s'était fiché sur le morceau tordu qui grésillait sur les braises. Subitement, une extrémité s'enflamma.

— Est-ce un dignitaire ? interrogea le Macédonien.

Le prêtre hocha la tête. La flamme tournait sur elle-même comme un papyrus enflammé. Quelque chose s'ouvrit. D'abord un doigt noirci, puis deux…

Sequena se leva d'un bond.

— Mais c'est…

— … Une main, oui.

Le prêtre comprit tout de suite. Une momie. Ils brûlaient le bras déchiqueté d'une momie. C'était ça le petit profit : transformer les morts en bois à brûler.

— Dis-moi, qui dois-je tuer ?

Ahuri, Sequena contemplait les doigts du cadavre qui tombaient en cendre. Il se tourna vers le Macédonien. Cet homme était capable de tout.

— Eupalinos… le Grec… le plus proche conseiller de Pharaon.

35

De nos jours
Paris
IXe arrondissement

Le soleil lançait ses derniers feux sur les toits de Paris. Les rues du IXe arrondissement, comme toutes celles de la capitale à cette heure tardive, étaient congestionnées par la circulation.

L'immeuble en pierre était discret, et ses appartements hauts de plafond, ornés de fausses moulures et de cheminées prussiennes. Situé dans une petite rue qui descendait vers le centre de la capitale depuis l'avenue Trudaine, le bâtiment comprenait six étages. Les deux derniers, réunis en duplex, étaient occupés par une société d'import-export de miel biologique. Une plaque en cuivre doré apposée sur la porte en bois repeinte en rouge sombre, au cinquième étage, indiquait : *Le Rucher. Miel de qualité.*

Les occupants des étages inférieurs croisaient parfois le patron, un homme enveloppé qui faisait grincer l'ascenseur chaque fois qu'il montait dans ses bureaux. Tous les ans à la réunion des copropriétaires, Paul la Reine prenait soin d'apporter à chacun un gros pot de son miel, délicieux selon les papilles de tous. Discret, aimable, il suscitait immédiatement la sympathie.

Un œil averti aurait pourtant remarqué plusieurs anomalies dans les bureaux de M. la Reine. Les fenêtres des deux derniers étages affichaient une teinte légèrement grisée, signe de l'application d'un film de protection solaire avec option anti-écoutes électroniques et ondes électromagnétiques. Un modèle ultraperformant Glastint, issu d'une technologie mise au point par la Nasa. Des petites caméras étaient placées au niveau de l'ascenseur et des escaliers. Les deux portes d'accès au duplex affichaient un blindage de qualité A3P BP4, catégorie trois étoiles, un niveau de certification anti-effraction introuvable dans le commerce, utilisé uniquement dans les entreprises de haute technologie ou dans les ministères sensibles. Le trousseau du patron du Rucher comportait une clé de serrure sept points, d'une forme peu banale, en cylindre, munie de quatre ailettes, terminée par une sorte de renflement en forme de bulbe, une clé biométrique, usinée pour ne fonctionner qu'en reconnaissance de l'empreinte digitale de son propriétaire.

Ces installations de sécurité se justifiaient par la nature réelle de la société Le Rucher qui collectait un miel d'une qualité très spéciale : l'information confidentielle. La société n'avait qu'un seul client : le ministère de l'Intérieur.

Paul la Reine était un pseudonyme choisi par analogie avec son activité. Dans les cénacles autorisés, on l'appelait le Rucher. Dans d'autres cercles, il avait hérité d'un autre surnom, le frère obèse, en raison de sa corpulence et de son appartenance à la maçonnerie depuis des temps immémoriaux.

Le frère obèse avait transféré son bureau de la place Beauvau, quelques années plus tôt, lors d'un changement de gouvernement. En accord avec la direction générale de la police nationale, le centre du Rucher, qui n'avait aucune existence officielle, s'était délocalisé, loin des intrigues du ministère.

Le service opération blanche de l'Intérieur avait fait acheter l'appartement par une société écran, elle-même actionnaire principale du Rucher, dont le gérant officiel était le frère obèse en personne. Il n'avait pas regretté son départ de son bureau qui donnait sur la pelouse intérieure du ministère. Il se sentait totalement libre dans sa nouvelle adresse et sa couverture, qu'il avait choisie lui-même, le mettait en joie.

Le Rucher existait depuis très longtemps. C'était un des secrets les mieux gardés de la République, un service de collecte d'information hors de tout circuit traditionnel, indépendant des ex-RG et de la DST, à usage réservé pour le ministre en exercice et, bien sûr, les trois plus hauts fonctionnaires de la place Beauvau. Le Rucher avait été créé en 1940 à Londres, par une poignée de francs-maçons engagés au sein des Forces françaises libres du général de Gaulle. Le maréchal Pétain, mû par sa haine de la maçonnerie, avait fait fermer toutes les loges de France. Le Rucher faisait remonter un maximum d'informations en utilisant le réseau dormant de la fraternité. Ces informateurs de l'ombre étaient surnommés les *abeilles*. Dans la tradition maçonnique, l'abeille signifiait persévérance, travail et régénération, un symbole utilisé depuis le début du XIXe siècle et présent sur les sceaux de nombreuses loges militaires sous le premier Empire.

Pendant la guerre, le Rucher avait intégré les services secrets de la France libre, le BCRA, Bureau central de renseignement et d'action. Après la Libération, il avait été conservé pour contrôler et prévenir toute tentative d'infiltration de la police par les réseaux pétainistes, encore en activité. Le Rucher fut ensuite détaché au ministère de l'Intérieur et recentré sur une activité de collecte à destination restreinte, dégagé progressivement de son seul rôle maçonnique, même si de nombreux frères en étaient membres. Au fil des ans, des abeilles profanes avaient été recrutées et le miel coulait toujours, d'excellente qualité. Ce service parallèle avait évité une quantité impressionnante d'affaires d'État qui auraient pu mettre dans l'embarras la République. Le Rucher n'était pas tentaculaire ni omniscient, il n'avait vu venir ni l'affaire Ben Barka ni celle de la tuerie d'Auriol, qui avait entraîné la dissolution du SAC[1], ni même la mort mystérieuse d'un ancien ministre dans un étang. Mais, dans l'ensemble, les patrons successifs du Rucher assuraient leur collecte de miel avec efficacité. Chaque nouveau ministre prenait connaissance avec étonnement de son existence, mais y voyait très vite son intérêt personnel. L'un d'entre eux avait demandé sa dissolution avant de se raviser deux semaines plus tard en recevant, de la main de la Reine de l'époque, des relevés de comptes bancaires du suppléant de sa circonscription qui truquait allègrement les marchés publics.

---

1. SAC : Service d'action civique, organisation de barbouzes des services gaullistes.

Un ancien directeur des RG avait intrigué pour faire disparaître ce service concurrent avec l'appui d'un directeur du renseignement militaire qui dirigeait une structure analogue au sein du ministère de la Défense. En vain.

Le frère obèse battait les records de longévité à son poste, il allait bientôt fêter ses quinze ans d'ancienneté et se flattait de posséder le carnet d'adresses le plus complet de la place de Paris. À côté des services de police, il avait des centaines de contacts dans les administrations, la politique ou les médias. Et il savait s'en servir.

En cette fin de journée d'été, à l'approche des vacances scolaires, le frère obèse était assis à son bureau qui donnait sur les toits de la capitale. Il aimait cette vue dégagée, panoramique, si rare à Paris. Surtout le soir. La grande pièce était orientée plein ouest, le soleil disparaissait et faisait rougeoyer les nuages. Le frère obèse quittait généralement son bureau quand la tour Eiffel s'illuminait à la nuit tombée.

Il finit de taper son rapport sur le petit ordinateur sécurisé et appuya sur la touche *Imprimer*. Sa collecte sur une opération d'infiltration de la mafia russe dans des entreprises de presse était terminée.

Satisfait, il se cala dans son fauteuil, se servit un petit verre de curaçao, l'un de ses rares vices avouables. Il avait besoin de prendre des vacances. Cela faisait quatre mois qu'il travaillait sans répit. Son avant-dernière grosse affaire l'avait lessivé. Un réseau néonazi avait été démantelé, en toute discrétion, avant qu'il ne commette une série d'attentats sanglants sur tout le territoire au nom d'une pseudo-branche d'al-Qaïda. À deux jours près, le carnage aurait été horrible, provoquant une flambée de racisme anti-arabe prévisible. Les *abeilles* avaient fait du bon travail.

Son départ pour la Toscane le mettait en joie.

Son regard se posa sur un mensuel spécialisé acheté le matin même. Il avait été intrigué par les affiches à l'arrière du kiosque. La couverture était racoleuse à souhait :

Où se cachent les journalistes francs-maçons ?

Le petit texte de lancement regorgeait de termes alléchants : *révélation, articles censurés, pressions,* etc. Il parcourut l'article à toute allure et son intérêt décrut au fil des pages. Le dossier fracassant se résumait à l'interview croisée de deux journalistes spécialistes de la maçonnerie. Quelques anecdotes égaillaient les interventions mais rien n'étayait la promesse de lecture. C'était d'autant plus étonnant que ce journal assenait des leçons d'éthique journalistique à longueur de numéros. La réalité était bien différente dans les rédactions. Il connaissait beaucoup de frères titulaires de la carte de presse qui se faisaient les plus discrets possible sur leur appartenance, et se gardaient bien d'intervenir dans les lignes éditoriales.

Le frère obèse, dubitatif, termina sa lecture. Un pas avait été franchi. On était monté d'un cran dans le fantasme du complot maçonnique. Il n'avait pas le souvenir d'avoir vu la une d'un journal sur un marronnier maçonnique où le verbe *cacher* n'avait un sens nettement péjoratif. On se cache quand on n'a pas la conscience tranquille, ou en raison de sombres desseins. Comme un rat, un animal nuisible. Un parfum de moisi s'échappait du journal, qui rappelait celui de la presse d'extrême droite d'avant la guerre et sous l'Occupation, du genre : « Où se cachent les juifs ? », « Où se terrent les banquiers apatrides ? » À l'évidence, la rédaction en chef de ce journal « éthique » avait survendu son dossier, instrumentalisant les propos des journalistes interviewés qui n'en demandaient pas tant.

À la différence de nombre de ses frères de loge, le frère obèse ne crachait pas sur les articles des grands hebdos qui secouaient le cocotier des loges. Adepte de Jacques Derrida et de Marcel Gauchet, il décortiquait avec délices la prose journalistique pour séparer l'information de la mise en scène tapageuse inhérente à ces dossiers. Cela faisait longtemps qu'il ne mettait plus aucun affect dans la lecture d'articles concernant son ordre. Il n'arrivait pas à faire comprendre à certains de ses compagnons de loge que le secret maçonnique induisait obligatoirement le fantasme et la méfiance. Si l'on y ajoutait quelques scandales, bien réels, çà et là, le breuvage amer se transformait en cocktail Molotov. Vouloir à tout prix être aimé, voire compris, de la masse des profanes, dans une société de plus en plus paranoïaque, était une gageure. Il assumait son appartenance avec fierté et tant mieux si la société attribuait à la maçonnerie une puissance en décalage avec la réalité.

Il lança le mensuel dans un gros carton où s'entassait sa collection personnelle de journaux sur la maçonnerie.

Le téléphone sonna. L'écran indiquait l'un des quatre premiers numéros de la PJ. Le bourdonnement d'une *abeille* de premier rang. Il posa son verre et décrocha à regret.

— Oui ?

— Je te dérange ?

— Jamais, mentit-il.

Il avait horreur des coups de fil en fin de service, surtout la veille d'un départ en vacances.

— On a deux collègues qui se sont fait buter lors d'une perquise, dans le sud de la France.

— Sincères condoléances aux veuves. Et alors ? grommela le frère obèse.

— Tu connais l'un des deux.

— Je connais beaucoup de monde. C'est qui ?

— Marcas. Antoine Marcas.

Le frère obèse se redressa sur son fauteuil, pivota et posa sa main boudinée sur la table du bureau.

— Que s'est-il passé ?

— Il organisait une perquisition du côté d'Avignon, dans une fondation d'art. Le directeur du truc a pété les plombs et flingué trois personnes, dont ton commissaire. Il est dans un sale état. Dans le coma, à l'hôpital de Carpentras. Apparemment, il avait d'abord été déclaré mort mais les médecins ont réussi à le faire revenir.

— Quelles sont ses chances de se réveiller ? interrogea la Reine, d'une voix tendue.

— Aucune idée. Je ne suis pas toubib.

— Qui est déjà au courant ?

— L'info est remontée par la voie officielle. L'affaire n'a pas été ébruitée pour le moment mais, selon toutes probabilités, ça va se savoir.

Le cerveau du frère obèse fonctionnait à toute allure.

— Tu as des détails sur cette perquisition ?

— Une affaire de trafic d'œuvres d'art avec l'Égypte, un musée privé est mouillé.

— Tu peux m'envoyer une copie des rapports ?

— Bien sûr, on ne refuse rien à la Reine.

— Qui savoure le miel de qualité. Où en es-tu de ta demande de mutation à Toulouse ?

— Toujours au point mort. Ça devient ennuyeux, ma femme a pris son nouveau poste chez Airbus, elle s'est installée là-bas avec les gosses depuis trois mois. Je suis à deux doigts de devenir infidèle.

— Le bonheur d'un couple est le ferment d'une cellule familiale unie. Je vais en parler à qui de droit.

— Je te remercie, tu as tous les éléments demain matin.

— Je préférerais ce soir.

— OK. Bonne soirée.

Le frère obèse raccrocha. Rendre des services en échange d'autres services, voilà comment il butinait. Il tourna son fauteuil vers la fenêtre. Le soleil avait disparu derrière les toits, le ciel prenait une teinte orangée. Il connaissait Antoine Marcas depuis plus de quinze ans. Tous deux maçons, mais pas de la même obédience, ils s'étaient croisés sur plusieurs affaires. Il lui avait rendu des services précieux, mais sans jamais lui révéler l'existence du Rucher. Marcas voyait en lui un conseiller influent du ministère, membre d'une obédience dont il se méfiait, apte à résoudre certains problèmes, sans passer par la case officielle. Et un peu trop porté sur les arrangements de toutes sortes.

Le frère obèse, lui, appréciait Antoine pour son intégrité. Il représentait l'archétype du maçon qu'il ne pouvait être. Mais il ne pouvait toutefois se départir d'un agacement profond à son égard. Les leçons de morale de Marcas sur l'usage des réseaux, ses réflexions ironiques sur l'affairisme de son obédience le mettaient souvent hors de lui. Ce donquichottisme de tablier et de posture insupportait le frère obèse au plus haut point. Évidemment, il usait et abusait du réseau mais c'était pour la bonne cause, la défense des intérêts de la République, et Marcas ne parvenait pas à le comprendre.

Le frère obèse avala d'un trait son verre de curaçao. Marcas dans le coma. Il fallait bien que ça lui arrive à force de mettre son nez dans des affaires qui ne le regardaient pas. Ce type avait le don pour se foutre dans des situations impossibles, ses exploits nourrissaient un épais dossier rangé dans les archives du Rucher, au rayon affaires spéciales.

Le frère obèse se redressa sur son siège. Il fallait qu'il se renseigne sur l'état exact de santé d'Antoine. Il composa un mot de passe sur son clavier et fit apparaître son carnet d'adresses. En trois clics, il avait trouvé le portable d'un chef de cabinet à la Direction des hôpitaux, au ministère de la Santé. Il appuya sur la souris, le numéro se composa immédiatement sur le téléphone. Il lui fallut moins d'un quart d'heure pour obtenir le portable du directeur de l'hôpital de Carpentras. Une recommandation suivit et, dans la demi-heure, il sut tout de l'état du commissaire.

Coma stationnaire. Les médecins tentaient de le réanimer, sans succès. Le frère obèse s'était resservi un verre de curaçao, signe d'une impatience croissante, dans l'attente du rapport de son contact place Beauvau.

Il était 9 heures quand il reçut enfin le document tant attendu. Tout y était, le rapport rédigé par un certain Tassard, adjoint de Marcas, le témoignage des gendarmes qui avaient appuyé l'opération, les éléments préliminaires à la perquisition avec un long topo sur la fondation Memphis. Tout semblait indiquer que le directeur de la fondation, Fléhaut, avait perdu les pédales. Pauvre Antoine, se faire flinguer par un directeur de musée, quelle ironie !

Par acquit de conscience, il accéda au STIC (Système de traitement des infractions constatées), le fichier de la Police nationale, qui recensait tous les noms des personnes mêlées à des infractions, victimes ou coupables. Vingt-trois millions de noms, trente-cinq millions de procédures, un Big Brother efficace de la délinquance. Un outil parfait, mais dont certains policiers peu scrupuleux se servaient aussi pour arrondir leurs fins de mois. Ils revendaient, en toute illégalité, les données confidentielles à des officines de renseignement économique.

Il entra les noms triés du rapport.
Fondation Memphis.

Antoine de Fléhaut.
Cléa al-Asroul.
Yann Triskell.
Hassan al-Asroul.
Rien n'apparut. Des profils vierges.

Il changea d'interface et se connecta sur la base de données informatisée de la gendarmerie, le JUDEX (Système judiciaire de documentation et d'exploitation). Moins important que le premier, il existait depuis 1967 sans existence légale, avant que le ministère de la Défense ne l'officialise en 2006. Le mot négatif apparut à toutes les requêtes. Ne voulant pas en rester là, le frère obèse se connecta aux archives électroniques du Rucher. Il avait lui-même lancé la numérisation des archives du réseau. Chaque information collectée par chaque *abeille* était répertoriée par un système d'indexation précis. Un nom, un lieu, une infraction, un document, l'arborescence de recherche était totale.

Le petit cercle clignotant de recherche tournoyait en haut de l'écran. Depuis quelques semaines, le logiciel de recherche, programmé spécialement par un informaticien du ministère, donnait des signes de fatigue. La capacité de stockage devait prendre trop de mémoire. Là où les infos étaient accessibles en temps ordinaire en moins d'une minute, la bécane ramait en ce moment, avec un temps d'attente qui n'en finissait pas.

Le frère obèse laissa son regard vagabonder vers la fenêtre. La nuit s'installait sur la capitale. Le phare de la tour Eiffel balayait le ciel à vive allure, nimbant les rares nuages d'une aura nébuleuse. Même le monument illuminé lui rappelait Marcas.

Ce dernier avait réussi à être mêlé à une sombre histoire de pendu au premier étage de la Tour.

Une légère tonalité retentit du côté de l'ordinateur. Il se rapprocha de l'écran.

En face des premières requêtes s'affichait le mot suivant : NÉANT.

Toutes les requêtes sauf une.

Le frère obèse se figea.

Trois mots s'affichèrent en face d'un des noms : CLASSÉ SECRET DÉFENSE.

36

1365 av. J.-C.
Tombeau d'Akhenaton

Le Nubien gémissait toujours. Il avait dû être blessé dans la chute de la herse. Le grand prêtre était tapi entre les deux entrées taillées dans la roche. Les yeux clos, immobile, il écoutait le souffle haletant du garde. Ils étaient à moins de vingt pas l'un de l'autre. Deux animaux aveugles, enfermés dans la même cage. Qui, du plus fort ou du plus subtil, allait survivre ? Le grand prêtre passa la main sur le sol : de larges dalles de pierre. Il glissa avec précaution un pied. Les chiffons qui entouraient ses sandales produisaient un son traînant. Dès que le Nubien aurait fini de geindre, il l'entendrait se déplacer. Mieux valait y aller pieds nus. D'autant qu'une fois dans les méandres du tombeau, il lui faudrait se méfier des chausse-trapes. Ces dalles mobiles basculaient dans le vide au moindre poids. Pour rendre plus efficace ce piège mortel, les architectes choisissaient des pierres poreuses, plus légères et plus réactives. En marchant pieds nus, il les sentirait aussitôt.

Le Nubien avait cessé de gémir, mais sa respiration était toujours saccadée. Le grand prêtre fit glisser un par un les chiffons et défit ses sandales. Restait maintenant à choisir la bonne entrée.

C'était la première fois que deux portes ouvraient sur un tombeau royal. Sans doute, l'initiative d'un architecte qui avait voulu briller aux yeux de Pharaon. Plutôt que de multiplier les pièges traditionnels, pourquoi ne pas perdre les éventuels pillards ? Akhenaton le moderniste avait dû applaudir à pareille idée. Même dans la mort, il serait différent.

Le grand prêtre avait l'habitude des architectes. Il avait employé les meilleurs du royaume pour la construction des temples. Il se souvenait d'hommes aux visages hautains, prêts à tout pour passer leur nom à la postérité. Alors que le véritable artisan devait s'effacer au seul profit de son œuvre, l'architecte, lui, n'était que vanité maladive, toujours enclin à proposer des innovations pour se faire une réputation. Le grand prêtre les avait toujours détestés. Mais, aujourd'hui, leurs défauts allaient le servir.

Une fois encore, le Nubien se toucha l'épaule. Il n'avait pu s'arrêter à temps quand la herse était tombée. Le choc l'avait projeté au sol. Sa clavicule avait été touchée. Une bosse douloureuse saillait sous sa peau. Il passa une main et faillit hurler de douleur. Il ne pourrait pas se servir de son bras droit avant un bon moment. D'un geste, il fit tourner le fourreau de son épée pour la rendre accessible à sa main gauche. En pivotant, la gaine de métal heurta le dallage. Le Nubien grogna de satisfaction. Voilà qui allait effrayer le prisonnier. C'est à cause de ce chien qu'il était là. Eh bien, ce chien allait devenir gibier.

Le grand prêtre entendit le choc sur la pierre. Il ne bougea pas. Depuis des années, il avait appris à hiérarchiser les priorités. Et la plus importante n'était pas le Nubien. C'était de comprendre ce qui se cachait derrière les deux portes. Une seule devait mener à la tombe royale. L'autre ne servait qu'à égarer. Sans doute, l'architecte, avant de choisir la véritable entrée, avait dû se mettre dans la tête d'un pillard, imaginer comment il ferait son choix... Le grand prêtre faillit sourire : il le voyait, il le sentait réfléchir...

Brusquement, le Nubien se leva. Le grand prêtre entendit son pas. Il se tassa contre la paroi et remercia les dieux. S'il y avait un piège, le garde, avec son cerveau primaire, serait le premier à s'y jeter. Il suffisait d'attendre.

Son épaule le faisait souffrir, mais son cerveau fonctionnait clairement. Pour lui, sans nul doute, le prisonnier s'était déjà enfoncé dans le tombeau. Ce chien devait se traîner, suintant de peur, contre les parois. Il le retrouverait à l'odeur. Il s'avança à pas comptés. Il y avait deux entrées. Quand la torche du chef des gardes était tombée – que ce chacal soit maudit ! –, il avait eu le temps de voir les portes. L'une était plus large, plus haute, l'autre, plus basse et décentrée. Le Nubien s'arrêta. Une bande de pillards sans cervelle se précipiteraient vers l'entrée centrale, puis, au dernier moment, méfiants, reculeraient et, tout fiers de leur sagacité, prendraient la porte de gauche. Mais lui n'appartenait pas à cette engeance. Il ne tomberait pas dans ce piège grossier. L'entrée, la bonne, était à droite.

Le grand prêtre sentit le Nubien le frôler et disparaître. Il avait choisi la droite. À son tour, il se leva et se dirigea vers la porte de gauche. Bientôt, il serait à l'abri dans la chambre mortuaire de Pharaon. Il n'avait plus qu'à se concentrer sur un seul point désormais : éviter les chausse-trapes.

Akhetaton
Palais royal

Aleiah se réveilla en sursaut. Son rêve venait encore de tourner court. Elle marchait dans le brouillard et, subitement, devant elle se dressait une paroi de pierre. Une ouverture béait à flanc de rocher. Son cœur battait. Elle savait qu'elle venait de trouver l'entrée de sa région natale : les terres des Vents. Elle se précipita. Le sable volait sous ses pieds. Jamais elle n'avait couru si vite. Déjà, elle voyait la vallée heureuse où elle avait passé son enfance. Elle accéléra, tourna…

Et tout disparut. Comme chaque fois.

Dans la pièce voisine, Eupalinos contemplait le chef des gardes avec attention. Ses sandales étaient incrustées de sable, son uniforme chiffonné et son avant-bras taché de sang séché. Il interrogea Eremeth du regard.

— Rassurez-vous, la mission s'est bien passée. Le grand prêtre est enfermé dans le tombeau de Pharaon comme vous l'avez suggéré. Il n'y a plus aucun témoin.

Le visage du Grec demeura impassible. En revanche, il lisait une question dans les yeux du chef des gardes, une question qu'il n'osait pas poser.

— Quelque chose vous tracasse ?

— À vrai dire…

On frappa à la porte. Sans attendre, un serviteur fit entrer un messager. Aux couleurs qui ornaient sa tunique, le Grec reconnut un courrier de la ville de Thèbes qui s'agenouilla pour tendre un papyrus scellé au chef des gardes.

Eremeth laissa échapper un juron de victoire.

— Une bonne nouvelle ? demanda Eupalinos.

— Kémopé a été arrêté. Un des proches du grand prêtre. On avait voulu nous faire croire qu'il avait été victime d'un accident. Un crocodile.

À ce mot, le Grec frissonna. Il n'avait jamais pu se faire à la fascination que ces carnivores insatiables inspiraient aux Égyptiens. On les adorait comme des divinités, on célébrait leur culte sacré, on allait même jusqu'à les momifier.

— En fait, on l'a retrouvé à proximité d'un temple dédié à Osiris. Mes hommes l'interrogent.

— Et après ?

Les yeux du chef des gardes brillèrent.

— Puisque la rumeur dit qu'il a été dévoré par les crocodiles... pourquoi la démentir ?

Tombeau d'Akhenaton

Le Nubien cherchait le parfum de la peur. Il frôlait les murs, s'agenouillait même et, chaque fois, respirait en filtrant une à une les odeurs qui montaient de l'obscurité. De profil, le nez aux aguets, les yeux fermés, il recherchait la trace du prisonnier. Pour l'instant, seule l'odeur insistante du salpêtre l'accompagnait dans sa quête. Il la sentait quand elle passait, âcre, sur sa gorge. C'était l'odeur entêtante des caves profondes, des tunnels étroits. Une autre surgit, s'étiola et disparut, plus faible que la précédente, mais bien plus acide. Le garde se rappelait l'avoir sentie. Il avança plus lentement. Ce n'était pas une odeur humaine, sinon son cœur aurait battu plus vite et sa main serrerait déjà le pommeau de son épée. Ce n'était pas non plus la senteur d'une matière comme la pierre ou l'eau. Non, c'était autre chose. Peut-être un animal des ténèbres. De nouveau, l'odeur se manifesta, elle flottait en suspens juste au-dessus de lui. Il leva la tête et tendit la main. Un froissement d'aile traversa l'air. Une chauve-souris. Dans l'obscurité, le Nubien se prit à sourire. Il n'avait pas perdu la main.

D'ailleurs, une autre odeur se faisait lancinante, plus végétale, plus intense. Elle semblait monter du sol. Il fit une enjambée pour la rejoindre. Quand il reposa son pied, il sut. C'était du bois. Du bois fraîchement coupé. La dalle bascula. Il dégringola brusquement. Juste avant de s'empaler sur une branche taillée en pointe, il eut une dernière révélation : l'odeur du cyprès.

Akhetaton
Palais royal

Eupalinos se leva. La nuit était encore noire. Il avait besoin de prendre du repos dans les bras chauds d'Aleiah. La voix grave d'Eremeth le ramena à la réalité.

— Avant que le messager ne rentre, vous m'avez demandé…

— …Si vous aviez une question. Allez-y.

— C'est bien vous qui avez conseillé les architectes en charge de la dernière demeure de Pharaon ?

— Le roi des deux Égypte m'a confié cette mission, oui.

— À l'entrée du tombeau, il y a deux portes. Laquelle est la bonne ?

Eupalinos souffla la lampe à huile. Dans l'obscurité, son visage devint de marbre.

— Aucune.

37

1365 av. J.-C.
Vallée du Nil
Village d'Aneouan

Sequena arriva au bord du fleuve en milieu de journée. Il portait toujours ses frusques de miséreux. Il s'assit au pied d'un mur, à l'ombre, et roula son turban en forme de bourse pour demander l'aumône. Les paysans passaient sans s'arrêter. Certains s'écartaient même pour marquer leur dédain. Il s'était fait tatouer un scorpion autour du nombril. Seuls les marginaux portaient des tatouages, en Égypte. Paysans sans terre, esclaves sans maître, hommes sans foi ni loi parmi lesquels on n'irait pas chercher un prêtre. De retour à l'oasis de Nadara, il avait décidé de se laisser pousser la barbe à la manière des Grecs puis, après une nuit de beuverie, avait fini par dénicher un tatoueur clandestin. Un vieux Libyen qui marquait le pubis des putains de l'oasis du nom de leur souteneur. L'homme, malgré son apparence frêle, avait la main sûre. Sequena était persuadé que c'était lui qui avait recouvert le corps du Macédonien des figures mystérieuses des dieux. Un vrai chef-d'œuvre inconnu.

— Un scorpion ? avait dit le tatoueur. C'est un animal dangereux. On ne sait jamais quand il va frapper.

Le prêtre n'avait rien répondu.

— Seul le dieu Horus a réussi à vaincre le scorpion. C'est curieux que tu veuilles le tatouer autour du nombril.

— Montre-moi plutôt ton instrument.

Le Libyen s'exécuta. Il tenait dans la main une tige de métal mince et effilé. La pointe était creuse pour retenir l'encre. Chaque fois qu'on piquait, un point indélébile se gravait sous l'épiderme.

— Vraiment étrange d'enrouler ton scorpion autour du nombril, reprit le vieux, tu ne sais donc pas que c'est là que se concentre l'énergie vitale.

— Cesse de radoter.

— Moi, ce que j'en dis, c'est pour toi ! Rappelle-toi, le scorpion, c'est l'Ennemi.

Le prêtre laissa échapper un cri. Le dard, chargé d'encre noire, venait de s'enfoncer sous la peau.

Cité d'Akhetaton
Poste de garde sud

Le soldat rectifia immédiatement la position. C'était la première fois qu'il voyait le chef des gardes, mais il l'avait reconnu à son aspect imposant et à son air rogue quand il avait descendu l'escalier. Et puis, qui d'autre oserait s'enfoncer dans le sous-sol, là où ne disparaissaient que les prisonniers et leurs bourreaux ? Malgré lui, le jeune soldat frissonna. Il était arrivé deux lunes plus tôt, à peine dégrossi de sa campagne. Quelques semaines auparavant, il ramassait encore les pois chiches dans le Delta et, maintenant, il montait la garde aux portes de cette ville fantôme. Car, depuis que Pharaon était retombé malade, la cité semblait à son tour peuplée d'ombres. Pourtant, un grand nombre de dignitaires et de notables étaient arrivés en ville pour les fêtes d'Aton qui s'annonçaient majestueuses. Durant des semaines, des fonctionnaires royaux, des prêtres du nouveau culte, avaient parcouru la ville, créant une animation inhabituelle. Et puis tout était retombé, Pharaon avait été frappé d'une de ces crises mystérieuses dont on ne savait s'il en réchapperait.

Un cri monta de l'escalier. Le soldat se raidit. Un réflexe qu'il avait vite acquis comme celui de ne jamais se poser de questions. Surtout pas au sujet de ce qui se passait dans la cave.

Eremeth épongea de la main la sueur de son front. La chaleur des torches le gênait. Et puis, il n'avait pas dormi et son humeur s'en ressentait.

— Il a parlé ?

Le gardien sourit de toutes ses dents gâtées.

— Oui, seigneur, il n'a pas résisté au bourreau.

D'un pas lent, Eremeth s'approcha. Le visage de Kémopé disparaissait sous un bâillon humide. Le supplice de l'eau. Une technique éprouvée, rapide et sans trace. On entourait le visage du supplicié d'un voile que l'on resserrait progressivement. Puis on versait l'eau. Sans discontinuer. La sensation d'étouffement était immédiate.

Le chef des gardes se tourna vers le scribe.

— Tu as consigné ses déclarations ? Donne-les-moi.

Le secrétaire se leva, rangea son écritoire et roula le papyrus dans un tube de cuir. Avant de remonter, Eremeth lança un œil sur le prisonnier.

— Ôtez-lui son bâillon, mais laissez-le attaché.

Quand il arriva sur le palier, sa décision était prise. Il se tourna vers la jeune recrue et lui lança une bourse. Le paysan se jeta à ses pieds.

— Il y en aura une autre...

— Ordonnez, seigneur.

— ...Le gardien et le scribe en bas...

Le soldat avait déjà la main sur son épée.

— ...Tue-les.

Vallée du Nil
Village d'Aneouan

Tout le petit peuple attendait la felouque qui assurait la liaison entre les deux rives du Nil. Paysans qui partaient cultiver un champ éloigné, femmes qui se rendaient au marché, et toute une basse-cour dont le caquetage incessant emplissait le quai. Sequena, son turban sur le front, avait pris sa pose de mendiant indolent : jambes étendues, il laissait le soleil chauffer sa peau couverte de plaies, souvenirs cuisants de sa traversée du massif de Nadara. Un berger, dont le maigre troupeau de chèvres buvait l'eau jaune des berges, cracha en sa direction. Un éclat de rire secoua la foule. À quelques pas, des gardes observaient la scène. L'un d'eux fit mine d'intervenir, mais le plus ancien le retint. Pourquoi se mettre la populace à dos pour un marginal ? Qu'ils s'amusent donc aux dépens de ce miséreux ! Sequena baissa la tête pour dissimuler un sourire d'orgueil. On pouvait toujours compter sur la stupidité d'autrui. Une vérité absolue. Il suffisait de voir la superstition dans laquelle se vautraient les Égyptiens, toujours à caresser leurs amulettes, à couvrir de prières la moindre divinité. Sequena en avait d'ailleurs conclu que la principale caractéristique des dieux devait être la surdité, sinon comment survivaient-ils sous ce déluge de supplications ? Il faillit éclater de rire dans sa barbe naissante, mais le bateau accostait. Il se leva en s'appuyant sur un bâton. Il était sale et puait, mais il pouvait payer sa traversée. Ensuite, il n'aurait plus qu'à se faire oublier dans un coin tranquille.

La foule recula en criant. Une cohorte de soldats, armes au poing, venait de sauter du bateau. Sequena les reconnut aussitôt. C'étaient les nouvelles recrues d'Eremeth. Depuis la réforme spirituelle de Pharaon, le chef des gardes se méfiait de ses propres soldats trop proches des prêtres. Ainsi avait-il recruté des jeunes paysans du Delta ou du Fayoum. Formés par ses officiers les plus fidèles, ils constituaient une milice d'élite. À la grande réprobation du peuple, il avait même incorporé des Noirs du pays de Kouch, d'anciens voleurs ou esclaves qui n'hésitaient pas à frapper un prêtre ou à saccager un temple.

Les gardes inspectaient un à un les futurs passagers de la felouque. Ils examinaient les mains de chacun d'eux. Deux marchands qui n'avaient pas les paumes ravinées par le travail de la terre furent interpellés et interrogés. Cette méthode inquiéta

Sequena. Les soldats cherchaient soit un scribe… soit un prêtre. Le village était derrière lui, avec son entrelacs de ruelles étroites. S'il parvenait seulement à quitter le quai sans qu'on le remarque… Discrètement, il se coula contre un mur blanc et avança en claudiquant.

— Et toi, où tu vas ?

Sequena reconnut l'accent du Fayoum. Il accéléra. La rue était juste en face de lui. Une simple enjambée et… Une pointe de lance se ficha net entre ses deux épaules. Il s'immobilisa.

Cité d'Akhetaton
Palais royal

Nul n'avait vu Pharaon depuis des jours excepté Eupalinos. Seuls des serviteurs triés sur le volet se relayaient à son chevet. Et le Grec avait pris ses précautions : tout esclave indiscret ne reverrait jamais la lumière du jour. Les rumeurs pourtant allaient bon train dans la ville. D'autant que les fêtes prévues pour célébrer le culte d'Aton avaient été annulées. Déjà, les spéculations n'avaient plus qu'un objet : qui allait succéder à Akhenaton ? Vers quelle puissance fallait-il se tourner ? Mais la plupart des fonctionnaires et des courtisans restaient méfiants, Pharaon avait déjà ressuscité des morts et il avait la mémoire longue. Ainsi, on évitait de trop se montrer et on se pressait beaucoup moins dans l'antichambre d'Eremeth. Ce dernier n'en prenait pas ombrage. Il avait mieux à faire. Depuis qu'il avait quitté le poste de garde, il lisait la confession de Kémopé. Lentement, comme on examine une carte, il suivait les lignes, encore invisibles, du complot. Il éprouvait un plaisir intense à tenir entre ses mains les fils de cette conspiration. Bientôt, il donnerait le coup de ciseau fatal. Mais il fallait d'abord qu'il éclaircisse un point obscur. Il agita une cloche d'argent. Un serviteur apparut.

— Apporte-moi le tube marqué du sceau de Sekhmet.

Représentée sous la forme d'une lionne, cette déesse incarnait, pour les Égyptiens, les miasmes et les maladies. Ses prêtres, à Thèbes, passaient pour des guérisseurs. Voilà pourquoi le chef des gardes avait attribué ce code au tube d'archives qui concernaient Eupalinos.

Il brisa le sceau et sortit la liasse des papyrus accumulés depuis des années.

Ce n'était pas la première fois qu'Eremeth consultait ce dossier. À chaque occasion, il cherchait à comprendre l'ascendant du Grec sur Pharàon. Et chaque fois, son interrogation restait sans réponse. Le Grec était un touche-à-tout qui se passionnait pour les arts autant que pour les sciences. La médecine était une de ses spécialités jusqu'à ce que sa curiosité morbide pour les cadavres lui fasse quitter précipitamment son pays d'origine. Il avait aussi étudié l'architecture. Sans doute la raison pour laquelle Pharaon lui avait demandé de superviser les travaux de son tombeau. D'ailleurs, selon un rapport récent, le Grec avait réclamé des esclaves muets pour travailler à la chambre funéraire. Eremeth haussa les épaules. Des muets ! De toute façon, aucun ne survivrait.

Une précaution vraiment inutile. Eupalinos avait aussi séjourné en Crète et en Asie avant de s'installer en Égypte. Depuis, il était devenu le conseiller politique le plus écouté de Pharaon. Quant à sa vie privée, il vivait en concubinage avec cette esclave, Aleiah, qu'il avait fait affranchir.

Le chef des gardes replia les papyrus dans le tube. Il saisit un bâton de cire et le fit fondre sur le cuir. Il n'y avait rien, rien qui pouvait expliquer...

— Seigneur ?

Un officier venait d'entrouvrir la porte.

Eremeth prit le sceau de Sekhmet et lui fit signe d'approcher.

— Seigneur, nos hommes viennent de capturer ce prêtre recherché, Sequena.

Le chef des gardes sourit. L'officier ne résista pas à la tentation de se faire bien voir.

— Et nous avons commencé l'interrogatoire.

L'effigie de la déesse s'imprima sur la cire dans un grésillement de chair brûlée. Les yeux sombres d'Eremeth brillèrent. Il allait enfin savoir pourquoi le grand prêtre avait ordonné le meurtre d'Eupalinos.

38

De nos jours
Jour 1
Hôpital de Carpentras

Antoine n'existait plus. Les ténèbres silencieuses l'enveloppaient totalement. Il flottait dans un univers aveugle, sombre et malveillant, seul au milieu de nulle part. Pourtant sa conscience survivait à ce chaos. Tout cela avait un sens mais lequel ? Cela lui rappelait son initiation maçonnique. Le cabinet de réflexion, puis le passage sous le bandeau, les yeux bandés. Il se raccrocha à son souvenir. Il n'était pas mort. Il le savait. Il y aurait quelque chose après. Il se réfugia dans sa conscience, c'était son unique espoir.

Extrait du bulletin quotidien de santé du patient 17 :
État stabilisé. Coma de niveau 2.
Traumatisme cranio-cérébral en évolution. Fonctions organiques à minima. Pompe à morphine réglée à 95 %.

Jour 3

Quelqu'un chuchotait son nom dans la nuit de sa prison. Il n'était plus seul. Le son s'était propagé d'un bout à l'autre de son esprit puis avait disparu.

Extrait du bulletin quotidien de santé du patient 17 :
14 h 54. Visite du frère du patient. La personne est restée jusqu'à 15 h 08.

Aucun changement dans l'état du malade. Œdème cérébral toujours important. Pompe à morphine réduite à 70 %.

Jour 5

Quelque chose de subtil s'était produit. Tout en haut, à des millions de kilomètres de lui, une vague lumière était apparue. Fugitive, infime, pâle. Un flash minuscule, si petit qu'il aurait pu croire à un effet de son imagination. Il s'était habitué au néant dans lequel il était plongé. L'initiation. C'était la clé pour ne pas perdre la raison dans ce chaos de noirceur. La porte de sortie. Il se repassait, encore et encore, la scène de son initiation maçonnique, le cabinet de réflexion dans lequel il rédigeait son testament philosophique. Le crâne aux orbites noires qui lui faisait face et qui n'était qu'un autre lui-même. Puis les frères qui lui posaient un bandeau sur les yeux. Le passage avant la renaissance et la lumière. C'était pareil dans cet univers étrange, il fallait être patient. La lumière fugace avait disparu mais c'était devenu son unique espoir dans cet océan de ténèbres. Elle n'était que le début.

Extrait du bulletin quotidien de santé du patient 17 :
15 h 17, coma de niveau 1. Le patient a réagi à une stimulation visuelle appliquée dix fois de suite. Première réaction enregistrée depuis le jour d'admission. Œdème en voie de résorption.
État des fonctions vitales inchangé. Réunion de service prévue à 18 heures. Pompe à morphine à 54 %.

Jour 7

La souffrance. Pour la première fois, il percevait une douleur. Comme si on lui chauffait la tête. Pourtant, là où il se trouvait, dans ce purgatoire insensé, il n'avait ni tête ni corps. Cette sensation, humaine, le rassurait paradoxalement. Elle lui faisait ressentir dans sa tête l'enchevêtrement de ses nerfs, le flux d'un sang dont il ne comprenait pas l'origine. Il existait.

Extrait du bulletin quotidien de santé du patient 17 : 09 h 34. Contractions musculaires enregistrées à la suite de la baisse de l'injection de l'antidouleur. Sortie de coma prévisible. Pompe à morphine à 29 %.

Jour 9

L'odeur. Elle était apparue subitement dans son univers. Suffocante, âcre, chimique, l'effluve s'insinuait dans les replis de son cerveau, comme un ver dans un fruit trop mûr. Elle disparut instantanément. Antoine en était sûr. Les murs de sa prison s'effritaient.

Extrait du bulletin quotidien de santé du patient 17 : 13 h 12 : spasmes enregistrés après test de stimuli olfactifs.

Jour 12

Une vague gigantesque de douleur submergea son cerveau. Elle pénétra dans chaque nerf, chaque parcelle de fluide encéphalique, de vaisseaux sanguins de son crâne. Comme s'il n'était qu'un centre nerveux de souffrance greffé sur un corps pétri de tissus morts. Bras, jambe, ventre, dos, aucune sensation ne remontait à sa conscience, seule sa tête fonctionnait, irriguée par la douleur. Il accommoda sa vision mais tout était flou autour de lui. De vagues formes sombres et mouvantes s'agitaient au-dessus de lui. Des sons…

Il était peut-être en enfer, prisonnier dans un cercueil de chair avec, pour unique sensation objective, celle d'une souffrance infinie. Il avait chuté pour sombrer dans ce néant informe. L'harmonie s'était dissoute dans un magma de déchirures neuronales.

Un flash aveuglant envahit tout d'un coup son champ de vision. Mais ce n'était pas la même lumière qui l'avait aspiré dans cet autre univers. C'était une lumière malsaine, agressive, qui sectionnait son nerf optique. Il voulut cligner des yeux mais ses paupières restaient inertes.

— EEEENNNNTEEEEENNNNNDEEEEEZ-ZZZZ ?

La voix gronda comme un réacteur d'avion lancé à pleine puissance. Le son assourdissant décupla la douleur. Il hurla pour qu'on stoppe cette torture absurde, que la lumière et le vacarme disparaissent mais ses lèvres n'obéissaient pas à sa volonté. Il ne tiendrait pas plus longtemps. C'était insoutenable.

— VOOOOOOOYYYYYYEEEEEEEEEEEEZZZ ?

Les mots s'infiltraient dans son cerveau comme des serpents d'acier, rongeant les neurones qu'ils trouvaient en chemin. Ce ne pouvait être que l'enfer.

Pourquoi lui faisaient-ils du mal ? Il n'était coupable de rien qui justifiât ce traitement inhumain. Il cria à l'aide mais la lumière se fit encore plus forte. Il perdit toute conscience.

L'infirmière appuya sur un petit bouton bombé et vérifia les chiffres affichés sur le boîtier électronique de la pompe à morphine.

— Le niveau est maintenant à 1,5 %, professeur.

— Bien. L'effet de l'antidouleur a cessé complètement, répondit le médecin en blouse blanche, debout, face au lit sur lequel reposait Marcas.

— Il n'a pas répondu à vos questions, est-il conscient ? demanda l'infirmière en ouvrant les rideaux.

— Oui. Sa pupille s'est contractée pendant l'examen. La douleur va l'obliger à se réveiller. Elle va le happer.

— À la fois étrange et cruel, comme technique. Il va souffrir le martyre.

— Nous le repêchons en utilisant la souffrance comme hameçon... La méthode vient tout droit de Serbie. Mise au point à l'Université médicale de Belgrade et expérimentée avec succès lors du conflit des Balkans. Un confrère du service des armées me l'a transmise, il l'avait apprise lors de son envoi en mission là-bas. Donnez-lui un sédatif léger et appelez-moi quand il reprendra connaissance. Et, tant qu'à faire, mettez-lui la télévision, ça l'aidera à reprendre contact avec la civilisation. Genre une chaîne avec de la musique de jeunes.

— Doit-on le placer en garde permanente ?

— Oui et une caméra de surveillance, branchée sur l'infirmerie du service. Normalement, il devrait revenir dans très peu de temps. Ce sera le moment de vérité.

Labiana contempla Marcas avec curiosité. Il allait le sortir de son putain de cocon.

Tu vas souffrir, mon frère, mais c'est pour ton bien. Je vais t'extirper du néant. Ce sera ta deuxième initiation. T'as les yeux bandés, aie confiance. Je suis ton guide, celui qui te tient la main dans la nuit.

La lumière avait vaincu les ténèbres, une fois de plus. La technique expérimentale serbe offrait des prolongements philosophiques étonnants. La douleur comme arme contre la mort, voilà qui inversait la perspective.

Je souffre donc je vis.

Exister, ressentir, souffrir. Il allait présenter une planche en loge sur ce thème.

Jour 13

L'infirmière se frotta les yeux. Elle en avait assez de regarder ces émissions stupides à la télévision. Le roman qu'elle avait emporté la veille était ennuyeux au possible. Une histoire de mère incestueuse, femme de ménage, qui sortait d'une dépression avant d'apprendre sa leucémie en phase terminale. « Une formidable leçon de vie et d'écriture », selon les critiques, en quatrième de couverture de l'ouvrage. C'est la dernière fois qu'elle se faisait avoir. La prochaine fois, elle achèterait un bouquin des auteurs de la Ligue de l'imaginaire. Elle soupira en regardant sa montre. Encore trois heures de permanence jusqu'à minuit. Pourvu que ce patient se réveille de son coma. Il monopolisait quasiment toute une partie de l'équipe.

Bib. Bip. Bip.

Elle tourna la tête vers le moniteur.

Bip. Bip. Bip. Bip. Bip.

Ça s'accélérait.

Le corps du patient fut secoué d'un spasme.

Elle appuya sur l'interrupteur d'urgence.

Antoine ouvrit grand ses yeux.

39

De nos jours
Paris
IXe arrondissement

Une pluie diluvienne tombait à torrents sur les toits de Paris. Les éclairs zébraient le ciel. Le frère obèse avait prudemment déconnecté l'ordinateur et tous les appareils électriques. Il fumait une cigarette et observait la bataille titanesque que se livraient dans le ciel les forces de l'eau et de l'air. Il se remit à réfléchir sur le cas de Marcas. Il fallait qu'il prenne une décision vitale.

Il avait annulé ses vacances pour descendre à l'hôpital de Carpentras en se faisant passer pour son frère. Un petit clin d'œil maçonnique. Quand il l'avait vu dans son lit, inconscient, complètement vulnérable, il s'était assis tout près de lui et avait passé une demi-heure à discourir en solo. Il lui avait balancé tout ce qu'il pensait de lui. C'était facile avec un comateux qui ne pouvait pas répondre. Il le trouvait arrogant, psychorigide, donneur de leçons. Ingrat aussi, avec le nombre de services qu'il lui avait rendus par le passé. Ça lui avait fait du bien. Juste avant de le quitter, il lui avait longuement serré la main. Il s'était ensuite entretenu avec le chirurgien, le frère Labiana, un type qui ferait une bonne *abeille*.

Un grondement retentit vers l'ouest. Un éclair déchira la nuit. Il estima que l'épicentre de l'orage devait se situer du côté de Suresnes.

Maintenant qu'Antoine allait se réveiller, les médecins étaient formels, le temps pressait.

Le choix était simple.

Option A : il laissait Marcas se remettre de son coma.

Option B : il l'utilisait à des fins supérieures.

Il n'arrivait pas à trancher. Ce qu'il avait découvert dans les archives du Rucher l'avait stupéfait. Marcas n'avait même pas idée de l'affaire à laquelle il était mêlé. La fondation Memphis était une vraie boîte de Pandore.

Quand la mention secret défense s'était affichée, il avait dû attendre trois jours pour qu'un de ses précieux contacts au ministère de la Défense lui fasse remonter un peu de miel. La lecture des documents fournis s'était révélée ahurissante. S'il n'avait pas une entière confiance dans son *abeille* galonnée, il les aurait jetés à la poubelle.

Au même moment, on lui avait transmis les dernières pièces liées à la perquisition d'Antoine, les procès-verbaux des dépositions du gardien au visage brûlé et de l'héritière. La Belle et la Bête, s'était-il dit en scrutant les deux photos jointes. Quant à Fléhaut, il n'était plus en état de parler à qui que ce soit.

L'orage se rapprochait du centre de la capitale. Le grondement faisait vibrer les vitres.

Il hésitait. Se servir d'un frère, qui venait de se faire tirer comme un lapin, lui posait un problème éthique. Après tout, il pouvait aussi bien oublier l'affaire ou faire suivre au ministre, ce qui reviendrait au même. Ce pauvre Antoine, il avait bien mérité de se reposer tranquillement.

Le téléphone sonna. L'*abeille* de la PJ. Probablement pour le remercier pour sa mutation express dans la Ville rose.

— Oui ?

— Bonsoir. Tu t'intéresses toujours au flingage de Beaumes-de-Venise ?

— Dis toujours.

— Une petite information de dernière minute. Le gardien, la gueule brûlée de la fondation, il est libéré depuis une heure. Sur intervention directe.

Un nouvel éclair illumina les toits de l'immeuble d'en face.

— Quelqu'un du ministère de la Défense, je parie ? suggéra le frère obèse.

— Bravo, je vois que la parole circule vite. Les *abeilles* bourdonnent. Un colonel d'un service spécial. Leur barbouze. Au fait, merci, j'ai reçu mon affectation à Toulouse. Je pars dans deux mois.

— Je voudrais un dernier service.
— Avec plaisir.
— Les numéros de portable de Cléa al-Asroul, l'héritière de la fondation et d'un toubib, le professeur Labiana, chef de service à l'hôpital de Carpentras.
— Ça va se trouver. Bonne soirée.
— Toi aussi.

Le frère obèse se posa lourdement sur son siège. La libération de Triskell changeait la donne. Radicalement. Il pianota sur le clavier. La fiche du gardien de la fondation apparut.

Yann Triskell

Né le 17 janvier 1968 à Rennes-le-Château (Aude)

Grade : Commandant de réserve.

Arme : Armée de terre. Breveté parachutiste.

Affectations : 8e RPIMA de Castres puis 13e régiment de dragons parachutistes de Dieuze, au sein du 3e escadron de recherches aéroportées. Commando Hubert.

Versé à Perpignan, au CPIS, Centre d'instruction parachutiste spécialisé.

Accidenté le 30 décembre 1999 lors d'une opération Delta, à Mitrovoca (explosion d'une mine).

Fin d'active : Le 14 avril 2000. Rayé des cadres d'active à la même date.

Dossier sous accès Mangouste.

Le frère obèse s'était fait décrypter la fiche par son contact. Le type avait fait partie de l'élite de l'armée française. Un *curriculum vitæ* de Rambo à la mode hexagonale. Le commando Hubert était composé de la crème des nageurs de combat, le

8ᵉ RPIMA partait sur tous les théâtres d'opérations où la France était engagée et le 13ᵉ régiment de Dieuze se spécialisait dans le renseignement clandestin et les infiltrations en pays étrangers. Des professionnels surentraînés, chuteurs à haute altitude, capables de vivre dans la jungle et le désert pendant des semaines en ne bouffant que des rats et des asticots. Après son accident, le militaire avait été versé dans une unité d'instruction du service action de la DGSE. Sous un sigle anodin, le CPIS forme les agents action de haut niveau du service d'espionnage français.

Le plus intrigant dans la fiche était l'utilisation du terme Mangouste. Il signifiait que l'intégralité du dossier du militaire était indisponible, même pour l'échelon supérieur du COS, commandement des opérations spéciales. Seule la DGSE pouvait donner l'autorisation d'accès, autant dire mission impossible.

Le frère obèse était perplexe devant sa fiche. Triskell avait un profil « atypique » pour un simple gardien d'un musée perdu dans le sud de la France. Le cerveau du Rucher déboutonna sa chemise et promena sa main sur son ventre. Il n'avait plus le choix. Ses scrupules venaient de s'évanouir.

Marcas allait entrer, à nouveau, dans le jeu.

40

1365 av. J.-C.
Tombeau d'Akhenaton

Depuis qu'il s'était glissé dans l'entrée de gauche, le grand prêtre se sentait la proie d'un étrange malaise. Ce n'était ni le froid ni l'humidité qui le perturbaient, ni la peur, ni la colère, mais un sentiment inconnu qui, désormais, le travaillait aux entrailles. Depuis un moment, le bruit de sa progression résonnait entre les murs. Il marchait pourtant pieds nus, tâtant le sol à chaque pas pour éviter les chausse-trapes. Néanmoins, un son mat se propageait dans le couloir. Comme un signal à distance. La texture des parois semblait aussi changée. La pierre, au lieu d'être lisse, se révélait bosselée. Maudit soit ce chien d'architecte, pensa le grand prêtre, il a tout prévu. Jusqu'à un piège inédit. Brusquement, le grand prêtre prit conscience qu'il ne sortirait jamais vivant de ce tombeau. Les ouvriers ne viendraient relever les herses que dans quatre semaines. À son âge, sans nourriture et sans eau, il n'avait aucune chance de survie. En fait, il n'avait songé qu'à échapper au danger le plus immédiat, le Nubien, sans réfléchir que ni l'un ni l'autre ne reverraient jamais le soleil.

Accablé, il se laissa glisser contre la paroi. Pour la première fois de sa vie, le découragement le saisit. Lui qui avait affronté deux pharaons, tenu d'une main de fer le clergé de Thèbes, il se sentait subitement nu et sans défense. Un instant, il crut entendre un bruit. Il se leva d'un coup, la panique au cœur. Le Nubien, il en était sûr, le Nubien revenait pour le tuer.

Son cœur accéléra d'un bond. Il tendit l'oreille pour surprendre son adversaire quand il surgirait. Le sang cognait à ses tempes. Il se releva, prêt à l'affrontement. Malgré son âge et sa peur, il n'allait pas mourir sans combat. Ses doutes venaient de se volatiliser. Une fois de plus, il était le grand prêtre, l'homme qui faisait ployer toutes les têtes, l'homme que même Pharaon craignait.

À nouveau, il écouta l'obscurité, mais il n'y avait plus aucun bruit. Il s'était fait peur à lui-même. Pourtant, la tension ne retomba pas. Au contraire, son esprit, surexcité par la peur, prenait le relais. Une idée folle venait de surgir. S'il ne s'était pas trompé de porte d'accès, le tombeau de Pharaon était au bout de la galerie. Or, ce tombeau n'était pas achevé. Les pièges de ce couloir ne pouvaient pas être activés, puisque les ouvriers devaient terminer leur chantier. Ce fut comme un éclair de lumière. S'il découvrait la chambre funéraire, il trouverait sans aucun doute des outils, susceptibles de se transformer en une arme fatale. Après quoi, il n'aurait plus qu'à chercher le Nubien.

Le grand prêtre accéléra le pas. Son idée était folle, mais c'était la seule. Il éclata de rire. Comment n'y avait-il pas pensé avant ?

L'éclat de rire rebondit d'abord sur une bosse du mur, puis s'abrita dans un creux de la pierre avant de repartir heurter un autre saillant de la paroi. À chaque rebond, le rire devenait plus aigu ou plus grave. Quand il atteignit la fin de la galerie, il percuta deux murs de granit brut dont les milliers d'aspérités décuplèrent son intensité. Là, il pénétra en accéléré dans un tube de pierre cuite et finit sa course contre une peau tendue qui, aussitôt entrée en vibration, se déchira violemment. En réaction, un orifice minuscule s'ouvrit dans le sol de la chambre funéraire et un filet de sable, presque imperceptible, s'écoula d'une dalle de porphyre noire. Juste devant le mausolée de Pharaon.

Quand le grand prêtre arriva au bout du couloir, il sut que les dieux étaient avec lui. Une veilleuse brûlait devant une statuette d'Anubis. Sans doute, un ouvrier avait-il voulu honorer le dieu des morts pendant son absence. Il avait choisi une lampe à offrande qui pouvait se consumer des jours durant. Une aubaine pour le grand prêtre. Il repéra plusieurs torches accrochées au mur et les alluma une à une. En quelques instants, la salle fut illuminée. La dernière demeure de Pharaon était presque terminée. Il ne restait plus qu'à peindre les murs, à les couvrir de prières pour implorer les dieux d'accueillir le mort dans l'empire des ombres. Au centre, une cuve en marbre rose attendait le corps du défunt. Fasciné, le grand prêtre s'approcha. Le sol crissa sous ses pieds : un tas de sable oublié sur une dalle. Tout l'intérieur de la cuve était gravé de hiéroglyphes et émaillé d'or. Il pencha la lampe à offrande. Un burin gisait au fond. Le grand prêtre le saisit.

Désormais il avait le feu et le métal.

L'idée s'était imposée d'elle-même comme une évidence. Encore plus dans cette tombe à la lisière du désert, le royaume de Seth. Le dieu qui n'avait pas hésité à tuer et à dépecer son frère Osiris pour survivre. Le grand prêtre fixa le burin au bout d'une hampe de cérémonie, puis il reprit la lampe et fouilla minutieusement le reste du tombeau. Dans un angle, il trouva une réserve de torches. Mises en fagot, elles pourraient se transformer en bûcher. Son exaltation ne cessait de croître, il lui tardait de remonter le couloir, de revenir dans la salle d'entrée, de prendre l'entrée de droite, de... Il étouffa un cri de joie. Un couteau de bronze était posé sur un des rebords du mur. Exactement ce qu'il lui fallait, parfait pour la découpe, maintenant qu'il avait la cuisson. Décidément, les dieux le gâtaient.

Il glissa le couteau dans sa ceinture, saisit un flambeau, et armé de sa lance à pointe de burin, longea la cuve mortuaire. De nouveau, le sable crissa sous ses pieds. Il n'y prit pas garde. Il pensait au Nubien. Un homme fort, musculeux. De quoi tenir des jours et des jours. Jusqu'au retour des ouvriers. Un instant, il crut même qu'il allait saliver.

Quand il franchit la porte, le sable avait presque disparu, englouti dans un œilleton minuscule au centre de la dalle de porphyre. Il coulait, en un jet continu, dans le plateau d'une balance de cuivre qui commençait de pencher.

Le grand prêtre faillit revenir sur ses pas. Il lui manquait un récipient. Un vase ou un même un pot. Il hésita, puis reprit sa marche. De toute façon, le sang ne se conserverait pas.

Sous le poids du sable, le plateau de la balance heurta la dent d'un engrenage qui se mit à tourner. Dans les entrailles du tombeau, un mécanisme invisible se mit en branle. Au fond du couloir, une porte amovible commença de se fermer.

La torche fumait légèrement comme si l'air se raréfiait. Le grand prêtre accéléra. Bientôt, il atteindrait la salle d'entrée.

La porte se referma juste au moment où il arrivait. Il resta stupéfait et immobile quand un choc sourd fit vibrer le dallage. Il se retourna, la torche en avant. Derrière lui, une herse de bois venait de tomber.

Il était prisonnier. Prisonnier dans un cube.

Un flot de malédictions s'échappa de sa bouche tandis qu'il laissait tomber sa lance désormais inutile. Le burin rebondit sur le dallage dans un fracas d'orage.

Tout à coup, il entendit comme une fine pluie qui s'abattait dans sa cellule. Nerveusement, il passa la main sur son crâne qui le démangeait. Ce qu'il sentit le glaça d'effroi.

Lentement, il leva les yeux.

Le plafond était en train de s'ouvrir.

Il allait hurler quand un déluge de sable l'engloutit.

41

*1365 av. J.-C.
Cité d'Akhetaton
Palais royal*

Aleiah trempa à nouveau l'éponge dans le bassinet de cuivre et humecta les lèvres de Pharaon. Depuis l'aube, la fièvre était tombée. Il avait ouvert les yeux, prononcé quelques mots avant de retomber dans le sommeil. Sa respiration était calme désormais. Vers minuit, on avait ouvert les fenêtres pour purifier l'atmosphère, puis les esclaves étaient rentrés pour laver et masser le malade. À la lumière de la lune, Aleiah avait osé lever le regard sur le corps de Pharaon. Il avait terriblement maigri. Tout son squelette se dessinait sous la peau comme si la mort était déjà à l'œuvre. Quand les esclaves étaient partis, on avait refermé les volets et tiré les lourdes tentures. La chambre était plongée dans une obscurité à peine trouée par la lueur vacillante des lampes à huile. Dehors, le soleil illuminait la vie. Le dieu Aton dispensait ses bienfaits à tous, à tous sauf à Pharaon perdu dans la nuit.

Aleiah trempa encore l'éponge. Le liquide avait une odeur d'herbe coupée. Ce parfum la mit mal à l'aise. Il lui rappelait ses cauchemars. Presque chaque nuit, elle parcourait la montagne de ses ancêtres, errant dans un dédale de gorges étroites, de défilés sombres sans jamais atteindre la vallée heureuse de sa jeunesse. Elle n'osait parler à

Eupalinos de ses mauvais rêves. Lui-même ne dormait plus. Tout le poids de l'État reposait sur ses épaules. Sans compter que les ennemis d'Akhenaton, enhardis par l'état du souverain, se montraient de plus en plus virulents. Si, par malheur, Pharaon venait à mourir, la vie d'Aleiah comme celle d'Eupalinos auraient été des plus brèves.

Dans son lit, Akhenaton commença de bouger. La jeune affranchie se leva pour aller chercher une veilleuse. Si Pharaon devait se réveiller, il fallait que ses yeux s'habituent progressivement à la lumière. Comme elle se dirigeait vers une niche dans le mur, elle songea aux jours heureux du règne quand, chaque matin, Akhenaton, accompagné de sa femme Néfertiti, remontait la grande avenue qui traversait la cité. Le peuple se massait sur le passage du char du souverain qui incarnait la marche triomphale du Soleil. Après avoir rendu son culte au dieu Aton, Pharaon apparaissait en haut du palais royal. Une ovation montait alors du sol pour saluer le roi des deux Égypte. Aleiah entendait encore ces cris de joie. Des fonctionnaires, des courtisans qui, aujourd'hui, se terraient tandis que la reine vivait cloîtrée, dans son propre palais.

Aleiah se retourna et poussa un hurlement. Pharaon était debout, nu. Sa bouche s'ouvrit sur un ordre :

— Eupalinos, vite !

Le Grec avait forcé le malade à se recoucher. Il avait trop vu de ces agonisants qui, quelques heures avant leur mort, se réveillaient subitement, débordant d'énergie, avant de sombrer à jamais. Pourtant, tous les indicateurs vitaux étaient bons. Son cœur battait régulièrement, sa fièvre avait disparu et ses yeux avaient retrouvé leur éclat habituel.

— Combien de temps ai-je été *absent* ? La voix était étonnamment claire et ferme.

— Trois nuits et trois jours, Seigneur.

Pharaon déplia ses bras et fit jouer ses muscles.

— J'ai fait un long voyage.

Eupalinos s'inclina. Il avait pris pour habitude de ne pas interroger, ni de répondre quand les affirmations de Pharaon touchaient à la parabole.

— Le deuxième... Dis-moi, Eupalinos, que crois-tu qu'il se passe après la mort ?

En homme qui avait passé sa jeunesse à disséquer des cadavres sans jamais trouver la moindre trace d'une âme immortelle, Eupalinos doutait qu'il se passât quoi que ce fût après la mort. Mais il connaissait les inquiétudes métaphysiques de Pharaon et souhaitait surtout l'apaiser.

— Seigneur, selon la tradition, après que le *khat*, la dépouille mortelle, eût été transportée dans sa dernière demeure, la part éternelle de l'homme, le *Ka*, va rejoindre sa patrie d'origine, le royaume d'Osiris.

Pharaon ne laissa paraître aucune réaction. Eupalinos reprit :

— Dans son sarcophage en forme de barque, le mort va affronter les périls de la traversée des ténèbres. Mais, protégé par Thot et Anubis, il atteindra l'entrée de l'au-delà où il devra se présenter aux gardiens des vingt et un porches.

Eupalinos se demanda s'il devait continuer. Akhenaton lui avait déjà indiqué qu'il ne croyait pas à toutes les superstitions dont les prêtres entouraient le trajet de l'âme vers l'empire des morts.

— Et après ?

— Après, Seigneur, a lieu la pesée du cœur sur la balance divine et si les actions du mort s'équilibrent avec la plume de Maât, la déesse de la vérité, alors il sera admis à jamais dans le royaume éternel.

Pharaon s'assit en tailleur sur le lit et fit signe au Grec de s'approcher.

— La dernière fois que je suis revenu du domaine d'en bas, je n'ai pas eu le temps de te parler autant que je le souhaitais.

— Seigneur, ta confiance m'honore.

— Tu m'as toujours fidèlement servi, Eupalinos, et il est temps pour moi de te rendre les bienfaits de ton amitié.

Le Grec fut alors pris d'un mouvement d'affection irraisonnée. Bravant l'interdit de toucher Pharaon, il saisit sa main et l'embrassa.

— Seigneur, j'ai connu beaucoup d'hommes en ce monde, mais je n'ai connu et aimé qu'un seul pharaon.

La main royale effleura la chevelure grisonnante d'Eupalinos qui se mit à sangloter.

— Ne pleure pas, mon ami, car je vais te faire le plus grand des dons.

Eupalinos leva des yeux baignés de larmes.

— Je vais t'apprendre à vaincre la mort.

42

De nos jours
Hôpital de Carpentras
Jour 13

La paire de seins remuait dans tous les sens. Le soutien-gorge noir avait du mal à retenir les deux globes charnus qui menaçaient de faire craquer le fin tissu. Le fracas assourdissant d'une batterie tapa contre son cœur.

Le clip de rap américain sur MTV fut son premier contact avec la réalité.

Il cligna des yeux. Ses paupières étaient lourdes comme du plomb, sa bouche craquelée, son cerveau baignait dans un océan de fonte.

Il ne comprenait pas ce qu'il voyait. Que faisait cette blonde qui se trémoussait autour d'une barre de métal, devant tous ces types ?

Il ferma les yeux, calma sa respiration. Tout cela devait avoir un sens. Une chose était certaine, il était revenu à la réalité. Son séjour dans l'ailleurs était terminé.

Antoine mit quelques secondes avant de réaliser qu'il était en train de regarder un écran de télévision dans une chambre. Une chambre qui n'était pas la sienne.

Il sentit ses mains se contracter, ses orteils se déplier. Son corps. Il éprouvait la sensation de son corps. Et de la douleur aussi.

Sa conscience se connectait progressivement à cette réalité amère. Il vit l'écran de télévision et comprit la présence de la blonde dans son univers puis, tout autour de lui, la chambre qu'il distinguait maintenant comme celle d'un hôpital ou d'une clinique. Il ferma ses poings. Une sensation désagréable monta le long de son avant-bras. Il aperçut la perfusion accrochée à sa chair. Une odeur de produit chimique agressif lui monta dans le nez.

Il se tortilla pour continuer la lente reprise de son corps. Il toucha le drap mince et rêche qui le recouvrait et comprit qu'il était nu comme un ver. Instinctivement, il remonta le tissu contre son menton.

Il regarda au-delà de l'écran de télévision, vers le mur blanc puis sur les côtés vers les appareils de surveillance médicaux. Une femme en blouse blanche manipulait des boutons.

À côté de son lit, il y avait une chaise en plastique sur laquelle était posé un magazine. Une petite bouteille d'eau trônait sur une étagère qui courait le long de la fenêtre. De l'autre côté du lit, il y avait une petite pièce où il entrevit un pommeau de douche. Tout paraissait tristement banal, logique, ordonné, fonctionnel. Une douleur fulgurante traversa son cerveau. Il grimaça. Sa tête semblait sortie d'une machine à laver, après un programme essorage maximum.

Il ferma les yeux. Des images étranges défilaient à toute vitesse, des bribes de son passage dans un univers sombre et merveilleux. Une sensation de panique s'empara de lui, il n'avait pas envie de finir dans cet endroit hostile, désincarné, froid, il voulait retourner dans la clairière, revoir la femme mystérieuse. Il leva les yeux sur l'écran de télévision, la danseuse à moitié nue le dégoûta, il la voyait comme un étalage de chair morte qui s'agitait. Une vague de tristesse le submergea. Il perdit connaissance.

— RÉÉÉÉVEEEEILLLEEEEZ-VOUUUUUUS.

La voix le réveilla brutalement. Son corps tressautait. Une lumière blanche vrilla ses orbites. Il cligna des yeux pour lui échapper mais on lui maintenait le visage dans un étau. Il était comme un cobaye qu'un laborantin disséquait.

— VOUUUS M'ENTENDEZ ?

Oui, il l'entendait, la voix n'avait pas besoin de hurler.

Un faible son sortit de sa bouche.

— Enlevez la lumière. Elle fait mal.

— C'est bon signe, Marcas, laissez-vous faire.

Il sentit qu'on le prenait sous les aisselles pour le redresser contre l'oreiller. La lumière s'éloigna subitement. Ses yeux s'accommodèrent. Il vit distinctement des visages au-dessus de lui. Deux hommes et une femme. L'un d'entre eux lui rappelait quelqu'un. Il souriait, les bras croisés. Marcas l'avait déjà vu mais n'arrivait pas à savoir où ni quand.

— Bienvenu dans le monde des vivants, dit le médecin d'une voix douce puis il se tourna vers ses collègues. Laissez-nous quelques instants.

L'homme et la femme en blouse blanche quittèrent la chambre. Le médecin s'assit au bord du lit.

— Nous voilà seuls, mon frère. Comment te sens-tu ?

Antoine resta hébété quelques secondes. Le médecin le tutoyait et lui donnait du frère.

— On se connaît, non ? murmura-t-il d'une voix traînante.

L'autre éclata de rire.

— Et comment ! Rassure-toi, ça va revenir. On ne sort pas d'un coma comme d'une anesthésie. Ton cerveau va remettre progressivement toutes les informations en place. Pour répondre à ta question, je suis le chirurgien qui t'a opéré après ton… accident et, accessoirement, ton frère en maçonnerie. Tu es venu visiter notre loge il y a deux semaines.

— Où suis-je ?

— À l'hôpital, voyons.

Marcas se redressa contre son oreiller.

— Je me souviens vaguement de votre visage mais j'ai du mal à comprendre ce que je fais ici.

Il se massa les tempes et reprit.

— J'ai un putain de mal de tête. Vous n'auriez pas de l'aspirine ?

Le visage du médecin devint plus grave.

— C'est normal, quand on reçoit une balle dans le crâne, le cerveau n'est pas content du tout.

Marcas ouvrit de grands yeux.

— C'est quoi cette histoire ?

— Tu as dirigé une perquisition qui s'est très mal terminée. Deux personnes ont été tuées et, toi, tu en as réchappé de justesse. Le meurtrier t'a tiré dessus, la balle est passée juste au-dessus de la tempe droite, a éraflé la calotte en creusant une sorte de sillon. À un demi-centimètre près, c'était terminé. Le choc a provoqué un œdème cérébral qui nous a fait craindre le pire. D'ailleurs, c'est arrivé, c'est ça le plus incroyable.

— Je ne comprends pas. Qu'est-ce qui est arrivé ?

Labiana ne répondit pas. Marcas sentait que sa raison vacillait.

— Répondez-moi !

— Tu as été déclaré en état de mort clinique.

— Vous plaisantez ?

— Non. Jamais pendant le service. On t'expliquera tout ça en détail. Le tout, c'est que tu t'en sois sorti et qu'on papote sur ce lit.

Antoine se recroquevilla sous le drap. Une bonne minute se passa avant qu'il reprenne :

— Je ne me souviens de rien. Juste que je suis venu à Avignon pour cette perquisition. Après, j'ai fait une sorte de cauchemar. Bon sang, je m'en serais souvenu si on m'avait tiré dessus.

— Notre frère Antoine nous fait une amnésie antérograde. Bon, il va falloir refaire le film depuis le début.

— Vous pourriez utiliser des mots que je comprenne ? Amnésie rétrograde ?

Le professeur Labiana lui tapota l'avant-bras.

— Antérograde, rectifia-t-il d'un ton patelin. En gros, le patient perd une petite portion de mémoire. Il ne se souvient plus des événements qui ont précédé sa perte de connaissance. Ce laps de temps effacé va de quelques heures à plusieurs jours, dans les formes sévères. À part ce *missing time*, la mémorisation est intacte : personnalité, souvenirs d'enfance, amis, projets, etc., tout est en place. C'est une catégorie d'amnésie observée après un choc traumatique ou, parfois, par l'absorption d'anxiolytiques spécifiques, comme les benzodiazépines.

— Et on la retrouve comment, la mémoire ?

— C'est variable, soit c'est le coup de gomme définitif soit les souvenirs affluent progressivement. Quelle est la dernière chose dont tu te souviennes ?

Antoine leva les yeux au plafond. Il tenta de se concentrer mais la douleur réapparut dans son cerveau.

— Des squelettes en farandole.

— Quoi ?

— Des squelettes. Une danse macabre.

Labiana hocha la tête.

— Ouais… Et avant ce spectacle distrayant ?

— J'étais assis dans un café, sur la place du palais des Papes, à Avignon.

— Bien. Sais-tu pourquoi tu t'y trouvais ?

— Oui, je vous l'ai dit, je devais organiser une opération de perquisition dans le cadre d'un trafic d'œuvres d'art. J'avais pris le train avec mon adjoint.

— Tu te souviens de la date ?

Marcas tourna la tête.

— Non… Hier peut-être.

— Raté. Cela fait exactement treize jours que tu es dans cet hôpital. Tu viens de te réveiller d'un coma de presque deux semaines.

Antoine sentit sa gorge se serrer. Une onde de panique parcourut sa moelle épinière et arriva directement au cerveau. Ce n'était pas possible, il vivait un cauchemar. Une fraction de seconde, il eut l'impression que le médecin assis sur son lit était une illusion, tout comme la chambre. Il crispa les doigts sur les draps. Labiana se rapprocha de lui.

— Du calme. On va s'arrêter là pour l'instant. Tu as eu ta dose d'émotions fortes.

Le médecin se leva et examina la perfusion. Il cliqua sur le boîtier électronique.

— Je modifie l'injection des produits. Ça soulagera la douleur. Un confrère psychiatre va venir te poser quelques questions tout à l'heure.

— Je n'ai pas envie de voir un psy, grogna Marcas. Envoyez-moi plutôt mon adjoint Tassard. Je vais sortir quand ?

— OK. On verra plus tard pour le psy. Tu dois d'abord effectuer une série d'examens de contrôle et, ensuite, direction un établissement de convalescence. Le ministère de l'Intérieur va se passer de tes services pendant un bon mois.

Antoine se redressa brutalement. Labiana devint flou.

— Attention aux gestes brusques. Tu es resté allongé pendant treize jours, ta circulation sanguine n'est pas encore au top.

— C'est une blague. Je vais parfaitement bien. À part ce mal de tête. Je dois m'occuper des suites de la perquisition. Et…

Le médecin s'avança vers lui.

— Et ?

Marcas sentit le lit se dérober sous lui. Ses yeux se fermaient malgré lui. Son buste retomba en arrière.

— Je dois… prévenir mon fils.

Labiana remonta le drap jusqu'à son menton.

— Ton adjoint a contacté ton ex-femme. J'ai rajouté un sédatif à l'antidouleur. Les émotions fortes, ça suffit pour aujourd'hui.

— Vous n'avez pas... le droit.

— Toi, tu as celui de vivre à nouveau.

Le médecin se pencha vers lui.

— Tu ne te souviens sans doute pas de notre précédente conversation, quand je t'ai raccompagné à ton hôtel. Ça ne fait rien mais sache une chose importante. Tu es ressuscité du monde des ténèbres. Je t'avais perdu, ma science avait été incapable de te sauver et voilà que tu reviens à la lumière. Alors, savoure ce miracle.

Antoine sentit sa volonté le quitter.

— J'ai fait des rêves bizarres. Enfin, ça avait l'air tellement réel.

— Quel genre ?

— Je me suis vu hors de mon corps pendant que vous m'opériez.

— Classique, j'ai déjà entendu ce genre de témoignages.

— Ça n'est pas tout. Je me suis senti aspiré vers le haut et je me suis retrouvé dans une sorte de clairière avec une femme. J'étais tellement bien avec elle.

— Bien sûr, elle était à poil et te taillait une pipe céleste, gloussa le médecin.

— Non, tout était si beau et puis il y a eu la chute... je...

— Rassure-toi, tu trouveras d'autres femmes ici-bas, mon cher Antoine. Si tu veux, je t'en présenterai.

Antoine n'entendait plus les paroles de Labiana, le sommeil l'avait englouti.

43

*1365 av. J.-C.
Cité royale d'Akhetaton
Poste de garde sud*

Enchaîné à un anneau rouillé, Sequena gémissait de peur, l'œil rivé sur le carré de lumière qui trouait encore l'obscurité du cachot. Une phrase vibrait sans cesse dans sa tête.

— Tu finiras par avouer même ce que tu ignores, avait lâché le bourreau.

De nouveau, Sequena se mit à trembler. La peur, la peur sans nom déferlait dans ses membres. Si la chaîne n'avait pas été si courte, il se serait jeté contre la pierre du mur pour en finir. La lumière, qui venait d'un boyau étroit, au ras du sol, commença de faiblir. Bientôt la nuit entière envahirait le cachot. La nuit et ses monstres.

Le bourreau venait du Hatti, une région lointaine, par-delà le fleuve Oronte. Une zone instable disputée entre plusieurs puissances et où, depuis des siècles, les pharaons jouaient le rôle d'arbitre. Les princes du Hatti, à cause de leurs turbulents voisins, étaient devenus des diplomates consommés. Nul ne savait mieux qu'eux mener une négociation délicate, ni garantir les frontières par des traités à l'ambiguïté proverbiale. Ils savaient aussi entretenir l'amitié intéressée de leurs voisins par des cadeaux dont la renommée égalait l'originalité.

Ainsi, pour son couronnement, le futur Akhenaton avait reçu, de la part du royaume d'Hatti, un seul cadeau : un homme aux cheveux tressés et aux mains manucurées. Un bourreau.

Les officiels égyptiens s'étaient longtemps interrogés sur le sens à donner à pareil cadeau. Certains soupçonnaient un message latent. Conseillait-on au nouveau pharaon de faire preuve de fermeté dans sa politique ou, au contraire, rendait-on hommage à son autorité naturelle ? La question était restée en suspens jusqu'à ce que le bourreau se mette à l'œuvre. Au vu des résultats, tout doute fut enfin levé. Ce n'était pas un simple bourreau que le royaume du Hatti avait envoyé en cadeau, mais un artiste. Un véritable artiste de la torture.

Personne ne s'était jamais préoccupé de connaître son nom et on l'appelait Hatti, comme sa région natale. D'ailleurs il parlait peu et se consacrait exclusivement à son travail dans lequel il se surpassait.

À la stupéfaction des Égyptiens, chaque prisonnier qui passait dans les mains de Hatti ressortait intact. Aucune blessure apparente, aucune trace de coup, pas le moindre hématome. En revanche, il avait tout avoué. Ce qu'il savait, ce qu'il ne savait pas et tout ce qu'on voulait qu'il sache. Jamais des aveux n'étaient aussi précis et jamais un condamné ne mettait autant de conviction à les confirmer à qui voulait. Plus stupéfiant, ils réclamaient tous la mort immédiate comme châtiment. Tout plutôt que de retourner entre les mains délicates de Hatti.

Sequena venait d'en faire l'expérience. Après son arrestation, il s'était réveillé, couché sur une dalle de pierre. Il ne se souvenait de rien et encore moins du visage de cet homme qui examinait ses pupilles. Il fit jouer discrètement ses muscles et s'aperçut que ni ses poignets ni ses chevilles n'étaient entravés.

L'homme qui l'observait portait des cheveux tressés. Il était de petite taille et avait l'air perdu dans ses pensées. Si Sequena s'y prenait vite, il pouvait le neutraliser en un tour de main.

— N'y songe même pas, prononça lentement l'homme en lui tournant le dos. Tu as un goût amer dans la bouche, non ?

Décontenancé, le prêtre fit tourner sa langue dans sa bouche. Une sensation acide hérissa ses papilles. D'un coup, la mémoire lui revint. Quand les gardes l'avaient conduit ici, on l'avait fait boire...

— Maudit, tu m'as empoisonné !
— Pourtant tu es toujours vivant !

Sequena resta muet. Il n'y comprenait plus rien. Qu'avait-il bu ? Un élixir de vérité ?

— J'ai parlé ?

Le bourreau saisit une fine lame de bronze striée et commença de limer l'ongle de son pouce droit.

— Tu n'as rien avoué, mais tu vas le faire.

L'œil noir, Sequena se rengorgea.

— L'homme qui me fera parler n'est pas encore né et ce ne sera pas un efféminé dans ton genre.

— Chacun de nous a ses obsessions. Toi, tu connais la tienne ?

— La tienne, elle, est facile à deviner !

— Tu n'as rien avoué, mais tu as beaucoup parlé, continua Hatti sans s'émouvoir.

— Et j'ai dit quoi ? s'inquiéta subitement le prêtre.

Le bourreau se leva et examina avec attention ses ongles à l'arrondi impeccable.

— Tu m'as dit de quoi tu avais le plus peur.

Le carré de lumière s'amenuisait. Sequena frappa du pied contre la porte de la cellule. Il voulait parler, avouer. Il n'avait pas tout dit... Mais sa confession avait déjà provoqué ses effets et plusieurs cohortes allaient se diriger vers le massif de Nadara. Bientôt, il ne resterait rien du Macédonien et de sa bande. Rien que des cadavres.

Dans l'étroit boyau qui reliait le cachot à l'extérieur, la lumière venait de disparaître, remplacée par un grattement qui s'intensifiait entre les pierres.

Un premier rat venait de surgir.

44

1365 av. J.-C.
Cité d'Akhetaton
Palais royal

Aleiah connaissait presque tous les secrets du palais. Les couloirs obscurs, les chambres oubliées, jusqu'aux escaliers dérobés qui desservaient des étages déserts. Pharaon aimait vivre au milieu de ce dédale, il s'y sentait protégé. Peu importe si les serviteurs se perdaient, si les courtisans se tenaient à l'écart. Lui se sentait au centre d'une carapace multiple où nul ennemi ne pouvait l'atteindre. Parmi les proches de Pharaon, Aleiah était une des rares que ce dispositif n'inquiétait pas. Au contraire, ces coursives sans fin, ces pièces sans nombre la ramenaient au pays des Vents. Dissimulée au centre d'un massif rocheux, la vallée où elle avait grandi avait su se protéger des invasions, en gardant le secret sur son chemin d'accès. Nombreuses avaient été les bandes de pillards, les tribus hostiles qui avaient tenté de trouver un passage à travers gorges et défilés. Toutes s'y étaient perdues. Il fallait être un natif pour connaître la voie secrète qui menait à la vallée cachée. À l'entrée de l'adolescence, chaque garçon et chaque fille de la vallée étaient initiés aux secrets du chemin. Une révélation exceptionnelle, c'était sans doute la raison pour laquelle la jeune affranchie faisait toujours le même rêve.

Pharaon avait interdit qu'on ouvre les fenêtres de la chambre. Dehors, les espions, malgré les précautions d'Eremeth, étaient légion : sbires des prêtres, agents des royaumes voisins et jusqu'aux serviteurs des membres de la famille royale. Tous spéculaient sur une mort d'Akhenaton après sa rechute. Tous l'espéraient pour atteindre au pouvoir ou développer leur influence. Or, ouvrir les fenêtres de la chambre royale signifiait la résurrection éclatante d'Akhenaton. Mieux valait que l'incertitude demeure encore sur son état. Et puis ce que Pharaon avait à révéler à Eupalinos devait rester secret à jamais.

Le Grec avait cessé de pleurer. Pour la première fois, depuis longtemps, son âme avait parlé. Il en avait senti le battement d'aile intérieur. Et la puissance d'émotion que ce simple mouvement avait déclenchée l'avait touché jusqu'aux larmes. Longtemps, il avait cherché un homme, un seul, capable d'apporter la parole qui apaiserait sa soif intérieure. Il le comprenait enfin aujourd'hui. Sa vie, depuis qu'il avait quitté sa patrie, n'avait été qu'une longue errance, et il avait vieilli à chercher une vérité qui s'était toujours dérobée. Et voilà qu'elle se tenait peut-être devant lui.

La voix de Pharaon coulait, limpide.

— Deux fois, j'ai fait le chemin sans retour. Deux fois, j'ai traversé le fleuve de l'éternel oubli. Jamais, avant moi, un homme n'avait franchi les portes du royaume d'En Bas. Et ce que j'ai vu...

Eupalinos frissonna.

— ...ne correspond en rien à ce que les prêtres m'ont expliqué. En rien.

Aleiah était montée sur la terrasse du palais. La vue panoramique allait des falaises étincelantes de lumière jusqu'au Nil encore dans la brume. Dans les rues, les scribes, leur écritoire en bandoulière, se regroupaient devant les administrations. Plus bas, les prêtres pénétraient dans le temple d'Aton. Dans quelques instants, le cœur du royaume des royaumes allait commencer à battre et à imprimer sa mesure au monde. Indifférente à cette agitation, Aleiah s'était réfugiée sous un sycomore. Toute la terrasse avait été aménagée en jardin. L'illusion était parfaite. Jusqu'au puits, située à la croisée des allées et d'où montait un murmure cristallin. Intriguée, la jeune femme s'approcha.

C'était maintenant un bruit de paroles. Stupéfaite, Aleiah reconnut la voix de Pharaon. Cette voix, lointaine, devenue la sienne depuis qu'il était revenu d'au-delà les portes de la mort. Elle se pencha discrètement sur la grille, un souffle d'air frais lui caressa le visage. Elle comprit. Le puits n'était qu'un élément de décor, en fait il servait de bouche d'aération et donnait directement sur la chambre du roi. Elle se colla contre le mur de pierre et tendit l'oreille.

Oasis de Nadara

Eremeth avait ordonné une opération exemplaire. L'attaque de Nadara devait frapper les esprits. Face à la contestation du clergé et à l'agitation des notables, l'autorité de Pharaon allait apparaître dans toute sa puissance, terrible et sans pitié. Une opération d'intimidation autant que de répression. Et pour être sûr de son effet, surtout auprès du peuple, le chef des gardes avait recommandé que Hatti, le bourreau, ait la haute main sur toutes les exécutions.

Une garantie d'efficacité.

Les soldats étaient arrivés à l'aube. Aussitôt, ils avaient encerclé l'oasis. Une première cohorte était restée en position tandis que par petits groupes, les gardes investissaient la ville. Les premiers surpris furent les habitants en train d'irriguer les jardins. Ils travaillaient toujours de nuit pour éviter l'évaporation de l'eau par la chaleur. C'était le plus souvent des esclaves qu'une infirmité avait diminués et qui finissaient leur vie, accroupis dans la nuit, à récurer des rigoles à la main. Convaincus qu'un raid de nomades allait avoir lieu, ils tentèrent de prendre la fuite. Leur fin fut hâtive. Hatti ne s'en occupa pas. Sa charge de bourreau officiel l'empêchait de torturer des êtres aussi vils que des esclaves.

Une fois les jardins investis, les soldats s'attaquèrent aux habitations. Chaque maison fut fouillée, mais aucune famille ne fut inquiétée. Les maisons de passe, elles, eurent droit à un tout autre traitement. Elles furent minutieusement pillées, les prostituées violentées et chaque homme découvert sur place interrogé avec soin. Sollicité, Hatti ne condescendit pas plus à s'occuper de ce menu fretin, mais accepta cependant de prodiguer quelques conseils techniques.

Ainsi, pour ne pas perdre de temps avec de possibles récalcitrants, on tortura d'abord deux prisonniers en public. Le spectacle, éclairé aux flambeaux, fut une réussite. Les renseignements sur la bande du Macédonien furent instantanés et précis. Une collaboration fructueuse qui s'acheva, sur l'avis autorisé de Hatti, par une crucifixion systématique.

Aussitôt les palmiers décorés de chair hurlante, les cohortes se mirent en marche. Direction le massif de Nadara.

45

De nos jours
Résidence Héliopolis
Forcalquier

Le pigeon s'approcha du pneu noir du fauteuil roulant et le regarda de côté. Il vit qu'il n'avait rien à craindre et planta son bec dans la croûte de pain, ultime reste du sandwich qu'Antoine venait d'avaler. Le soleil était au plus haut, l'ombre portée de la résidence tombait presque à la verticale. Marcas sentit les rayons lui chauffer le visage, une onde de plaisir parcourut son corps. C'était bien sa seule satisfaction.

Cela faisait deux jours qu'on l'avait transféré dans cet établissement de repos et il déprimait à vue d'œil. Pire, on l'avait coincé dans un fauteuil, comme un vieux, avec interdiction de se lever brutalement ou de marcher sur plus d'une dizaine de mètres. Les tests à l'effort avaient révélé des défaillances suspectes de la pression artérielle. Il ne pouvait pas rester debout plus de trente secondes, le sang n'affluait plus correctement au cerveau, séquelle du coma. Avec deux séances de kiné par jour et un peu de chance, il pourrait abandonner le fauteuil d'ici une semaine.

La veille au soir, au moment du repas dans la grande salle commune, il s'était rendu compte qu'il était le benjamin de la résidence. La moyenne d'âge devait tourner autour de quatre-vingts ans. L'établissement de repos s'était transformé en maison de retraite à peine améliorée à cause d'une alerte à la canicule.

Il donna un coup de pied au pigeon. Le volatile l'évita et s'envola vers la cime d'un chêne centenaire.

Marcas regarda autour de lui. Un parc arboré, de grandes allées ornées de massifs fleuris, une pelouse ondoyante d'un vert magnifique, la blancheur éclatante du bâtiment de la résidence, une vision de paix et d'harmonie qui le faisait gerber.

Il détestait cet endroit.

La présence de ces vieillards déprimait Marcas. Le personnel l'avait déjà catalogué dans la catégorie des emmerdeurs patentés. Il rongeait son frein et passait le plus clair de son temps à ruminer des pensées géronticides. On lui avait même enlevé son portable pour éviter toute source de tension. Seul avantage, il avait retrouvé progressivement la mémoire des événements passés, jusque dans le moindre détail.

Mais les visions le taraudaient et revenaient sans cesse. Le visage de la jeune femme de la clairière restait gravé dans son esprit. Il n'arrivait pas à s'en défaire. Ses yeux, son expression d'une tristesse infinie quand il s'était évanoui. Et ses dernières paroles.

Ils m'ont tuée.

Antoine se massa la nuque, il fallait qu'il chasse le souvenir de cette femme.

Il aperçut une silhouette qui se découpait au bout de l'allée. Un homme venait vers lui en levant son bras droit. Antoine mit sa main sur son front pour se protéger du soleil. Il reconnut Tassard.

— C'est pas trop tôt, cria-t-il d'une voix enjouée.

Son adjoint arriva en face de lui. Il hésita un instant et lui tendit la main. Marcas la serra avec effusion.

— Bonjour patron, c'est sympa de... vous voir.

— Tu peux rajouter en vie.

— Euh oui... Votre maison de repos est magnifique.

— T'as pas mieux comme remarque ? Viens à côté de papy et fais-lui la causette. Ça fait du bien de voir un moins de quatre-vingts ans dans les parages.

Tassard s'assit sur le banc. Il regardait Antoine, les yeux grands ouverts, sans rien dire.

— T'as perdu ta langue ? demanda Marcas, décontenancé.

— Non mais c'est bizarre. La dernière fois que je vous ai vu, vous étiez intubé sur un lit d'hosto et celle d'avant c'était dans un sac plastique à l'état de cadavre. Raide et blanc comme un linge. Et là, vous me parlez comme si de rien n'était.

Marcas lui donna une bourrade sur l'épaule.

— Je suis en vie, point final. Et arrête de me regarder comme si j'étais Lazare ressuscité d'entre les morts.

— D'accord, mais ça fait quelque chose quand même. Tous les collègues vous saluent, même le commandant Bariani qui peut pas vous encadrer.

— Qu'il aille se faire foutre, ce connard. Fais-moi un topo sur l'enquête.

— Laquelle ?

— Comment ça, laquelle ? La fondation Memphis, Fléhaut, la femme embaumée…

— C'est un peu compliqué, vous êtes sûr de vouloir tout entendre dans votre état ? Le docteur m'a ordonné de vous laisser vous reposer.

— Je me fous du médecin. Raconte.

Tassard prit un air embarrassé et jeta un œil en direction du jardin.

— Bon. Fléhaut est interné dans un établissement spécialisé à Villejuif. Après son opération, il a piqué crises délirantes sur crises délirantes. Il s'est même entaillé les veines. Du coup, il est sous surveillance.

— Il simulerait pas ?

— Non. Le type a vraiment l'air atteint. Quand il vous a tiré dessus, c'était déjà assez gratiné, il hurlait des trucs pas très cohérents.

Agacé, Marcas croisa les bras.

— Et son domestique, Elephant Man au barbecue ?

— Triskell… Il a été libéré et placé sous surveillance. Il n'a rien dit. Aucune charge ne pèse contre lui.

Une onde fulgurante de douleur traversa les tempes de Marcas de part en part. Son visage se crispa. Tassard se rapprocha de lui.

— Ça va, patron ?

— C'est rien, une sorte de migraine, assez désagréable. Si je comprends bien, personne ne parle, mais il reste l'héritière. Le juge l'a convoquée ?

— Oui. Elle a été interrogée, s'est pris deux jours de garde à vue mais elle semble étrangère au trafic. Elle ne mettait quasiment jamais les pieds à la fondation, elle vit à Boston, les collègues ont vérifié ses déplacements. Elle se contente de siéger une fois par an au conseil de surveillance de la fondation et d'approuver les comptes. Elle est quand même obligée de rester en France pour les besoins de l'enquête, jusqu'à ce qu'on y voie plus clair.

— Et la momie ?

Tassard sortit de la poche de sa veste la photographie du cadavre imprimée sur du papier A4, et la tendit à Marcas.

— Embaumée des pieds à la tête. Les yeux ont été remplacés par des billes de verre.

Antoine détaillait le visage en silence. La dernière fois qu'il l'avait vu, c'était quand Fléhaut avait tiré sur lui. Il connaissait ce visage mais n'arrivait pas à l'identifier. Tassard continuait.

— En revanche, lors de l'autopsie, on s'est aperçu que tout son corps avait été...

— Quoi ?

— ...sculpté. Sans doute avec un scalpel. Tout le corps est gravé. À cause de l'embaumement, on n'a pas pu déterminer si ça avait été fait *post mortem* ou pas.

Antoine n'y comprenait plus rien.

— On connaît son identité ?

— Rien. On a pris ses empreintes digitales, on a photographié puis scanné son visage afin de le croiser avec nos bases de données sur les personnes disparues. Tout est négatif. Je ne vous cache pas que le juge et le procureur se seraient bien passés de cette découverte.

Marcas se leva de sa chaise roulante, il ne tenait pas en place. Pourtant, il ne devait pas rester debout plus de trente secondes.

— Il faut faire parler Fléhaut et le gardien.

Tassard se leva à son tour.

— Je peux vous poser une question, commissaire ?
— Vas-y.
— Pourquoi vous prenez tout ça à cœur ? Je veux dire, vous vous en êtes sorti miraculeusement, d'autres se chargent de l'enquête et le service vous a mis en congé de maladie pendant au moins un mois.

Marcas shoota dans un bout de branche qui traînait sur l'allée.

— J'ai envie de savoir. Et puis je ne veux pas rester dans ce mouroir. Il faut que tu me fasses sortir de là. Je…

Il se sentit vaciller. Sa vue se voila. Un vertige brutal s'empara de lui.

Son adjoint se précipita.

— C'est pas une très bonne idée. Le toubib a été clair. Repos absolu et zéro stress pendant au moins quinze jours. On va rentrer. Le soleil commence à cogner.

Antoine se laissa faire et s'affaissa dans le fauteuil roulant. C'était la troisième fois dans la journée qu'il se tapait le même vertige. Tassard prit les poignées et poussa le fauteuil sur l'allée cimentée.

Un infirmier, tout sourire, vint à leur rencontre.

— Le docteur Naud vous attend, monsieur Marcas. Il ne faut pas rater sa première séance.

Antoine tourna la tête vers son adjoint.

— Tu vois, j'ai rendez-vous avec un psy. Sors-moi de là, je vais devenir dingue.

L'adjoint lança un clin d'œil à l'infirmier.

— Je laisse grand-père. Faites attention à lui, il est parfois incontinent.

— Abruti, répondit Antoine. Tu repasses quand ?

— J'ai fait juste un aller-retour, je rentre tout à l'heure à Paris.

Une mamie en robe de chambre rose poussait un déambulateur. Elle passa devant eux et adressa un sourire à Marcas. Tassard était mort de rire.

— Portez-vous bien, commissaire, et surtout, pas de folie de votre corps avec toutes ces bombes dans le secteur. C'est chaud, ici. Vous allez faire des ravages.

Antoine fronça les sourcils.

— Regarde où j'en suis. Ils sont tous à moitié séniles. Hier soir, je dînais à ma table et deux vieux se sont assis en face de moi sans rien dire. Comme s'ils étaient au spectacle.

— Pour une fois que vous êtes populaire, profitez-en. Je vous appelle demain.

Tassard serra la main de son supérieur et s'éloigna. Antoine fit rouler son fauteuil à l'intérieur du bâtiment. Il zigzagua entre les piliers du hall et stoppa devant la réception.

— J'ai rendez-vous avec le docteur Naud. Où se trouve son cabinet ?

La réceptionniste, une Antillaise à la mine sévère, hocha la tête.

— Un aide-soignant va vous accompagner.

— Je peux le faire tout seul, indiquez-moi le chemin.

— C'est le règlement, monsieur Marcas.

Elle fit signe à un homme qui fumait une cigarette derrière la porte de sortie vers le parc. L'homme jeta son mégot et arriva, sans se presser. La réceptionniste l'apostropha sèchement.

— Emmenez ce monsieur en consultation chez le docteur Naud.

— Entendu. Ferrari en pole position, go !

L'aide-soignant imprima une forte poussée au fauteuil. Marcas se laissa faire. En quelques secondes, ils furent face à l'ascenseur.

— Merci pour la course, Schumacher. Ils sont pas un peu spéciaux, vos pensionnaires ?

— Pourquoi ? répondit l'homme en appuyant sur le bouton d'appel.

— Ils me regardent comme si j'étais un extra-terrestre.

L'aide-soignant s'esclaffa.

— Vous seriez pas un peu parano ? Les vieux sont toujours des emmerdeurs.

Marcas sentit un frisson parcourir son corps.

— C'est la clim à fond, nos pensionnaires vont finir par se transformer en cornets de glace. Comme ça, ce sera plus facile pour les envoyer à la morgue, gloussa le type. La direction ne veut pas de morts à cause de la chaleur, ça la foutrait mal pour l'image de marque, du coup c'est ambiance Groenland.

— Moi, je préfère crever de chaud, je vais m'attraper une pneumonie.

La porte en aluminium s'ouvrit, laissant s'échapper un groupe de cinq octogénaires qui faillirent les bousculer. L'infirmier poussa Marcas dans la cabine.

— Prenez exemple sur eux, regardez cette pêche !

— Sûr. Je vais me faire plein de potes ici.

L'homme en blouse grise secoua la tête d'un air navré. L'ascenseur arriva au troisième étage. Il poussa le fauteuil le long d'un couloir garni de gravures et peintures du XVIIIe et gara Marcas à côté d'une rangée de trois chaises qui jouxtaient une lourde porte en bois patiné. Une petite plaque dorée indiquait :

Dr Pierre Naud, psychiatre.

Un vieillard en chemise et pantalon clairs était assis sur l'une des chaises, il regardait fixement un tableau sur le mur, en face de lui. Sa peau parcheminée était striée de crevasses, son crâne chauve couvert de plaques d'eczéma. Il marmonnait dans le vide. L'aide-soignant plaisanta, comme s'il s'adressait à un enfant.

— Alors, monsieur Scalèse. Vous allez bien aujourd'hui ? Ça s'est bien passé avec le docteur ? Je vais vous aider à rentrer dans votre chambre.

Le vieux fixait la peinture qui représentait une scène de combat entre deux trois-mâts sur une mer déchaînée.

— La soupe d'hier soir était dégueulasse. Je l'ai dit au docteur.

L'infirmier échangea un regard entendu avec Marcas.

— C'est le capitaine de vaisseau Scalèse. Un ancien de la marine. Un Alzheimer léger. L'un de nos plus anciens pensionnaires. Je vous laisse un instant, je vais chercher la fiche du patient chez le docteur.

L'infirmier frappa à la porte, puis entra.

— Y a pas de risque que je m'enfuie en fauteuil roulant ! cria Marcas.

Antoine se retrouva seul avec le vieux. Il le détailla de bas en haut et songea que lui aussi serait un jour dans cet état. Peut-être que son fils viendrait le voir et lui parlerait comme à un gamin demeuré. Avec sa retraite de commissaire, il n'était même pas certain d'être logé dans une maison de retraite du Sud. Putain, ça le déprimait encore plus. Il voulait rentrer dans son appart, voir ses potes, boire du bon vin et se faire une toile.

— Cette canaille de Nelson aurait dû écouter l'avertissement.

Le commissaire tourna la tête vers le vieux.

— Quoi ?

— L'amiral Nelson n'aurait jamais dû livrer sa bataille au large de Cadix, l'antique Gades, l'abîme des enfers. Le jour de sa plus grande victoire aura été celui de sa mort. On l'avait prévenu pourtant. Mais les gens n'écoutent jamais. Surtout les Anglais.

Antoine plissa les lèvres, en plus il allait se taper les délires d'un marin démâté.

— Si vous le dites, répondit-il poliment.

Le vieillard tourna la tête vers lui et le regarda avec dureté. Sa bouche se crispait en permanence comme s'il mâchait quelque chose. Il pointa le doigt en direction du tableau.

— Ce tableau représente la catastrophe de Trafalgar. La plus grande défaite de tous les temps pour la marine française. Ils ont accroché cette croûte exprès pour que je la voie tous les jours.

— Je comprends. Ça doit être humiliant pour un ancien marin.

— Mais pas du tout. Regardez. Le vaisseau *Le Redoutable* commandé par Lucas canonne le *Victory* de Nelson. Si vous observez les détails, vous verrez une silhouette sur le pont avec un chapeau à plume en train de s'effondrer. C'est ce fils de pute d'amiral anglais. Ce tableau me met en joie, je ne me lasse pas de le contempler. Et Trafalgar, c'est quoi, hein ?

Le débit de sa voix s'accéléra. Il éructait.

— C'est à côté de Gibraltar et de Cadix, le point de rencontre entre l'Atlantique et la Méditerranée, fondé par Hercule. Une voyante avait prévenu Nelson, Hercule sera votre perte. Il n'a pas écouté. Tous les Anglais sont des cons. D'ailleurs, ils nous ont fait foirer la campagne de Suez.

Antoine, les mains sur les roues, éloigna le fauteuil d'une quinzaine de centimètres. Il fallait battre en retraite face à Captain Igloo. Il n'était pas d'humeur.

Le vieux lui posa la main sur le poignet, tout en continuant à regarder le plafond.

— J'ai fait le voyage.

Marcas tourna la tête.

— Pardon ?

Le vieux dodelinait la tête de gauche à droite et lui tapotait le poignet.

— *Les Ténèbres*. Vous aussi, vous les avez vues ? Hein.

Marcas dégagea son avant-bras, le vieux lui avait laissé une trace moite sur la peau. Il n'avait qu'une envie c'est de rentrer au plus vite dans sa chambre.

— C'est ça, répondit-il avec lassitude.

Le vieux éclata d'un rire saccadé. Ses yeux virèrent à l'orage.

— *Ils* veulent que vous les rejoigniez. *Ils* sont en colère. Vous êtes comme Nelson, vous ne savez pas écouter.

Sa bouche s'ouvrait et se refermait avec un bruit de succion malsaine.

— Ça suffit les conneries, *Hissez haut ! Santiano* et bon vent, s'exclama Marcas en poussant vigoureusement son fauteuil.

Le vieux glapit :

— Moi aussi, je l'ai vue, la femme. Celle qu'ils ont assassinée.

46

*1365 av. J.-C.
Cité d'Akhetaton
Palais royal*

Sur la terrasse, face au Nil, le jardin reprenait vie. Dans les arbres, des oiseaux invisibles fêtaient l'aurore. Aleiah entendait distinctement désormais. Dans la chambre royale, Akhenaton se livrait à un monologue fiévreux. Un faucon cria dans le ciel. L'affranchie se tassa contre la margelle du puits. Elle aurait dû fuir. Si un garde ou un serviteur la voyait, elle finirait dans les mains du bourreau. Mais la curiosité la tenaillait.

La voix de Pharaon monta, directe et rapide :

— Je le sais désormais, ce que j'ai tenté sera sans lendemain. Croire en un dieu unique est impossible pour les hommes de notre temps. Je suis venu trop tôt.

— Seigneur, ce temps viendra, j'en suis sûr.

— Les hommes aiment trop leur propre peur, la liberté les effraie. Ils craignent tellement la mort...

— Qui n'en a pas peur, Seigneur ?

— Moi.

Aleiah avait sursauté en entendant Eupalinos intervenir. Elle craignait toujours que sa complicité avec Pharaon ne se termine mal. Le Grec ne semblait pas avoir conscience de l'état véritable d'Akhenaton. Bien au contraire, il semblait de plus en plus envoûté par son étrangeté.

— Tu me crois fou, n'est-ce pas ? Comme mes médecins ? Certains, je le sais par Eremeth, pensent que « mes absences », comme ils disent, ont entamé ma raison. Que je ne suis plus qu'une ombre de Pharaon, que mon *Ka*, mon énergie vitale, est resté dans le royaume d'Anubis.

— Non, Seigneur, vous êtes sain d'esprit, mais ce que vous prétendez est un objet de scandale pour le plus grand nombre.

La voix de Pharaon baissa d'un ton.

— Les hommes sont des esclaves de leur propre imagination, ils ont eux-mêmes enfanté les dieux qu'ils prient en tremblant. Si un dieu existe, il est à l'image de l'homme. Du meilleur de l'homme.

— Seigneur…

— Crois-moi, Eupalinos, la religion n'existe que pour maintenir les hommes dans l'ignorance de la vérité.

Le puits devint silencieux. Aleiah imaginait le visage de son amant. Elle voyait le désir monter dans son regard. Le désir de savoir.

— Et cette vérité, Seigneur, quelle est-elle ?

Fascinée, Aleiah se pencha sur la grille du puits.

— La mort n'existe pas.

Massif de Nadara

Les sentinelles avaient été capturées en premier. Au total, une douzaine d'hommes postés, par groupes de deux, aux entrées du massif. La plupart se montraient méprisants et insolents. Durant des années, ils avaient vécu en marge de la société.

Pour eux, rien n'existait que leur propre liberté, sans entrave ni limites.

En attendant l'assaut, Hatti décida de donner une leçon de pédagogie. Parmi les captifs, il fit sortir le plus jeune. Celui-là aurait la vie sauve et servirait de témoin. Beaucoup de soldats avaient encore dans l'oreille le hurlement des hommes crucifiés dans l'oasis. Ils regardaient le bourreau avec fascination.

D'abord, on fit creuser aux prisonniers une fosse. Le travail fut assez long. Sitôt la première couche de sable enlevée, il fallut travailler la roche avec des pics. Le trou, au fur et à mesure qu'il prenait forme, ressemblait à la cuve d'un sarcophage. Visiblement, on ne comptait enterrer là qu'une seule personne.

Une fois la tombe creusée, on tira au sort. Parmi les spectateurs, la tension montait. Nul ne comprenait le but de cette mise en scène. Pendant ce temps, Hatti contemplait avec inquiétude l'épiderme de ses mains que les conditions climatiques du désert semblaient avoir altéré.

Celui qui fut désigné se vit contraint de se coucher seul dans la fosse. Pour mieux le convaincre, on le ligota avec des bandes de tissu, avant de lester ses mains et ses chevilles de lourdes pierres. Dans son cercueil de pierre, les yeux fous, la bouche entravée par un bâillon, il ressemblait à une momie parée pour le grand voyage. Autour de la fosse, les soldats s'étaient agglutinés. Le spectacle, désormais, les obsédait. La plupart semblaient gagnés par une étrange excitation.

Un des officiers fit agenouiller un prisonnier juste au-dessus de la fosse. Le silence tomba net. Lentement, Hatti s'approcha du captif. À la main, il tenait un minuscule couteau à la lame effilée dont il se servait pour ôter les peaux mortes à la commissure de ses ongles.

Quand elle pénétra dans la jugulaire, la lame provoqua un flot saccadé. Hatti tenait fermement le prisonnier dont les veines se vidaient dans la tombe. Les gardes n'avaient pas bougé. Les yeux brillants, ils contemplaient la roche nue rougir au soleil levant.

Le bourreau lâcha le corps. Dans la fosse, le niveau de sang s'élevait déjà à la hauteur d'un doigt. Les yeux révulsés, le prisonnier se débattait comme un damné.

Hatti se tourna vers les autres captifs.

Il en restait dix à égorger.

47

De nos jours
Résidence Héliopolis
Forcalquier

Le vieux le regardait fixement. Ses yeux, semblables à des éclats de granit, semblaient plonger au plus profond de son âme. Antoine était stupéfait. Il en avait presque la chair de poule.

— Pourquoi me dites-vous cela ?

— Vous allez refaire le voyage. Je le sais. Je...

La porte s'ouvrit, livrant passage à l'aide-soignant.

— C'est à vous. Le docteur Naud vous attend.

Puis, se tournant vers le vieillard :

— C'est l'heure de la sieste, monsieur Scalèse.

Sans attendre sa réponse, l'aide-soignant poussa Marcas dans le bureau du médecin et referma derrière lui.

La pièce était spacieuse, lumineuse, dépouillée, avec ses murs blanc écru. Une reproduction du buste de Néfertiti était posée sur une table en verre qui servait de bureau. Elle était tournée vers les visiteurs. Derrière la reine égyptienne se tenait un homme d'une cinquantaine d'années aux cheveux blonds frisés qui portait de fines lunettes d'acier. Il affichait un sourire chaleureux.

— Mettez-vous à votre aise, prenez le fauteuil, monsieur Marcas. J'arrive. Je finis de remplir le dossier de votre prédécesseur.

Antoine quitta sa chaise et s'installa dans un gros et confortable fauteuil vert. Le praticien contourna son bureau et s'assit face à lui, sur une chaise damassée.

— Comment allez-vous ?

— Pas trop mal, si ce n'est ça, répondit Antoine en pointant le doigt vers sa chaise roulante vide.

— Il faut être patient. C'est désagréable mais vous êtes en vie. N'est-ce pas le plus important ?

— Je me vois mal finir mes jours dans votre charmante résidence, docteur, je suis un peu trop jeune. Se taper un voyage dans l'au-delà plus une crise de la quarantaine, ça fait beaucoup pour un seul homme.

Le médecin sourit.

— L'humour est un mécanisme de défense puissant.

— De quoi allons-nous parler, docteur ?

— De la mort, commissaire. Racontez-moi ce qui vous est arrivé à l'hôpital. On m'a transmis le rapport de mon confrère de Carpentras. J'aimerais l'entendre de votre bouche.

— Vous allez me prendre pour un fou.

— La folie est un concept subjectif, à géométrie plus que variable. Allez-y. Nous avons tout le temps.

Antoine se carra dans le fauteuil et commença son récit. Les images se bousculaient dans sa tête. Cela dura presque une demi-heure, le médecin l'interrompait de temps à autre pour lui faire préciser certaines descriptions obscures. Particulièrement quand il évoquait les analogies avec son parcours maçonnique. Le temple dans la clairière, le cabinet de réflexion dans la zone de néant. Le docteur Naud prenait des notes d'une écriture rapide. Antoine arriva au bout de son récit avec la sensation d'être vidé. Son mal de tête s'était réveillé.

— Vous avez une aspirine ?

— Bien sûr. Je vais vous en donner. Ces maux de tête sont récurrents ? demanda-t-il en se levant.

— Oui, deux à trois fois par jour. C'est très désagréable.

Le médecin lui tendit un verre d'eau et un comprimé. Marcas avala le tout d'une traite.

— Alors, votre diagnostic ?

Naud s'assit et enleva ses fines lunettes qu'il essuya avec un chiffon doux.

— Il est trop tôt pour en faire un. Vous avez vécu ce que certains de mes confrères appellent une EMI.

— C'est quoi ?

— Expérience de mort imminente. Vous n'en avez jamais entendu parler ?

— Si. Le tunnel, la lumière blanche et le paradis. J'ai dû voir une émission là-dessus ou un film hollywoodien. Ça n'a pas un autre nom ?

— NDE, Near Death Experience. Le cœur ne bat plus et pourtant le cerveau fonctionne encore et disjoncte. Le patient, en situation de mort cérébrale, assiste à des scènes merveilleuses ou cauchemardesques.

— C'est ça. Après mon réveil, dans les premiers temps, je ne savais pas si j'avais fait un cauchemar ou un rêve, mais je me suis souvenu de ces histoires de gens qui avaient vu quelque chose dans l'au-delà. Bon sang, c'était tellement réel.

— L'au-delà est un mot d'ordre mystique ou religieux. Je préfère m'en tenir à des termes plus scientifiques.

Marcas laissa son regard dériver vers la tête de Néfertiti. Ses yeux fixes le transperçaient. Il se sentit mal à l'aise.

— À vous de m'éclairer, docteur.

Le praticien chaussa ses lunettes.

— Soit. Ce que vous avez vu dans, disons votre expérience, a été maintes fois décrit. EMI, NDE, peu importent les termes. Toutes les personnes étaient de bonne foi. On peut écarter la thèse de l'affabulation. Ensuite, une majorité d'entre elles n'étaient pas des pratiquants réguliers d'une religion ni des adeptes de courants parareligieux. Les profils étudiés n'ont pas montré d'épisodes traumatisants dans l'enfance, pas d'accidents de vie marquants ni d'antécédents psychiatriques particuliers. Ce sont des gens ordinaires, comme vous. N'y voyez rien de péjoratif.

— Merci. Il y a donc eu des études sérieuses sur ce sujet ?

— Oui. Les premières recherches médicales ont commencé aux États-Unis à la fin des années 1960. En gros, les chercheurs ont identifié sept phases. La sortie hors du corps, l'aspiration dans un tunnel, la vision de personnes déjà mortes, la rencontre avec un ange ou un guide de lumière qui leur parlait ou non, le déroulé d'événements passés de leur existence, le point de non-retour puis la chute vertigineuse pour revenir à la vie. Sept étapes clés.

Antoine se piqua au jeu.

— Le chiffre sept n'est pas anodin en symbolique maçonnique. Il y a sept piliers qui sont : l'ordre, la loge, l'atelier, le temple, l'initiation, la fraternité et le secret.

— Chacun ses références. Je préfère les sept jours de la semaine ou les *Sept Piliers de la sagesse* du colonel Lawrence, dit Lawrence d'Arabie. Sans oublier les sept merveilles du monde, les sept couleurs de l'arc-en-ciel... Ou les sept péchés capitaux.

— Oublions le sept... Il y a eu d'autres études ?

— Très peu. Il faut savoir que le sujet n'est pas très bien vu dans les cénacles de la psychiatrie. Mais, pour certains chercheurs, le fait que des milliers de gens, de cultures et de pays différents, relatent les mêmes descriptions, ne relève pas de la coïncidence. Il y a même eu une publication dans la prestigieuse revue scientifique *Nature*.

— Vous voudriez dire que la science apporte la preuve de l'immortalité de l'esprit ?

Le médecin devint plus grave. À l'extérieur, le soleil fut caché par un gros nuage et l'ombre envahit la pièce.

— Non. Ce n'est pas parce que les gens éprouvent tous la même chose que cela est réel.

— Je ne comprends pas. Vous m'avez dit que l'on avait démontré la réalité du phénomène. La coïncidence qui fait que des milliers de personnes de par le monde partagent la même hallucination, à des variantes près, est incroyable.

— Non. Je vous ai expliqué que votre expérience était reconnue et commune à de très nombreuses personnes dans le monde. Mais cela n'explique pas les mécanismes sous-jacents à ces visions, qui relèvent de causes toutes rationnelles. Suis-je clair ?

— Non.

— Je vais prendre une analogie simple. Vous regardez un film à la télévision. Prenons *Au-delà de nos rêves*, avec Robin Williams qui se balade au paradis et au purgatoire à la recherche de sa femme. Pendant le film, votre cerveau se met en mode divertissement, comme pour toute œuvre de fiction, et ne se dit pas à chaque seconde : ce que je vois est une illusion pure, jouée par des acteurs. Vous vous laissez embarquer par l'histoire. À la fin du film, votre raison reprend le dessus. C'était un bon ou un mauvais film mais, à aucun moment, vous n'envisagez d'être réellement entré au paradis. Tous les autres téléspectateurs auront, comme vous, vu le même film. Correct ?

— Correct.

— Eh bien, imaginons que le cerveau d'une personne sur le point de mourir se projette un film dans sa conscience avec des passages clés, récurrents, qui relèvent d'une symbolique commune à l'humanité. Ce serait une sorte d'ultime mécanisme biologique de protection. Un Big Bang de neurotransmetteurs qui agiraient comme des hallucinogènes. Un shoot monstrueux. Ces molécules formeraient la pellicule cinématographique sur laquelle seraient tournés des plans séquences tirés du vécu du patient. Voilà une explication beaucoup plus scientifique. Du moins qui m'intéresse davantage qu'un hypothétique au-delà.

— C'est une théorie de votre cru ? répondit Marcas, décontenancé.

— Non. Elle a été élaborée il y a quelques années. Une analyse très séduisante qui assimilerait l'expérience de mort imminente à la naissance. Je m'explique. Au moment de mourir, le cerveau se trouve face à une situation inconnue, il va alors passer en revue toutes les expériences passées dans la vie du patient pour comparer et s'adapter à la nouvelle situation. Il va remonter ainsi jusqu'à la naissance. L'étape fondamentale. La sortie du ventre maternel pour arriver à l'air libre. Il passe par le vagin qui est bien un tunnel de chair. Il arrive à la lumière, aveuglante. Tout autour de lui, le bébé est entouré de gens inconnus mais sa conscience embryonnaire et sa vision ne sont pas encore formées, il sait qu'ils sont autour de lui mais il ne les voit pas. Dans cet univers déroutant, le bébé distingue en premier la personne qui le fait sortir puis la mère. Cette mère protectrice n'est autre qu'une sorte d'ange gardien. Un guide de lumière, à sa façon.

— En clair, toutes les étapes clés décrites. C'est décevant. Je n'aurai donc eu que des hallucinations. J'ai fait, à rebours, un tour de toboggan dans le vagin de ma mère et, d'ailleurs, c'est elle qui m'a accueilli dans la clairière. Elle ne lui ressemblait pas.

Le médecin opina et joignit ses deux mains.

— Des variantes sont possibles.

— Il n'y a pas de vie après la mort...

— Si les personnes étaient réellement mortes, elles ne seraient jamais revenues. Après, chacun est libre de sa pratique religieuse mais il ne faut pas trop en demander à la science.

— Attendez ! Je me souviens d'un truc précis. Quand j'étais dans la salle d'opération, je flottais dans l'air. Je suis passé en dessous de mon lit et là, j'ai vu un numéro de série, gravé sur l'armature métallique. Je l'ai noté après mon réveil. Je me suis même dit que j'allais les jouer au loto. Je voulais aller vérifier dans la salle d'op mais je n'ai pas eu le temps.

Il sortit son portefeuille de sa poche et tira une petite feuille froissée.

4-8-15-16-23-42.

Le médecin prit la feuille. Il fronça les sourcils mais demeura silencieux. Antoine reprit.

— Passez un coup de fil à vos collègues. S'ils trouvent la même série, vous l'avez, votre preuve. Je ne vois pas comment j'aurais pu trouver ces chiffres tout seul. Et je…

Naud leva le doigt pour l'interrompre. Il regarda l'écran de son ordinateur et tapota sur le clavier. Un sourire éclaira son visage.

— C'est drôle, murmura-t-il. C'est bien une série.

— Je ne vois pas ce qu'il y a de drôle, docteur. Je vous demande juste de passer un appel.

— Je ne crois pas que cela soit nécessaire. Avez-vous regardé la télévision avant votre accident ?

— Non. Je n'ai pas le temps.

— Et un DVD de série américaine ?

— Où voulez-vous en venir ?

— Quand vous m'avez parlé de cette série de chiffres, je me suis souvenu de la scène d'une excellente série qui passe à la télévision. Un avion se crashe sur une île. Les survivants tentent de survivre et on découvre leur vie passée dans des flash-back. L'un d'entre eux, un gros type, est persuadé qu'une suite de chiffres qui l'ont fait gagner au loto, porte malheur. Il est interné et personne ne le croit. Ces chiffres reviennent tout au long des épisodes. Vous voyez de quoi je parle ?

Marcas se concentra.

— *Lost*… J'ai offert le coffret à mon fils, l'année dernière. On les regardait sans pouvoir s'arrêter.

— 4-8-15-16-23-42. Ce sont exactement les mêmes chiffres, dit le médecin d'une voix douce.

Il tourna l'écran dans sa direction. Marcas se pencha pour vérifier.

— Bon sang. C'est vrai, on n'a pas arrêté de délirer sur ces chiffres.

— C'est normal. Depuis la naissance, le cerveau enregistre toutes les informations qu'il reçoit. Ce n'est pas étonnant qu'il en régurgite une partie lors de traumatismes importants. Même des données anodines comme ces numéros. Vous auriez pu aussi voir Blanche Neige, les candidats de la Star Ac ou l'épouse du président de la République. Je peux appeler le centre hospitalier de Carpentras mais avouez que mon explication est plus rationnelle.

Antoine était sous le choc. La logique l'emportait. Il tenta une dernière tentative.

— Et en France ? On a fait des recherches ?

— Oui. L'hôpital Jean-Leclaire, à Sarlat dans le Périgord, est pionnier en la matière. Sous la conduite du chef de service anesthésiste, et avec un autre médecin qui a initié des travaux, ils ont mis en place un protocole pour étudier une délocalisation de la conscience au moment de la mort. Mais il ne s'agit en aucun cas de prouver une vie après la mort. Ce sont des scientifiques purs et durs, les protocoles sont calibrés pour être utilisés dans d'autres établissements de l'Hexagone. On en saura plus dans quelques années.

Marcas s'enfonça dans son fauteuil.

— Sarlat… Le bonheur… J'y ai fait un repas entier à la truffe, au Grand Bleu, un restaurant divin... Je préférerais être là-bas à passer du bon temps plutôt qu'être enfermé dans votre résidence, avec tous ces vieux débris. Ça me fout le moral à zéro. Revenir d'entre les morts pour vivre avec ceux qui en sont proches...

Le médecin appuya son menton sur ses doigts joints.

— Justement. Je voudrais que nous en parlions. Cela me semble plus important que votre expérience. Dans certains cas, pas tous, les personnes qui ont fait des EMI développent des troubles du comportement, elles peuvent avoir des hallucinations à répétition. Elles développent des phobies.

— Ça va pour le moment. À part la chaise roulante et mes vertiges.

Le médecin se leva et s'assit sur son bureau. Il paraissait pensif. Néfertiti continuait de fixer Marcas.

— Avant de nous quitter, j'ai une dernière question à vous poser. Vous évoquiez tout à l'heure, dans le récit de votre voyage, des symboles maçonniques. Être franc-maçon signifie avoir été initié ?

— Oui.

— On vous met dans une pièce close devant un crâne, vous rédigez votre testament philosophique avant de passer les épreuves. Vous mourez en tant que profane pour renaître à la vie, maçonnique s'entend, c'est bien ça ?

— Vous êtes bien documenté.

— Vous êtes déjà mort, en quelque sorte. Déduction logique, le profane et l'initié ne sont pas égaux face à la mort, la vraie. N'est-ce pas *élitiste* ?

— Je n'irai pas jusque-là.

— Vous avez sans doute raison. La mort est le concept le plus égalitaire qui soit. On n'a jamais fait mieux jusqu'à présent pour rassembler les hommes. Mais là n'est pas mon propos. Ce n'est pas parce qu'on vous fait passer une épreuve symbolique mimétique que vous êtes prêt à accepter la mort. Pour tout vous dire, je suis assez perplexe sur ce que je lis à propos de l'initiation maçonnique.

— Rassurez-vous, docteur, on ne met pas les gens en danger, lors des initiations. Il s'agit d'une mort symbolique.

— Justement, c'est ça qui m'interroge. Sur le plan psychologique, je suis certain que cela peut laisser des sortes de séquelles. Votre description de votre voyage, sur un autre plan, intègre des éléments maçonniques précis. Le temple dans la clairière, les symboles, le passage dans le néant identifié au cabinet de réflexion, etc. Vous avez intégré votre passé d'expérience maçonnique, bien réel, dans votre délire.

— Et alors ?

— J'ai peur que ça ne recommence dans la vie réelle, puisque tout cela a un sens pour vous. Je vous mets en garde contre des hallucinations qui pourraient survenir. La baisse inexpliquée de votre pression artérielle peut favoriser des épisodes psychotiques. Je vous raccompagne.

— Au moins là-haut, j'étais en meilleur état, maugréa Antoine.

— On ne joue pas avec la mort, monsieur Marcas. Elle n'a aucun sens de l'humour. Bonne journée.

48

1365 av. J.-C.
Massif de Nadara

Derrière Hatti se tenait un serviteur vêtu d'un pagne à la blancheur immaculée malgré la poussière du désert. Sur un geste du bourreau, il lui tendit un pot de terre cuite orné d'un serpent en relief. Hatti l'ouvrit délicatement, plongea un doigt hésitant dans l'onguent puis commença à se masser les mains. Autour de lui, tous les soldats se taisaient. Tel était le charisme du bourreau. Sa désinvolture dans la cruauté envoûtait ces jeunes recrues qui, témoins fascinés des tortures qu'il infligeait, perdaient tout reste d'humanité et mouraient d'envie de se livrer, à leur tour, aux pires turpitudes.

Neuf pillards avaient déjà été immolés. Leurs corps s'entassaient autour de la fosse. Tous avaient été sacrifiés de la même manière, précise et efficace. Dans la tombe, le prisonnier ne se débattait plus. Il se concentrait sur sa respiration. Le flot de sang battait juste sous ses narines.

Maintenu par deux soldats, le plus jeune des pillards regardait la scène, la bouche ouverte sur un cri muet. Hatti, quoique impassible, observait avec intérêt la terreur s'emparer de ce jeune visage. Un véritable artiste devait toujours se préoccuper des réactions de son public. C'était un moyen unique de perfectionner son œuvre.

Il restait un dernier prisonnier. À la base de son cou, sa veine palpitait de peur. Toute dignité l'avait quitté. Pendant que ses compagnons se faisaient égorger, un par un, il avait imploré, supplié. En vain. Il ne lui restait plus que ce regard humide de bête traquée.

Dans la tombe, le prisonnier hurlait à travers son bâillon qui se gorgeait de sang. Hatti jeta un dernier un œil sur l'assistance. Les soldats semblaient en transe. Quant au témoin, son visage était parcouru de tics nerveux. Le bourreau était satisfait, ce visage serait son meilleur garant parmi les populations. La peur allait se répandre plus vite que le vent aride du désert.

Il fit briller la lame au soleil, et d'un geste nonchalant, fendit la veine jugulaire de haut en bas.

Vallée du Nil
Palais royal

Accroupie contre le puits, Aleiah attendait. Eupalinos n'avait pas réagi à l'affirmation stupéfiante de Pharaon : « *La mort n'existe pas.* » Le Grec, en homme de raison, devait peser sa réaction. Un de ces moments où on hésite entre folie et fascination.

Akhenaton reprit.

— Je me rappelle le moment de ma mort. Je les voyais tous affairés autour de ma dépouille.

— Mais, Seigneur, où étiez-vous ?

— Partout et nulle part. Je voyais sans yeux. J'entendais sans oreille. Je comprenais sans esprit...

— Ô roi, je ne sais que dire...

— Cet état n'a pas duré longtemps. Le temps d'apprendre ce qu'étaient vraiment les hommes. De voir des dignitaires ricaner devant ce qu'ils prenaient pour mon cadavre, des courtisans parcourir le palais pour annoncer la bonne nouvelle, jusqu'à certains membres de ma famille qui ne parvenaient plus à cacher leur joie.

— Vos amis véritables vous ont pleuré, Seigneur !

— Et certains ont même tout fait pour me ramener à la vie. Comme toi. Mais crois-moi, quand mon *Ka* a quitté cette chambre, j'étais soulagé et heureux d'abandonner un tel monde d'ambition et d'hypocrisie.

— Et ensuite ? osa Eupalinos.

— Après la mort, le *Ka* se détache du corps de l'homme et commence son ascension. C'est un long voyage, rempli de périls et d'épreuves. Autour de lui, les autres *Ka*, les âmes, sont innombrables. Elles aussi tentent d'atteindre la lumière, mais les démons les menacent...

— Des démons...

Un rire amer sortit de la gorge de Pharaon.

— Notre passé, et celui de nos ancêtres, voilà nos vrais démons.

Eupalinos ne répliqua pas. Sans doute devait-il tenter de comprendre.

— En fait, le *Ka* ne cesse de revoir sa propre vie, de se refléter lui-même. Et la plupart des âmes ne supportent pas cette vision.

— Des âmes peuvent mourir ?

— La plupart disparaissent à jamais.

Aleiah se tourna brusquement. Dans un des arbres, un oiseau venait de s'envoler en poussant un cri perçant. Il montait vers la gauche. Un mauvais signe. Elle se colla à nouveau contre la grille du puits. La voix de Pharaon vibra.

— ...sauf si on leur indique le chemin.

49

De nos jours
Résidence Héliopolis
Forcalquier

Marcas zappa sur les dix chaînes disponibles. Rien ne l'intéressait. Il finit par tomber sur une émission de télé-réalité sur MTV. Ça le poursuivait : après l'hôpital, même la maison de retraite passait en boucle cette série. Sûrement pour réveiller la libido des pensionnaires mâles par l'ambiance palmiers, plage et huile solaire. À Miami, des jeunes filles, Américaines version pouffes ethniquement correctes, une blonde, une Latino, une Black, une Asiate se tortillaient devant un bellâtre bodybuildé. Marcas hallucinait, elles avaient toutes le QI inversement proportionnel à leur tour de poitrine remastérisé. Il monta le son pour écouter la parade de séduction.

Il s'attarda sur les fesses de l'Asiatique, prof d'aérobic de son métier. Elle faisait une démonstration de gymnastique en maillot de bain sur la plage et se contorsionnait dans toutes les positions pour prouver sa souplesse. Antoine se redressa sur son lit et constata avec une satisfaction, teintée de honte, qu'il avait une superbe érection.

C'était la première fois que ça lui arrivait depuis sa sortie du coma. Grâce à la beaufitude télévisée.

Elle est d'équerre, pour reprendre l'expression du vénérable de sa loge.

Merci, MTV.

Au moment où il allait se pencher sur son cas, la porte s'ouvrit lentement.

Scalèse, le vieux marin, entra dans sa chambre. Antoine sursauta.

— Qu'est-ce que vous foutez là ?

L'homme s'avança jusqu'au pied de son lit et s'arrêta pour lui faire face. Les yeux exorbités, il le regardait fixement. Marcas crispa les poings sous le drap, il n'avait pas envie de se taper l'histoire de la marine.

— Monsieur Scalèse, partez. J'ai sommeil.

L'autre ne répondit pas. Ses yeux roulaient dans ses orbites. Antoine prit conscience qu'il était très grand, sa tête touchait presque le bas de l'appareil de télévision suspendu.

— On doit parler.

— Vous avez vu l'heure ?

— Le jour, la nuit. Quelle importance à mon âge. Vous avez réfléchi à ce que je vous ai dit tout à l'heure ?

Antoine répondit au hasard.

— Non.

— C'est bien dommage.

Antoine comprit qu'il ne s'en débarrasserait pas. Il se tourna vers la table de chevet pour appuyer sur le bouton d'urgence. L'infirmier de garde se chargerait de faire sortir le vieux.

— Si Nelson avait écouté les avertissements, il aurait échappé à son destin. Mais il était trop orgueilleux.

— Sûrement, monsieur Scalèse, sûrement.

Sa main n'était plus qu'à quelques centimètres du bouton. Le vieux intercepta son geste et sourit.

— Ne faites pas ça.

Marcas en avait assez. Il était plus costaud et plus vigoureux que le vieux marin.

— Maintenant, ça suffit, dégagez !

— Tu crois ça ?

La porte s'ouvrit brutalement.

Une vieille femme entra dans la chambre suivie d'une autre encore plus vieille. Marcas se figea. Un barbu avec une canne, puis une vieille efflanquée firent irruption à leur tour. Ça n'arrêtait plus. Une horde de vieillards ratatinés envahissait sa chambre. Il en connaissait certains pour les avoir vus dans la salle à manger et dans les couloirs. Antoine était hypnotisé. Ils se massaient autour de son lit, le regardant fixement, sans un mot. Livides, décharnés pour la plupart, on aurait dit qu'ils s'étaient levés de leur lit sans prendre le temps de s'habiller. Les hommes portaient des pantalons de pyjama mal ajustés, les femmes, des nuisettes mal boutonnées qui laissaient apparaître des seins flasques.

Une armée de morts vivants.

Un murmure montait du groupe.

Le vieux marin contourna le lit et s'assit sur le bord ainsi que cinq autres.

L'érection d'Antoine avait disparu mais les dialogues imbéciles de l'émission se superposaient au groupe de vieux.

— *Qu'est-ce que tu aimes chez un mec ?*
— *Ses muscles, surtout ses pectoraux, et sa moto.*

Il voulut se lever mais une dizaine de mains crispées comme des griffes le plaquaient sur son lit. On lui immobilisait les jambes, le ventre, les bras. L'éclairage de la chambre leur donnait l'air de zombies. Tous le dévisageaient. Une femme avait la tête penchée sur son épaule gauche, un filet de bave coulait sur son cou fripé. Il sentit une main remonter le long de sa cuisse. Une autre s'insinuait sous son pyjama, au niveau du ventre. Des chuchotements se mêlaient à des rires étouffés. Scalèse lui pinça les joues. Ses yeux étaient rouges comme si tout son sang remontait dans sa sclérotique. Son haleine exhalait une odeur de médicament sirupeux.

— *Ils* nous ont parlé.
— Vous êtes fous ! hurla Marcas.
— Tu n'aurais pas dû revenir. *Ils* te réclament.
— Putain, je comprends pas…
— La mort, mon ami. La mort est une délivrance, mais nous la refusons tous, sous prétexte

que la vie nous berce de sa cruelle et désespérante illusion.

Antoine sentit la panique le gagner, ces vieux allaient l'achever. Scalèse avait une voix grinçante, comme une scie qui frotte une pierre friable.

— Tu les sens toucher ta chair, tes muscles, ta vigueur... Tous ces biens précieux qu'ils ont perdus à jamais. Ils pourraient te déchiqueter pour absorber ta jeunesse.

Une odeur âcre et écœurante montait dans la chambre. Antoine sentit un liquide chaud couler sur sa cuisse. Il redressa la tête et vit une femme, assise sur lui, en train de se frotter contre sa jambe, un long filet d'urine sortait d'entre ses cuisses. Elle rejetait sa tête en arrière, en ricanant. Elle s'approcha, le scruta comme un insecte malfaisant et le gifla à toute volée. Un autre vieux touchait d'une main l'écran de télévision frénétiquement, à l'endroit où la jeune fille en string ondulait sur un lit rose, et, de l'autre, se masturbait. Son visage se tordait de douleur. Antoine sentit son dos se tremper. Scalèse accentua sa pression sur ses joues.

— Elle m'a parlé à moi aussi, mais il ne faut pas l'écouter. *Ils* me l'ont dit. Il faut l'oublier.

Marcas sentit sa tête tourner, son cœur battait à tout rompre, il était pris au piège, personne ne viendrait à son secours. Ils ruminaient tous entre eux, le murmure s'était transformé en modulation stridente.

Un autre vieux tapait sa tête contre la fenêtre. Du sang coulait de son front et coulait le long de la vitre. Deux couples se serraient les uns contre les autres, l'une des femmes plantait ses ongles dans le dos de l'autre, laissant des traces d'écorchures. Scalèse approcha sa bouche de l'oreille d'Antoine.

— Nous voulons repartir là-bas. Mais *ils* ne le permettent pas. Nous sommes en enfer, Antoine. Tu n'as pas idée des souffrances que nous vivons, prisonniers de ces corps putréfiés.

— Laissez-moi !

— Tu dois mourir. Définitivement.

Antoine vit des mains fripées, des visages parcheminées se rapprocher de lui. La vieille avait baissé son pantalon et agrippait son sexe de ses doigts maigres et difformes. Une autre avançait sa bouche édentée vers ses lèvres. Des ricanements de déments emplirent la chambre.

Cette fois, il était en enfer.

Villejuif,
Centre hospitalier spécialisé Paul-Guiraud

Fléhaut mâchait son poisson pané. Avec ses doigts. Il avait toujours raffolé de ces petits rectangles croustillants mais on n'en servait jamais dans les restaurants. Un adulte ne mange pas de poisson pané. C'est comme jouer aux Lego. Après un certain âge, on passe à autre chose. Mais, désormais, il pouvait faire ce qu'il voulait dans sa nouvelle vie. Les gens étaient très gentils avec lui, même s'il ne comprenait pas pourquoi ils ne l'autorisaient jamais à manger avec des couverts. C'était un peu humiliant. Parfois, il se mettait en colère mais ça n'allait pas plus loin. Sa cellule capitonnée était plutôt confortable même s'il n'y avait pas beaucoup de distractions.

Des hommes étaient venus l'interroger. Les crétins. Il avait bien vu dans leur regard qu'ils le prenaient pour un fou. Il leur avait décrit les beautés sublimes du royaume de la vraie lumière, celle des ténèbres, mais ils n'écoutaient pas. Ils étaient obsédés par des vols d'antiquités. Il n'avait pas de temps à perdre avec ces gens, indignes de comprendre. Le temps travaillait pour lui.

Il attendait que la Reine de la nuit vienne le chercher. Il l'avait attendue dans le bloc opératoire, à l'hôpital, après l'arrivée des flics. Il s'était vu assis, à côté de la table d'opération, assistant à l'intervention d'extraction des balles dans son corps. Et puis il avait aussi contemplé l'homme qu'il avait assassiné, l'agresseur de la reine. Il l'avait envié, il partait là-haut. Tandis que lui avait dû réintégrer son enveloppe charnelle.

Elle était en retard. Elle avait promis de l'emmener avec elle. Les intrus n'avaient pas réussi à la détruire, il l'avait défendue. C'était sa mission de protéger la Reine de la nuit. Comme les autres gardiens avant lui, il se sentait seul. Mais là-haut, on l'attendait. Pour le conduire au royaume de la lumière. La vraie.

Lux tenebrae.

Lux tenebrae.

Les mots résonnaient dans sa tête comme une douce et envoûtante musique.

C'était son passage vers l'autre monde. Le reste n'avait aucune importance.

Il mastiqua l'ultime morceau de panure et avala l'eau citronnée. La porte s'ouvrit. Il ne leva pas la tête, c'étaient les hommes habillés en blanc qui venaient récupérer son plateau. Il n'avait pas de temps à perdre avec les serviteurs. Des chaussures noires cirées apparurent dans son champ de vision. Une voix jaillit.

— La paix soit sur toi, mon ami.

Il reconnut l'intonation chantante tout de suite. Il leva les yeux et reconnut le visage familier. C'était lui. Le Gardien. Il était vêtu de noir, et portait autour du cou une belle écharpe en velours moiré. Fléhaut exultait.

— Toi ! Enfin ! Tu es venu !

— Oui, mon ami. Comment vas-tu ? Tu nous as beaucoup manqué. Est-ce qu'ils te traitent bien ?

La voix était douce, amicale, chaleureuse. Antoine de Fléhaut était submergé par une émotion incontrôlable. Il pleura à chaudes larmes. La délivrance était proche, il allait quitter à jamais cet endroit et retourner dans sa famille. L'homme tâta les anneaux de bracelet en plastique mou reliés au sol. On aurait dit les cercles d'un jouet pour bébé.

— Ils t'ont enchaîné, mon ami. Quelle pitié ! Toi qui es si bon. Tu ne le mérites pas. Permets-tu que je me mette à tes côtés ?

— Oui.

L'homme s'accroupit et passa la main dans les cheveux de Fléhaut.

— La reine m'envoie à toi.

— Tu dois me délivrer !

— Bien sûr. Mais avant, elle veut savoir si des hommes sont venus te poser des questions.

— Oui, mais ils n'ont rien compris. J'ai dit que la reine était bonne mais ils ne m'écoutaient pas.

— Leur as-tu parlé de moi ?

— Non ! Toi, tu es le Gardien. Tu m'avais dit de me taire. J'ai obéi.

L'homme changea de position et se posta derrière Fléhaut. Il lui caressa à nouveau la tête et se pencha vers son oreille.

— Tu es bien sûr que tu n'as rien dit d'autre. Tu sais... Les initiés au grand voyage... La porte...

Fléhaut se laissa bercer par la voix, presque paternelle.

— Non. Je te le jure.

L'homme hocha la tête.

— C'est bien, mon ami. Tu vas pouvoir sortir d'ici. Es-tu prêt ?

— Oui, ma reine m'attend.

— Elle t'en sera reconnaissante. À jamais. Viens.

D'un geste précis, l'homme déroula l'écharpe de son cou et la passa autour de celui du directeur de la fondation Memphis. Il bloqua son genou contre son dos et tira sur les deux extrémités en même temps. Fléhaut secoua la tête, essaya de se libérer mais le garrot de velours était trop serré. Ses mains battirent l'air. La peau de son visage virait au rouge. Le Gardien l'avait trahi. Ça ne devait pas se passer comme ça. L'homme chuchotait à son oreille.

— N'aie pas peur. Ne résiste pas, mon ami. Ta reine t'attend de l'autre côté.

L'homme en noir resserra d'avantage son étreinte. Les yeux du malheureux jaillissaient hors des orbites, ses poumons expulsaient le dernier souffle d'air. Il n'eut pas la force d'émettre un râle. Un voile noir descendait sur ses yeux.

Et puis, il la vit. Assise sur son trône, qui émergeait d'un brouillard. Elle lui tendait les bras. Elle était belle. Ses cheveux d'ébène dansaient autour de son fin visage. Ses yeux emplissaient tout l'espace. Il se fondit en elle.

L'homme en noir laissa tomber le corps de sa victime. Il se releva avec souplesse et reprit son souffle. Il était juste dans les temps. Il sortit de la cellule capitonnée en silence et enjamba le corps de l'infirmier qu'il avait neutralisé quelques minutes plus tôt. L'horaire était serré. Il se faufila dans le couloir d'admission au quartier réservé, traversa tel un fantôme l'infirmerie et fila vers les toilettes. Il lui suffisait de repasser par la fenêtre pour quitter l'établissement. Il poussa la porte prudemment et vérifia que les locaux étaient vides. Une sueur âcre démangeait sa peau. Il s'arrêta devant la glace au-dessus du lavabo et s'aspergea d'eau froide.

Son propre visage brûlé ne lui renvoya que son regard, fier et méprisant.

Yann Triskell caressa la surface du miroir, à l'endroit où se reflétait ce qui avait été son front. Comme s'il touchait la peau d'un personnage étranger. C'était le visage d'un homme mort depuis longtemps. Ou plutôt d'un homme qui avait traversé le royaume de la mort et qui en portait les stigmates atroces.

50

1365 av. J.-C.
Massif de Nadara
Avant-dernière heure

Le toit de branchages brûla en un instant. Une poutre, rongée par le feu, s'écroula dans les flammes qui gagnaient déjà les autres cabanes. Les survivants avaient été rassemblés contre la paroi. Au sol, s'entassaient les cadavres. Les officiers les avaient fait mettre nus. L'un d'eux était couvert de tatouages.

D'autres soldats fouillaient la grotte. Des débris de momies jonchaient le sol. Dans une niche, s'entassait le trésor de la bande : bagues, colliers, pierres précieuses. On les recueillit avec précaution. Eremeth avait exigé que tout lui soit remis en mains propres. Dehors, la colère des soldats montait contre les pillards. Le viol des sépultures était considéré comme le pire des crimes, digne d'un châtiment exceptionnel.

Digne du génie de Hatti.

Dernière heure

Un vautour se posa sur une pierre en équilibre juste au-dessus de la paroi où attendaient les prisonniers. Il venait de loin, mais son instinct ne l'avait pas trompé. Une odeur suave et désirable montait du sol. Un parfum de fermentation.

Plus bas, les soldats patientaient. Le dernier prisonnier venait d'entrer dans la grotte.

Le vautour tressaillit. Une nouvelle odeur venait de faire son apparition. Il battit les ailes. Elle venait du trou noir dans la paroi.

Hatti s'était installé dans l'entrée. Au fond, des soldats qu'il avait lui-même choisis exécutaient ses ordres. À la lueur d'un flambeau, il examina le dernier prisonnier que l'on venait de lui amener. Un nomade au visage buriné par le soleil. Un homme du désert dont le regard suintait le mépris pour ce petit bourreau aux cheveux tressés, aux mains de femme.

Hatti laissa le silence s'installer. Par expérience, il savait ce qui allait se passer. Il suffisait d'attendre.

Aucun homme ne supporte l'incertitude sur son propre sort. Même le plus obtus finit par lâcher bride à son imagination. Et c'est là qu'il les attendait.

Un soldat, les yeux luisants, venait de surgir du fond de la grotte. Il s'inclina.

— Seigneur, nous avons terminé.
— Vous les avez tous *traités* ?
— Tous.

Hatti se tourna vers le prisonnier.

— Fais-les venir. Que notre ami les voie !

Le nomade était en train de perdre pied. Quand le bourreau se leva, ses genoux se mirent à tressauter. Il tenta de reculer, mais ses jambes ne lui obéissaient plus. Quand Hatti s'approcha de son oreille, il n'était plus que tremblement.

— Maintenant, regarde bien.

Trois ombres titubantes surgirent du fond de la grotte. Le nomade écarquilla les yeux. Il leur manquait quelque chose.

— Bientôt, tu seras pareil à eux.

Un hurlement retentit, rebondit sur les parois de roche et parvint au-dehors.

Effrayé, le vautour s'envola.

Plus haut, dans une faille du rocher, le Macédonien surgit. Ses vêtements étaient en lambeaux. La haine palpitait dans ses poings fermés. Il n'était vivant que parce qu'il avait convaincu un de ses hommes de se faire tatouer le corps comme lui. Par tous les dieux, il se vengerait. Il tuerait Eupalinos, ce Grec maudit. Il se coucha au sol et rampa vers le bord de la paroi.

Quand il arriva près du rebord, son ventre se noua.

Les prisonniers sortaient de la grotte. Ils étaient… *rouges*… rouge sang.

Le Macédonien crut qu'il était victime d'une hallucination.

Il se pencha à nouveau.

Les prisonniers n'avaient plus de peau.

51

*De nos jours
Résidence Héliopolis
Forcalquier*

Un éclair de lumière blanche envahit la chambre. L'infirmière tira le rideau beige sur toute sa largeur, dévoilant un soleil magnifique. Antoine se réveilla en sursaut. Les rayons l'aveuglaient. Il se protégea les yeux en détournant la tête. L'infirmière poussa une chaise qui encombrait le passage et s'approcha de lui.

— Vous avez bien dormi ?

Antoine la regarda, hébété. Ses yeux le piquaient. Il regarda autour de lui. Les vieux avaient disparu. La chambre était calme, sans désordre. Il prit sa tête dans les mains puis leva les yeux vers la fille.

— J'ai été agressé cette nuit.

L'infirmière le dévisagea, surprise.

— Par qui ?

— Des vieux, des vieux sont venus dans ma chambre. Ils se sont jetés sur moi. Ils m'ont touché, c'était… c'était répugnant. Appelez le directeur.

— Je ne suis pas certaine de pouvoir le déranger. Je vais sonner le médecin de garde. Vous avez peut-être fait un cauchemar.

Marcas se redressa sur son lit. Elle restait plantée comme une gourde. Il sentit une colère sourde monter en lui.

— J'ai dit, appelez le directeur. Je suis commissaire de police. Tout de suite !

L'infirmière recula vers la porte et appuya sur un bouton près du lit.

— Tout va bien se passer. On va faire venir un responsable, chuchota-t-elle prudemment.

Des bruits de pas s'amplifièrent dans le couloir. Deux aides-soignants déboulèrent dans la chambre. Antoine voulut sortir de son lit mais les deux types le plaquèrent contre le matelas.

— Laissez-moi tranquille ! Ils ont voulu me tuer.

— Bien sûr, bien sûr, répondit l'un des deux avec un sourire entendu.

— Scalèse, le marin à la retraite. C'est lui qui les a fait venir.

Le docteur Naud arriva dans la pièce.

— Que s'est-il passé ?

— Dites à vos deux gorilles de me lâcher !

— Si vous promettez de vous tenir tranquille, répondit le médecin, placide.

Marcas calma sa respiration.

— OK, ça va.

— À la bonne heure. Et si vous me racontiez calmement ce qu'il vous est arrivé ?

Antoine commença son récit. Le médecin hocha la tête d'un air pensif et le laissa terminer. Il se tourna vers l'infirmière.

— Le service de nuit a enregistré une alerte ?

— Non. J'ai pris mon service à 6 heures, ma collègue a juste noté le réveil d'une résidente à 4 h 30, elle voulait un jus d'orange. Vous pouvez consulter le cahier d'intervention.

Le docteur se tourna vers Marcas.

— Je n'ai pas bien saisi ce que voulaient vos agresseurs.

— C'est Scalèse qui parlait. Il avait fait le voyage lui aussi. Et il avait un message à me transmettre.

— Quel voyage ? Quel message ?

Antoine soupira.

— OK. Laissez tomber. Vous ne pouvez pas comprendre.

— Vous avez eu des troubles psychiques récemment, monsieur Marcas, dit le médecin d'une voix douce.

— Oui, j'ai juste échappé à la mort. Écoutez, je suis commissaire de police. Je veux voir le directeur.

À son tour, le médecin soupira.

— Si vous y tenez, je vais le chercher.

Dix minutes s'écoulèrent, il revint avec un homme d'une quarantaine d'années, en costume et cravate grise. Le visage carré, la démarche assurée, légèrement dégarni sur le haut du crâne, le type inspirait confiance. Il s'avança vers le lit.

— Bonjour, Pierre Saint-Jour, directeur de cet établissement. Que puis-je faire pour vous ?

— Mettre de l'ordre dans votre putain de baraque.

Le psy intervint.

— Nous avons vérifié votre histoire. Monsieur Scalèse n'a pas bougé de la nuit et aucun des services n'a observé quelque chose d'anormal.

— Je vous dis que je n'ai pas rêvé !

— Si vous voulez, mais vous êtes encore sous le choc de votre tentative d'assassinat.

— Je vous répète que je me suis fait agresser. Cette nuit. Dans cette chambre.

Antoine devenait dingue. Il essaya de se souvenir d'un détail, de quelque chose qui pourrait les faire douter. Il leva le drap et montra son pantalon humide et taché.

— Et ça !

Ils le regardèrent avec consternation.

— C'est une vieille qui m'a pissé dessus et m'a giflé, elle me prenait pour une barre de pole dance.

— Pole dance ?

— Les barres sur lesquelles s'enroulent les strip-teaseuses dans les clubs.

La médecin affichait un grand sourire.

— Si je comprends bien, en plus de votre agression, vous avez eu droit à un strip-tease ? Strip qui s'est conclu par une séance sado-maso ? C'est bien ça ?

Antoine se cabra.

— Vous ne me croyez pas.

— Avouez que c'est déroutant.

Le directeur chuchota quelque chose à l'oreille du médecin qui hocha la tête.

— Vous avez subi un grave traumatisme dans l'exercice de vos fonctions. À titre personnel, j'ai un profond respect pour les forces de l'ordre. Un métier d'abnégation et de courage. Pour revenir à votre agression, il est curieux que l'équipe de nuit n'ait rien vu. Une bande de pensionnaires, ça fait du bruit dans les couloirs. Rien à signaler ?

L'un des deux infirmiers se gratta la tête.

— J'étais de permanence cette nuit, j'ai fait ma ronde toutes les heures. Rien vu.

Tous dévisageaient Marcas comme un enfant. Il sentit qu'il perdait son temps.

— Je ne veux pas rester une seule nuit de plus. Vous n'avez pas le droit de me retenir.

Le directeur prit un air navré.

— Personne ne vous retient prisonnier, commissaire. Les places sont chères en ce moment, vous êtes libre de partir quand vous le voulez. Il suffit de nous signer une décharge. Je vous suggère cependant d'appeler votre médecin traitant afin qu'il vous trouve une autre structure médicalisée. N'est-ce pas, docteur ?

— Je pense que votre récent traumatisme a altéré vos facultés d'analyse, répondit le médecin, pensif. Vous devez impérativement demeurer sous contrôle médical.

— Dès qu'un nouvel établissement sera trouvé, nous pourrons organiser votre transfert, lança Saint-Jour en tournant les talons, suivi par le médecin qui avait emporté la feuille de soins.

L'un des infirmiers lui tendit son portable.

— Vous avez sûrement des coups de fils à passer.

— Vous êtes trop bon, répliqua Marcas sèchement.

Il écouta ses messages. Son supérieur, son fils, son ex, Tassard, le plombier qui réclamait sa facture, le vidéoclub qui lui demandait un DVD emprunté depuis deux semaines, à nouveau Tassard. Il se calma et pendant la demi-heure qui suivit, essaya de hiérarchiser ses priorités.

Il se décida à composer le numéro de son supérieur. Une voix grave répondit.

— Ce cher Marcas, revenu d'entre les morts. Comment vas-tu ?

— Pas terrible, je voudrais sortir de ce trou à rat et reprendre le travail.

— Il faut que tu te reposes. Ordre des médecins.
— Et mon enquête ?
— Tassard s'en occupe. Pas de soucis. On m'a dit que tu te trimballais en chaise roulante.
— Oui, c'est pour éviter les vertiges. Je ne peux pas rester debout longtemps. Ils disent que ça va passer. Mais je veux partir, je me suis fait attaquer dans la résidence.

Un long silence suivit.
— Je sais, le directeur de la résidence m'a appelé. Je vais te le dire tout net, je ne veux pas de toi au boulot, pour l'instant.
— Comment ça ?

Un long silence s'installa au bout du fil. Marcas gronda :
— C'est quoi le problème ?

Son supérieur haussa le ton.
— Tu leur as dit que tu t'es vu sur ton lit d'hosto quand tu étais mort, ensuite que tu as fait une virée dans l'au-delà et parlé à une femme. Ça encore, pourquoi pas, on fait tous des rêves bizarres, en revanche ce qui m'inquiète le plus c'est ton histoire d'agression de vieux dans ta chambre.
— Écoute…
— Antoine, pour eux, tu souffres d'hallucinations à répétition, il serait plus utile pour ta santé mentale de te transférer dans un établissement spécialisé. Tu présentes un danger, Antoine, pour toi et pour les autres.

Marcas faillit lâcher le téléphone.
— Les salauds… J'ai cru y laisser ma peau. Je te jure que… Putain, tu me crois, quand même ?

— Comment veux-tu que je croie quelqu'un qui voit des vieillards envahir sa chambre ? Il faut te soigner, Antoine. Et vite !

Marcas resta muet de surprise.

— Bon, je vais te le dire autrement. Je ne prends pas le risque de réintégrer en active un homme qui n'a pas toute sa tête.

— C'est bon, j'ai compris, lâcha Antoine.

— Parfait. Reviens-nous dès que tu seras d'attaque. Tu nous manques.

— Bien sûr.

Il raccrocha. Ces enfoirés de la résidence avaient bien calculé leur coup. Ils avaient réussi à le faire passer pour un dingo. Personne ne le croyait.

Antoine se précipita dans la salle de bain. L'odeur d'urine, le souvenir de ces caresses malsaines, le rendaient malade. Il jeta son pyjama et enclencha la douche. Un jet chaud frappa son corps. Il fallait qu'il garde son esprit clair. Ne pas basculer. Peut-être avait-il de fait inventé la scène de l'agression. Après ce qu'il avait subi ou imaginé pendant son coma, tout devenait possible. Il s'affaissa dans la baignoire. Faire le point. Mais son cerveau avait du mal à organiser toutes les informations qui le submergeaient. Des fragments d'images revenaient par bribes de son voyage dans l'au-delà, mêlés à la vision de la momie dans le pavillon de chasse.

Et ces vieux dégueulasses qui se jetaient sur lui.

Il prit un savon parfumé et le passa lentement sur son corps. Une odeur de violette l'enveloppa. Il se raidit. Un parfum de vieux. Il jeta le savon contre le mur et accentua la pression du jet pour se débarrasser de la senteur sirupeuse. La vapeur d'eau chaude emplissait la salle de bain, le miroir au-dessus du lavabo se troublait. Il sombrait. Qu'est-ce qu'il foutait dans cet endroit ? D'un seul coup, la panique le submergea, il avait tout inventé. Il était dingue, fou à lier. Il aurait mieux fait de ne jamais se réveiller.

Dingue et cloué en chaise roulante.

Antoine ricana. De toute façon, sa vie personnelle était sans intérêt. Finir dans un asile ou chez lui, c'était pareil. Il avait passé quarante ans, sa vie était derrière lui. Dans dix ans, il aurait l'âge d'être grand-père. Un papy seul, sans personne avec qui partager des joies et des peines. Un vieux con, solitaire, aigri, qui donne des leçons à un monde qui ne l'écoute plus.

Son esprit glissait sur un toboggan sans fin. Il deviendrait comme les épaves de la résidence, à attendre la mort, à la supplier même.

Il pleura. De rage. Rage de vieillir, de se flétrir, de perdre ses capacités, de devenir un légume, de ne plus séduire une femme. Les zombies qui l'avaient attaqué dans sa chambre n'étaient que des projections de ses propres peurs. Il réalisa qu'il prenait le chemin à rebours depuis la tentative de meurtre. Il avait traversé les portes de la mort et, maintenant, il se tapait un coup de flip sur la vieillesse.

Un vieux dingue baveux. C'est ce qu'il deviendrait.

Il n'avait plus qu'à sombrer à nouveau. Il regarda la porte d'entrée de la salle à moitié ouverte. Peut-être qu'un vieillard allait surgir, un couteau à la main, pour le tuer. Version *Psychose*, sans le rideau de douche. Tout était possible. Il se recroquevilla dans la baignoire. L'eau chaude montait jusqu'au menton. Il lui suffisait de se laisser glisser, de couler…

L'eau atteignit le nez puis le front. La chaleur bienfaisante l'enveloppait, le protégeait. Il était sous l'eau. Il retenait sa respiration mais savait qu'il suffisait de peu pour en finir. Il regardait le plafond. Sous l'eau, les distances, la vision se déformaient. La lumière du plafonnier vacillait. Toute perception devenait ondulation. C'était peut-être ça, ce que ressentait un bébé dans le ventre maternel. Sensation chaude, humide, liquéfiante.

Le visage apparut au-dessus de l'eau.

Il reconnut les traits décharnés, le nez d'oiseau de proie, les sourcils broussailleux.

Scalèse.

52

1365 av. J.-C.
Cité d'Akhenaton
Palais royal

Pharaon s'était levé. De nouveau la majesté éclatait dans le moindre de ses gestes. Ce n'était plus un homme ressuscité, mais le roi des rois qui revenait au monde. Il se dirigea vers la fenêtre et ouvrit les volets. Le soleil inonda sa chambre. Akhenaton leva les bras en signe d'adoration. Le dieu Aton venait de lui donner une seconde chance.

— Dans quelques instants, je serai de nouveau Pharaon et nous ne nous verrons plus jamais. Alors, écoute bien ce que j'ai à te dire.

Eupalinos se prosterna face contre terre.

— Demain, j'annoncerai ton renvoi. Ton nom sera proscrit et ta mémoire bannie à jamais. Demain, tu n'existeras plus.

— Qu'il en soit fait selon ta volonté, Seigneur, murmura le Grec.

— Dès ce soir, tu quitteras la ville en compagnie d'Aleiah. Tu remonteras le Nil jusqu'aux portes de Thèbes et, de là, tu traverseras le désert.

L'esprit aux aguets, Eupalinos tentait de reconstituer l'itinéraire. Il n'existait qu'un seul chemin emprunté par les caravanes, le Ouadi Hammamat, et il ne menait que vers un seul but.

— Tu te rendras au port de Kosseïr.

— Oui, Seigneur.

— Écoute-moi bien, Eupalinos, je connais le chemin que doivent emprunter les âmes pour survivre à la mort. Et je ne veux pas que ce secret se perde.

Pharaon posa la main sur les cheveux du Grec.

— Tu traverseras le golfe jusqu'au Sinaï. Là, tu te rendras jusqu'…

Subitement, le Grec comprit.

— …jusqu'à la région des turquoises. On dit le pays impénétrable, mais, depuis longtemps, nous avons une colonie là-bas que mon père a installée dans le plus grand secret. Des mineurs et des forgerons. Tu devras les organiser en une nouvelle corporation. Lève-toi, maintenant.

Les yeux éperdus, Eupalinos contempla la face impassible de Pharaon.

— Fais ce que je dis. Un homme de confiance viendra te rejoindre qui te donnera mes dernières instructions. Allez, va.

Le Grec s'inclina. Tant de questions se pressaient dans sa tête. Il en osa une.

— Quel homme, Seigneur ?

Sans hésiter, Akhenaton répondit.

— Le bourreau, Hatti.

*Palais royal
Appartement d'Eupalinos*

Les serviteurs s'affairaient. Les uns remplissaient les coffres de voyage, les autres rangeaient avec soin des papyrus frappés du sceau de l'*Ouroboros* dans des caisses de bois. Eremeth, le premier arrivé, frémit en voyant cette image. Il ne pouvait supporter les serpents même s'ils se mordaient la queue.

— Ce sont mes archives personnelles, lança Eupalinos, tout mon travail au service de Pharaon. Je vous les confie. Vous saurez les mettre en lieu sûr.

Le chef des gardes acquiesça. Il ne manquait pas de tombeaux où déposer des archives dans le secteur. Et puis il commençait à avoir l'habitude d'oublier des *secrets* dans les tombes. En revanche, il y jetterait un œil discret avant de les ensevelir définitivement.

— Notre Seigneur et maître, Akhenaton, m'a demandé d'assurer votre sécurité. Vous aurez une escorte d'élite.

Eupalinos se figea.

— Nul ne doit connaître ma destination finale.

— Vous renverrez mes hommes dès que vous le souhaiterez.

Le chef des gardes frappa dans ses mains. Un serviteur apparut et déposa des habits grossiers sur le lit.

— Dorénavant, vous êtes un marchand de tissu. Vous voyagez pour acheter des marchandises aux confins du royaume.

Le Grec s'approcha du lit. Il y avait deux tuniques.

— J'ai supposé que votre affranchie vous accompagnerait, précisa Eremeth, mes hommes sont en train de préparer la caravane. Un guide sera...

Eupalinos inclina la tête en guise de remerciement.

— Vous avez toujours été un organisateur hors pair, Eremeth. La caravane doit partir dès ce soir.

Aleiah pénétra dans la chambre. L'agitation fébrile des serviteurs l'arrêta net. Le Grec l'enlaça et lui souffla dans l'oreille :

— Nous quittons le palais. Prépare-toi vite et ne prends que l'essentiel. Nous ne reviendrons pas.

Les yeux de l'affranchie s'embuèrent. Eupalinos la serra plus fort.

— Ne pleure pas, nous partons pour la région des turquoises.

Eremeth observa la scène avec étonnement. Les marques d'amour du Grec le surprenaient. Pourquoi autant de tendresse pour une simple femme ?

— Nouveaux habits, nouvelle identité, annonça-t-il en tendant un papyrus, j'ai noté là votre nom.

— Et je m'appelle comment désormais ? interrogea le Grec en déposant un baiser dans les cheveux d'Aleiah.

Eremeth approcha la feuille de ses yeux et épela :

— Hi… ram.

53

De nos jours
Résidence Héliopolis
Forcalquier

Scalèse le regardait fixement de ses yeux fiévreux. Il pouvait faire ce qu'il voulait de Marcas, nu et vulnérable dans l'eau.

Deux mains se plaquèrent sur les épaules de Marcas. Il avala une gorgée d'eau chaude. Elle lui brûla la gorge. Une onde de terreur pure parcourut son corps comme une décharge électrique. Scalèse voulait le tuer à nouveau.

Antoine se cabra violemment. Il propulsa ses bras hors de l'eau pour attraper le vieux salaud. Sa tête remonta à la surface au milieu des éclaboussures.

Il n'y avait personne.

Scalèse avait disparu.

Marcas reprit sa respiration en haletant. La porte de la salle de bain était à demi fermée. Il toussa. Sa gorge et ses yeux le brûlaient. Il sortit de l'eau et se posta derrière la porte, prêt à faire face à une agression. Tout était silencieux, il se pencha et glissa un regard. La chambre était vide. Il saisit un peignoir et fonça vers la porte d'entrée. Elle était fermée. Antoine sentit son mal de tête se réveiller, il savait qu'il ne pouvait pas rester debout plus longtemps et s'assit sur le bord de son lit.

La conclusion s'imposait. Le médecin de la résidence avait raison, il avait bien des hallucinations. Il devait se faire soigner.

Sept heures plus tard, Antoine était rasé, habillé et attendait sagement sur son fauteuil roulant, dans le hall d'entrée de la résidence. Tout était réglé, une ambulance devait le transporter chez un frère qui dirigeait un établissement à une centaine de kilomètres de là. Contacté, Labiana avait décidé de le faire transférer. Le contexte de la maison de retraite était en partie responsable de ses hallucinations. Antoine faisait une fixation sur les personnes âgées. La paranoïa était souvent une phase classique du choc post-traumatique.

L'horloge murale décorée d'un angelot rose indiquait 17 h 15. Antoine attendait avec impatience son départ. Plus qu'un quart d'heure et il quitterait pour de bon cet endroit. Sa vessie se rappela à son bon souvenir, il avait largement le temps d'aller aux toilettes. Il poussa son fauteuil avec dextérité, contourna le grand palmier en plastique et pénétra dans les W.-C. Il se leva de la chaise et entra dans la cabine équipée d'une barre pour handicapés. Les pissotières traditionnelles n'étaient pas permises dans ce genre d'établissements, pour des raisons de sécurité. Antoine avait découvert que, passé un certain âge, certains mâles perdaient leur faculté de pisser debout. Encore un attribut de virilité qui disparaissait avec le temps. Il s'enferma dans une cabine. La porte principale s'ouvrit, deux hommes parlaient entre eux. Marcas entendit des bruits d'eau.

Il jugea plus prudent d'attendre qu'ils partent, il ne voulait pas se trouver nez à nez avec des résidents ou des infirmiers, il s'était trop couvert de ridicule avec ses hallucinations. Les pas décrurent, une porte claqua. Il sortit de la cabine, se lava les mains et s'assit dans son fauteuil. Il réalisa qu'il avait peur du regard de ces gens. Il craignait que le vieux marin ne vienne l'agresser à nouveau. C'était grotesque.

Il retourna dans le hall. Un homme, accoudé au comptoir de la réception, discutait avec une employée. Elle tendit un doigt vers Marcas. L'homme alla à sa rencontre.

— Bonjour, monsieur Marcas, je suis l'ambulancier, vous êtes prêt ?

— Et comment, plus vite je partirai, mieux je me porterai. On y va.

L'employée l'arrêta.

— Monsieur le directeur voulait vous voir avant votre départ.

— Ce n'est vraiment pas la peine.

— Il a insisté. Veuillez l'attendre, je vous prie.

Elle saisit le téléphone mural et composa un indicatif. Cinq minutes plus tard, Pierre Saint-Jour descendait.

— Je suis désolé que vous nous quittiez dans ces conditions. Mais, entre nous, c'était une mauvaise idée de vous avoir envoyé ici. Je conçois qu'après votre coma, venir dans une maison de retraite médicalisée ne s'imposait pas.

Antoine fronça les sourcils.

— En fait, on m'avait dit qu'il ne restait plus de place ailleurs que dans votre établissement.

— On vous a mal renseigné. Je vous laisse. Votre dossier a été transféré par mail. Je suis certain que vous récupérerez rapidement.

Il lui serra la main avec chaleur et s'éloigna. Marcas se laissa conduire par l'ambulancier. Il traversa la porte du hall et arriva devant l'ambulance. Un autre homme était assis devant, lui aussi en blouse blanche. L'ambulancier lui ouvrit la portière et fit le tour du véhicule pour claquer la porte arrière. Un aide-soignant le salua d'un air las. Marcas reconnut celui qui l'avait plaqué contre le lit quand il s'était réveillé après l'agression. L'homme se leva et se posta contre lui.

— Je vais vous aider à monter.

— Non, ça ira. Je vais me débrouiller.

L'aide-soignant sourit et se pencha vers lui pour le lever. Il murmura :

— Laissez-vous faire, on nous observe.

Stupéfait, Marcas ne réagit pas. L'autre l'aida à s'extirper de la chaise.

— J'ai glissé une enveloppe dans le vide-poches de votre chaise, tout à l'heure dans les toilettes. Ouvrez-la quand vous serez dans l'ambulance.

L'ambulancier s'était installé à la place du conducteur. Son collègue n'avait même pas pris la peine de lever la tête, trop occupé à lire *L'Équipe*.

L'aide-soignant attendit que Marcas soit assis et se pencha à nouveau vers lui.

— Vous n'êtes pas fou.

L'ambulance démarra en trombe. Antoine tourna la tête et regarda s'éloigner la silhouette du jeune homme en blouse blanche qui rentrait dans la résidence. Il ouvrit la vitre pour que l'air le revigore. La route défilait à vive allure. La radio déversait un rap urbain qui cadrait mal avec le décor provençal. Le soleil inondait la campagne environnante, les cigales crissaient, de superbes bastides se succédaient mais Marcas n'avait que faire de ce paysage de carte postale.

Vous n'êtes pas fou.

Les paroles de l'aide-soignant bourdonnaient dans sa tête.

Il plongea la main dans le vide-poches du fauteuil. Une enveloppe glissa entre ses doigts. Il jeta un œil sur le rétroviseur, le chauffeur regardait la route et son collègue tournait les pages de son quotidien avec une mollesse consommée. Antoine décacheta l'enveloppe et en retira une carte bristol verte griffonnée à la hâte.

Faites exactement tout ce que vous dira le chauffeur de l'ambulance. Vous comprendrez plus tard. Vous n'avez pas eu d'hallucinations.

Marcas retourna la carte, rien d'autre n'était écrit au verso.

Son pouls s'accéléra. Il intercepta le regard du conducteur dans le rétro. Celui-ci débrancha son oreillette et coupa la radio.

— Belle journée, monsieur, non ? dit-il avec un accent traînant.

— En effet. On va où ?

— Dans un endroit plus reposant que le précédent.

— Mais encore ?

— Ne vous inquiétez pas. Nous arriverons à destination dans environ une demi-heure.

Si le commissaire se souvenait bien, son nouveau havre de paix était à plus de cent kilomètres du précédent. Quelque chose ne collait pas. Il avança la main vers la poignée intérieure.

— Vous voulez vraiment sauter ? Pourquoi ? Pour faire du stop en fauteuil roulant, en plein cagnard, c'est pas terrible pour la santé, monsieur, dit le lecteur de *L'Équipe* en se tournant vers Marcas.

Il braquait sur lui un pistolet, un Glock noir mat. Le trou noir du canon était à quinze centimètres du front d'Antoine. Marcas se raidit.

— Braquer un flic... Vous êtes dingue ?

— Pas plus que vous.

Antoine soupira. Il était à peine valide et sous la menace d'une arme.

— Détendez-vous. Je ne vais pas vous tenir en joue pendant tout le trajet.

L'ambulance filait sur la route en lacets, le chauffeur jouait du levier de vitesse avec maestria.

Vingt minutes s'écoulèrent, Marcas n'en pouvait plus.

Vous n'êtes pas fou.

Il fallait qu'il sache. Il était sur le point de perdre la raison et ces types l'enlevaient.

La voiture quitta la départementale et prit un chemin goudronné qui filait à travers une forêt de chênes-lièges. Ils longèrent un petit cimetière aux murs blanchis à la chaux. Des ifs ondulaient sous le vent. L'ambulance ralentit pour attaquer une côte, les pneus crissèrent sur le bitume endommagé. Au détour d'un virage apparut une chapelle blottie à l'ombre de deux chênes. L'ambulance s'arrêta. L'ambulancier sortit le fauteuil roulant et invita Marcas à s'asseoir. Il le poussa vers l'entrée du sanctuaire. Marcas ricana.

— Si c'est pour confesse, vous perdez votre temps.

— Non, c'est pour un miracle. Jésus redonne des jambes aux paralytiques.

Ils entrèrent dans la nef baignée d'une lumière bleutée. Les rayons du soleil filtraient d'une rosace à vitraux multiples. Au fond, sur le premier banc, face à l'autel, se découpait une silhouette sombre de dos. Marcas arriva à sa hauteur. La tête se tourna à son approche. C'était une femme.

Il hésita quelques instants. Son visage lui disait quelque chose.

La trentaine, brune, les yeux en amande, le teint très mat, les cheveux tirés en arrière... Elle lui tendit la main. Il la serra. Une main chaude et légère. D'un geste discret, la jeune femme fit signe à l'ambulancier de s'éloigner.

— Merci d'être venu.

Antoine gardait sa main dans la sienne. Où l'avait-il rencontrée ?

— Vous m'avez causé bien des tracas, monsieur Marcas.

— Mais qui êtes-vous ?

La main se retira.

— Cléa al-Asroul. L'héritière de la fondation Memphis.

PARTIE III

54

*1365 av. J.-C.
Presqu'île du Sinaï
vers Sérabit el-Khadim*

La caravane s'était arrêtée pour la nuit. Le vent battait la mince tente en peau de chameau qui protégeait les voyageurs. Eupalinos déplia une couverture sur le corps endormi d'Aleiah et sortit dans le désert.

Ils avaient abordé la presqu'île depuis sept jours. Sept jours de marche incessante à louvoyer entre les puits asséchés, les oasis rongées par le sable et les tribus rivales en conflit perpétuel. Heureusement, leur guide était sûr. Un marchand égyptien qui, depuis des décennies, trafiquait avec les nomades, achetant une poignée de cuivre qu'il revendait à Thèbes un sac d'or. Eupalinos s'étonnait que cet homme, guetté par l'âge, continue encore à entreprendre un tel voyage. Il ne manquait pas de jeunes en quête d'aventures pour prendre la relève. Mais Nekhtim aimait passionnément le désert. Il n'avait jamais pu demeurer derrière un comptoir à vendre sa marchandise, pas plus qu'il ne savait dépenser ses gains. De toute façon, sa femme et ses fils s'en chargeaient à merveille. Lui aimait le crépuscule sur les dunes, les couleurs changeantes du ciel, et plus que tout, les mystères du désert.

— Alors, Hiram, tu contemples le ciel ?

Eupalinos se retourna, surpris. Il avait du mal à s'habituer à son nouveau nom. Nekhtim venait de surgir de la nuit. Une habitude d'insomniaque.

— Il n'y a que dans le désert que l'on voit aussi bien la beauté des étoiles.

— C'est le royaume de Nout, la déesse de la nuit. Quand je ferai construire mon tombeau, je veux que les peintres représentent la grande voûte de la nuit sur le plafond, juste au-dessus de mon sarcophage.

— Tu n'as pas encore de dernière demeure ? s'étonna le Grec.

— Je n'ai pas encore épuisé mon désir du monde. Quand je ne serai plus curieux, alors je ferai bâtir mon tombeau.

Eupalinos tourna sa tête vers l'étoile la plus scintillante. Quand la caravane partait, juste avant l'aube, c'est sur elle que l'on se guidait pour atteindre la région des turquoises.

— Selon toi, combien de jours nous faut-il pour arriver aux mines ?

— Trois, mais nous te laisserons avant. Les marchands n'ont pas le droit de s'approcher du secteur d'extraction des turquoises.

— Pourquoi ?

— Ils cherchent de nouveaux gisements. (Nekhtim baissa la voix.) Il paraît qu'il existe un massif, en plein désert, qui regorge de pierres précieuses. C'est pour ça qu'ils interdisent la zone.

— Alors tu n'as jamais vu les mines ? s'étonna Eupalinos.

— Non, c'est une colonie militaire. Ils ne laissent pénétrer personne. J'espère, pour toi, que tu as un bon laissez-passer.

Le Grec ne réagit pas. Le nom d'Eremeth valait tous les sauf-conduits.

— D'ailleurs, tu ne m'as jamais vraiment dit ce que tu venais faire dans cette zone interdite ?

Palais royal
Salle des audiences privées

— D'après mes calculs, expliqua Eremeth, ils ne doivent plus être qu'à quelques jours des mines de turquoise. Une des cohortes qui gardent le site doit être relevée dans deux semaines, nous aurons donc des nouvelles bientôt.

Pharaon avait eu une journée épuisante à recevoir les ambassadeurs étrangers. Il avait dû écouter des discours convenus et flatteurs se réjouir du retour de sa santé, tandis que des regards avides épiaient sa moindre défaillance. Il avait tenu à recevoir les diplomates dans la salle des audiences privées : une manière d'honorer ses visiteurs en leur conférant un droit à l'intimité. Le geste serait apprécié dans les cours étrangères. Mais, pour l'instant, la diplomatie n'était plus à l'ordre du jour, les affaires intérieures avaient de nouveau la priorité.

— Je compte poursuivre la réforme religieuse, l'intensifier même. Il ne doit plus rester qu'un dieu, Aton, le porteur de lumière.

— Seigneur, le clergé de Thèbes est déjà en émoi depuis la... disparition du grand prêtre.

— Je sais et j'attendrai le moment opportun.

— Et puis, le peuple est très attaché à ses dieux familiers.

— J'ai longtemps réfléchi, Eremeth, j'ai même douté, mais je dois poursuivre mon œuvre visible. D'autres que moi, plus tard, j'en suis sûr, reprendront le flambeau.

— Seigneur, vous êtes sans doute un visionnaire, mais...

La voix déterminée de Pharaon le coupa dans son élan.

— Vois-tu, très peu d'hommes peuvent avoir accès directement à la lumière de la vérité. Pour autant, les autres ne doivent pas être privés d'espérance et seule la foi en un dieu unique peut leur éviter les pièges de la superstition.

— Seigneur, vous savez ce que vous faites. Je m'en remets à votre infinie sagesse.

— Tu as cité le grand prêtre. Peut-être serait-il temps de s'informer de ce qu'il est devenu.

Eremeth recula d'un pas. Il avait compris.

— Seigneur, je vais me rendre sur-le-champ au chantier de votre ultime demeure.

— Lors de ta visite, informe-toi donc, auprès des architectes, de la disposition du tombeau de ma sœur. Fais-toi fournir un plan le plus détaillé possible.

— Si tel est le désir de Pharaon...

— Trouve-moi aussi des hommes de confiance. Des hommes qui devront entreprendre un long voyage.

— Des hommes sûrs, mais pourquoi ?
— Ne t'inquiète pas, tu les trouveras.
Et Akhenaton ajouta, à voix basse :
— Je le sais déjà.
— Seigneur, peut-être faudrait-il que j'en apprenne plus…
La prunelle glacée de Pharaon le figea net.
— Des hommes dont tu répondras sur ta tête.

55

1365 av. J.-C.
Presqu'île du Sinaï
Vers Sérabit el-Khadim

Eupalinos avait menti. À la question du marchand, il avait répondu qu'il était recenseur et qu'il venait faire un décompte de la population sur ordre de Pharaon. Nekhtim n'avait pas insisté. Le nom de Pharaon provoquait toujours cet effet.

Ils avaient encore marché trois jours avant d'atteindre le premier poste-frontière. Un abri sous roche où ruisselait un peu d'eau dans une vasque de pierre. Là se tenaient, dans l'ombre, des soldats vêtus comme des nomades, le visage protégé par un turban. La discipline était stricte. Malgré son rang, Eupalinos ne pouvait accéder tout de suite à la zone minière, il devait attendre deux jours pleins. Après une première campagne d'extraction, les fonctionnaires du Trésor royal étaient en train de peser et d'évaluer la valeur des turquoises. Une opération que rien ni personne ne devait troubler. Quant à Nekhtim, une fois ses voyageurs arrivés à bon port et ses marchandises négociées, il avait décampé au plus vite.

On conduisit Eupalinos et sa compagne dans une gorge profonde où était encore visible le lit asséché d'une rivière. Les soldats avaient ramassé des galets pour élever des murs contre la paroi, certains avaient même creusé la roche pour y aménager des pièces fraîches. On leur affecta une de ces habitations troglodytiques. Aleiah était radieuse. Cette gorge aux parois vertigineuses que balayait un courant d'air intermittent, ces habitations taillées dans les profondeurs de la pierre, tout lui rappelait sa région natale, la terre des Vents. Eupalinos, lui, paraissait plus soucieux. Presque toute la journée, il la passait assis à dessiner dans le sable d'étranges croquis avec un bâtonnet de bois sec. Aleiah avait fini par s'installer auprès de lui. Il parla avant même qu'elle l'interroge.

— Pharaon m'a confié une mission impossible.
— Laquelle ?
— Il m'a demandé de lui construire un sanctuaire inviolable. Une cachette pour des siècles et des siècles.
— Comme un tombeau ? s'étonna Aleiah en relevant ses cheveux que le vent faisait danser sur ses yeux.

Eupalinos lui montra un dessin sur le sable. On y voyait des couloirs sans issue, des pièces truquées, des pièges, marqués par des symboles géométriques.

— Justement, aucun tombeau n'a jamais résisté à l'avidité humaine. Nos ruses sont toujours les mêmes. Nous avons beau les multiplier, elles sont toujours vaincues.

Aleiah s'était emparé du bâtonnet.

— Tu sais ce que Pharaon veut cacher ?

Accablé, le Grec secoua la tête.

— Nous le saurons bien assez tôt. Jamais je ne parviendrai à tenir mon engagement envers Pharaon.

— Un sanctuaire inviolable... répéta Aleiah en traçant un large cercle dans le sable, suivi d'autres cercles concentriques plus petits.

— Qu'est-ce que tu fais ?

— Je t'ai déjà parlé de la vallée où je suis née. Jamais elle n'a été attaquée, ni pillée. Et tu sais pourquoi ? Parce qu'elle était au centre. Au centre d'un lacis de gorges, de sentiers qui, sans cesse, se coupaient et se recoupaient. Comme ça.

Devant les yeux attentifs de son compagnon, elle traça des passages, des jonctions entre les différents cercles. Quand elle atteignit le dernier cercle, un dédale s'étalait sur le sable.

— Mais comment tu fais pour...

D'un doigt rapide, elle traça un chemin, imprévisible, en forme de hache, qui menait directement au centre de la figure.

— C'est un secret que partagent tous les membres de mon peuple. Le secret de notre survie.

Ébahi, Eupalinos contemplait la figure de sable. Comment pourrait-on appeler ça en grec ? *Laburinthos*, le palais des haches, le *labyrinthe* ? Il se tourna vers Aleiah.

— Mais pourquoi tu me révèles ça, à moi ?
Les yeux de l'ancienne esclave s'embuèrent.
— Parce que je t'aime.

Palais royal
Salle des audiences privées

C'était le dernier jour de réception officielle. Après les ambassadeurs, Pharaon avait reçu les responsables civils et militaires, puis les membres de sa vaste famille. Trois journées intenses. Akhenaton déposa sa tiare de cérémonie et ôta son pectoral d'or et de turquoise. Sans appeler ses serviteurs, il se glissa dans une antichambre, s'arrêta devant une cloison de bois et retint son souffle. Il guettait le moindre bruit qui trahirait une présence indiscrète. Le palais grouillait d'un va-et-vient incessant qui rendait difficile l'isolement. Akhenaton patienta un moment pour être sûr de son fait, puis il caressa de l'index une corniche décorative jusqu'à une saillie qu'il pressa. Une porte dérobée pivota en silence. Une fois encore, il retint sa respiration. Quand il fut certain d'être seul, il franchit la porte qui se referma derrière lui.

C'était une pièce sans fenêtre, ni lumière. Akhenaton avança à tâtons, saisit une chaise et s'assit, les mains posées à plat sur les cuisses. Maintenant, il pouvait penser en paix. Lorsqu'il avait fait édifier le palais principal, face au Nil, il avait exigé de l'architecte qu'il truffe l'édifice de chambres closes dont lui seul détenait le secret. L'idée lui en était venue, dès sa première expérience dans le royaume des morts. Pour tenir son rôle de souverain, mener à bien sa réforme spirituelle, il avait besoin de lieux de réflexion connus de lui seul. Des lieux de ténèbres où, dans le silence et la solitude, il refaisait ses deux voyages au-delà de la mort. C'est dans ces exercices de mémoire qu'il puisait l'énergie pour affronter son propre destin. Cette fois, pourtant, sa méditation fut brève. Il se leva et se dirigea vers l'angle gauche de la pièce. Une autre chaise était là où il déposa ses vêtements d'apparat. Ses gestes étaient rapides et précis. L'obscurité ne le gênait pas. Il saisit un pagne usagé, une toge aux coutures grossières et un vieux turban. Il n'avait plus qu'à gagner le jardin et profiter de la relève de la garde pour se fondre dans le peuple.

Ce n'était pas la première fois qu'il savourait le plaisir de l'anonymat. Nul n'avait jamais découvert son déguisement et aucune conversation ne s'arrêtait quand ce jeune homme pauvre contemplait fixement un étal de fruits. Une manière pour Akhenaton d'entendre directement la voix de son peuple.

La rumeur publique n'était pourtant pas ce qui intéressait Akhenaton quand il s'engagea dans une des rues les plus animées du quartier des artisans. Devant leurs échoppes, des marchands vantaient la qualité des papyrus qu'ils faisaient toucher aux badauds. D'autres montraient leur dextérité en taillant des calames d'un seul coup de lame. Une fois fendu en biais, le roseau était prêt à tracer d'impeccables hiéroglyphes. Un étranger, aux cheveux courts et frisés, ouvrait des fioles d'encre multicolore. Akhenaton s'arrêta, attiré par cette floraison de couleurs. Un esclave le bouscula pour ouvrir le passage à son maître. Un instant, Akhenaton fut étonné qu'on puisse seulement le toucher. Il se reprit cependant et continua son chemin. Au milieu de la rue, accroupis sur le sol, se tenaient les scribes publics. Il y avait foule devant leur écritoire : paysans aux pieds nus qui voulaient rédiger une supplique, femmes voilées à la recherche d'incantations magiques ou jeunes courtisans qui dictaient des lettres d'amour. Akhenaton abaissa son turban et descendit vers le bas de la rue. Les échoppes se faisaient plus misérables, les scribes plus âgés. Certains cachaient leur main sous l'écritoire pour en dissimuler le tremblement, d'autres interpellaient le passant en proposant des rabais. Pharaon continua son chemin. La rue devenait plus étroite, plus sale. Enfin, il s'arrêta devant un homme, assis seul, et que tous semblaient ignorer. Akhenaton se pencha.

— Toi, suis-moi.

56

De nos jours
Résidence Héliopolis
Forcalquier

Yann Triskell se glissa dans l'entrée de service désaffectée, située derrière l'aile nord de la résidence, la partie la plus ancienne. Le passe magnétique qu'on lui avait fourni, ainsi que le plan, étaient exacts. Il ne pouvait en être autrement. Ses supérieurs étaient des professionnels, comme lui, et particulièrement le colonel. C'était étrange de revenir en ce lieu en clandestin, lui qui y entrait depuis des années par la grande porte.

Tout était calme dans le grand réduit qui servait de débarras. Personne n'y mettait les pieds depuis la construction de la nouvelle aile.

Il posa son sac volumineux et souffla. Il n'avait plus la même vigueur qu'avant. Après la quarantaine, un soldat, même le plus aguerri, perd de son efficacité, les réflexes s'atténuent, les muscles se fatiguent plus vite, les articulations se raidissent. Sa forme était meilleure que celle des hommes de son âge, mais il ne serait plus capable d'accomplir un parcours du combattant en moins d'une minute quinze, son record quand il était en active. Il vérifia, par acquit de conscience, le contenu de son sac de toile noire. Trois détonateurs à désintégration immédiate, trois charges de C4, un boîtier d'intrusion électronique avec fiches multiples pour paralyser les systèmes de sécurité électroniques, une perceuse à mèche en diamant pour le coffre. Il replia le sac. Sa mission allait bientôt s'achever. Définitivement. Il était allé aussi loin qu'il le pouvait sur cette terre.

Il consulta sa montre. Le temps s'écoulait, inexorable. Ceux qui avaient élaboré le plan ne laissaient rien au hasard. De toute façon, il connaissait la résidence par cœur. Il avait passé les dix dernières années à faire des aller et retour pour la fondation.

Il s'assit sur le sol dur, cala son dos contre le sac et se remémora les étapes clés.

Poser les charges dans la chaufferie.

Armer les détonateurs.

Poser les charges dans les bureaux du médecin-chef.

Tuer le médecin-chef et le directeur.

Prendre le disque dur.

Vider le coffre-fort.

Armer les détonateurs.

Bloquer les portes anti-incendie.

Déclencher l'explosion.

Tout avait été calculé. Une tempête de flammes se propagerait dans la résidence, carbonisant tout sur son passage. Tout le monde ne périrait pas. Non. Seulement, les trente-cinq résidents. N'étaient-ils pas déjà morts ? Le service avait déjà tout prévu. Après l'incendie, un rapport technique falsifié tomberait providentiellement entre les mains d'un journal, prouvant que la résidence n'était pas aux normes. Que le directeur avait voulu économiser sur l'entretien depuis des années. Les portes anti-incendie s'étaient refermées par négligence, les malades s'étaient retrouvés prisonniers de la fournaise. Un scandale. Un de plus dans les maisons de retraite. Pauvres vieux : mourir grillés. Yann aimait le feu. Le feu purificateur. Puissance absolue. Comme celui qui l'avait amené aux portes de la mort et détruit son âme.

Église Saint-Éloi

Les derniers rayons du soleil traversaient les vitraux de l'église, créant une myriade de formes géométriques polychromes dans la partie avancée de l'édifice. Une Vierge en pleurs, tenant son Fils dans ses bras, baignait dans un rouge intense, un saint à la mine sévère était drapé dans une robe de bure bleutée. Un rectangle allongé, d'un vert émeraude très pur, luisait sur le pantalon blanc du tailleur de la jeune femme, assise en face de Marcas. Elle portait, autour du cou, une fine chaîne avec une petite croix ansée, l'Ankh, symbole égyptien de la vie. Elle regardait Marcas avec froideur.

— Voilà donc l'homme responsable de ma garde à vue et du discrédit jeté sur ma fondation. Je tenais à vous remercier personnellement.

Marcas ne se laissa pas démonter.

— Enchanté. Antoine Marcas, commissaire de son état. Prenez-vous-en plutôt à M. de Fléhaut, c'est lui le responsable de tous vos ennuis. Je n'ai fait que mon travail. De plus, il a failli me tuer. Quant à vous, je vous suggère de vite me relâcher. Kidnapper un policier, ce n'est pas une garde à vue, c'est la taule.

Elle baissa d'un ton mais gardait toujours son air hautain. La croix ansée renvoyait un reflet doré.

— Vous êtes libre de vos mouvements, mais vous m'avez plongée dans une sale histoire dont je me serais bien passée. Je suis avocate, pas délinquante.

— J'ai vu votre dossier.

— Alors il doit mentionner que je suis l'une des plus estimées dans ma spécialité. Et je le suis devenue en perdant toute empathie envers l'humanité, sauf pour ma clientèle quand elle me paie mes honoraires. Et je ne crois pas que vous fassiez partie de cette dernière catégorie.

Marcas hocha la tête.

— Bien. Après les politesses d'usage, on va pouvoir aller au but. Que faisait votre homme à la résidence ? Il m'a dit que je n'étais pas fou. Et que faites-vous ici ? Et pourquoi cette église ?

— Trois questions qui apportent plusieurs réponses. Il faut d'abord commencer par le début.

— J'ai tout mon temps.

Elle croisa ses jambes, le rectangle vert s'était déplacé sur le haut du tailleur.

— L'église Saint-Éloi est située de l'autre côté de la colline où se trouve la fondation Memphis. Ma mère m'y emmenait quand j'étais petite. Je m'y sens bien, en paix.

— Pas moi, je ne suis pas là pour écouter vos souvenirs d'enfance.

Elle continua sans relever le ton cinglant d'Antoine.

— Je travaille aux États-Unis, je viens rarement durant l'année en France. J'assiste au conseil d'administration de la fondation. Je vérifie les comptes, c'est tout. Mes parents m'ont mise en pension très tôt, en Suisse, pour se débarrasser de moi, surtout mon père et, par la suite, j'ai fait une partie de mes études à Boston. À leur mort, j'ai touché l'héritage mais j'ai laissé en place la fondation. Vos collègues m'ont interrogée longuement là-dessus.

— Comment vous ont-ils trouvée ?

— Ce n'était pas compliqué. J'étais de passage à Paris, j'avais laissé un message à Fléhaut sur son portable, pour le rencontrer. Vos collègues n'ont eu qu'à l'écouter sur son répondeur pour avoir les coordonnées de mon hôtel.

Marcas la regarda fixement.

— Ça n'explique pas ce que fait l'un de vos hommes dans la résidence, et la présence de ces gros bras.

— Il y a deux ans, j'ai reçu dans la liasse comptable de la fondation deux documents qui n'auraient jamais dû s'y trouver. Un relevé de virements bancaires sur le compte de la fondation en provenance d'une maison de retraite, Héliopolis. M. de Fléhaut m'a alors révélé que mon père avait pris des parts dans cette résidence, et que la fondation touchait chaque année des dividendes. Ça m'a intriguée. Lors de la succession, personne ne m'avait fait part de cette participation. Le comptable avait commis une erreur en me l'envoyant.

— Et l'autre document ?

— Un courrier de l'Urssaf adressé à la fondation, demandant des précisions sur l'emploi de Yann Triskell. Une vérification de routine, ils ne comprenaient pas pourquoi il était déclaré par la fondation alors que son salaire était payé par la résidence.

— Que vous a-t-il répondu ?

— Il m'a montré un autre courrier, daté du mois suivant, dans lequel tout avait été régularisé. Il s'agissait d'une erreur. Il a ajouté que la fondation avait des amis haut placés. J'ai été un peu étonnée, j'avais toujours vu ça comme un truc poussiéreux. J'avais trouvé à l'époque cet homme fuyant, brouillon. Je me suis demandé s'il ne trafiquait pas les comptes et se remplissait les poches, derrière mon dos. J'ai demandé conseil à l'un de mes clients de Boston qui dirige un cabinet d'intelligence économique. Il m'a proposé de faire une enquête préliminaire sur la fondation. C'est l'un des meilleurs cabinets dans le monde, composé d'ex-agents de la CIA et de l'IRS, le service du fisc américain, avec des antennes dans plusieurs pays, dont la France.

Marcas se massa la nuque. L'église se rafraîchissait. Les vitraux s'assombrissaient.

— Je sais, je connais des collègues qui leur vendent des tuyaux en échange de quelques billets. C'est pas ma came. Et alors, qu'ont-ils découvert ?

— Le cabinet m'a remis un rapport préliminaire. Je suis tombée des nues. La fondation possédait 49 % des parts de la résidence mais ne touchait que des broutilles. Ça encore, pourquoi pas. Mais, plus grave, les enquêteurs ont découvert l'existence du trafic d'œuvres d'art avec l'Égypte. Depuis des années, mon père et maintenant Fléhaut se servaient de la fondation pour arrondir leurs fins de mois. Compte tenu de leur position, ils avaient tissé un solide réseau avec les marchands d'art, les collectionneurs et des vendeurs en Égypte. Quoi de plus naturel que d'importer des antiquités pour une fondation à des fins d'expositions temporaires...

— Ça devait faire un sacré paquet d'argent. Sans être spécialiste, ce que j'ai découvert lors de la perquisition devait atteindre trois cent à cinq cent mille euros. Pourquoi n'avoir pas alerté les autorités françaises ?

— Cela aurait été logique mais je n'ai pas fini. Je vous ai dit que la fondation possédait la moitié des parts de la résidence, très exactement 49 % des actions. Savez-vous qui est l'autre actionnaire ?

— Non. Un complice ? Le directeur de la résidence ?

— L'État français.

— Quoi ?

— Eh oui, votre employeur en quelque sorte. Le cabinet de renseignement a découvert que l'autre actionnaire de la fondation était une société écran domiciliée au Lichtenstein. Ils ont remonté la piste et se sont procuré les mouvements bancaires Swift de cette mystérieuse société.

— Swift ? C'est une marque de montres ?

Pour la première fois, elle sourit.

— Non. Tous les virements bancaires internationaux des deux mille plus grandes banques mondiales passent par un réseau sécurisé, crypté, dénommé Swift. Ce système informatique est géré par de très puissants ordinateurs basés en Europe et a un frère jumeau aux États-Unis, qui mémorise tous les transferts. Le moindre paiement entre la France et le Sénégal, l'Allemagne et le Liban ou l'Arabie Saoudite se retrouve enregistré dans ces ordinateurs. Pour des raisons de sécurité d'État, depuis les attentats du 11 Septembre, le gouvernement américain a accès aux données de cet ordinateur miroir. Officiellement, pour lutter contre le financement du terrorisme. Officieusement, c'est un outil de renseignement très efficace en termes d'intelligence économique. Savoir qu'une grande compagnie pétrolière française envoie de l'argent vers un pays africain permet d'anticiper sur sa stratégie.

— Je ne vois pas comment ils ont trouvé une trace des services de l'État. Les Français ne sont pas tout à fait crétins pour envoyer des fonds depuis la trésorerie publique.

— Évidemment. La société écran du Lichtenstein est alimentée par un compte aux Bermudes utilisé de temps à autre par la DGSE, vos services secrets, pour des opérations extérieures. Il se trouve que ce compte est connu depuis fort longtemps par la NSA (National Security Agency), les grandes oreilles de l'Amérique, avec qui le cabinet de renseignements entretient d'excellents rapports.

Antoine leva la main.

— Attendez. Je résume sinon je vais m'y perdre. La résidence de retraite où j'ai failli me faire assassiner par des vieux déments appartient à la fondation Memphis et à des barbouzes des services français. La même fondation qui fait du trafic à ses heures perdues depuis des lustres. Le tout, je suppose, avec la bénédiction de l'État. C'est ça ?

— Tout à fait. Vous comprenez pourquoi je n'ai pas pris le risque de venir dénoncer les agissements de la fondation quand j'ai eu ces éléments. D'ailleurs, le patron de l'agence économique me l'a fortement déconseillé. J'ai demandé que l'on pousse l'enquête plus loin pour connaître l'ampleur du trafic et savoir ce qui se passait réellement dans cette résidence. Le cabinet a réussi à placer l'un de leurs hommes comme infirmier, il y a un an.

— Ils ne lésinent pas sur les dépenses, vos amis.

— J'ai les moyens, l'héritage de mes parents m'a laissé de quoi assumer ce genre de caprices…

Marcas ne tenait plus en place, il s'agitait sur sa chaise.

— Qu'a-t-il trouvé ?

— En apparence, c'est une maison de repos normale, avec deux activités. L'une de courts et moyens séjours, pour des retraités de passage ou des patients comme vous. L'autre avec des résidents à plein temps, assez âgés. Curieusement, le personnel médical qui s'occupe de cette dernière catégorie est composé d'anciens du service de santé des armées. Les résidents sont logés dans une aile séparée. L'agent du cabinet de renseignement a réussi, il y a deux mois, à consulter les dossiers des patients. Ils ont tous un point commun.

— Lequel ?

La jeune femme le regarda avec gravité.

— Le même que le vôtre, commissaire.

— Hein ? Ce sont d'anciens flics ? Ça m'étonnerait, le vieux Scalèse est un marin à la retraite.

— Vous ne me comprenez pas. Ils ont tous fait des NDE.

— Vous plaisantez ?

— Non. Tous ont été déclarés en mort clinique. Tous ont vu quelque chose là-haut. Sans exception. Trente-cinq dossiers identiques. Ils sont suivis régulièrement, prennent des médicaments communs, participent à des thérapies de groupe. Le médecin-chef, le docteur Naud, conduit les protocoles avec l'aide d'une équipe dédiée. Ce sont des gens très dangereux et déterminés. Notre homme nous a appris que trois patients avaient disparu pendant sa période. On lui a dit que leur famille était venue les chercher.

— Pourquoi les vieux m'ont-ils attaqué, bordel !

Cléa al-Asroul s'était levée et s'appuyait sur le dossier du banc.

— Pour vous faire peur et, accessoirement, vous faire passer pour fou. Les responsables médicaux ont mis au point une sorte de contrôle psychologique extrêmement pointu. Dans certaines circonstances, ils peuvent modifier leur comportement. Il y avait bien ces vieillards dans votre chambre. Tout était préparé, ils se sont bien moqués de vous.

Marcas se leva, par réflexe.

— Les enfoirés. Dire que je pensais devenir complètement dingo. Je vais retourner là-bas avec un mandat. Ça ne va pas traîner.

— Non. Ils peuvent tout nier. Comment prouver ce que vous dites ? N'oubliez pas que votre dossier médical ne plaide pas en votre faveur.

— Il y a votre homme !

— Impossible. Il ne témoignera jamais. Il a été embauché sous une fausse identité. Le cabinet ne veut pas être mêlé à ça. Il a terminé sa mission et devrait quitter la résidence demain ou après-demain.

Antoine réalisa qu'il restait debout sans avoir de malaise. La jeune femme lui mit la main sur l'épaule.

— J'ai une bonne nouvelle pour vous. Vos malaises ne sont pas liés à votre coma.

— Vous êtes médecin ?

— Non. Notre homme s'est aperçu qu'ils vous droguaient. Une substance qui agit sur la pression artérielle. Au moindre effort, le cœur ne pompe plus assez de sang pour irriguer le cerveau. Ça leur permettait de vous tenir à distance.

— Les fils de pute !

— Ça passera naturellement.

Une sonnerie de téléphone retentit. Cléa prit le portable dans la poche intérieure de son tailleur.

— Oui ?

Elle s'éloigna en faisant un geste à Marcas pour qu'il ne bouge pas. Elle revint quelques instants plus tard. Antoine la relança.

— Vous connaissiez l'existence du pavillon de chasse dans la fondation ?

— Vos collègues m'ont posé la même question. La réponse est oui, mais personne n'y entrait à ma connaissance. Je suis au courant de la découverte du cadavre mais je ne peux vous apporter aucune lumière là-dessus. Et pour être franche, ça ne m'intéresse pas. Fléhaut et son acolyte ont pu jouer les Landru et momifier les touristes suédoises de passage, ce n'est pas mon problème.

Marcas avait repris ses esprits. Quelque chose clochait dans l'enchaînement des événements.

— La coïncidence est énorme…

— Quoi donc, dit Cléa al-Asroul, l'air absent.

— Je perquisitionne à la fondation et, comme par hasard, on m'envoie en repos dans la résidence, dont elle est propriétaire.

— Vous connaissez la phrase d'Einstein ?

— Il a pondu des tas de maximes, ce brave Albert, répondit Marcas qui s'assit par réflexe dans son fauteuil.

— Le hasard, c'est Dieu qui voyage incognito.

— Je suis plus branché par le grand architecte de l'univers que par le vieux barbu.

Cléa al-Asroul fit un signe à l'homme qui était assis dans l'église et se tourna vers Antoine.

— En l'occurrence, ce n'est pas Dieu qui vous a mis dans la résidence, c'est la personne qui va nous rejoindre. Elle vient de me prévenir de son arrivée.

L'homme se posta à la sortie de l'église et ouvrit la grande porte en bois. Une ombre se découpa dans la lumière du couchant. Marcas n'arrivait pas à distinguer le nouvel arrivant. Le contraste entre la pénombre de l'église et l'extérieur rendait difficile l'identification. Cléa Al-Asroul poussa le fauteuil d'Antoine.

— Vous permettez ? dit-elle d'un ton grave.

— Je vous en prie. Je suis impatient de voir qui m'a mis dans cet asile de fous.

Le fauteuil remonta le long des travées et stoppa devant l'inconnu. Marcas écarquilla les yeux.

— Ce n'est pas possible. Toi !

57

*1365 av. J.-C.
Cité d'Akhenaton
Palais royal*

Pharaon avait choisi le scribe avec soin. Il l'avait conduit au palais, installé dans une pièce discrète, avant de l'interroger.

— Comment te nommes-tu ?

— Djenefrou, fils d'Ichbek.

— Tu es aveugle depuis longtemps ?

— Je vis dans les ténèbres depuis plus de vingt ans, Seigneur.

Akhenaton tendit le bras avec précaution et saisit une lampe à huile.

— Et ça ne te gêne pas dans ton travail ?

— Bien au contraire, Seigneur. Depuis que la lumière m'a quitté, je n'ai jamais été aussi bon scribe. Je ne suis plus qu'une oreille qui entend et une main qui transcrit.

Lentement, Pharaon fit passer le bec allumé de la lampe devant les paupières closes du scribe.

— Je sens la chaleur d'une flamme, Seigneur, sur mon visage.

Le bras d'Akhenaton recula.

— Sois rassuré, tu n'es pas le premier à vérifier si j'ai bien perdu la vue. C'est pour cela que l'on m'engage. Pour être certain que jamais je ne révélerai l'identité de celui dont j'écris la parole.

— Qui t'engage, en général ?

Le visage étonnamment lisse du scribe se fendit d'un sourire inquiet.

— Des hommes qui ont des choses à cacher ou une vengeance à accomplir, Seigneur. Des hommes qui ont le mal ou la peur au ventre.

Pharaon reposa la lampe à huile. Le scribe l'intriguait.

— Et tu n'as pas peur que je m'offusque de tes propos ?

— Que pourrais-je craindre ? Les dieux m'ont ôté la lumière. Ils m'ont condamné, vivant, à l'obscurité du tombeau.

— Ton insolence pourrait te coûter la vie.

Le scribe secoua la tête.

— La mort ne me fait plus peur. Mieux, j'en viens presque à la souhaiter.

— Comme une délivrance à tes tourments ?

— Non, comme une espérance. La nuit, parfois, je rêve qu'Anubis est venu me chercher. Il me tient par la main pour me guider. Une porte s'ouvre et tout à coup…

Pharaon regarda les lèvres qui tremblaient.

— …je vois, Seigneur, je vois la lumière.

Le scribe ouvrit son rouleau de cuir en soupirant.

— Mais ce n'est qu'un songe.

Il déplia le papyrus sur son écritoire. Pharaon s'approcha.

— Alors, écoute et écris.

De nouveau, j'étais dans un tunnel de ténèbres. Un tunnel aux murs humides et visqueux. Ma sœur n'était plus là pour me guider. Je devais, seul, explorer la nuit.

J'avançais lentement comme un nageur en eau trouble, mais un détail me perturbait. Au fur et à mesure de ma progression, les murs se resserraient. Déjà je pouvais sentir la chair gluante qui me frôlait. J'avais la sensation angoissée d'avancer dans un boyau qui, bientôt, allait m'étouffer.

La pression augmentait. Je tendis la main. Les parois du souterrain ruisselaient d'humidité. Une odeur lourde envahissait tout. Je descendais. Tout à coup, je pris conscience que je n'étais plus seul. Ce que j'avais cru être les murs d'un tunnel n'était qu'un amas de morts entre lesquels je glissais. La majorité ne bougeait plus. La stupeur les figeait sur place. Ce dont ils faisaient l'expérience ne ressemblait en rien aux promesses rassurantes des prêtres. Ni barque funèbre pour les conduire, ni dieux bienveillants pour les guider, rien que la nuit et la peur. Autour de moi, la plupart des morts s'étaient rétractés, recroquevillés sur eux-mêmes, victimes de leur propre terreur. Certains commençaient déjà à s'estomper. Peu à peu, leur ka se décolorait jusqu'à ne plus être qu'une lueur errante, un feu follet dévoré par les ténèbres.

Subitement le tunnel se transforma en cul-de-sac. J'étais arrivé dans une impasse, un réduit d'où je ne pouvais plus m'échapper. Ma première impression fut que j'étais prisonnier dans les entrailles de la terre. D'ailleurs, les murs de chair se métamorphosaient en parois de calcaire, parsemées de concrétions. J'étais dans une grotte. Un bruit m'intrigua : j'avançai. Au fond de la grotte, une source ruisselait dans une vasque de pierre dont la surface faisait miroir. Je me penchai. Juste avant de hurler.

À la place de mon visage, je venais de voir un crâne. Mon crâne. Je reculai, effrayé. Une partie des dents venait de se détacher, aussitôt suivie par la mâchoire inférieure qui se brisa sur le sol. Les éclats étaient noirs, friables. Les orbites semblaient rongées par un prédateur insatiable. Voilà ce qu'il restait du visage qu'aimait tant caresser ma sœur.

Mon cri semblait avoir réveillé les lieux. Sur les parois, une étrange danse prenait forme. Des squelettes, à la démarche syncopée, se tenaient par la main, avançant d'un pas hésitant. À chaque instant, ils semblaient sur le point de se disloquer et de tomber en poussière. Une femme, qui portait encore ses bijoux, m'invita à les rejoindre. Je tournai les talons.

Peu à peu, la grotte se métamorphosait. Les parois devenaient plus lisses, se transformaient en murs. Je reconnus une chambre funéraire. Sur un rebord étaient posés deux vases canopes encore ouverts. Je m'approchai pour les examiner. Une substance cristalline brillait légèrement au fond. Du sel. Je me tournai vers l'autre vase. Une odeur âcre me saisit. Sans doute du soufre. Je m'étonnai de pouvoir encore ressentir et comprendre alors que je n'avais plus de corps. Ma pensée, elle-même, ne fonctionnait plus comme avant. Tout avait un sens profond, inattendu. Le soufre signifiait la purification, le sel la résurrection. C'était une évidence.

Dans mon dos, un coq se mit à chanter tandis qu'une voix jaillissait des ténèbres :

— Il est temps !

La voix me terrifia. J'avais entendu parler, par de vieux soldats, de cette peur irraisonnée qui vous clouait sur place, vous possédait jusqu'aux tréfonds. Même sans corps, c'était une douleur physique intolérable.

— La seconde fois, tu devras franchir les épreuves, m'avait dit ma sœur. Si tu ne les affrontes pas, jamais tu ne connaîtras la Lumière.

Lentement, je me retournai en direction de la voix. Face à moi se tenait un homme, au visage flamboyant, une épée à la main. Ses lèvres étaient closes, mais j'entendais sa voix mieux que ma propre pensée.

— Rares sont ceux qui osent remonter le Grand Tunnel jusqu'à leur propre vérité. Plus rares encore sont ceux qui supportent la vue de leur propre mort. Mais sauras-tu affronter ta propre vie ?

De sa main libre se déroula un papyrus dont les volutes roulèrent sur le sol. Je me penchai pour le rattraper.

D'un coup, ma vie défila. Jusqu'au plus infime détail. Et pour la première fois, j'en connus le sens. Tout s'organisait, prenait forme. Je compris que chacun avait un destin à remplir. Du plus humble paysan au premier des puissants, tous avaient un rôle dans ce plan immense qui était le devenir de l'humanité. Le moindre de mes gestes, le plus infime de mes choix avaient eu une conséquence dont, jusque-là, j'ignorais tout.

Un long moment, j'eus la tentation de me perdre dans cette explosion d'images, de tout revivre, instant par instant, pour ne rien perdre. L'envie était forte de se dissoudre dans le miroir de son existence. La pensée d'Anémopi m'arracha à ma propre contemplation.

Aussitôt, la pièce disparut.

Le Gardien me fit signe de le suivre vers un escalier de pierre. Une longue spirale qui s'élevait sans fin. Brusquement, mon guide disparut, me laissant seul devant une porte close. L'escalier s'était volatilisé. J'étais sur un parvis. J'avais froid, mais seulement à certaines parties de mon corps : la poitrine et la jambe gauche. J'avançai la main vers la porte qui pivota sans un bruit. Devant moi, s'ouvrait l'obscurité.

Akhenaton s'interrompit. Le scribe grattait le papyrus d'une écriture fiévreuse. Pharaon se tourna vers le miroir qui se dressait au fond de la pièce. Il scruta son corps décharné. Ses voyages entre les morts avaient tout brûlé. Pourtant, il ne s'était jamais senti aussi près de la vérité. Djenefou écrivait assis, les jambes croisées. Délicatement, il se massa le poignet droit.

— Seigneur, ta parole est comme un cheval au galop.

— Tu as peur de la suivre ?

Pour la première fois, l'aveugle souleva ses paupières, dévoilant deux globes figés et laiteux.

— Seigneur, dicte.

58

1365 av. J.-C.
Tombeau d'Akhenaton

Le treuil grinça sous l'effort. Un esclave jeta de l'eau sur la corde. Le bloc commença de se lever. Aussitôt des aides installèrent des troncs sous la pierre. Eremeth observait la manœuvre.

Chaque bloc était hissé à la force des hommes avant de rouler sur un lit de rondins. Quand le soleil atteindrait le zénith, après des heures d'effort, la pierre serait face au tombeau. Plus loin, des tailleurs sculpteraient un buste de Pharaon aux traits fins et aux lèvres charnues.

Eremeth se tourna vers la porte monumentale du tombeau.

Akhenaton n'avait pas seulement mis en mouvement une réforme religieuse, il avait aussi inspiré une révolution dans l'architecture funéraire. Désormais l'entrée des tombes n'était plus camouflée, mais ornée et visible au grand jour. La mort apparaissait dans la lumière.

Officiellement, Eremeth était en tournée de contrôle. Il avait visité le quai sur le Nil où les blocs de pierre étaient déchargés, passé les cohortes de gardes en revue et discuté avec les architectes de l'avancée du projet. Une inspection, tout ce qu'il y avait de plus banale.

D'un coup de sifflet, le contremaître annonça la première pause de la matinée. Le chef des gardes, lui, fixait l'entrée du tombeau d'Anémopi, la sœur du roi. Encadrée de deux piliers, une lourde porte de basalte fermait l'entrée du caveau. Eremeth se souvenait encore de la fois où il avait truffé son corps d'amulettes pour la protéger des démons du grand voyage. Sa main avait tremblé quand il avait touché son corps. La nuit, parfois, un rêve le surprenait où la sœur de Pharaon jaillissait de son linceul de bandelettes et venait incendier sa couche.

Comme tous les hommes de la cour, il avait été fasciné par la beauté féline de la princesse. Dans le peuple, on disait qu'Anémopi était l'incarnation de la déesse Bastet. Sans doute à cause de ses yeux étonnamment clairs. En Égypte, seuls les chats sacrés avaient parfois un regard aussi limpide. Eremeth chassa ses pensées. Ces derniers jours avaient été épuisants. Et quand la fatigue l'emportait, des humeurs lascives le gagnaient. À moins que ce ne soit la présence de la mort. Autour de lui, les ouvriers partaient s'asseoir dans l'ombre de la falaise. Les esclaves d'un côté, les ouvriers de l'autre. Ces derniers avaient le visage plus pâle et portaient un turban sombre.

— Seigneur, j'ai une nouvelle... annonça le contremaître.

— D'où viennent les ouvriers ? interrogea le chef des gardes.

— Ce sont des étrangers, la plupart viennent du Sinaï.

Le nom éveilla la suspicion d'Eremeth. Il chercha un instant et se rappela une scène au palais de Pharaon. C'était lors du traité d'allégeance des ambassadeurs étrangers. L'un d'eux avait prononcé ce nom. Une tribu famélique du désert. Et la colère du grand prêtre s'était abattue sur eux. Quelle en était la cause ? Eremeth n'arrivait pas à s'en souvenir.

— Pendant la saison froide, ils travaillent dans leur pays, reprit le contremaître, la plupart sont des mineurs et extraient le cuivre et les turquoises.

Eremeth fronça les sourcils. La région des Turquoises. Eupalinos.

— Tu les appelles comment ?

— Des Caïnites. Durant la saison chaude, ils se vendent comme foreurs de tombes dans les chantiers d'Égypte. Ce sont des ouvriers réputés.

— Pourquoi ?

— Ils n'ont pas peur de l'obscurité. Ils ne craignent pas les démons. Le contremaître palpait son amulette. On dit qu'ils ont passé un pacte avec les puissances d'En-bas.

Le chef des gardes haussa les épaules.

— Dès qu'on ouvre une nouvelle entrée dans la falaise, ils se précipitent, ils s'enfoncent toujours plus avant dans la pierre.

— Où travaillent-ils en ce moment ?

Le contremaître baissa la voix.

— Ils forent sur le dessus de la falaise. Les architectes de Pharaon ont décidé que la véritable entrée du tombeau serait dissimulée sur le plateau.

Eremeth hocha la tête. Encore une ruse d'Eupalinos. Des deux entrées monumentales dans la falaise voulues par Pharaon, aucune n'était la bonne.

— Ce sont des hommes rudes, ces Caïnites. On dit que leur ancêtre a défié les dieux en assassinant son propre frère.

— Une légende, sans aucun doute.

La main crispée sur son amulette, le contremaître s'obstina :

— On dit aussi que les dieux, pour se venger, les ont marqués au front d'un signe d'infamie.

— Une marque divine... ironisa le chef des gardes, tu divagues !

Le contremaître se rapprocha, le visage grave.

— Un jour, l'un des Caïnites, en sortant du tombeau, a été ébloui par la lumière. Il a trébuché et son turban est tombé au sol. Son front...

— Quoi, son front ?

— Il avait deux bosses à la racine des cheveux. Comme des cornes. Voilà pourquoi ils recherchent l'ombre et ne sortent jamais au jour sans que le haut de leur visage soit couvert d'un turban.

Cette fois, le chef des gardes ne réagit pas. Il pensa à la mission confiée par Pharaon. Il faudrait agir discrètement. Il n'avait pas encore de plan précis, mais l'inspiration allait venir. Il en était sûr.

— Seigneur, j'étais venu pour t'annoncer une nouvelle, annonça le contremaître en s'inclinant. Deux hommes se sont introduits dans la tombe de Pharaon. Nous venons de les découvrir.

Le regard toujours fixé sur les ouvriers, Eremeth ne réagit pas.

— L'un d'eux, un Noir, est empalé au fond d'une fosse.

— Comment l'avez-vous découvert ?

Le contremaître baissa la voix.

— L'odeur, Seigneur.

— Et l'autre ?

— Quand nous sommes arrivés pour la reprise du chantier, la herse du couloir principal était tombée. Je l'ai fait éventrer à la hache. Il était derrière.

— Vivant ?

— Étouffé par le sable, Seigneur.

Eremeth tapota la garde de son épée. Pharaon serait satisfait.

— Dis-moi, ces Caïnites...

— Oui, Seigneur, d'excellents ouvriers, infatigables. Je les garderais bien, mais…

Le contremaître se tut. Le chef des gardes avait un curieux regard. Ce que l'on racontait était donc vrai ? Ceux qui avaient eu accès aux secrets de la tombe de Pharaon ne demeuraient jamais vivants bien longtemps ?

— Ils ont un chef ?

Le contremaître montra du doigt un homme vigoureux, assis dans le sable, en train de boire à une gourde. Il était le seul des siens à porter une barbe. Eremeth retint ce détail incongru.

— Quand leur contrat se termine-t-il ?

— À la prochaine lune, Seigneur. Ensuite ils reprendront le chemin du retour.

Eremeth hocha la tête et retira une bague de son doigt. Il la tendit au contremaître.

— Je veux tout savoir sur eux. Tout.

Une idée venait de germer dans son esprit. Une idée qui plairait à Pharaon.

Des cris éclatèrent à l'entrée du chantier. Le chef des gardes tourna la tête. Un nuage de sable s'élevait tandis que des corps roulaient au sol. Des gardes se précipitèrent. La lanière des fouets siffla. La voix tremblante, le contremaître balbutia :

— Seigneur, ne prends pas garde. Ce sont juste des miséreux qui réclament du travail. Il en vient tous les matins.

Tout en remettant son casque, Eremeth fit un signe vers son escorte.

— Et tu les embauches ?

— Nous avons besoin de bras, Seigneur.

Un soldat se précipita, tirant un cheval sellé. Eremeth jeta un œil sur les miséreux prostrés dans le sable. L'un d'eux portait un tatouage sur le dos. Le profil de chacal d'Anubis.

Le chef des gardes éclata de rire.

— Prends donc celui-là. Il a déjà la tête de l'emploi.

59

De nos jours
Église Saint-Éloi

Le frère obèse se tenait debout, les mains dans les poches d'une informe veste grise qui lui donnait l'allure d'un tonneau recouvert d'un drap. Il contempla Marcas dans sa chaise roulante.

— Enfin, le frère Jésus, dit-il avec une pointe d'ironie dans la voix. En version handicapée.

— Jésus ? fit Marcas, décontenancé.

— Un franc-maçon qui meurt et ressuscite, c'est peu banal. Comme le Christ. J'ai vu le compte rendu complet de tes péripéties médicales. Le professeur Labiana en a parlé aux frangins de la loge Pernety. J'y étais hier soir. L'un de nos frères t'a baptisé le frère Jésus. Tout le monde a trouvé ça très amusant. Ils attendent que tu viennes leur faire une planche avec impatience : « Comment j'ai ressuscité, ce que j'ai vu dans l'au-delà, mon message d'amour pour l'humanité », de quoi nous égayer.

Le ton cynique du frère obèse déplut à Antoine.

— Je suis ravi de distraire mes frères avignonnais de la loge Pernety. Si j'étais mort, mon fils vous aurait pondu une petite planche sur les orphelins de la police.

Le directeur du Rucher mit la main sur son épaule.

— Pardon. C'était de mauvais goût. Comment vas-tu ?

— Épargne-moi ta sollicitude. Mademoiselle al-Asroul vient de m'avouer que tu m'as fait transférer à la résidence après mon coma. C'est vrai ?

— Oui. Je vais t'expliquer.

— Tu es allé trop loin, gronda Marcas.

Le frère obèse s'assit sur un banc en bois. Un craquement sec se répercuta dans l'église.

— Laisse-moi parler. Quand j'ai été prévenu de ton hospitalisation, je me suis fait communiquer le rapport préliminaire. J'ai voulu savoir ce qu'il y avait derrière la fondation Memphis. Je te passe les détails. J'ai découvert qu'elle était protégée par le ministère de la Défense. Plutôt curieux, quand on sait que les militaires et la culture ne font pas forcément bon ménage. J'en rajoute. Après quelques recherches fructueuses, j'ai remonté la pelote pour aboutir à la maison de repos. Là encore, une liaison illogique, la Défense n'a pas vocation à investir dans les maisons de retraite.

Cléa s'assit à son tour et intervint.

— C'est à ce moment-là que votre ami m'a contactée pour discuter de façon informelle. Il avait lu ma déposition.

— Ce n'est pas mon ami, rétorqua Marcas.

— Disons plutôt un frère, ajouta, goguenard, l'obèse. Nous avons croisé nos informations, elle m'a révélé la présence de leur agent à la résidence. Je suis intervenu auprès de quelques personnes pour te faire envoyer là-bas.

— Bordel, pourquoi ? Je sortais du coma. J'ai failli mourir pour de bon et tu m'instrumentalises. C'est dégueulasse. Je savais que tu étais une ordure mais à ce point...

Le frère obèse secoua la tête.

— J'assume. Mais réfléchis. On t'aurait transféré dans un établissement sans histoire, tu aurais pris un mois de congé de maladie aux frais de la sécu, l'enquête t'aurait totalement échappé. J'ai pris ce risque pour de bonnes raisons. Les téléphones des responsables de la résidence sont sonorisés. Sur place, tu pouvais mener ton enquête. Et de surcroît, le faux infirmier te protégeait.

— Bravo pour la protection. L'attaque des vieux n'était pas au programme.

— On ne peut pas tout anticiper. Je comptais venir te voir sur place, tu es parti plus tôt que prévu. De toute façon, ils ne pouvaient pas prendre le risque de se débarrasser de toi.

— Tu cherches quoi exactement dans cette affaire ?

— Comme toi, la vérité.

— Ne te fous pas de moi.

Cléa al-Asroul assistait au duel entre les deux hommes. Le frère obèse croisa ses bras sur son embonpoint.

— Démêlons l'écheveau. Affaire 1 : les meurtres du jeune gardien et de ton collègue d'Avignon, commis par Fléhaut. Il sera déclaré irresponsable par le tribunal et finira ses jours dans un établissement spécialisé. Affaire 2 : la preuve du trafic est établie avec ce que tu as trouvé lors de ta perquisition. Tout indique que Fléhaut en était le commanditaire, Cléa al-Asroul a été abusée. Affaire 3 : la momie. Les investigations n'ont rien donné. Zéro identification. Tes collègues vont pousser un peu plus loin mais compte tenu de l'état du cadavre, il est fort probable que l'on ne sache jamais qui elle est. Le juge va certainement classer, sauf éléments nouveaux.

Antoine tapa du poing sur le banc de bois.

— Et le pavillon de chasse transformé en temple macabre ? C'est quand même curieux d'avoir conservé un cadavre pendant des années. Ils ont vérifié s'il y a eu d'autres disparitions dans la région ? Ont-ils procédé à des fouilles dans la fondation, au cas où il y aurait d'autres momies enterrées et qui ne seraient pas de l'époque des pharaons ?

— Non. Ça ne mènerait à rien. Le juge veut aller rapidement et se concentrer sur l'essentiel, à savoir le trafic. Le procureur est intervenu dans ce sens. D'autant que l'implication du ministère de la Défense est bien réelle. Le juge n'a pas envie de se coltiner une affaire d'État. C'est nuisible pour l'avancement. Et on en vient à l'affaire 4 : le ministère est mouillé jusqu'au cou. Ils ont d'ailleurs fait libérer Triskell.

— Tu plaisantes ? lança Marcas.

— Non. J'ai continué mes investigations. Figure-toi qu'à côté de son trafic, M. de Fléhaut rendait des services à l'État, en particulier sur le plan des opérations extérieures. La fondation servait de couverture pour des actions de renseignement au Moyen-Orient depuis de nombreuses années. Une pratique courante, de très belles entreprises françaises emploient à l'étranger d'honorables correspondants. On m'a expliqué que la folie de Fléhaut était providentielle et qu'il ne fallait pas aller plus avant. Pour la petite histoire, le disque dur saisi lors de ta perquisition est illisible. Exposition électromagnétique intense, selon les éléments transmis par la gendarmerie. Par ailleurs, deux employés du ministère de la Défense ont été affectés pour le suivi de cette affaire. Ils sont logés à Avignon.

— Tu ferais mieux de dire : l'étouffement de l'affaire.

— Si on veut. Ils sont descendus à la fondation et se sont pointés à la résidence pendant ton séjour. J'ai même leur numéro de portable et l'immatriculation de leur Peugeot gris métallisé.

— Pourquoi me donnes-tu toutes ces informations ?

— À chaque fois que je vois se pointer des militaires, c'est toujours juteux. Dès qu'ils montrent le bout de leurs godillots, ils la ramènent avec leur raison d'État. C'est ma façon à moi de me conformer à mon idéal maçonnique. Et n'y vois là aucun cynisme.

— Ben voyons, l'idéal maçonnique. Tu continues à me prendre pour un con. La vraie raison ?

Le gros homme réfléchit quelques instants.

— Disons que l'existence d'une opération secrète, conduite par la Défense, m'intéresse beaucoup. Il semble qu'un service non identifié au sein de ce ministère opère depuis des décennies en toute illégalité. Les identifier et prouver leur implication peut se révéler très précieux. Toute information s'échange, vois-tu.

Cléa al-Asroul consulta sa montre puis se leva.

— Messieurs, mon rôle dans cette affaire est terminé. La fondation va être mise sous tutelle. J'ai appris ce que je voulais et je ne veux pas être mêlée à vos histoires d'agents secrets et de maisons de retraite pour morts-vivants. J'ai rendez-vous avec mon avocat à Londres demain.

— Pas si simple, murmura le frère obèse.

— Vous dites ?

— Vous êtes placée sous contrôle judiciaire, avec interdiction de quitter le territoire.

— Vous plaisantez ! J'ai collaboré avec la justice. Je vous ai donné toutes les informations et je me suis même occupée de votre collègue impotent.

— C'est de moi dont vous parlez ? gronda Marcas.

Le frère obèse haussa le ton.

— Je ne vous ai pas tout dit. Fléhaut a été retrouvé mort, hier soir. Étranglé. Dans sa cellule capitonnée. Plus de meurtrier, plus de procès. Il semble que quelqu'un ait décidé de faire le ménage en haut lieu. Mademoiselle al-Asroul, je pense que vous êtes probablement la prochaine sur la liste.

Marcas et la jeune femme échangèrent des regards stupéfaits. Le gros reprit.

— La seule façon de vous protéger, c'est de réunir des preuves supplémentaires pour les tenir à distance. Vous voyez à quoi je fais allusion, mademoiselle ?

La jeune femme le regarda, sans sourciller.

— Absolument pas.

— Voyons, un grand pharaon, énigmatique, connu pour son goût pour le monothéisme...

— Je n'ai pas de temps pour les devinettes. Je suis désolée de vous quitter mais...

— Oh, la vilaine...

Le directeur du Rucher prit son air patelin, celui qu'il arborait quand il sortait une carte maîtresse de son jeu.

— Allons... Le buste d'Akhenaton dans le pavillon de chasse ? Ça ne vous dit rien ? La fondation...

Cléa al-Asroul le fusilla du regard.

— Espèce de salaud. Vous m'avez mise sur écoute.

— Bien sûr. Pour vous protéger...

— Mike m'avait certifié que son portable était étanche, avec un abonnement sur un réseau américain.

— La France sait aussi tendre l'oreille quand il le faut.

Marcas leva les bras.

— Je n'y comprends rien. De quoi parlez-vous ?

Le frère obèse se cura l'oreille avec son index.

— L'écoute est la première des vertus dans mon métier. Il se trouve que nous avons intercepté une conversation de cette charmante personne avec l'un de ses hommes. Elle évoque une cache située sous le buste du pharaon Akhenaton. Dans le pavillon de chasse. Notre amie ici présente projetait de retourner à la fondation.

— C'est vrai ? demanda Antoine, décontenancé.

Cléa al-Asroul semblait mal à l'aise.

— Oui. Mes parents m'ont légué une petite clé, en forme de croix ansée égyptienne. Je la porte autour du cou depuis que je suis toute petite. J'avais complètement oublié jusqu'à ces événements. J'ai retrouvé une vieille lettre de mon père qui faisait allusion à cette serrure. Je ne sais absolument pas ce qu'il y a dedans.

— À la bonne heure, répliqua le frère obèse. Et si nous y allions tous ensemble ?

— Avec votre collègue handicapé ? Ça va pas être facile, ricana la jeune femme.

Marcas appuya ses mains sur les accoudoirs du fauteuil et se leva lentement.

— Vous m'avez dit qu'ils m'avaient donné un médicament invalidant ? Cela fait maintenant presque une journée que je n'ai rien absorbé. Je devrais donc rester debout sans avoir besoin de mon quatre roues. J'en ai marre de me faire trimbaler comme un petit vieux.

Il fit jouer ses muscles et fit pivoter sa tête autour de son cou. Pour la première fois, il se sentait vraiment vivant. Le sang affluait dans sa chair, irriguait à nouveau ses membres. Savoir qu'il n'était plus cloué sur ce maudit fauteuil lui conférait un regain d'énergie. Il prit une grande inspiration, s'agenouilla et se déplia plusieurs fois.

— Ça fait du bien, ajouta-il en mimant des mouvements de boxeur.

— Marcas en train de faire sa gym dans une église. Dommage que je n'ai pas un portable qui prenne des vidéos, jeta le frère obèse qui s'était levé à son tour.

— Tu aurais pu lui donner un titre genre Rocky : *Marcas 7, le retour de la revanche du looser*. On y va ? Je crois avoir suffisamment perdu de temps jusqu'à présent.

Cléa al-Asroul paraissait maussade.

— Je ne crois pas que ce soit une bonne idée. Les scellés ont été apposés après la perquisition.

— Rassurez-vous, jeune dame, j'ai apporté un passe et nous avons un officier de police judiciaire. Nous sommes à un quart d'heure de marche de la fondation. Un peu d'exercice nous fera le plus grand bien, dit le directeur du Rucher. Des réponses nous attendent dans votre cache pharaonique.

60

De nos jours
Résidence Héliopolis

L'odeur de plastique brûlé réveilla le vieil homme. Il se tourna dans les couvertures pour y échapper mais rien n'y fit. L'odeur restait là, entêtante. Les infirmiers avaient dû griller une cigarette en cachette dans les W.-C. du couloir ou un mégot s'était consumé dans un gobelet jetable. Des cris retentirent, il leva la tête, les yeux fripés de sommeil. Une onde de terreur le parcourut.

Des flammes l'entouraient. Partout, sur les murs, au plafond. La télévision s'était transformée en bloc de plastique fondu. Il se leva avec peine. Une fumée âcre pénétrait dans ses poumons. Il prit un mouchoir qui traînait sur le chevet et le porta à sa bouche. Ses yeux brûlaient. Il se rua vers la porte. À peine avait-il mis un pied dans le couloir qu'il fut bousculé et projeté à terre. Les cris d'horreur se propageaient, comme les flammes d'un bout à l'autre du bâtiment. Certains criaient « Au feu ! » avec des voix désespérées. On lui piétinait les mains et le corps.

Il tenta de se relever et se plaqua contre le mur du couloir. Des dizaines de résidents, en pyjama et robe de chambre, couraient comme des damnés. Les flammes surgissaient de toutes parts. Il fut entraîné par le flot vers la sortie. Il avait déjà fait des exercices d'alerte, il savait qu'il fallait suivre les panneaux lumineux verts. Jamais il n'avait couru depuis son arrivée dans la résidence. Sa volonté n'existait plus, le troupeau le portait vers les escaliers d'accès à l'étage. Au détour du couloir, il se cogna contre un groupe compact de résidents, terrorisés.

— La porte ! Ils ont bloqué la porte !
— Appelez les infirmiers !
— Au secours !
— Pitié !

Les hurlements s'amplifièrent. Devant eux, il n'y avait qu'un mur fermé hermétiquement. La porte de sécurité anti-incendie, épaisse de cinquante centimètres, en matériau ignifugé, s'était refermée au moment où avait été détectée la fumée. En roulant sur son rail, elle avait broyé un résidant. Scalèse hurla comme les autres. En vain.

Ils étaient pris au piège. Derrière eux, les flammes rampaient sur le sol, se faufilaient sur les murs, telles des limaces chatoyantes. Il vit une vieille femme griffer le papier peint avec ses ongles. Un homme frappait la porte comme un enragé. La fumée s'épaississait et emplissait l'atmosphère, sa gorge se transformait en une sorte de toile émeri, râpeuse.

Des voix étouffées retentirent derrière le mur. Des coups sourds faisaient vibrer la paroi. De l'autre côté de la porte de sécurité, une horde d'infirmiers tentait de desceller les rails de glissement.

— Tenez bon, on dégage la porte.

Une explosion retentit dans l'aile administrative. Un puissant jet de flammes provint de l'étage inférieur, là où se trouvaient les bureaux des médecins et de la direction. Tous les autres patients qui n'étaient pas dans l'aile ouest avaient été évacués sur la pelouse du parc. On leur apportait des couvertures. Ils assistaient, ébahis, à l'incendie. Les flammes orangées sortaient des fenêtres et dépassaient les toits. Des lueurs rougeoyantes se découpaient sur l'encre noire de la nuit.

Dans la fournaise, Scalèse se laissa tomber à terre. Il sut que c'était fini. Il pria pour que la fin soit rapide. Et qu'il puisse retourner là-haut. Sa vie était un enfer perpétuel depuis plus de cinquante ans, depuis l'expédition de Suez. Le moment de partir était arrivé. Des larmes coulèrent le long de sa joue. Là-haut, on lui expliquerait pourquoi il n'avait pas eu droit à sa part de bonheur. Pourquoi on ne lui avait pas permis de se marier, d'avoir des enfants, une maison à lui. Tout ce qu'il voyait à la télévision depuis un temps immémorial.

Une vieille femme gisait à terre, les yeux entrouverts. Il la prit dans ses bras et lui caressa les cheveux. Elle sanglotait. On lui avait volé sa vie, à elle aussi. Comme tous les autres. Personne ne pleurerait leur mort, aucun être ne chérirait leur souvenir. Ils étaient tous des morts-vivants, oubliés de l'humanité. Tous membres d'une famille maudite. Il la serra contre ses bras et lui murmura :

— Nous partons, n'aie pas peur.

Les premières flammes atteignirent le groupe. Hautes de trois mètres, comme un ouragan de feu, elles enveloppèrent les malheureux. D'abord, leurs cheveux se carbonisèrent puis ce fut le tour de leurs vêtements qui les transformaient en torches humaines. Scalèse se blottit contre elle. Il espérait que la belle femme allait les attendre de l'autre côté dans le monde réel, où la souffrance n'existait plus, et non celui, factice et gris de la résidence. De leur prison. Une brûlure intense se fit sentir sur son pied. Des corps en feu tombèrent sur lui. Il toussa et cracha. Il ne pouvait plus respirer, la fumée prenait possession de ses poumons. Il n'entendait plus les cris : ses tympans avaient fondu. Il perdit connaissance avant que sa peau n'éclate sous l'effet de la chaleur incandescente.

Autour de lui, un amas de visages boursouflés, de corps recroquevillés, de chair craquelée, flambait dans la tempête de feu.

Dans le parc, caché derrière un chêne, Yann observait l'incendie qu'il avait provoqué. Un spectacle magnifique, à son goût. Le feu purifiait, apaisait, délivrait. Il savait que son étreinte n'était que souffrance mais après la douleur, tout devenait plus clair, plus limpide. Il les enviait. Il décrocha son portable et composa le numéro du colonel.

— C'est fait.
— En totalité ?
— Oui.
— Nous avons un problème. Des intrus se rendent à la fondation. Il faut finir le travail.
— Envoyez vos hommes.
— Impossible, ils sont remontés à Paris. Il y a cinq visiteurs, dont deux vous sont connus.
— J'écoute.
— Cléa al-Asroul et le policier qui a mené la perquisition.
— Je m'en occupe. Il me faut une demi-heure pour être sur site. Même dispositif de neutralisation ?

La voix du colonel se fit plus onctueuse.

— Vous faites de grands prodiges avec le feu, il n'y a pas de raison que cela cesse.

61

1365 av. J.-C.
Presqu'île du Sinaï
Sérabit el-Khadim

Bizarrement, Eupalinos n'avait pas peur dans le désert. Il ne se retournait jamais sur ses pas pour voir si on le suivait. Durant tout le voyage en Égypte, il s'était senti surveillé, épié. Le soir, au bivouac, il avait l'impression d'une présence qui rôdait dans les parages. Il n'avait retrouvé le calme qu'au moment d'embarquer au port de Kosseïr. Depuis, ses frayeurs avaient disparu. D'ailleurs, il avait besoin de toute sa concentration. À nouveau, il traça dans le sable le modèle de *labyrinthe* que lui avait révélé Aleiah. Maintenant, il savait où il allait le construire. Dans ce massif, perdu dans le désert, dont lui avait parlé Nekhtim, le marchand. Une nouvelle fois, il vérifia les courbes, les couloirs, les passages. Il ne fallait rien laisser au hasard. Après le premier coup de pioche, il serait trop tard. Tout devait être pensé dans le moindre détail et appliqué de même.

Et pour cela, il avait besoin d'une organisation.

C'était là son grand projet, créer un corps d'ouvriers d'élite, hiérarchisé et entraîné. Des hommes auxquels il devait donner le désir d'aller plus loin que le possible. Déjà, il avait réfléchi à la structure de son organisation. Il pensait diviser progressivement ses ouvriers en trois groupes. D'abord constituer une réserve d'*apprentis*, chargés du travail de percement. Puis, dans ce vivier, pêcher les *compagnons*, ceux qui seraient capable de suivre un enseignement, ceux dont il avait besoin pour tailler les courbes, ouvrir les passages... et enfin ceux capables de devenir des spécialistes, des *maîtres* de leur art.

Mais pour cela, il fallait les motiver, les rendre solidaires malgré leurs différences.

Un garde cria. Un autre lui répondit. Hiram leva les yeux. À chaque relève, le garde de permanence prononçait la moitié d'une phrase que complétait celui qui venait le remplacer. Une manière simple, mais efficace, de conserver le secret.

Hiram haussa les épaules. Pourquoi s'intéressait-il à ces histoires de mot de passe. Il avait mieux à faire : il se concentra à nouveau sur son labyrinthe.

Cité d'Akhenaton
Palais royal

Djenefou attendait le calame à la main. La voix d'Akhenaton retentit à nouveau :

...Je venais de quitter la grotte où j'avais contemplé mon propre crâne. Devant moi, l'inconnu au visage flamboyant, armé d'une épée, me guidait. Il me conduisit sur un parvis orné de deux colonnes. Je les reconnus aussitôt. Lors de mon premier voyage, elles encadraient le trône de ma sœur. Pourtant les colonnes avaient changé. À leur sommet, elles portaient un décor sculpté qui rappelait les palmiers des oasis. L'une d'elle était d'une blancheur éclatante, l'autre rouge comme le

sang. Je m'approchai pour la toucher quand la voix du Gardien me paralysa sur place.

— Écarte-toi, tu n'es pas digne de franchir le Seuil.

Je m'écartai comme si une force inconnue m'avait projeté en arrière. La voix reprit :

— Tu as remonté le Grand Tunnel, sans te dissoudre dans ta propre ignorance. Tu as affronté la vue de ta mort et l'image de ta vie, tu es revenu de la Grotte de la Nuit. Mais sauras-tu traverser le Désert de Feu ?

Aussitôt, je me retrouvai dans un désert rougeoyant de chaleur. Le sable brûlait sous mes pas. Derrière les rochers calcinés, j'entendis frapper en rythme, le bruit sourd fut bientôt martelé par d'autres cadences. Une armée semblait battre la mesure. Des nappes de chaleur montaient du sol. Soudain, l'obscurité fut totale.

C'est alors que les démons surgirent.

C'étaient des morts, une armée de morts. Des enfants en bas âge aux yeux vitreux, des mères mortes en couches, des soldats tués au combat. Ils se précipitaient vers moi, m'assaillaient, tentaient de me démembrer. Les pires étaient les vieillards, des hommes à la bouche édentée, des femmes à la poitrine sèche, qui me griffaient en me maudissant.

Je vacillai sous l'assaut. De partout, de nouveaux morts surgissaient. Je ne cessai de tomber et de me relever comme pris sous un vent furieux. Quelque chose d'assourdissant mugissait dans l'ombre. J'étais frappé, traîné, lapidé tandis que la chaleur montait. Ce qui me restait d'espérance fondait sous une flamme invisible.

Brusquement, j'eus une vision. Devant moi se tenaient les deux colonnes de feu. Elles brûlaient dans l'obscurité. Tout autour, des hommes attendaient. Certains avaient le visage brûlé de s'être trop approchés de la Lumière. Ils voulaient franchir le seuil, mais il leur manquait quelque chose. Face aux deux colonnes, une fosse avait été creusée, puis recouverte d'un monticule de terre. Une branche de feuillage en indiquait la place. Pourtant ces hommes tournaient autour sans la voir. Et tant qu'ils ne la découvriraient pas...

La vérité me brûla comme un éclair. C'était à moi, et à moi seul, de leur révéler la connaissance cachée.

Le silence tomba d'un coup. Les colonnes avaient disparu comme les morts et leur attaques. Je me relevai. Je n'avais plus de corps, mais je sentais sur moi les morsures enflammées des morts, l'odeur écœurante de leurs crachats, la brûlure de leur haleine maudite. Je me sentais calciné, réduit en cendres.

Le Gardien était de nouveau là. Il me contemplait. Je compris que je venais de passer une nouvelle épreuve et, aussitôt, je me sentis comme allégé, purifié.

On frappa à la porte. Akhenaton s'arrêta. On avait dû remarquer son absence et un serviteur devait le chercher. Le scribe, lui, avait posé son calame. Des gouttes de sueur perlaient sur ses tempes. La porte s'ouvrit. Eremeth surgit, couvert de poussière.

— Seigneur, pardonne-moi, mais...

Pharaon l'arrêta d'un geste en montrant Djenefou. Le chef des gardes se tut et se dirigea à pas feutré vers le monarque. Il s'inclina et murmura à son oreille.

— Seigneur, le grand prêtre est mort.

Le visage impassible, Pharaon croisa les mains sur sa poitrine pour remercier Aton. Il posa la main sur l'épaule du scribe.

— Aiguise ton calame. Nous ne sommes qu'au début du voyage.

Puis, tourné vers le chef des gardes, il prononça à voix basse :

— Va me chercher Hatti.

62

1365 av. J.-C.
Tombeau d'Akhenaton

Un à un, les esclaves descendaient le sentier sinueux du plateau. Un lourd sac de pierres sur les épaules. Depuis des jours, ils charriaient les débris qu'extrayaient les Caïnites en forant une nouvelle entrée pour le tombeau de Pharaon. Les cailloux étaient alignés en tas réguliers et un scribe venait chaque matin pour les comptabiliser. À la fin du chantier, les cailloux, soigneusement sélectionnés, serviraient à construire des digues en bordure du Nil. Le contremaître remontait à contre-courant la colonne d'esclaves. Il voulait inspecter la nouvelle entrée. Depuis la visite surprise d'Eremeth, il surveillait avec attention les Caïnites. Le chef des gardes avait été très généreux. Trop même. Depuis quand un militaire de son rang s'intéressait à une tribu de miséreux qui vendaient leurs muscles dans les chantiers du royaume ? Il y avait là un mystère que le contremaître voulait éclaircir.

Quand il arriva sur le plateau, l'entrée s'ouvrait directement à flanc de rocher. On entendait le cliquetis rythmé des pics de bronze qui attaquaient la pierre. Le soir commençait à tomber sur la rive gauche du Nil. L'heure où les Caïnites sortaient de terre. Il n'y avait plus qu'à attendre.

Ce furent d'abord les hommes plus jeunes, le torse en sueur et le turban couvert de poussière. Les plus âgés, eux, sortaient en dernier. Selon leurs dires, ils jaugeaient le travail du jour et vérifiaient l'étanchéité et la solidité des parois. Selon la rumeur, ils adoraient les dieux d'en bas, ces démons qui avaient fait pousser des cornes sur leur front. Le contremaître méprisait les ragots d'esclaves, mais craignait les pouvoirs des dieux. Il caressa son amulette. L'Ancien sortit. C'était un homme entre deux âges qui portait une barbe. Les autorités négociaient avec lui. Il faisait office de chef, sans doute parce qu'il était le seul à parler l'égyptien. Personne ne connaissait son nom.

Le contremaître l'interpella. Il avait apporté des onguents et des baumes en signe d'amitié. Les mineurs étaient souvent blessés par des éclats de pierre. Ils pourraient ainsi se soigner.

L'Ancien remercia et vint s'asseoir près du feu que les esclaves avaient allumé avant leur dernière descente. À l'est, la lune commençait à monter derrière les dunes.

— Quand elle sera pleine, nous reprendrons le chemin du désert, annonça l'Ancien.

Le contremaître tendit les mains vers les flammes. La route du retour risquait d'être longue.

— Tu as de la famille chez toi ?

L'Ancien secoua la tête.

— J'ai été capturé très jeune par les tiens et je suis longtemps resté esclave. Quand je suis retourné dans mon pays, il était trop tard pour prendre femme.

— Comment es-tu rentré auprès de ton peuple ?

D'une poche de sa tunique, l'Ancien avait sorti une minuscule lame de bronze. À la lueur du feu, il commença à extraire les minuscules particules de pierre qui s'incrustaient sous la peau.

— Le père du pharaon actuel avait organisé une expédition pour ramener des turquoises. J'ai fait office de traducteur. En récompense, Pharaon m'a affranchi.

— C'est la première fois que tu reviens en Égypte ?

— Le dernier groupe de mineurs qui est venu travailler au tombeau de la sœur de Pharaon n'est jamais rentré chez nous.

— Sans doute une attaque des nomades, suggéra le contremaître

Le couteau de bronze s'enfonça sous la peau.

— Sans doute. Mais mon peuple n'avait plus confiance. Alors, j'ai décidé de leur servir de guide.

Le contremaître observait le travail de la lame qui creusait sous l'épiderme. Toute la main était couverte de cicatrices et de cals.

— J'ai une question à te poser, l'Ancien.

Le Caïnite hocha la tête en signe d'assentiment.

— Quels sont tes dieux ?

La réponse tomba, insolente.

— Nous n'en avons pas. Ou plutôt nous n'en avons plus.

— Mais on ne peut pas vivre sans la protection des dieux !

— Les dieux nous ont abandonnés depuis longtemps.

L'Ancien prit de l'onguent et commença de se masser les mains.

— Tu as sans doute entendu parler de la malédiction qui nous a frappés ?

Cette histoire courait dans tout le chantier, mais le contremaître fit l'ignorant.

— Il me semble bien... Un lointain ancêtre qui aurait tué son frère, c'est bien ça ?

— La légende. En fait, nous nous sommes trop approchés de la Lumière...

— La Lumière ? s'étonna le contremaître, je ne comprends pas.

— Si les dieux sont au ciel, c'est sous terre que se trouve le Seuil qui permet d'accéder au Royaume de l'au-delà.

Cette fois, le contremaître était totalement perdu.

— Et notre ancêtre a voulu franchir le Seuil, avec son frère.

Le contremaître secoua la tête. S'il racontait cette fable au chef des gardes, il serait déconsidéré à jamais.

— Le frère n'est jamais revenu. Quant à notre ancêtre, les dieux l'ont puni de son audace...

Il n'y avait que deux possibilités : soit le vieux barbu était totalement gâteux, soit il se payait sa tête.

— ...en lui faisant ça !

D'un geste brusque, l'Ancien fit tomber son turban. Deux bosses, l'une pâle, purulente, l'autre rouge et craquelée brillèrent sur son front. Le contremaître recula.

— Tu as cru que je moquais de toi. Eh bien, sache que pour certains la punition est pis encore. C'est tout le visage qui est ravagé, brûlé par la malédiction.

L'Ancien ramassa son turban et le noua soigneusement sous son front.

— C'est depuis que nous avons décidé de ne plus jamais croire en aucune divinité. Nous avons détruit nos temples, brûlé nos idoles, nous avons même tué nos prêtres. Nous sommes devenus des hommes sans dieu.

Le contremaître ne répliqua pas. Il s'était rapproché du feu. Un froid profond venait de le saisir. Il avait l'impression d'avoir jeté un œil au-delà des ténèbres. En tout cas, il ne dirait rien à Eremeth. Qu'il fasse ce que bon lui semble avec cette tribu maudite.

— Remarque, reprit l'Ancien, cette réputation a parfois du bon.

— Comment ça ? interrogea le contremaître qui tentait de transformer un brandon en torche. Une irrésistible envie de quitter cet endroit commençait à le tarauder sérieusement.

— Eh bien, figure-toi qu'un des ouvriers que tu as recrutés veut rejoindre notre tribu. Et, en plus, il veut partir, avec nous, au Sinaï.

Le brandon commençait à s'enflammer. Bientôt le contremaître pourrait décamper.

— Mais pourquoi ?

— Il dit qu'il a quelqu'un à voir. Quelqu'un qui compte beaucoup pour lui. Il l'a raté de peu au port de Kosseïr, juste avant qu'il ne s'embarque pour la presqu'île.

La torche grésilla sous le vent. Le contremaître se leva. Il était pressé.

— Un ouvrier ? Quel ouvrier ?

L'Ancien se mit à rire.

— Un maudit du destin, sans doute. Il a le corps couvert de tatouages.

63

De nos jours
Fondation Memphis

La masse sombre du grand pavillon de chasse se reflétait sous la lune. Marcas, Cléa et le frère obèse avançaient le long du sentier herbeux. Les deux agents de sécurité étaient restés dans la voiture en contrebas de la fondation, afin de protéger l'entrée. Ils avaient perdu un bon quart d'heure à crocheter la grille d'entrée, l'un des agents s'était presque excusé, il n'avait pas avec lui les bons outils et devait se débrouiller avec une pince à épiler fournie par la jeune femme.

Le frère obèse avait emprunté le Beretta 92 G Elite, 9 mm, à l'un des deux hommes, pour se « tranquilliser ». Ils arrivèrent devant la porte barrée par des rubans jaunes, tendus de part et d'autre.

Le cri d'une chouette se propagea depuis la forêt. Antoine stoppa devant l'édifice. Tout avait commencé ici. Si le jeune gardien ne l'avait pas incité à venir, rien ne se serait passé.

Le temple de la mort.

Les images se bousculaient dans sa tête. L'autre visite, alors qu'il était accompagné de Fléhaut et des autres. Pendant un centième de seconde, il avait remonté le temps. Tout allait recommencer. La découverte des piliers, de la tête du pharaon, du trône avec la momie. Les ténèbres et la folie. Le grand voyage. L'ascension et la chute.

— Qu'attendez-vous ?

La voix tranchante de Cléa al-Asroul le sortit de son songe.

— Un fantôme, probablement, répondit Marcas.

Il déchira les rubans de plastique jaune et poussa la porte. Une odeur de renfermé le frappa au visage. Il passa sa main le long du mur, tâtonna sur la pierre et finit par trouver l'interrupteur dissimulé. La lumière envahit le pavillon de chasse. Tout était resté à sa place. Ils s'avancèrent vers le centre de la grande salle. Tout était là. Le trône, les deux grands piliers ainsi que la grande tête en pierre d'Akhenaton qui les contemplait de son fin sourire ironique. Cléa effleura la joue du pharaon.

— Ma mère était fascinée par cet homme. Elle était intarissable. Période Amarna typique, visage allongé, yeux en amande, lèvres charnues, traits fins. Les corps masculins sont étirés, presque féminisés. Androgynes, à l'image du dieu unique, mêlant en lui les opposés.

— Un cours d'art égyptien, lança le frère obèse qui essuyait avec un mouchoir la sueur de son front.

— Non. Souvenirs d'enfance. Elle me disait qu'après la mort d'Akhenaton et l'arrivée des Ramsès, l'art était devenu plus académique, moins subtil. Regardez bien ce visage, 3 400 ans se sont écoulés. Il émane de lui une intelligence prodigieuse. Neuvième pharaon de la dix-huitième dynastie, fils d'Aménophis III et de la reine Tiyi.

Elle semblait hypnotisée. Son ton était saccadé.

— L'abîme du temps... Il prend le pouvoir, presque deux mille ans après Menes, premier roi d'Égypte, fondateur de la première dynastie. C'est vertigineux. À chaque fois que je le revois, il me donne des frissons. Regardez la forme de son visage, on dirait qu'il n'est pas de ce monde.

Antoine posa sa main sur son épaule.

— La clé ?

La jeune femme enleva sa chaîne et prit la petite croix ankh entre ses doigts. Elle l'inséra dans l'ouverture de pierre. Un déclic se fit entendre, suivi d'un grondement dans le sol. La lumière s'éteignit dans la grande salle. Instantanément, les deux grands piliers se mirent à émettre une lumière diffuse, comme s'ils étaient remplis de milliers de cristaux luminescents. Le trône vibrait aussi avec une pulsation sourde.

— Qu'est-ce que ça veut dire ? lança, ébahi, le frère obèse qui s'était reculé.

Le pilier gauche vira progressivement au rouge flamboyant, celui de droite au blanc intense. Ils étaient parcourus par une onde cyclique qui partait de bas en haut. Le trône, lui, se teintait d'un noir opaque.

— Vous pouvez nous expliquer ? demanda à son tour Marcas à Cléa.

La jeune femme ne pouvait détacher son regard, comme hypnotisée.

— Je ne sais pas. Je suis comme vous. C'est la première fois que je vois ça. Mes parents ne m'en ont jamais parlé. C'est magnifique.

Marcas s'approcha des piliers en se protégeant les yeux. Au fur et à mesure qu'il avançait, il sentait l'air lui opposer une résistance, comme deux aimants de même polarité qu'on veut coller et qui se repoussent.

Toute la salle était illuminée par les rayons qui émanaient des deux piliers.

— Je suppose que ce trône a une fonction précise dans ce dispositif, dit le frère obèse, qui effleurait de sa main la pierre du trône.

— Je te le déconseille, tant qu'on n'en sait pas plus, l'avertit Marcas.

Cléa intervint.

— Je me le rappelle, ma mère appelait cela le trône des ténèbres. Il ne fallait jamais s'y asseoir. Ça remonte à tellement loin… Une fois, j'ai grimpé dessus, elle m'a giflé violemment en me faisant jurer de ne plus recommencer.

Le frère obèse se hissa sur le trône et s'assit pesamment.

— Pas très confortable, ils auraient pu mettre un coussin, je...

Il s'arrêta net. Une onde d'énergie verte parcourut le trône qui augmentait ses vibrations, comme s'il emmagasinait une énergie incroyable.

— Tu devrais descendre de là, jeta Marcas, inquiet.

— Sage conseil, mon frère, répondit l'obèse qui tenta de se relever.

Il souleva sa masse imposante mais n'arrivait pas à se détacher du trône. Il fit plusieurs tentatives. En vain. Ses mains étaient comme collées à la pierre.

— Aide-moi, ce truc me scotche.

Soudain, une décharge brillante, d'un vert profond, irradia le trône. Les deux piliers prirent la même teinte et pulsèrent au même rythme.

— Ahhhhh.

Le frère obèse se tordait dans tous les sens. Il était comme électrocuté. Son visage était parcouru par une onde de souffrance. Marcas se précipita vers lui mais il fut repoussé par l'étrange phénomène identique à celui des piliers. Les hurlements de douleur du frère obèse se firent plus saccadés.

— Au secours. Antoine... Je...

Le corps du maître du Rucher fut soulevé par une force invisible. Ses bras s'étaient détachés du trône et tressautaient, ses jambes donnaient des ruades, sa tête basculait à droite et à gauche, comme celle d'un pantin désarticulé. Sa bouche se déformait, ses orbites se révulsaient.

Antoine sentit une onde de douleur lui cisailler le crâne. Il hurla à la jeune femme :

— Retirez la clé ! Vite !

Cléa restait debout, hypnotisée, tétanisée par le spectacle, baignée par les lueurs vertes et irradiantes. Elle ne l'entendait plus. Antoine courut vers le buste du pharaon et arracha d'un coup sec la croix égyptienne de la pierre. Instantanément, les piliers et le trône s'éteignirent. La lumière verte disparut. Le frère obèse s'effondra sur le sol.

Antoine se précipita vers lui. Il lui prit le visage. Du sang s'écoulait de son nez et de sa bouche. Il balbutiait.

— Je l'ai... vue... La...

— Je vais appeler des secours.

— La Lumière. J'ai vu la... lumière... Terrible...

Le frère obèse perdit connaissance. Sa tête s'affaissa sur le côté. Antoine cria :

— Appelez vos hommes. Il faut l'emmener à l'hôpital.

Cléa ne répondit pas. Antoine hurla de plus belle :

— Vous avez entendu. Bordel. Bougez-vous !

Ses paroles se perdaient en échos dans la grande salle. Il fallait faire vite. Il retourna avec peine le corps sur le côté, comme on le lui avait appris pendant ses cours de secourisme à l'école de police, en position latérale de sécurité. Un faible souffle s'échappait par saccades du frère obèse. Une onde de souffrance le parcourait.

Une voix chuintante se fit entendre.

— Il va passer de l'autre côté.

Antoine leva la tête. Un visage de cauchemar apparut à un mètre de lui. La peau brûlée luisait à la faible lueur de l'éclairage. La bouche plissée comme une fente remuait mécaniquement. Yann Triskell scrutait Marcas comme s'il n'était qu'un insecte. Il tenait le cou de Cléa contre lui, le canon d'un pistolet Sig Sauer 226, sur sa tempe.

— Vous !

— Restez à votre place. Sinon, je lui mets une balle dans la tête. Les ténèbres et la lumière. Rien d'autre ne compte. Mais vous le saviez déjà.

Marcas serra les poings. Tout recommençait, comme avec Fléhaut.

— Que lui est-il arrivé ? demanda-t-il timidement.

La réponse fusa. Froide.

— Il va mourir. Tout simplement. Il faut déjà avoir fait un premier voyage pour revenir en arrière. Vous auriez pris sa place, le retour était possible.

Antoine garda son sang-froid. Il ne fallait pas céder à la peur. Se contrôler.

— De quoi ? À quoi sert toute cette installation ?

Le brûlé poussa Cléa et s'avança vers lui.

— À partir là-bas et à revenir. Dans l'autre monde. Exactement comme ce qui vous est arrivé. On naît, on vit, on meurt et parfois on revit. Le pharaon Akhenaton a découvert un fabuleux secret.

— Je ne comprends pas.

— La mort, mon cher commissaire. La mort n'est qu'une porte. Ce qu'il y a derrière, voilà le mystère ultime. C'est la seule question qui obsède l'homme depuis l'aube de l'humanité. Et cette porte, vous allez l'ouvrir, Marcas. Dieu n'est que le portier inventé par l'homme pour donner un sens à des choses qui le dépassent. Toutes les religions, tous les enseignements ésotériques, toutes les croyances, tous les mysticismes, tous les rites magiques, tendent à un seul but, faire comprendre que le néant n'existe pas. Que l'esprit, l'âme, une parcelle de conscience, sont immortelles. Ces milliards d'hommes et de femmes qui prient pour le salut de leur âme, croyez-vous que ce soit pour l'amour de Dieu ou pour s'assurer qu'ils finiront dans un paradis vert et accueillant, pour prolonger leur petite existence ? Quelle hypocrisie sans nom. L'homme ne conçoit l'existence de Dieu que s'il lui assure une vie éternelle. Dieu promet de le délivrer de la mort et en échange, il lui demande sa soumission. Voilà le contrat immémorial, passé sous toutes les latitudes, depuis des milliers d'années. Les Égyptiens ont découvert la porte, la façon de l'ouvrir et surtout de la prendre dans l'autre sens. Le secret absolu.

Cléa essaya de se dégager de l'étreinte mais Triskell serra davantage sa prise. Ils étaient tout près du trône.

— Lâchez-moi. Je n'ai rien fait.

— Reste tranquille, répondit Yann d'une voix tranchante.

Sa bouche se collait presque à sa joue.

Marcas n'avait aucune marge de manœuvre. Aucune issue ne s'offrait.

— Et vous voulez me faire croire que s'asseoir sur ce trône suffit à entrer au royaume des morts ? Comme ça, avec votre Disneyland égyptien ?

— Imbécile. Il n'y a pas de royaume des morts. C'est juste un passage. Je vous parle d'une tradition millénaire, d'un secret d'une puissance inimaginable. Vous êtes allé de l'autre côté, vous avez vu la Reine de la nuit. Je l'ai vue aussi. Plusieurs fois. C'est si beau. La vie, en comparaison, n'a plus aucun intérêt. La vie est ténèbres, la mort est lumière.

— Fléhaut employait une expression latine. *Lux tenebrae*.

— La lumière des ténèbres. Le grand voyage est un passage entre ces deux états. Mais c'est le nom d'une opération secrète qui s'est déroulée en 1956, au moment de la crise de Suez. Les Français ont envoyé un commando pour récupérer le secret perdu. C'est le grand-père de cette jeune femme, Hassan al-Asroul qui a convaincu les autorités de l'époque d'aller dans un endroit précis du désert du Sinaï pour déterrer ce qui s'offre à vos yeux. Le secret d'Akhenaton. Le secret de l'humanité.

Antoine s'était relevé progressivement. Il leva les bras bien haut.

— Je suis obligé de me lever. J'ai mal aux jambes.

— Lentement. Très lentement. Laissez vos mains en évidence.

— Et ensuite ? L'opération *Lux tenebrae* ? Que s'est-il passé ?

— Le commando a emporté la momie d'une princesse égyptienne, sur son corps était gravée la carte du royaume des morts. Ils ont aussi récupéré le précieux minerai des Caïnites. Assemblé sous forme de piliers opposés qui agissent comme deux électrodes gigantesques. Ils font circuler une énergie qui ouvre le grand passage. Il a été reconstitué, ici, par Al-Asroul, sous le contrôle du gouvernement. La fondation n'est qu'une coquille vide. Il aura fallu que cet imbécile de Fléhaut se lance dans ses trafics à grande échelle et se fasse choper.

— Quel rapport avec la résidence ?

Les yeux du brûlé brillaient. Il articula les mots.

— Les expériences. Comme pour les essais nucléaires. Les expériences sur des cobayes humains.

— Quoi ?

Yann éclata de rire.

— L'opération *Lux tenebrae* était sous le contrôle du ministère de la Défense de l'époque. Il existait en son sein un service spécial chargé de recherches plus ou moins à la marge. La grandeur de la France permettait alors toutes les audaces. Tout était possible. On lançait le programme nucléaire, la course à l'indépendance militaire avec la bombe atomique, le plan de conquête de l'espace avec les lancements de fusée. Vaincre la mort paraissait tout à fait naturel. On osait tout pour le prestige de la nation. L'opportunité de mettre la main sur le secret d'Akhenaton était trop belle avec la crise de Suez.

— Mais les cobayes ?

— Une fois rapporté en France, le dispositif a été installé ici. On a demandé à des volontaires, hommes et femmes, qui avaient déjà fait des NDE d'expérimenter le dispositif. Au début, ça se passait plutôt bien. Le premier voyageur a été un enseigne de vaisseau de la marine, un certain

Scalèse, qui avait participé à l'opération de Suez. Le grand bond date du 17 janvier 1959, un an avant l'explosion de la bombe A en Algérie. Il a fait plusieurs voyages, sous contrôle scientifique. La résidence était alors un hôpital militaire secret. D'autres sont passés après lui. Ça a commencé à se gâter. Ils sont devenus délirants. Ils n'ont pas supporté ce qu'ils ont vu. Certains se sont suicidés pour retourner là-bas. La résidence sert de dépotoir depuis des dizaines d'années à tous ceux qui souffrent de séquelles après le grand passage. Les recherches ont été arrêtées officiellement en 1974, à l'arrivée de Giscard, au moment du grand lessivage des réseaux gaullistes. Une centaine de cobayes étaient passés entre les piliers quand le projet a été arrêté. Les responsables militaires de l'époque ont sabordé le projet *Lux tenebrae*, en se gardant bien d'en faire part au président. La famille Al-Asroul a été remerciée pour ses services. Et les volontaires croupissent à la résidence. De toute façon, le problème vient d'être définitivement réglé. Ils ont tous brûlé dans un malheureux incendie. Pas un seul survivant, une bien triste affaire.

— Par la volonté de qui ?

— De la personne qui m'en a donné l'ordre, qui, elle-même, en a reçu l'ordre d'un supérieur. Peu importe qui est l'ultime décideur. Je vous l'ai dit, c'est comme les essais nucléaires. Des milliers d'appelés et de soldats ont été irradiés lors des explosions. L'omerta a duré cinquante ans parce que, quelque part, des gens haut placés se considèrent garants des erreurs de leurs prédécesseurs. La raison d'État.

— Quel est votre rôle là-dedans ?

— Je suis le gardien. Après la mise en sommeil du projet, un officier a été désigné pour garder les installations à la fondation, éloigner les intrus et faire le lien avec la résidence. Je suis le troisième. Les responsables ont eu l'idée de confier cette tâche à des gueules cassées comme moi. Des militaires qui ont tout donné à leur patrie et qui se sont fait estropier dans leur service. Des hommes incapables de vivre au milieu des vivants. J'ai été défiguré lors d'une opération en Bosnie. Les médecins m'ont sauvé la vie mais j'étais devenu un monstre. J'avais toutes mes facultés, mentales et physiques. On m'a proposé la mission et j'ai accepté.

— Vous êtes passé entre les piliers.

— Oui. Fléhaut avait été mis au courant par le père de la demoiselle. Il a réactivé le dispositif et j'ai joué à mon tour les cobayes. Je n'étais qu'un militaire aigri quand je suis arrivé. Les passages m'ont transformé. Je ne crois plus à l'existence d'un saint Pierre barbu, portier du paradis, ni à ces simagrées de la religion. Tout cela est vain face aux merveilles que j'ai vues.

— Et Fléhaut ?

— Il a fait un seul voyage mais ça s'est très mal passé. Il a basculé progressivement dans la démence. Akhenaton avait deux secrets, celui des piliers, mais le plus important était la carte de l'au-delà gravée sur le corps de sa sœur. Sans ce plan, nul ne pouvait se guider. Malheureusement, la momie était en mauvais état, le plan incomplet, alors Fléhaut a essayé de reconstituer l'itinéraire. Il a tué une jeune étudiante pour poursuivre les expériences. Il a charcuté cette pauvre fille puis l'a fait embaumer. Il s'était fait la main sur des centaines d'animaux. Il devenait incontrôlable. Et sa folie l'a perdu. Puis vous êtes arrivés. J'ai prévenu en haut lieu. Il était inconcevable que le grand public soit mis au courant de l'opération *Lux tenebrae*. Le scandale aurait été inimaginable. Votre perquisition a déclenché une réaction en chaîne.

— Et maintenant ?

En guise de réponse, l'homme arma son pistolet.

— Vous en savez trop. Je ne peux pas vous laisser partir. J'ai aussi ordre de faire exploser l'installation. Tout sera réduit en cendres et vous avec.

Cléa intervint.

— J'ai deux hommes dehors. Ils doivent venir d'un instant à l'autre.

— Ils auront du mal. Ils sont morts. Un peu trop sûrs d'eux pour des professionnels.

— Mes supérieurs lanceront une enquête. Ils remonteront jusqu'à vous.

— Non. Il y aura des coups de fils en haut lieu. Le sens de l'État est un sentiment très fort dans tous les ministères, y compris le vôtre.

Il lâcha le cou de Cléa et la poussa à terre, brutalement. Elle cria et chuta à côté de Marcas.

— Mettez-vous tous les deux contre les piliers. Tout de suite ! aboya-t-il.

Antoine aida Cléa à se relever. Ils n'avaient pas le choix. Ils s'appuyèrent contre le pilier droit. Yann les tenait en joue.

— Mourir ensemble... Je vous fais un beau cadeau. Vous allez voir la grande lumière, partager ensemble ce moment de bonheur. Vous quittez le vrai royaume des ténèbres. Si ça peut vous consoler, je vous rejoindrai moi aussi.

— Comment ça ?

— Un dispositif d'autodestruction a été installé ici, il y a bien des années. J'ai déclenché la minuterie. Après vous avoir abattu, j'attendrai l'explosion. Plus rien ne me retient dans cet enfer qu'on appelle le monde. Là-haut, je ne serai plus un monstre. Peut-être continuerons-nous cette conversation. Il reste quatorze minutes et trente secondes avant que l'enfer ne se déchaîne.

Une grimace déchira le visage ravagé. Il reprit :

— Au-delà du possible...

— Quoi ?

— C'était la devise de son ancien régiment. Le 13e de Dieuze. Au-delà du possible. Moi, je suis allé au-delà de la vie... Je n'ai plus de choix.

Il leva son Sig Sauer en direction d'Antoine et de Cléa.

— Bienvenue au paradis.

— Non !

Une détonation claqua. Antoine ne sentit rien. Il regarda Cléa. Elle écarquillait ses yeux et secouait la tête. Devant eux, le brûlé restait figé comme une statue de sel. Le bras qui tenait le pistolet s'abaissa. Son visage se pencha vers sa poitrine. Une large tache rouge s'épanouissait sur sa chemise blanche.

Il essaya de lever son bras à nouveau. Une seconde détonation retentit. Yann fut secoué par un tremblement et s'affaissa sur lui-même. Comme une poupée de chiffon.

12 min, 56 s.

Derrière lui, Antoine et Cléa aperçurent le frère obèse, assis contre le trône, qui tenait un pistolet dans sa main. Antoine se précipita vers lui. Le gros homme laissa tomber son arme.

— Je l'ai eu, ce fumier. J'ai tout entendu. Finir au paradis avec ce taré, quelle... punition... Je...

— Ne t'agite pas. On va te sortir de là.

— C'est trop tard...

— Ne dis pas de bêtises. Je t'emmène à l'hosto.

Le frère obèse tendit son cou. Ses veines saillaient sous la graisse.

— Adieu, mon frère. Pardonne-moi de t'avoir... mis dans cette résidence. Organise une belle cérémonie funèbre en... loge. Avec tous les frères. Tu liras un passage de...

Ses lèvres se figèrent. Sa tête roula sur le côté.

Cléa s'agenouilla à côté d'Antoine.

— Je vais appeler une ambulance.

— Non, il est mort, murmura Marcas en relevant la tête vers elle. Des larmes embuèrent son regard.

09 min, 47 s.

Il se leva et crispa ses poings. Une colère sourde l'envahit. Il n'avait pas empêché la mort du jeune gardien, ni celle de son collègue. Et maintenant son ami, son frère. Il ne faisait que subir les événements depuis le début. Il avait passé son temps à se plaindre, à se traîner en fauteuil roulant, à trembler devant des pauvres vieillards pour lesquels il n'avait éprouvé aucune compassion. À quoi lui avait servi son idéal maçonnique ? À rien.

— Ça suffit, murmura-t-il.

Cléa se tenait face à lui. Elle regardait sa montre.

— Il faut partir, vite ! Yann a armé les explosifs, il reste six minutes.

Il ne l'écoutait pas. Son idéal maçonnique. Son testament philosophique, le choix symbolique de mourir. C'était facile de jouer les guignols devant un crâne dans le noir, de faire semblant de mourir, avec ses copains en tablier.

C'était sous ses yeux.

Il allait prendre la décision. Il prit Cléa par le bras.

Le choix était évident. Limpide.

— Non. Je vais vous demander quelque chose de très important.

— Dehors ! Je ne veux pas finir en cendres.

Il la serra davantage.

— Vous ne me comprenez pas. Il faut rester ici. Dans le temple.

— Pourquoi ?

Marcas plongea son regard en elle. Il articula distinctement.

— Tuez-moi !

64

1365 av. J.-C.
Cité d'Akhenaton
Palais royal

Récit de Pharaon :

...Après les attaques du Désert de Feu, l'obscurité devint moins intense. Peu à peu, je devinai des formes sombres. Je crus d'abord à des géants aux bras levés, puis je reconnus des arbres. Des arbres gigantesques, aux troncs noueux et aux branches tourmentées. Des racines sortaient du sol qui ralentissaient ma marche, elles grossissaient à vue d'œil. Jamais je n'avais vu pareils arbres et en aussi grand nombre. Les troncs étaient agités de tremblements. Je m'approchai et vis une forme onduler sous l'écorce tandis qu'un gémissement s'échappait des frondaisons. Bientôt d'autres cris jaillirent des branches. On aurait dit des hurlements de hyènes. Bientôt, les arbres se mirent à grouiller tels des nids de serpents. Même sans corps, je sentais en moi la douleur intolérable qui m'environnait. Quant aux arbres, ils ressemblaient de plus en plus à ces hommes frappés du haut mal dont tous les muscles se crispent sous la peau. Je voulus fuir, mais les racines, à leur tour, étaient frappées de convulsions et se tordaient sous le sol. Les cris ne cessaient de monter, de plus en plus désespérés. Brusquement, je me sentis aspiré vers un des arbres. Une bouche vorace venait de s'ouvrir en plein tronc. Je tentai de m'accrocher aux branchages, mais ils se transformèrent en lianes acérées. Déjà, leurs pointes me pénétraient...

Le scribe avait cessé d'écrire. Un serviteur venait d'ouvrir la porte. Il se prosterna à l'entrée de la pièce jusqu'à ce que Pharaon daigne jeter un regard sur lui.

— Seigneur, le bourreau... Hatti... est arrivé. Il attend votre bon plaisir.

— Je le recevrai dans ma chambre.

Akhenaton congédia le serviteur. Maintenant, tout était en place. Il devait se hâter de dicter son voyage.

...C'est alors qu'une force m'a fait rebrousser chemin. Quand je me suis retourné, le Gardien était près de moi. Si son visage flamboyait toujours, son épée avait changé de forme. Elle n'était plus droite, mais ondulait comme un serpent. Pourtant, à la différence des formes dans les arbres, je ne ressentais l'écho d'aucune douleur. Je contemplais son visage. Ses lèvres étaient scellées, mais je pouvais partager ses pensées. Une à une, des réponses me parvenaient, comme si toutes mes questions lui étaient déjà connues. Je compris alors que les formes qui rampaient par milliers sous les arbres étaient les ka *des morts, qu'ils étaient prisonniers des arbres, qu'ils hurlaient de désespoir, car c'est leur propre peur qui les avaient anéantis. Je regardai à nouveau le Gardien du seuil. Je ne comprenais rien à cette histoire de courage manqué. Mais à peine avais-je formulé cette pensée que la forêt disparut.*

La voix du Gardien surgit dans mon esprit.

— Les morts ne renoncent jamais. Et plus tu avances vers la Lumière, plus ils deviennent agressifs. Ils ne te pardonnent pas leur propre échec. Tu as réussi les

épreuves de la Terre du Feu, mais seras-tu capable de traverser la rivière de l'Oubli ?

Aussitôt une rumeur monta juste devant moi. La terre, sous mes pieds, devenait boueuse. La rumeur enflait. Un brouillard humide remplaça la semi-obscurité. Je m'enfonçai de plus en plus dans le sol transformé en marécage. Je sentais le froid m'envahir. La brume se déchira d'un coup.

Une rivière en crue surgit dont le vacarme résonnait aux quatre vents. Une eau boueuse qui charriait autant de morts que d'écume. Si les arbres s'étaient évaporés, leurs racines plongeaient dans l'eau en furie et à chaque mort englouti par les flots, on voyait un renflement courir sous l'écorce.

Je compris alors que si je ne voulais pas finir prisonnier de la matière, il me faudrait plonger dans cette eau bouillonnante et atteindre l'autre rive.

Akhenaton se tut. Il observait les réactions du scribe. Depuis le début du récit, son visage s'était modifié. Plus tendu, plus concentré. Son impatience se devinait quand il posait le calame.

Le courant était puissant, l'eau glacée. À chaque avancée, je heurtai un corps emporté par les flots. Les morts ne se débattaient même pas. Ils semblaient tétanisés, épuisés par les épreuves déjà traversées. La plupart finissaient par couler et tout le fond de la rivière était constitué de couches de corps qui paraissaient lestés de métal.

Je ne résistai à la violence du courant que dans l'espoir d'atteindre enfin à la Lumière. Je me raccrochai à cette idée. J'avais traversé le Désert de Feu, je parviendrai à traverser la Rivière de l'Oubli.

Pharaon se tut. Le reste ne pouvait être confié au papyrus. Hatti aurait suffisamment de matière pour commencer son travail.

Le scribe rangeait son écritoire. Akhenaton s'approcha pour prendre le papyrus. Djenefou leva ses yeux blancs.

— Seigneur, dis-moi la fin de ton récit.

Surpris, Pharaon se tut.

— Seigneur – la voix du scribe se faisait pressante –, as-tu vu la Lumière ?

Akhenaton se pencha à son oreille.

— Oui. Et elle brillera pour tous les hommes au cœur pur.

L'aveugle lui saisit la main et l'embrassa.

— Merci, Seigneur.

65

1365 av. J.-C.
Tombeau de Pharaon

L'Ancien n'en croyait pas ses yeux. À même le sol cailouteux du plateau, le contremaître était mort. Son visage avait déjà été dévoré par les chacals. Bientôt viendraient les autres charognards qui rendraient le cadavre méconnaissable.

L'homme, un militaire, se pencha vers le cadavre et contempla une bague à l'index du mort.

— Il a beaucoup parlé avec toi, n'est-ce pas ?
— C'est pour ça qu'il est mort ?
— Il est mort parce qu'il a oublié de m'en parler. Tu veux finir comme lui ?

L'Ancien secoua le tête. Il avait le regard fixé sur les jambières du soldat. Des jambières de bronze doré, sculptées de scènes de combat. Sans doute un officier de haut rang.

— Tu veux sauver toute ta tribu ?

Cette fois, l'Ancien hocha la tête précipitamment. Le militaire tentait de retirer la bague, mais les doigts étaient déjà rigides.

— Tu veux rentrer au Sinaï ?
— Seigneur, dis-moi ce que tu veux...

Le militaire sourit et dégaina son glaive.

— Pour l'instant, seulement récupérer cette bague...

Il posa la main du mort sur une roche plate.

— ...mais ensuite, j'aurai un service à te demander.

Le glaive s'abattit.

Palais royal
Antichambre de Pharaon

Hatti n'avait pas créé depuis plusieurs jours. Son métier lui manquait. Il n'avait torturé personne depuis la prise du massif de Nadara. Un travail qui ne l'avait pas entièrement comblé.

Faute de temps, il avait dû se résoudre à dépecer rapidement ses victimes. Et il avait eu la désagréable impression de gâcher la matière première. Ses employeurs réclamaient des résultats rapides et visibles, ils ne percevaient presque jamais le travail préalable nécessaire à la beauté et à l'efficacité de la torture.

D'ailleurs, Hatti ne torturait plus directement, il s'était donné pour mission, non plus de provoquer la douleur, mais de créer la peur chez sa victime. Une technique redoutée, dont Kémopé, l'homme de confiance du grand prêtre, avait fait l'amère expérience : il avait réclamé la mort, plutôt que de supporter sa propre terreur.

Pourtant, depuis l'épisode de Nadara, Hatti avait des fourmis dans les mains.

Les grandes portes s'ouvrirent.

Hatti se leva.

Pharaon allait le recevoir.

Tombeau d'Akhenaton

Quand l'Ancien rouvrit les yeux, il vit la pointe de l'épée d'où perlait un peu de sang. Il n'osa ni baisser le regard, de peur de voir le cadavre mutilé du contremaître, ni le lever pour affronter le glaive ensanglanté.

— Je suis Eremeth, chef des gardes de Pharaon. Notre souverain a une mission pour toi et ta tribu.

— Seigneur, nous devons quitter le chantier, dans quelques jours à peine…

— Quand la lune sera pleine, je sais.

L'Ancien n'insista pas. Le précédent groupe de travailleurs qui avait œuvré sur ce chantier n'était jamais revenu. Un instant, il regretta que l'homme au tatouage d'Anubis ne soit pas là. Lui n'avait plus peur de rien.

Un papyrus tomba à ses pieds.

— Tu sais lire un plan ?

— Oui, Seigneur

— Que vois-tu ?

Les mains chancelantes, l'Ancien saisit le rouleau et le déplia. Un coup d'œil lui suffit.

— Il s'agit du plan d'une tombe, Seigneur, et de ses différents accès. Les visibles et...

— ...et celui, invisible, qui a été construit sur le plateau. Il mène directement à la chambre funéraire de la princesse Anémopi.

L'Ancien regarda à nouveau le plan avant de répondre. Le sceau de la princesse – l'*Ouroboros* – était au centre du tombeau.

— Oui, Seigneur.

— Combien de nuits avant la pleine lune ?

— Trois, Seigneur.

Dans un sifflement de serpent, le glaive retrouva son fourreau.

— Alors, tu as trois nuits pour forcer cette tombe.

Palais royal
Chambre de Pharaon

C'était la première fois que Hatti voyait Pharaon de près. Quand il avait quitté son pays d'origine pour servir à la cour d'Égypte, il n'avait vu le monarque que de loin et en de rares occasions. Le maître de l'Égypte était un dieu vivant que nul mortel, encore moins un bourreau, ne pouvait approcher, sauf circonstances exceptionnelles. Visiblement, c'était le cas.

Pharaon ne portait aucun de ses symboles d'apparat. Il était assis, les mains posées à plat sur les cuisses, le visage impassible. Hatti l'observait, fasciné. Certes, on lui avait expliqué qu'il ne devait jamais croiser le regard du roi, ni même lever la tête en sa présence. Mais c'est Pharaon lui-même qui, après les révérences d'usage, lui avait ordonné de montrer son visage.

Pharaon l'observait. Tout bourreau qu'il fût, Hatti se sentit gêné par ce regard fixe qui le détaillait, il baissa les yeux. C'est alors que Pharaon parla.

— Dans trois nuits, le chef des gardes viendra te chercher. Tu partiras pour ne pas revenir.

Hatti fixa une rainure dans le dallage.

— Eremeth te conduira au tombeau de ma sœur. Son sarcophage quitte l'Égypte. Tu vas l'accompagner.

Pharaon lui tendit un rouleau de papyrus.

— C'est le récit d'un voyage. Il te revient de l'illustrer. Pour des siècles et des siècles.

Hatti ne comprenait plus rien.

— Seigneur, je suis bourreau, pas dessinateur.

— C'est justement pour cela que je t'ai choisi. On m'a dit que tu t'étais particulièrement distingué à Nadara. Tu aurais un vrai talent pour la sculpture sur chair ?

Hatti hocha imperceptiblement la tête. Il commençait à comprendre. Le corps de la princesse... Pharaon leva la main. L'entretien était terminé.

— Alors, tu vas devoir te surpasser.

66

De nos jours
Fondation Memphis

07 min, 23 s.
Cléa al-Asroul dégagea brutalement son bras.

— Vous êtes malade. Vous tuer !

— Non. Je dois récupérer l'homme qui nous a sauvés. Je vais m'asseoir sur le fauteuil et vous allez mettre votre clé, à nouveau. Je vais passer de l'autre côté des piliers et revenir avec lui.

— Comment allez-vous revenir ? Vous avez vu ce qui lui est arrivé ?

— Yann nous a expliqué que ceux qui étaient morts une première fois pouvaient revenir. Il suffit d'enlever la clé.

— C'est du délire. Ce cinglé a activé le mécanisme d'explosion. Même si je vous laissais faire, je ne veux pas risquer ma peau. Désolée, c'est votre pote, pas le mien.

Marcas se précipita sur le trône.

— Bon sang, insérez votre croix et retirez-la dans quatre minutes. Ça vous laissera ensuite deux minutes pour vous enfuir. Que je me réveille ou pas. C'est largement suffisant. Je prends tous les risques, bordel.

Elle hésitait.

— Pourquoi faites-vous ça ? Il vous a manipulé.

— Appeler ça la fraternité maçonnique, c'est très con. Maintenant faites-le ! Chaque seconde compte. Je vous en prie.

Il appuyait ses mains sur le dossier du trône. Ses mains s'agrippaient comme des serres. Ses veines saillaient.

— Maintenant !

Cléa vacilla quelques secondes puis s'avança vers la tête d'Akhenaton.

— Vous êtes un vrai taré.

Elle sortit la petite croix en or et l'introduisit dans la fente. À nouveau, une vibration sourde monta du sol. Les deux piliers et le trône changèrent de couleur. La lueur verte malsaine envahit progressivement la pièce. Antoine sentit des picotements tout le long de son corps.

06 min, 15 s.

Il avait peur. Une peur panique.

Il allait mourir à nouveau. L'image de son fils jaillit dans son esprit, celui qu'il aimait le plus au monde. La peur s'insinuait dans chaque cellule, chaque tissu, chaque parcelle de chair. Elle se faufilait à toute vitesse dans ses nerfs, dans son sang. Il ne voulait pas mourir. Il essaya de se lever mais une énergie inconnue le talonnait. C'était trop tard. Le point de non-retour était passé. La lumière verte emplissait son champ de vision.

Il fallait qu'il se calme. La grande pièce disparaissait, Cléa al-Asroul s'estompait.

En face de lui, les deux piliers palpitaient d'une vie propre.

Jakin et Boaz. Les deux piliers d'entrée des temples maçonniques. La clé était là. Quelle était la signification des deux piliers ? Son esprit se replongeait dans son initiation. À toute allure.

La traduction symbolique de Jakin et Boaz était Volonté et Force.

Il devait chasser la peur.

Une trouée blanche s'ouvrit entre les colonnes. Les pulsations le submergèrent. Son corps se paralysait progressivement. Il était soudé au trône.

Boaz. La force de surmonter les épreuves, le courage d'aller vers sa propre mort. Ne pas avoir peur.

Jakin. La volonté. Accepter le sens ultime de l'épreuve.

La trouée blanche devenait immense, majestueuse, irradiante. Il se sentit projeté en avant, à la vitesse de lumière. Plus rien n'existait autour de lui. Il était à nouveau aspiré dans le tunnel incandescent de blancheur. Il regarda en arrière, la grande salle du temple de la mort s'éloignait au-dessous de lui, il voyait son corps, assis sur le trône, renversé en arrière. Une onde de chaleur le parcourut. Il se sentait merveilleusement bien. Il filait à travers le vortex immaculé.

L'ascension durait une éternité. Puis il y eut un grand éclair blanc.

Il était à nouveau dans la clairière. Comme la première fois.

Le temple maçonnique sous le soleil. Le ciel brillait d'un bleu quasiment insoutenable. Les deux colonnes, Jakin et Boaz, le pavé mosaïque qui luisait au sol. En face de lui, un immense triangle flamboyait dans le ciel, avec, en son centre, un œil qui palpitait de vie. Les rayons solaires dessinaient des lignes géométriques parfaites. Tout prenait sens. Chaque symbole lui parlait. Il se trouvait au centre du temple et comprit qu'il était lui-même le temple. Comme par enchantement, l'air se densifia, des dizaines d'hommes et de femmes s'incarnèrent aux endroits précis où les rayons tombaient.

Les hommes et les femmes riaient. Ils étaient tous jeunes et resplendissants de santé. Un homme vint à sa rencontre et lui tendit la main. Brun, la mâchoire carrée, très grand. Sa tête lui rappelait quelqu'un. Il lui souriait.

— Bienvenue parmi nous, Antoine.

Il lui serra la main. Elle était incroyablement chaude.

— On se connaît ? demanda Marcas.

— Bien sûr. Je t'ai donné un cours d'histoire maritime, il n'y a pas si longtemps. Trafalgar, l'amiral Nelson... Tu ne m'as beaucoup pris au sérieux ce jour-là.

— Scalèse !

— Oui, mon ami. Et tout autour de nous, ce sont les pensionnaires de la résidence. En paix et en harmonie.

— Vous avez tous brûlé. L'incendie.

L'homme sourit.

— Oui. Une souffrance suivie d'une délivrance. Désormais, nous sommes protégés pour l'éternité.

Nous avons aussi compris le sens de nos épreuves sur la terre.

Antoine vit passer devant lui une blonde et une brune magnifiques, aux corps souples et fermes, vêtues de robes d'été. Des poussières d'or scintillaient autour de leurs chevelures.

— Vous êtes si jeunes...

— C'est une image que tu t'es forgée. Une représentation, rien de plus. Nous pouvons prendre de multiples apparences ici. Ces corps féminins ne sont que de pâles incarnations de tes propres désirs. Nous nous incarnons dans toute chose. Ces arbres autour de toi, ces nuages dans le ciel, cet air si doux, sont aussi des projections de nos âmes. Le corps a disparu. Il n'a plus aucune utilité. Plus de maladie, de souffrance, de désespoir, de vieillesse. Perçois mes paroles, tu es devenu le temple dans sa totalité.

Marcas était subjugué. Il voulait lui aussi rester. Ne plus se battre, travailler, payer des factures, obéir à son supérieur, comme tout cela lui paraissait vain. La vraie vie était ici. Une onde de bonheur le submergea. Les hommes et les femmes à ses côtés étaient les mêmes qui avaient essayé de le tuer dans son cauchemar à la résidence. Et voilà qu'ils s'étaient transformés en... divinités. Leurs visages étaient si rayonnants.

— Le paradis existe... murmura-t-il.

— Pas au sens religieux. Il est même encore plus incroyable que tu ne le crois. Mais tu dois te décider.

La voix féminine, chaude et douce, s'infiltra dans son esprit. Il tourna la tête.

La reine de la lumière était devant lui. Elle était incroyablement belle.

—Vous…

La femme flottait presque dans l'air. Elle était pensive.

—Celui qui m'a tuée est parti lui aussi. Quant aux autres, ils devront rendre des comptes. Antoine, un second choix s'offre à toi, encore plus important que le premier. Tu as décidé de mourir pour venir le chercher. Celui que tu considères comme ton frère. Il est parmi nous. Tu peux choisir de rester. Ou de revenir dans ce que l'on appelle le monde de la vie.

—Je ne sais plus… C'est si merveilleux ici. Qui êtes-vous ?

Les couleurs changèrent autour de lui, la nuit scintillait, les étoiles brillaient avec éclat. Le visage de la reine et sa silhouette s'étaient brouillés une fraction de seconde. Marcas cligna des yeux. Elle était devenue très vieille, c'était le même visage avec cinquante ans de plus. Ses cheveux étaient blancs, sa peau fripée collait à ses os mais son regard était aussi insoutenable. Le tissu qui la recouvrait s'estompa, laissant apparaître des centaines de striures sur son corps. Des plaies qui ne se refermaient pas. Pourtant, aux yeux d'Antoine, elle était toujours aussi sublime. Elle chuchotait.

—J'avais vingt-trois ans. J'étais étudiante en égyptologie et je faisais un stage à la fondation. Un soir, je suis allée là où je n'aurais jamais dû, dans le temple de la mort. Je les ai surpris. Ils m'ont repérée et capturée. J'ai supplié mais ils n'ont rien voulu savoir. Ils ont figé mon corps pour l'éternité.

Marcas avait les larmes aux yeux. Une empathie profonde le submergea.

— Le démon est mort.

— Je le sais. Je n'ai nulle haine envers lui et ceux qui ont permis toutes ces souffrances. Antoine, je ne suis qu'un songe. La beauté est aussi une illusion que tu t'es projetée. Les humains sont esclaves de l'apparence, ils ne voient pas la beauté de la vieillesse. J'ai maintes formes. Tu vois en moi la femme que tu cherches sur terre. Celle que tu voudrais aimer et que tu n'as jamais trouvée. Cette clairière, le temple maçonnique, mon image, ces étoiles dans le ciel sont autant de projections des représentations d'harmonie que tu portes en toi. Il existe ici des milliards de tableaux, autant que d'âmes qui y ont pris refuge... Il te faut choisir maintenant.

Il pensa à son fils, qui grandirait et aurait besoin de lui. Il allait traverser des épreuves. Curieusement, l'image d'une très jeune fille apparut. Elle était lui. Il savait que c'était sa fille. Dans un futur qu'il aurait choisi. Il la concevrait avec une autre femme. Une onde d'amour intense le parcourut. Elle avait des cheveux ondulés, des yeux très doux, la peau de nacre, le visage un peu boudeur, un sourire espiègle. C'était sa fille et pourtant elle n'était pas encore conçue. Un destin à choisir.

Il pensa aussi au frère obèse. Son image s'incarna immédiatement. Il était dans le vortex et se tordait de douleur. Des ombres menaçantes l'enveloppaient.

— Pourquoi n'est-il pas avec nous ?

— Il règle ses comptes avec sa propre conscience. Cet homme revoit toutes ses actions défiler devant lui, les bonnes comme les mauvaises.

Antoine éprouva une compassion infinie. Il ressentait les douleurs endurées par son ami. Il ne pouvait pas le laisser ainsi.

— J'ai encore d'autres choses à accomplir sur terre.

— Réfléchis bien. Tu n'auras pas de second choix.

— C'est décidé.

— Nous nous reverrons, Antoine.

La vieille femme se transforma en colonne de lumière pure. Il se sentit aspiré à nouveau. Il était plongé dans un ouragan de feu. Des millions de visages tournoyaient autour de lui, des hurlements jaillissaient de toutes parts. Il vit son frère, englué dans des tentacules noirs. Il fonça vers lui.

— Toi !

— Je viens te chercher.

Le gros homme le repoussa.

— Non, je dois payer. Laisse-moi. Tout le mal que j'ai fait à ces gens.

— Tu m'as sauvé la vie, c'est tout ce qui compte pour moi, hurla Antoine.

Il le prit par la taille et l'emporta avec lui. Ils descendaient à une vitesse vertigineuse. Tout en bas, en dessous d'eux, apparaissaient la salle du temple, les deux colonnes et le trône, baignés dans une lumière émeraude.

Le vortex s'estompait. Les hurlements décrurent. Au-dessus, le puits de lumière était devenu un point blanc. Ils voyaient maintenant distinctement la grande salle du pavillon de chasse. Antoine tenait la main de son frère. Il savait que tout était illusion. Il voyait son corps assis sur le fauteuil et celui du frère obèse gisant inconscient. Il avait réussi, ils revenaient d'entre les morts.

Soudain une main glacée l'attrapa par le cou. Leur descente cessa net. Un démon surgit du néant. Le visage ravagé de Triskell apparut comme dans un cauchemar. Il s'agrippait à eux. Sa voix rugissait. Déformée.

— Votre mort. Je veux votre mort. Vous me la devez.

Antoine se tordait dans tous les sens mais plus il se débattait, plus l'homme le serrait. Le visage tordu de haine était collé à lui, il sentait l'odeur de sa peau décomposée qui partait en lambeaux. Il lui donnait des coups mais rien n'y faisait. Plus sa colère augmentait, plus il se sentait monter à nouveau, et s'éloigner de la vie.

— Votre mort m'appartient, criait le démon.

Ils ne rentreraient jamais. Le temps les aspirait. Antoine ressentait au plus profond de lui que Triskell se nourrissait de sa propre haine. Il cessa de lutter. Il ne devait pas se battre avec le démon. Ce n'était qu'une âme perdue qui projetait sa propre peur. Marcas fit refluer sa colère. Au fur et à mesure que le calme l'envahissait, le vortex perdait de sa puissance. L'ascension diminuait en intensité. Les hurlements baissaient d'intensité. Il était maître de lui. Le démon brûlé relâchait son emprise.

— Non... Vous êtes à moi, criait-il d'une voix désespérée.

— Je te pardonne, dit Marcas avec calme.

Le visage de Triskell se déformait dans tous les sens. Un tourbillon de voix indistinctes l'enveloppait.

— Pars en paix, maintenant.

Triskell hurla une dernière fois et s'évanouit dans un souffle noir. Antoine et le frère obèse tombèrent. Plus rien ne les rattrapait, comme si on avait ouvert une trappe sous leurs pieds. La chute était vertigineuse. Leurs apparences se diluaient. Antoine vit son frère se transformer en rayon de lumière, comme lui.

02 min 45 s.

Il était assis sur le trône. Une gifle lui cingla la joue. Puis une deuxième.

— Levez-vous !

Les vociférations lui brûlaient les tympans. La douleur s'enfonçait dans son cerveau comme un fer rouge. Il ouvrit les yeux et vit Cléa, debout devant lui. Elle allait le frapper à nouveau. Il leva la main pour retenir son bras.

— Ça... suffit.

— Bougez-vous. Ça va exploser. Votre truc n'a pas marché.

— Comment ?

Elle l'aida à se mettre debout. Sa tête lui tournait.

— Magnez-vous. Votre copain s'est réveillé avant vous, au moment où j'ai actionné le dispositif. Je l'ai aidé à sortir de ce trou à rat.

— Mais je suis allé là-haut. Je l'ai vu.

— Alors, vous avez fait ça en une minute. J'ai retiré la clé juste après le début de l'activation. Maintenant, on se casse.

— Je les ai vus, les morts de la résidence, la femme momifiée et même le démon brûlé. Il faut récupérer le cadavre du brûlé. Ça nous servira de preuve.

— Non ! On n'a pas le temps.

— Personne ne nous croira.

01 min, 23 s.

Il titubait derrière elle. Ils traversèrent la grande salle. Antoine manqua trébucher sur le corps sans vie de Triskell. Il lui sembla que le visage du brûlé esquissait un sourire. Il voulut ralentir le pas mais Cléa le tira. Elle poussa la porte et ils sortirent dans la forêt. Ils rejoignirent le frère obèse qui était assis, à une trentaine de mètres du pavillon, contre un arbre, en train de se masser la nuque. Il leur fit signe de la main.

— Antoine, fonce !

00 min, 14 s.

Marcas tomba à terre. Une odeur d'herbe fraîche s'insinua en lui. Au moment où il allait poser sa main sur le bras du directeur du Rucher, une énorme explosion retentit. Des flammes jaillirent de tous les côtés. Un souffle brûlant déferla en vagues autour du pavillon.

Antoine contemplait la scène d'apocalypse puis se tourna vers le gros homme.

— Tu as vu… les choses, là-haut ?

Le directeur du Rucher secoua la tête.

— Non. Je me suis réveillé et Cléa m'a aidé à sortir. J'ai dû prendre une sorte de décharge électrique.

— Le tunnel, les morts… Notre ascension vers le ciel.

— Tu divagues ? J'ai surtout une migraine... cosmique. Tu as dû revivre le choc de la première fois, quand tu t'es fait buter.

Antoine n'écoutait plus. Il était ailleurs. Il murmura à voix basse :

— Je n'ai pas rêvé.

67

1365 av. J.-C.
Mines de turquoises
Sérabit El-Khadim

Un vent glacé déferlait du nord sur les montagnes du Sinaï. Le ciel, d'un bleu transparent, brûlait le regard. Protégé par une paroi, un feu de bois maigre vivotait dans un coin de la grotte où vivaient Hiram et sa compagne. Le Grec s'était fait à son nouveau nom. Seule Aleiah avait parfois du mal à s'y habituer, mais elle ne l'oubliait que dans l'intimité. Durant les premiers jours, Hiram avait multiplié les contacts avec la tribu. S'il avait une idée définitive de ce qu'il voulait, il souhaitait d'abord les connaître avant de les diriger. Pour un Grec, l'errance, la vie de nomade étaient déjà une surprise, mais les Caïnites le fascinaient plus encore, par leur refus intransigeant de faire allégeance à une quelconque puissance divine. Ce refus forcené de tout dieu devait cacher une origine obscure et dramatique. Et si Hiram voulait imposer son autorité, il devait d'abord découvrir ce secret enfoui. Mais les nomades lui avaient fait une autre surprise totalement imprévue.

Depuis qu'ils étaient arrivés, voilà plus d'un mois, le ventre d'Aleiah s'était arrondi. Les nomades avaient été les premiers à deviner sa grossesse. Subitement, ces hommes, d'un naturel méfiant, s'étaient rapprochés du couple. On les voyait apporter des fagots de bois sec, offrir du gibier des montagnes, mais aussi regarder avec une anxiété mal dissimulée la jeune femme. Hiram s'était bien gardé de les interroger, il se contentait de voir leur malaise prendre chaque jour de nouvelles formes. Une crainte inédite semblait s'être emparée de la tribu. Aleiah, elle, s'amusait de cette équivoque. Qui sait, disait-elle en riant, ils sont restés trop longtemps sans adorer d'idole, je vais peut-être devenir leur déesse de la fécondité ? Hiram se contentait de sourire, mais il sentait bien qu'il ne parvenait plus à établir la confiance. À plusieurs reprises, il avait interrogé les Caïnites sur ce massif isolé où aurait été trouvé un nouveau filon de turquoises, mais il n'obtenait pas de réponse.

La saison froide était arrivée. Désormais, Hiram devait passer à l'action. Un matin, il revêtit son habit de cour, glissa autour de son cou le cartouche en or massif de Pharaon et convoqua le traducteur, un nomade, ancien esclave. En quelques phrases, courtes et sèches, il expliqua son projet de labyrinthe, justifia sa nouvelle organisation de la tribu et l'interrogea sur le massif perdu.

Embarrassé, le traducteur jeta un coup d'œil furtif vers la pièce où se tenait Aleiah avant de murmurer :

— L'Ancien est en route, c'est lui qui te répondra.

Montagnes du Sinaï

La piste de cailloux serpentait parmi les roches. Depuis qu'ils avaient débarqué sur la côte, ils n'avaient croisé ni caravane ni village. Les Caïnites avaient refusé de prendre la piste du désert, préférant s'enfoncer dans des replis montagneux qui semblaient sans fin. Depuis qu'ils transportaient le sarcophage d'Anémopi, ils se comportaient étrangement. Dans le bateau qui les conduisait vers la presqu'île, ils se relayaient, par petits groupes, auprès du sarcophage. Assis en cercle, ils contemplaient, muets et fascinés, l'effigie en bois doré de la princesse. Nul n'avait le droit, excepté eux, de descendre dans la soute. Une fois pourtant, Hatti s'était rendu dans la cale du navire. Sa réputation de bourreau était telle que nul, parmi les Caïnites, n'avait osé l'en empêcher. Comme eux, il s'était assis et était resté immobile et muet, le regard fixé sur le sarcophage. À la vérité, son esprit n'était pas inactif, bien au contraire. La mission dont l'avait investi Pharaon ne cessait de le préoccuper. Faire du corps de la princesse Anémopi, le chemin vers l'au-delà ! S'il parvenait à réussir ce tour de force, il aurait réalisé un chef-d'œuvre, le couronnement de sa carrière.

L'Ancien leva le bras. C'était l'heure du campement. Ils marchaient sans discontinuer depuis le matin. Aussitôt, les Caïnites qui portaient le sarcophage cherchèrent un endroit pour déposer leur relique. Depuis qu'ils remontaient la presqu'île, personne n'avait plus vu l'effigie de la princesse Anémopi. Chaque matin, ils l'enroulaient dans un voile sombre qu'ils n'ôtaient que le soir venu. Hatti se rapprocha de l'Ancien qui venait de s'asseoir.

— Pourquoi tes hommes prennent autant de soin de cette momie ?

L'Ancien répondit en baissant la voix :

— Ce n'est pas une momie, bourreau. C'est la Reine de la Nuit.

Mines de turquoises
Sérabit El-Khadim

Hiram avait conservé son habit de cérémonie pour convoquer l'ensemble des Égyptiens qui travaillaient à l'exploitation des mines de turquoise. Chaque année, une expédition quittait la terre de Pharaon et gagnait l'intérieur du Sinaï. Une expédition, toujours soigneusement organisée, qui comprenait, en plus d'un contingent de soldats préposés à la sécurité, un spécialiste de l'extraction minière, plusieurs chefs de travaux secondés par des contremaîtres et deux fonctionnaires du Trésor royal accompagnés de scribes. Une petite colonie qui se tenait prosternée devant Hiram. Ce dernier baissa le cartouche de Pharaon sur sa poitrine et invita chacun à s'asseoir.

L'un des scribes sortit une écritoire. Hiram l'arrêta d'un geste.

— Il n'y aura pas de compte rendu officiel de la réunion. Comme vous le savez tous, je suis venu ici, investi des pleins pouvoirs de Pharaon, pour mener à bien une mission qui lui est particulièrement chère. Et j'ai besoin de vous.

Chacun inclina la tête en signe d'assentiment. On ne discutait pas les ordres d'un envoyé de Pharaon.

— Depuis que je suis arrivé, je tente de comprendre le peuple avec lequel nous travaillons. Les Caïnites sont une tribu à part. Ils ne font pas de commerce ni d'élevage, ne pillent pas. Ils ne vivent que de leur savoir-faire qui est de creuser le sol, ici pour recueillir des turquoises, en Égypte pour édifier des tombes. Ils ne fréquentent jamais les autres tribus qui, d'ailleurs, les évitent prudemment. En fait, nous sommes leurs seuls contacts avec le monde. Pourquoi ?

La question prit de court tous les assistants. Un des contremaîtres pourtant se leva.

— Seigneur, ce ne sont que de misérables nomades. Des êtres frustes, sans culture ni religion. La seule chance de leur destin, c'est de nous avoir rencontrés.

Un murmure d'approbation parcourut l'assemblée.

— Selon vous, ce ne sont donc que des va-nu-pieds, des parias qui ne survivraient qu'au contact de l'Égypte éternelle ? ironisa Hiram.

— Ce ne sont que des hommes sans dieux, ajouta un des trésoriers, tout juste bons à vivre la nuit, au fond de la terre, comme des animaux sans conscience.

— Alors pourquoi refusent-ils de me conduire à ce massif où un gisement de turquoises aurait été trouvé ? Ces animaux domestiques se rebelleraient-ils ?

Seul jusque-là, le spécialiste des mines était resté silencieux. Il leva la main avant de prendre la parole.

— Seigneur, cette légende court depuis longtemps. C'est ma troisième expédition dans la région des turquoises et s'il y avait un autre gisement, nous autres, fils du Nil, nous l'aurions déjà trouvé.

Hiram se tut. Il claqua des mains. Les hommes se levèrent, un par un, et quittèrent la salle en s'inclinant. Hiram était déçu et amer.

Ce n'était pourtant pas la première fois qu'il était confronté à la conviction des Égyptiens de leur supériorité absolue, à leur incapacité de s'intéresser, de s'ouvrir à autrui. À son tour, il se leva. Tant pis, il agirait seul.

Montagnes du Sinaï

L'Ancien les avait convoqués à l'heure où l'étoile du Nord serait au plus haut. Le vent soufflait, éperdu, depuis la tombée de la nuit. Les Égyptiens s'étaient réfugiés sous leur tente. Ils ne sortiraient pas avant le lever du jour. Un à un, les Caïnites arrivaient et s'installaient en rond autour du feu où rougeoyait un lit de braises. Quand le cercle fut complet, chacun ouvrit sa main droite. Du sable ruisselait de chaque paume. L'Ancien lança la première poignée sur les braises en prononçant les paroles qui ouvraient la cérémonie : « *Que les ténèbres soient.* » Chacun répéta le rituel. Quand toutes les mains furent vides, le feu n'était plus qu'un souvenir.

Pendant un moment, le groupe demeura silencieux. Puis l'Ancien se tourna vers son voisin et chuchota à son oreille. Ce dernier se pencha à droite et transmit les deux premiers mots, complétés des deux suivants.

— La prophétie circule, annonça l'Ancien tandis qu'un murmure grandissant parcourait le cercle.

La rumeur s'arrêta à son voisin de droite. L'Ancien se pencha, écouta et rendit son verdict :

— La prophétie est revenue juste et parfaite. Nous la cachons dans nos cœurs, nous la murmurons dans le cercle, désormais donnons-lui notre voix.

Les nomades se levèrent, la main droite à plat sur la poitrine.

Ô ténèbres,
Pour que le chemin luise à nouveau,
Pour que les colonnes de feu s'ouvrent sous nos pas,
Que la Reine de la Nuit soit notre étoile ici-bas
Et que naisse le pur enfant au front sans rameau.

Quand le silence retomba, l'Ancien prit la parole.

— Mes frères, depuis des générations, nous attendons que cette prophétie se réalise.

— Nous avons trouvé la Reine de la Nuit, s'exclama un des Caïnites, c'est elle dans le sarcophage : la relique sacrée.

Une rumeur d'approbation se leva.

— Reste l'enfant qui doit naître…

— …et naître pur, sans ces marques qui sont le signe de notre malédiction.

L'Ancien reprit.

— Si nous avons bien trouvé la Reine de la Nuit, l'enfant, lui aussi, apparaîtra. Alors nous pourrons retourner au massif perdu.

Des éclats de voix retentirent du côté du camp. Le vent avait dû arracher une tente. Des torches s'allumèrent tandis que des soldats accouraient. D'un coup, les Caïnites se dispersèrent dans la nuit.

68

Le massif perdu
Sept mois plus tard

Depuis la veille, les *apprentis* démontaient le camp installé près du massif. Sans bruit, ils rangeaient les tentes, empilaient les vases et les jarres, effaçaient jusqu'à la moindre trace de leur séjour. Leurs gestes étaient précis, leurs regards concentrés, même si certains ne pouvaient s'empêcher de jeter un coup d'œil sur les *frères* plus âgés qui les observaient. À la tombée de la nuit, ils sauraient lesquels d'entre eux avaient été jugés dignes d'atteindre le degré supérieur. C'est le maître Hiram lui-même qui les élèverait au rang de *compagnons*.

Depuis une semaine, personne ne pénétrait plus dans le Temple. Une poignée de maîtres sélectionnés s'étaient enfermés à l'intérieur et parachevaient le travail. Le secret était bien gardé. Les *apprentis* avaient taillé les lignes, les *compagnons* les courbes. Quant aux *maîtres*, nul ne savait ce qu'ils faisaient. On avait vu arriver Hatti avec les gardiens du Seuil. L'Ancien avait créé cette garde, composée uniquement de Caïnites revenus d'Égypte. Ils s'étaient installés à l'écart et veillaient jalousement sur la relique.

Les *apprentis* ne cessaient de s'activer. Ils étaient pressés d'arriver au soir, de connaître les noms de ceux qui passeraient au grade supérieur. Toute la semaine, le camp avait frémi de bruits. Les *compagnons* s'amusaient de la jubilation de leurs cadets. Parfois, ils distillaient une information sur la future initiation… et aussitôt la rumeur enflait. Mais eux-mêmes n'en menaient pas large. Hiram les avait prévenus qu'il ne choisirait parmi eux que sept nouveaux maîtres : les sept qui auraient l'insigne honneur de porter la relique à l'intérieur du massif.

Ce choix rendait fébriles bien des *compagnons* et surtout l'un d'entre eux : Anubis, le frère aux cent tatouages.

Hatti s'était installé à l'ombre. Il avait ouvert sa trousse de travail et vérifiait le tranchant de ses instruments. Un par un, il les touchait, les palpait, les caressait, examinait le fil de la lame, soupesait le manche de cèdre. Aussi absorbé qu'il fût, il vit approcher l'Ancien. Il avait entendu parler d'un étrange accord entre lui et Hiram. On disait que le chef des Caïnites n'avait accepté de révéler le massif perdu au Grec qu'au moment où il avait su qu'Aleiah était enceinte. Décidément, ces nomades étaient des originaux. Et maintenant, ils attendaient la naissance de l'enfant pour transférer le corps de la princesse dans le sanctuaire. Des fous.

L'Ancien se rapprocha. Aussitôt, Hatti rangea ses outils, roula sa trousse de cuir et se leva.

— Reste près de moi, j'ai à te parler.

Le bourreau s'adossa contre le rocher. L'Ancien reprit.

— Je dois te raconter une histoire avant que tu n'entres dans le sanctuaire.

— J'y entrerai à condition que tu y déposes le sarcophage.

L'Ancien posa la main sur son cœur.

— J'ai confiance. La prophétie va se réaliser.

Hatti haussa les épaules.

— Alors, ton histoire ?

— Il y a bien longtemps, deux frères se sont égarés dans le désert. Ils ont erré des jours et des jours jusqu'à ce qu'ils aperçoivent un massif isolé. Ils ont rassemblé leurs dernières forces et ont marché vers ce signe du destin. Quand ils sont arrivés au pied du massif, la paroi était nue et lisse. Sans ouverture. La plupart des hommes se seraient laissés mourir de désespoir. Mais eux ont persévéré, ils ont suivi la paroi, durant des jours. Au petit matin, ils léchaient la rosée sur la pierre, puis continuaient à marcher. Un soir, alors que leurs pieds étaient en sang, la paroi s'ouvrit sur un porche.

Le bourreau tourna la tête en direction de la montagne que creusaient les hommes d'Hiram.

— Le porche était éboulé, mais les renards du désert avaient frayé un passage. Les deux frères s'y glissèrent. Ils avaient sur eux des pierres à feu et un fond d'huile dont ils badigeonnèrent un branchage pour faire une torche. Dès qu'ils eurent de la lumière, ils avancèrent.

Hatti se rapprocha. La voix de l'Ancien avait baissé.

— On les retrouva dans le désert. Le corps brûlé, les mains en lambeaux, le visage tordu par l'horreur. Ils demeurèrent durant des jours entre la vie et la mort. Un des frères mourut. Quant à l'autre, il devint un paria, une abomination, rejeté par tous les nomades. Un soir, il arriva dans une oasis, une jeune vierge se lavait dans une vasque. Il l'enleva et en fit sa femme. Tous les Caïnites sont ses descendants.

Le bourreau se releva. Une légende.

— À la fin de sa vie, il raconta une étrange histoire. Il avoua ce qu'il avait vu au fond de la grotte.

— Et qu'avait-il vu ?

— Deux colonnes. Deux colonnes de feu qui formaient un seuil. Et quand lui et son frère avaient tenté de le franchir…

L'Ancien fixa Hatti.

— ...ils connurent la mort.

— Pourquoi me racontes-tu ça ?

Du doigt, l'Ancien désigna le massif où la relique allait être déposée.

— Tu vas le savoir bientôt.

69

Avignon
De nos jours

Le taxi filait sur la voie rapide qui menait à la nouvelle gare TGV. Antoine regardait le paysage défiler devant lui. Une pluie d'été s'était abattue sur toute la campagne environnante. Il se tourna vers Cléa.

— Vous êtes sûre de vouloir repartir sur Paris ?

— Oui, je dois m'occuper de clients très importants. Et vous ?

— J'ai pris une chambre dans un hôtel du coin. Dans un petit village, loin des touristes. Charmant. Idéal pour se remettre de nos... aventures.

Il ne voulait pas qu'elle parte, alors qu'il avait vu avec soulagement le frère obèse remonter vers la capitale, le lendemain de l'explosion, sans la moindre séquelle ni le moindre souvenir. C'était tout juste, s'il n'avait pas pris Marcas pour un fou. Antoine tenta sa chance.

— Une chambre qui donne sur les vignes.

— Je pensais que tout était envahi en cette saison, minauda-t-elle.

— Un frère m'a donné un coup de main.

Elle sourit en fouillant dans son sac à la recherche de son billet. Il la trouvait vraiment charmante. Il n'allait pas la laisser partir. Il lui prit la main. Le taxi arrivait en vue du grand paquebot de verre de la nouvelle gare TGV.

— Vous ne voulez pas rester ? Ici. Avec moi. Je connais un petit restaurant agréable.

— Vous me faites des avances, commissaire ? demanda la jeune femme, en battant exagérément des paupières. Police et justice sont comme chien et chat.

Il hésita puis se lança.

— Restez. Oui, ce sont des avances.

Elle pressa sa main contre la sienne.

— Non. Je suis… prise. Ne le prenez pas mal. Vous n'êtes pas mon type d'homme.

Il se raidit sous l'effet de la claque.

— Et quel est votre genre ? Sans vouloir être indiscret.

— Mon âge, et nettement plus athlétique que vous. Genre Californien en bonne santé, dents blanches et pectoraux dessinés. Limite Brad Pitt… Les quadras français, autocentrés, intello-torturés, qui aiment les restaurants, les gîtes provençaux et les symboles ésotériques, ce n'est pas ma came. Je suis tranquille, vous ne manquerez pas de femmes qui se pâmeront devant votre charme… maçonnique.

Le taxi s'arrêta devant les grandes portes coulissantes. Elle régla le chauffeur. Marcas encaissait le coup. Cela faisait très longtemps qu'il ne s'était pas pris une veste.

— Vous êtes directe.

— C'est ma force. Adieu, commissaire Marcas. Ce fut un plaisir mais je ne veux plus entendre parler de la fondation, de la France ni de vous.

Elle lui claqua un baiser sonore sur la joue et sortit du véhicule, un bagage à la main. Le taxi redémarra, Marcas fit un petit signe de la main à la jeune femme mais elle avait déjà tourné les talons. Il se replongea dans ses pensées. L'affaire avait été classée en haut lieu. Toutes les preuves de l'opération *Lux tenebrae* avaient disparu. Le médecin psy et le directeur de la résidence Héliopolis étaient, eux aussi, morts dans l'incendie. Antoine restait seul. Curieusement, le grand voyage finissait comme dans un rêve. Le visage de la femme momifiée se dissolvait dans les méandres de sa mémoire alors que celui de la jeune fille restait gravé. Peut-être que ce futur serait possible. Rencontrer une nouvelle femme et avoir une fille...

La voiture filait à nouveau sur l'asphalte mouillé. Des panneaux publicitaires défiguraient les deux côtés de la route. L'un d'entre eux vantait les mérites d'un bouquet satellite de chaînes avec les héros d'une série télé. Antoine savoura la coïncidence. La dernière saison de *Lost* le narguait. Il repensa aux paroles du psy de la résidence. Mû par une inspiration soudaine, Antoine sortit son portable et composa le numéro du professeur Labiana qui décrocha aussitôt.

— Ce bon Marcas. Tu es bien installé ?

— Non, pas encore. Je suis dans le taxi. Je peux te demander un service, mon frère ?

— Bien sûr.

— Je voudrais que tu ailles en salle d'opération et que tu te baisses sous le lit pour relever le numéro de série.

— C'est une blague ? J'ai autre chose à foutre.

— Non. C'est très important pour moi.

Le chirurgien grommela et coupa la conversation.

Marcas avait envie de dormir, de faire une grasse matinée, de se réveiller sous un soleil magnifique et de prendre un petit déjeuner sous une tonnelle.

— Que dit la météo pour demain ? demanda-t-il au chauffeur de taxi.

— Beau temps. Ça va se lever dans la journée.

— On arrive dans combien de temps à l'hôtel ?

— Trois quarts d'heure.

Antoine ferma les yeux et s'enfonça dans son siège. Il allait faire le point sur sa vie. Prendre des décisions. Pourquoi ne pas tomber amoureux, construire quelque chose ? Il avait toutes les cartes en main. Il s'allongea en travers de la banquette. Le roulis de la voiture le berçait. Il allait s'assoupir quand la sonnerie de son portable retentit. Il répondit sans ouvrir les yeux.

— Oui ?

La voix rocailleuse du chirurgien énonça une série de chiffres.

— Je te remercie, mon frère.

Antoine raccrocha et sourit. Il leva la tête vers la vitre du taxi, fouettée par une pluie battante. Il plissa les yeux. Au-dessus de lui, très loin, à

l'horizon, vers l'est, une infime trouée apparut entre les nuages noirs. Un rayon de lumière fin et droit descendait à la verticale, perçant les gigantesques masses noires qui l'environnaient.
Lux tenebrae.
Antoine comprit.

70

Massif perdu

Cette fois, Hatti était seul. On lui avait bandé les yeux, noué une corde à la cheville et, guidé par une main anonyme, il avait suivi le sarcophage de la princesse Anémopi, portée par les nouveaux *maîtres* que venait d'initier Hiram. Ce dernier, d'ailleurs, n'avait pas suivi le cortège. En compagnie de l'Ancien, il avait aussitôt rejoint les mines de turquoises : Aleiah venait d'accoucher.

Le corps d'Anémopi avait été déposé sur une table de pierre. Quand Hatti avait recouvré la vue, il se trouvait dans une pièce circulaire percée de quatre portes, la corde pendait dans l'ouverture à sa gauche. Chaque porte donnait sur un couloir qui se perdait dans l'obscurité. Seule, la rotonde était éclairée. Sur la dalle en pierre, il y avait sa trousse d'instruments. Il avança d'un pas, la corde ne le gênait pas. Lentement il fit le tour du sarcophage. L'effigie en bois doré avait été retirée et reposait contre le mur. Les bandelettes saturées de natron brillaient sous la lumière. Le tissu était encore blanc. Une odeur d'aromates montait du sarcophage. Il saisit un couteau au manche d'ivoire, l'inséra sous la base de la momie et remonta en cisaillant le tissu. Desséchées par le séjour dans le tombeau, les bandelettes cédaient facilement sous la lame. Il en était au niveau de la poitrine quand il heurta un renflement sous le tissu. Il prit alors une pincette dans sa trousse. Précautionneusement, il défit un nœud de bandelettes. Un scarabée en émail glissa sur le bois intérieur du sarcophage. Hatti le ramassa. Le scarabée tenait dans ses pinces un minuscule soleil en or massif. La preuve que le cœur avait été ôté du corps et remplacé par cette effigie. Les Égyptiens hésitaient toujours à enlever l'organe de vie : ils pensaient que là était le *Ka*. Hatti remit délicatement le scarabée au fond du sarcophage et sourit. Si le cœur avait été enlevé, le corps avait beaucoup plus de chance d'être demeuré intact. Hatti était heureux. La peau devait être à point, bonne à travailler. Il avait hâte de commencer.

Cité d'Akhetaton
Palais royal

Pharaon avait convoqué les principaux dignitaires du royaume pour la troisième heure après le lever du soleil. L'ordre était parti deux mois plus tôt. Des oasis perdues de l'ouest jusqu'aux forêts humides du pays de Kouch, des fonctionnaires royaux traversaient toute l'Égypte pour venir prendre leurs ordres de la bouche même du souverain. Prudent, Eremeth avait mobilisé les cohortes de la garde royale qui, tous les matins, venaient rendre les honneurs à Pharaon. Cette débauche de puissance impressionnait fort les fonctionnaires quand ils débarquaient dans la capitale. Une manière implicite de renforcer leur zèle en faveur du pouvoir central. Dans les ambassades, l'opinion la plus répandue était que Pharaon allait faire une annonce capitale pour son règne. Des messagers se tenaient prêts à partir pour informer aussitôt les capitales étrangères. Le peuple, lui, était satisfait. La réforme spirituelle de Pharaon marquait le pas. On attribuait ce ralentissement à la disparition d'Eupalinos, le conseiller grec. Nul ne l'avait revu depuis neuf mois. De l'avis de tous, il avait été éliminé et, avec lui, son influence néfaste sur le roi. Et puis surtout, Akhenaton s'était réconcilié avec sa femme, Néfertiti, qui lui avait donné un nouvel enfant. La naissance avait été célébrée dans tout le pays. Désormais, Pharaon et l'Égypte ne faisaient plus qu'un.

Dans tout le palais, serviteurs et esclaves œuvraient en silence. Ce matin, Akhenaton s'était levé avant l'aube et s'était enfermé pour préparer son discours. On avait tiré les fenêtres pour que le bruit de la cité ne dérange pas le monarque dans sa méditation. Il n'avait voulu aucun scribe, nul conseiller pour rédiger ce texte capital. Pharaon, seul, allait décider du sort de l'Égypte.

Massif perdu

Hatti venait de retirer sa tunique. Il faisait de plus en plus chaud au cœur du labyrinthe. Il avait presque fini de couper les bandelettes qui protégeaient la princesse. Il s'arrêta juste avant de trancher la dernière bande de tissu. Sa respiration se faisait plus rapide. Dans un instant, le corps allait apparaître. Dans un instant, il allait pouvoir toucher la peau, en tâter le grain... La tête lui tourna. La chaleur sans doute. Il en profita pour s'asseoir contre le mur. Maintenant qu'il était à deux doigts de découvrir le support de son chef-d'œuvre, il était moins pressé. Il saisit sa trousse et en retira un rouleau de papyrus où était inscrite la vision de Pharaon. Hatti en avait reçu le début des mains mêmes d'Akhenaton, juste avant que ce dernier ne lui donne l'ordre de quitter l'Égypte, la suite lui était parvenue par la voix d'un messager dans le Sinaï. Hatti connaissait le texte par cœur. Une à une, il en avait assimilé les différentes étapes : *le Grand Tunnel, le Gouffre de la nuit,...* Il ferma les yeux. Tout le plan du Royaume des morts se dessinait dans sa mémoire. *Le Désert de Feu, la Rivière de l'Oubli...* Le secret des secrets... la géographie de l'Éternité.

Il eut un nouveau vertige. Il se leva. Maintenant, il devait voir ce corps sur lequel il allait graver un chef-d'œuvre. Il se pencha sur le sarcophage et tira sur la première bandelette.

Quand il incisa le dernier trait, le bourreau était en nage. La main rendue douloureuse par l'effort,

Hatti recula pour jauger de l'effet. Du renflement pelvien, qui symbolisait la grotte de la nuit, aux deux seins représentant les colonnes, tout le corps de la princesse n'était plus qu'une gravure de chair. Une carte qui donnait accès à la vie après la mort.

La chaleur était devenue insupportable. Il jeta un dernier coup d'œil à son chef-d'œuvre et saisit la corde pour retraverser le labyrinthe. Avant de partir, une lueur attira son attention. Elle venait de la porte droite de la rotonde. D'un coup, il se souvint du récit de l'Ancien. Et si ce vieux fou avait raison ? La curiosité fut la plus forte. Hatti s'avança. La luminosité s'intensifiait. Il franchit la porte.

Cité royale d'Akhetaton

L'audience allait débuter. Déjà Pharaon entendait le murmure bruissant de la salle. Un à un, les serviteurs entrèrent pour le revêtir de sa tenue d'apparat. Akhenaton était debout, immobile, les yeux clos. Il revoyait toutes les étapes de ses voyages. Il avait franchi les épreuves de la terre, du feu, de l'eau, avant celle de l'air, la plus éprouvante. Un des serviteurs lui passa son pectoral. Le contact du métal le fit frissonner. Jamais il n'avait autant ressenti le froid qu'après avoir traversé la Rivière de l'Oubli. Quand il avait atteint la rive, le Gardien l'attendait. C'est lui qui lui avait révélé le peuple élu pour la mission : les Caïnites, ainsi que le lieu où se trouvait le Seuil : le Sinaï, passage entre les deux mondes. Là, il devait déposer le corps de sa sœur. Ce corps qu'il avait tant aimé et sur lequel le chemin du royaume d'en-bas était maintenant tracé. Les gardes venaient de prendre position le long du couloir qui menait à la salle des audiences. Akhenaton ouvrit les yeux et s'avança. Les gardes baissaient la tête à son passage. Plus que quelques pas. Sa sœur était avec lui. Il sentait sa présence. Il entendait sa voix :

— Finis ce que tu as commencé.

Devant lui, la grande porte s'ouvrit.

— Ailleurs, le flambeau de la vérité vient de se rallumer.

Akhenaton entra. Il tendit la main droite avant de parler.

— Dès demain, tous les noms des dieux seront effacés du fronton des temples.

L'assemblée se figea.

— Dès demain, les prêtres seront déchus de tout pouvoir.

La voix de Pharaon résonnait dans un silence de tombe.

— Dès demain, l'Égypte n'aura qu'un dieu.

Akhenaton balaya du regard les visages défaits.

— J'ai dit.

71

Mines de turquoises

Aleiah se leva de sa couche. Hiram était parti de nouveau. Il faisait à peine jour. Mais elle ne pouvait attendre. Elle voulait voir son fils. Les nomades avaient taillé un berceau dans un tronc qu'ils avaient ajouré et empli de tissu. Comme un nid. L'enfant y dormait encore. De temps en temps, il plissait ses lèvres minuscules : un songe venait de passer sur son visage. Aleiah sourit. Jamais elle n'avait été aussi heureuse.

Le massif perdu

Hiram arriva le premier. Les nouveaux *maîtres* l'attendaient. Sur le sable, face contre terre, gisait Hatti. Il tenait encore la corde qui lui avait permis de sortir du labyrinthe. Hiram se baissa et le retourna.

Son visage n'était plus qu'une plaie noircie.

— Les colonnes de feu, murmura l'Ancien.

Hiram se tourna vers les *maîtres*.

— Vous deux, allez dans le couloir d'entrée et faites tomber la porte de pierre. Les autres, montez sur le plateau et attendez mes ordres.

— Que vas-tu faire ? interrogea l'Ancien.

— Le remblai, répliqua Hiram, le remblai du labyrinthe. Je l'ai fait monter sur le bord de la falaise juste au-dessus de l'entrée du sanctuaire.

Les deux *maîtres* venaient de sortir en courant.
— La porte est en place. L'entrée est condamnée.
Hiram noua ses mains et les brandit au-dessus de sa tête. Aussitôt un vacarme assourdissant éclata.
Le Sanctuaire venait de disparaître sous un gigantesque amas de pierre.

Mines de turquoises

Un grondement fit trembler le berceau. Aleiah se dirigea vers la fenêtre et ouvrit le volet. Un nuage de poussière s'élevait à l'horizon. Enfin, le Sanctuaire était clos. Elle retourna vers le berceau où dormait son fils et sourit. Son père allait rentrer.

Le massif perdu

Hiram se retourna. Il aperçut une ombre dans la poussière.
— L'Ancien ?
— Non.
Anubis apparut. Le Macédonien était torse nu. Ses tatouages luisaient de sueur.
— Mais... que fais-tu ?
Un levier venait d'apparaître dans les mains du compagnon. Le premier coup tomba.
— Je suis ton destin...
Un deuxième suivit.
— ...Eupalinos...

Le Grec roula sur le sol. Il plaqua sa main devant son visage.

— ...et ta mort.

Le levier s'abattit à nouveau.

Mines de turquoises

Un gazouillis s'échappait du berceau. Aleiah se pencha pour l'embrasser. L'enfant était né avec une chevelure noire et rêche comme la crinière d'un cheval. Sa mère remonta ses cheveux rebelles. Un premier rayon de soleil franchit la fenêtre. Son front s'illumina, immaculé.

Le massif perdu

L'Ancien arriva le premier. Recroquevillé sur le sable, Hiram respirait encore.

— Je vais enfin savoir... murmura le Grec.

L'Ancien tomba sur le sol.

— ...savoir ce qu'il y a après la mort.

La poussière se dissipait. Des cris, des appels, retentissaient de tous côtés. Hiram balbutia.

— Jure-moi... Jure-moi... que tu veilleras... sur ma femme... mon fils.

L'Ancien posa sa main droite sur le cœur.

— Tu as ma parole.

Le Grec ferma les yeux. Un ultime murmure fit trembler sa bouche.

— ...Je ne connais même pas ton nom...

L'Ancien se releva. Autour de lui, les *maîtres*, les *compagnons*, les *apprentis* faisaient cercle.

— Al-Asroul. Je m'appelle al-Asroul.

72

De nos jours
Une semaine plus tard
Paris
Champ-de-Mars, monument des Droits de l'homme

Le frère obèse contemplait l'œuvre d'art de Tienmeyer avec curiosité. Il en avait entendu parler par Marcas puis en loge, lors d'une planche donnée par un frère historien. Effectivement, tous les symboles s'y trouvaient. Triangle sur le fronton, colonnes Jakin et Boaz à l'entrée nord, un vrai catéchisme maçonnique de pierre. En arrière-plan, derrière le bâtiment rectangulaire du monument, se dressait la haute silhouette de la tour Eiffel. Des bruits de pas faisaient crisser le sol caillouteux, à sa gauche.

Un homme de taille moyenne, d'une soixantaine d'années, les cheveux gris, courts, s'arrêta devant lui, puis s'assit à son côté. Ils échangèrent une brève poignée de main.

Le directeur du Rucher inclina la tête. Il n'avait jamais rencontré le patron du département K, le service analogue à celui du Rucher, pour les questions de défense. Un ancien de la DGSE, détaché auprès du ministre de la Défense. Tendance tradicatho, Saint-Cyr. D'autres réseaux. Pas maçonniques. L'autre devait avoir les mêmes éléments sur lui.

— Ravi de faire votre connaissance.

— Plaisir partagé, répondit l'homme avec un léger accent du Sud-Ouest. Je n'ai que dix minutes à vous consacrer. Soyez bref.

— Les soldats sont toujours pressés… Probablement, une conférence à l'École militaire. C'est votre activité officielle. Je suis supposé vous donner du « mon colonel » ? ironisa le frère obèse.

— Je ne vois pas de quoi vous parlez, mais j'ai effectivement un cours à donner à mes élèves, dit l'homme avec un sourire que ses yeux froids et durs démentaient.

Le frère obèse toussota.

— Bien sûr… Mon appel a dû vous intriguer.

— En effet, le directeur du Rucher ne sort pas facilement de son appartement de la rue Rodier.

— Touché. Nous faisons en quelque sorte le même métier. Collecter de l'information et la transmettre à nos supérieurs. Moi à l'Intérieur, vous à la Défense. Vous avez vos dossiers, moi les miens.

— On peut dire cela. Que vouliez-vous ?

— L'opération *Lux tenebrae*. Il se trouve que j'ai été mêlé, la semaine dernière, à cette affaire. Ça ne vous dit rien ?

— Je ne connais pas.

— Je m'attendais à votre réponse. Je vous ai apporté un peu de documentation. Quelques photos d'hommes de vos services en mission du côté d'Avignon, leur plaque et leur numéro de portable, la copie d'un rapport d'une agence américaine sur l'implication de l'État dans cette histoire et le CV d'un gardien de musée. Ainsi que quelques photocopies d'un journal intime.

— Que voulez-vous que j'en fasse ?

— Les donner à qui bon vous semble. Avec ce message. L'Intérieur n'ira pas remuer votre merde. En échange, ne touchez pas un cheveu d'Antoine Marcas.

— Je ne connais pas ce monsieur.

Le frère obèse plissa ses lèvres, signe d'agacement.

— Vous ne connaissez pas beaucoup de choses, colonel. C'est ennuyeux pour le directeur du département K. J'espère que vous ferez bon usage de ces informations. Prévoyez cependant un budget floral pour les trente-cinq tombes du cimetière de Forcalquier. Ça doit passer en notes de frais.

Le militaire se leva en prenant soin de saisir l'enveloppe.

— Le message sera transmis. Vous avez évoqué un journal intime.

Le gros homme le regarda, goguenard.

— Le carnet de campagne d'un certain Scalèse, un militaire. L'un de mes contacts l'a retrouvé après l'incendie de sa maison de retraite. Si vous aimez l'Égypte et ses mystères, vous passerez un bon moment. Je ne pensais pas qu'un militaire puisse avoir autant d'imagination.

Pour la première fois, le colonel sourit.

— Vous seriez étonné… Nous avons l'esprit beaucoup plus ouvert que vous ne le croyez.

— Il est bien dommage d'avoir détruit votre belle installation égyptienne... Les applications métaphysiques et scientifiques de l'opération *Lux tenebrae* étaient prodigieuses.

— Il vaut peut-être mieux garder quelques mystères sur la destinée humaine. Les voies du Seigneur sont impénétrables...

— Une dernière question pour la grande muette... Le minerai rapporté d'Égypte, qui a servi à construire les piliers... C'est quoi ?

— De l'hefnium. Ça ne vous dira rien. Un élément naturel aux propriétés prodigieuses. Il dégage une énergie gigantesque. Nos chercheurs travaillent à des applications annexes.

— L'hefnium, jamais entendu parler... Encore une découverte très utile pour le bonheur de l'humanité, ironisa le frère obèse.

Le colonel se raidit. Le ton devint tranchant.

— Bonne journée, monsieur le directeur. Je doute que nous nous revoyions. Nous ne fréquentons pas les mêmes temples...

— Bonne journée, colonel. Que le grand architecte de l'Univers vous bénisse, grinça le frère obèse.

Le militaire tourna les talons et partit en direction de l'École militaire. Le frère obèse le regarda s'éloigner. Le message serait transmis. Entre professionnels, on se comprenait toujours. Pas comme ce foutu entêté de Marcas, incapable de transiger. Ce cher Antoine, il lui devait bien ce coup de main. Après tout, il lui avait sauvé la vie. Là-haut.

Épilogue

De nos jours

La berline électrique noire s'arrêta sans bruit contre le trottoir de la cour dallée du Louvre. Le chauffeur sortit du véhicule, ignora les klaxons et ouvrit la porte arrière. Le colonel, une fois descendu, observa la pyramide. Devant la paroi de verre, un groupe de trois artistes déguisés en squelettes exécutait une danse macabre. L'un d'entre eux lançait des os en l'air pendant que les deux autres mimaient les contorsions de l'agonie sous l'œil amusé des derniers touristes. Une petite pancarte était posée devant une soucoupe remplie de pièces de cuivre.

Tu es déjà mort et tu ne le sais pas.

Le militaire esquissa un sourire. La coïncidence après sa rencontre avec le directeur du Rucher était amusante. À plus d'un titre. Il se retourna vers le chauffeur.

— Revenez dans une heure.

— À vos ordres, mon colonel, répondit le sous-officier de service en inclinant la tête.

La voiture repartit en silence en direction de la Seine. Le colonel passa devant les squelettes en mouvement, déposa son obole et entra sous la pyramide. Deux vigiles en smoking noir vérifièrent son carton d'invitation avant de le laisser passer. En bas de l'escalator, une hôtesse le conduisit jusqu'à l'entrée de la galerie Richelieu. Les invités étaient déjà nombreux. Les hauts fonctionnaires du ministère de la Culture se mêlaient à une brochette de people dédicaçant leurs sourires aux flashs. De nouveau, il emprunta un escalator, présenta son invitation et se dirigea vers les antiquités égyptiennes. L'ambiance était déjà plus feutrée. Seuls quelques happy few profitaient des salles désertes. Le colonel reconnut deux égyptologues de renom en train de commenter le *Zodiaque de Dendera*. Plus loin, un journaliste s'était arrêté, fasciné, devant des momies animales : des ibis, des chats, jusqu'à un crocodile qui, débarrassé de ses bandelettes, semblait prêt à se réveiller. Au fond de l'allée des sarcophages, une forme voilée trônait, encadrée de deux vigiles. Un cordon aux couleurs de la France et de l'Égypte attendait le coup de ciseau de l'inauguration. Le colonel pivota en silence et se dirigea vers un couloir discret que les touristes prenaient rarement le temps d'emprunter. Là, tout le long du mur, se déroulait un long papyrus tapissé de hiéroglyphes.

Une femme au teint mat, les cheveux noir de jais tirés en arrière, était assise sur un banc. Elle regardait dans sa direction. Sans un mot, il s'assit à ses côtés. Elle tourna la tête. Ses yeux en amande se plissèrent.

— Comment s'est passée la rencontre avec le directeur du Rucher ?

— Bien. Un homme intéressant, il aurait fait une excellente recrue. C'est dommage de l'avoir laissé *revenir*.

La femme sourit.

— J'ai plutôt une préférence pour cet Antoine Marcas. Je l'aurais volontiers initié dans notre confrérie. Comme vous, il y a quelques années alors que vous n'étiez qu'un jeune capitaine...

— ...tombé au champ d'honneur, en Afrique, et déclaré mort clinique pendant deux heures à l'hôpital de Libreville.

— Et revenu à la vie après votre voyage... Vous avez été choisi. Vous êtes un passeur désormais. Vous pensez que votre homologue de l'Intérieur croit au *Grand Passage* ?

— Peut-être. Il m'a d'ailleurs transmis un dossier en sa possession. Les expériences, le temple, les cobayes. Le voyage dans le tunnel, l'au-delà et ses épreuves. De plus, c'est un franc-maçon. Il croit, comme Marcas, que les deux piliers forment un passage. Son dossier est presque complet.

Un brouhaha se répandit dans la grande salle. Le ministre venait d'arriver. Il allait prononcer le discours d'inauguration.

— Tout est dans le « presque ». Il lui manque la pièce finale. Le secret ultime. Mais pourrait-il seulement l'accepter ?

— ...*une œuvre exceptionnelle, miraculeusement sauvée d'un incendie...*

La voix du ministre était chaude, vibrante. De larges extraits de son discours seraient diffusés au journal de vingt heures.

— *L'ultime secret...* reprit le colonel. C'est tellement incroyable, que l'on ait menti à ce point. Je veux dire toutes les religions depuis la nuit des temps. (Il montra les papyrus au mur.) Elles racontent toutes la même histoire. Et le même mensonge.

— *...et je voudrais remercier Mlle al-Asroun d'avoir fait don au Louvre de cette sculpture remarquable...*

— Un pieux mensonge. Croire en un au-delà est la meilleure façon de rassurer, de donner des certitudes. L'être humain n'aime pas le doute.

— Moi-même, j'ai eu du mal à intégrer cette vérité. C'est tellement plus simple de croire que la vie et la mort sont deux états distincts. Le jour et la nuit. On naît, on vit, on meurt. Et après, choisis ton camp. Le croyant et le mystique exigent leur paradis, l'athée s'abandonne au grand vide.

— *...un des très rares bustes d'Akhenaton à l'esthétique bouleversante...*

— Deux illusions, dit doucement la femme.

— Alors que...

— Alors qu'au moment de notre naissance, nous ne faisons que mourir.

Un invité surgit, une flûte de champagne à la main, et jeta un œil aux canopes funéraires dans la vitrine. Aussitôt, son visage se figea. Il vida son verre et partit rejoindre le monde des vivants.

— Les humains... Regardez cet homme, il est persuadé que la mort est si lointaine, alors que toutes les nuits, elle le serre dans ses bras. Croyez-moi, mieux vaut qu'ils gardent leurs pâles certitudes.

— Pourquoi ne pas leur dire la vérité ?

— Pour les laisser dans l'illusion ! Que se passerait-il s'ils savaient qu'ils sont à la fois vivants et morts, depuis leur premier souffle ? Que la mort et la vie coexistent à chaque instant en eux ? Que dans leur sommeil, ils passent dans l'autre monde ? Qu'ils meurent chaque soir, qu'ils basculent dans le monde des ténèbres, celui des songes, un monde tout aussi réel que le leur, et renaissent chaque matin, après avoir bu l'eau du fleuve de l'oubli ? Ils perdraient la raison.

— *...ce pharaon génial qui fut un grand précurseur, l'inventeur du Dieu unique.*

La femme continua :

— Que ce qu'ils nomment la mort, avec crainte, n'est pas un passage vers une terre inconnue mais seulement un voyage vers un pays familier, un voyage sans billet de retour.

— Et pourtant nous les laissons vivre dans la terreur de mourir, de perdre à jamais ceux qu'ils aiment. De disparaître dans les ténèbres. La plus cruelle des illusions, insista le colonel.

Les yeux en amandes plongèrent dans les siens. Ses prunelles d'ébène étaient dilatées, laissant entrevoir des puits sombres et sans fin. Sa voix était une source vive. Elle caressa du doigt une cicatrice sur son avant-bras.

— Un jour, ils sauront.

Le militaire se leva. Les flashs crépitaient. Le ministre allait soulever le voile.

— Vous ne venez pas voir le buste ?

La Reine de la Nuit sourit.

— Je connais le visage de mon frère.

ANNEXES

L'Égypte antique,
entre fantasme ésotérique
et réalité historique

L'égyptomanie ésotérique, en France, est une passion qui dure. On en date la naissance en 1728, avec la publication d'un best-seller oublié, le *Sethos* de l'abbé Terrasson qui décrit, à l'intérieur des pyramides, un rite initiatique antique qui ressemble étrangement aux épreuves maçonniques. Depuis, Égypte et ésotérisme sont indissociablement liés : de Cagliostro qui crée les rites égyptiens de la franc-maçonnerie, en passant par le frère Mozart qui place son opéra initiatique, *La Flûte enchantée*, au cœur de l'Égypte, jusqu'au père de Balzac, autre initié, qui milite au XIXe siècle pour que l'on édifie une pyramide... en plein cœur du Louvre. Son vœu sera exaucé... par François Mitterrand.

L'Égypte, on le voit, est au cœur de bien des traditions hermétiques et autres rites maçonniques parmi les plus ésotériques, c'est dire s'il nous tardait d'ajouter notre pierre à cet édifice où l'imagination est souvent la Reine de la Nuit.

Depuis longtemps, nous nous interrogions sur la figure énigmatique d'Akhenaton, ce pharaon hérétique pour les uns, novateur pour les autres, et dont la réputation sulfureuse a toujours alimenté débats et spéculations. Les tout récents travaux, réalisés en février 2010, qui ont enfin prouvé la filiation entre Akhenaton et Toutankhamon, ont aussi révélé un tissu complexe de relations incestueuses entre les membres de la famille pharaonique.

Pourtant, quand nous avions décidé de donner une sœur au pharaon, nous ignorions encore que l'archéologie scientifique allait nous donner raison. En effet, suite à des tests ADN, il est désormais établi que la mère de Toutankhamon n'est pas la reine Néfertiti, mais une momie anonyme qui se révèle aussi être... la sœur d'Akhenaton. Quand la réalité rejoint la fiction.

Cette momie porte, dans les classements, le code administratif KV35. Nous avons préféré lui donner le nom, plus poétique à notre goût, d'Anémopi.

Écrire un récit qui se déroule à l'intérieur même de l'Égypte antique, plus de trois mille ans en arrière, implique fatalement des anachronismes et des adaptations, nécessaires à la compréhension de la narration. Nous en indiquerons trois exemples, sachant bien que nos lecteurs, dont la vigilance est sans égale, nous feront connaître ceux que nous aurions oubliés...

— Pour faciliter le repérage dans l'espace, les termes de nord, sud, est, ouest qui sont, bien sûr, modernes, ont été utilisés.

— Certains lieux géographiques sont donnés sous leur nom actuel, ainsi le Sinaï.

— Dans le dernier chapitre sur la momification, le cœur est ôté du corps de la princesse Anémopi. Cette pratique est exceptionnelle, mais néanmoins attestée. Dans ce cas, le cœur était remplacé par l'effigie symbolique d'un scarabée.

En revanche, l'usage de débris de momie comme bois de chauffage est connu et a perduré. Sans compter que, depuis le début du XIXe siècle, des fragments de momie ont été utilisés comme médicament. Un laboratoire pharmaceutique allemand en vendait jusqu'en 1950.

La découverte en 1920 du site antique de Deir el Medineh, au sud de Thèbes et à proximité de la nécropole royale, a jeté une lumière nouvelle sur les corporations à l'époque pharaonique. La fouille de plusieurs tombes a mis en évidence une confrérie d'artisans constructeurs, structurée, hiérarchisée. Dans certaines tombes ont été retrouvés, à trois mille ans de distance, des niveaux et… des équerres.

La région des turquoises est une réalité historique. On peut encore aujourd'hui visiter les mines qui datent de l'époque pharaonique ainsi qu'un immense temple en ruine, dédié à la déesse aux oreilles de vache, Hator. C'est dans cette région, austère et magnifique, qu'en essayant de copier maladroitement des hiéroglyphes égyptiens, d'anciens nomades devenus mineurs ont créé ce qui est devenu notre alphabet.

Le bourreau Hatti s'inscrit dans une tradition, commencée avec le jardinier du *Rituel de l'ombre* et le tourmenteur du *Frère de sang*, nous sommes certains qu'il fera honneur à cette lignée. Ce personnage est bien sûr totalement imaginaire.

Les expériences de mort imminente

Les explications données dans ce livre sont basées sur ce qui a été publié à ce jour sur le sujet. L'hôpital de Sarlat est bien pionnier en France, grâce à l'initiative du docteur Jean-Pierre Jourdan (directeur de l'IANDS, Association internationale d'étude pour les états proches de la mort) et sous la conduite du docteur Jean-Pierre Postel, chef du service d'anesthésie de l'hôpital. Cette expérience a fait l'objet d'un excellent documentaire, réalisé par Maylis Besserie et Christine Diger et diffusé sur *France Culture*, le 10 janvier 2010. Site de l'IANDS : http://www.iands-france.org.

Les recherches sur les NDE, ou EMI, datent de la fin des années 1960 mais l'origine du terme NDE, expérience de mort imminente, est, on le sait peu, d'origine française. On la doit à un professeur de philosophie de Nancy, Victor Egger, qui a enseigné à la fin du XIXe siècle et inventé l'expression dans l'un de ses ouvrages, *Le Moi des mourants*. La pionnière est sans conteste Élisabeth Kübler-Ross qui s'était spécialisée dans l'accompagnement psychologique des mourants. Cette femme a connu un parcours étonnant. Elle s'est occupée d'enfants rescapés des camps de concentration et a ouvert une brèche dans la communauté scientifique en prenant au sérieux et en analysant les témoignages de ces personnes. Kübler-Ross a été attaquée par les scientifiques et ses travaux ont suscité un engouement énorme dans les mouvements New Age aux États-Unis et en Europe. En 1975, le docteur Raymond Moody s'est lancé de façon beaucoup plus méthodique dans l'étude des NDE et a été suivi par d'autres chercheurs (Kenneth Ring, Bruce Grayson, etc.).

Une étude, conduite par Pim Van Lommel, a paru dans le *Lancet* en 2001. Avec *Nature*, c'est une des plus prestigieuses publications scientifiques reconnues, avec un comité de lecture au-dessus de tout soupçon. Sur 344 patients ayant fait un coma, un peu moins de 20 % auraient fait une expérience similaire à la nôtre. L'auteur, un médecin hollandais, penche pour une survie de la conscience après la mort. L'année suivante, *Nature* a publié une étude du département de neurologie de l'université de Genève (Olaf Blanke et autres chercheurs) montrant qu'en stimulant une zone précise du cerveau chez un patient épileptique, on pouvait provoquer chez lui des hallucinations dites autoscopiques, similaires pour partie aux descriptions de NDE. L'université de Southampton a enregistré un taux de NDE comparable à celui du *Lancet* sur 1 500 personnes victimes d'un arrêt cardiaque.

Pour aller plus loin, il existe quantité de livres sur le sujet. Nous vous proposons quelques pistes.

— *La Source noire*, de Patrice Van Eersel (Éd. Grasset et Le Livre de Poche). La première enquête parue en France, par un journaliste d'*Actuel* qui deviendra par la suite rédacteur en chef de *Nouvelles Clés*. Précis, enthousiaste, écrit dans un style vif, *La Source noire* est considérée comme l'ouvrage de référence en matière d'enquête sur les NDE. Elle sera suivie de *Réapprivoiser la mort* (Éd. Albin Michel).

— *La Vie après la vie*, Kenneth Ring.

— Le récit du journaliste et écrivain Philippe Labro qui a vécu une NDE et en parle avec une grande franchise dans *La Traversée* (Éd. Gallimard).

— Dans la catégorie roman, ne ratez pas l'étonnant *Les Thanathonautes*, de Bernard Werber (Éd. Albin Michel), un ami de la Ligue de l'imaginaire, qui décrit les périples dans l'au-delà de voyageurs de la mort, entrecoupés d'informations encyclopédiques sur la représentation de la mort sous toutes les latitudes et cultures. Et dans un genre très différent, *Le Serment des limbes*, un thriller de Jean-Christophe Grangé (Éd. Albin Michel), qui inverse le paradigme des NDE harmonieuses pour en faire des expériences négatives.

— Le cinéma s'est aussi emparé du sujet. Citons, *L'Expérience interdite* de Joël Schumacher et le très esthétisant *Au-delà de nos rêves* de Vincent Ward, avec Robin Williams. L'une de nos plus fidèles lectrices, Olivia L. (un amical salut de notre part !), nous a signalé l'existence en France de l'association INREES, Institut de recherche sur les expériences extraordinaires, qui a organisé des conférences très riches sur cette thématique (http://inrees.com).

— Il suffit de taper NDE ou EMI sur un moteur de recherche pour tomber sur une quantité impressionnante de sites et de séquences vidéo. Allez faire un saut sur *Youtube* ou *Dailymotion*, certains témoignages sont pour le moins étonnants.

Faites attention tout de même aux mouvements sectaires qui utilisent la curiosité du public à l'égard des NDE pour attirer de futurs adeptes.

Note : comme pour tous les personnages de ce récit, le professeur Labiana est imaginaire et l'hôpital de Carpentras ne recèle pas de morgue décorée à l'égyptienne. Le Rucher n'existe pas, hélas pour ceux qui voudraient fantasmer sur un réseau tentaculaire d'informations maçonniques ! En revanche, il a toujours existé des circuits d'information parallèles dans tous les ministères clés en France, et dans la plupart des pays.

Extraits du journal intime d'André Scalèse

5 novembre 1956

J'ai décidé de tenir mon journal de campagne. La vie est merveilleuse. Je vais enfin avoir de l'action. J'ai été détaché par la marine. Les paras de la 11ᵉ DB ont été largués à deux kilomètres au nord de Port Saïd avec pour objectif de sécuriser l'aéroport Al-Gamil. La résistance a été faible, les infrastructures de défense ont été bombardées depuis une semaine par notre aviation. L'aéroport a été pris en moins de deux heures. Les gardes égyptiens n'ont rien vu venir, une dizaine d'entre eux ont été abattus. Les pistes, la tour et les abords de l'aéroport sont sécurisés. Un pont aérien doit débuter demain à 06 h 00 GMT. L'opération s'est déroulée comme prévu, sans le moindre pépin. Ordre a été donné à notre compagnie de se tenir prête demain. Les Israéliens ont attaqué le 29 octobre par le Sinaï et sont arrivés en direction du canal de Suez. Il parait que Nasser a fait couler ses propres navires pour empêcher les navires alliés de passer.

6 novembre 1956
Le 40ᵉ bataillon des Royal Marines a débarqué sur les plages, appuyé par la marine française. Le pont aérien est opérationnel. Les batteries égyptiennes ont été

démantelées par nos vaisseaux. Les navires filent le long du canal. Nous sommes toujours cantonnés dans l'aéroport. Les gars trépignent, ils veulent partir au feu et filer vers Le Caire. Le lieutenant nous a expliqué qu'une autre mission nous a été assignée. Trois camions ont été mis à disposition avec des caisses et du matériel d'excavation. Il faut attendre un avion.

Un avion a atterri cet après-midi. Un Égyptien et deux civils français étaient dans l'appareil. Ils nous ont rejoints. Nous avons ordre de ne pas leur parler, sauf nécessité urgente. Notre compagnie a reçu le feu vert pour un départ immédiat. Direction sud-est, vers le Sinaï, en direction de lignes tenues par les Israéliens. Enfin de l'action ! L'opération a été baptisée : **Lux Tenebrae**. *Drôle de nom.*

Nous avons parcouru plus de trois cents kilomètres, en pleine chaleur. Le lieutenant s'est fait communiquer les positions des Égyptiens et des Israéliens. Nous jouons à cache-cache. On sait maintenant que notre mission n'est pas militaire. On sert d'escorte. Les gars de la compagnie râlent. L'Égyptien qui nous accompagne n'a pas décroché un mot, il se contente de donner les indications nécessaires. Le lieutenant nous a ordonné de ne pas lui parler et d'obéir aux ordres. Les deux civils français gardent le silence mais le caporal Muller a appris que c'était un ancien marchand qui avait fui l'Égypte avant l'arrivée de Nasser.

7 novembre 1956
Accrochage avec une unité de l'armée égyptienne. Ils ne se sont presque pas battus. Le lieutenant nous a

ordonné de les abattre. Les gars ont aligné les pauvres types et les ont exécutés. On est persuadés que c'est l'Égyptien qui a donné l'ordre au lieutenant. Ils se sont engueulés hier soir.

8 novembre 1956
Arrivée à proximité d'un vaste massif rocheux. Tout un pan de la falaise est effondré. Ils disent que c'est une ancienne mine. Le gouffre de la nuit, comme ils l'appellent ici. Nous sommes arrivés à 5 heures. L'Égyptien était surexcité, il a voulu commencer les fouilles tout de suite. On connaît son nom, al-Asroul.

9 novembre 1956
Réveil à 3 heures. Le lieutenant nous a réunis, l'opération de débarquement a été stoppée, il faut commencer les excavations dès maintenant.
Les gars sont exténués. La chaleur est atroce et les réserves en eau diminuent. Picard a été mordu par un serpent. Il faudrait l'emmener se faire soigner mais le prochain hôpital est à trois cents kilomètres.
Enterrement de Picard. Les hommes sont très nerveux. L'un d'entre eux aurait vu l'Égyptien faire des trucs bizarres sur sa tombe la nuit suivante. Il paraît que c'est un franc-maçon. Je sais pas trop ce que ça veut dire mais dans ma famille on les aime pas trop. C'est un genre de secte.
Il nous reste une journée maximum pour finir la mission et rejoindre les forces sur la mer Rouge. Putain de mission, je ne sais même pas pourquoi on est là.

J'ai de plus en plus mal à la tête. Ça a commencé ce matin. J'ai participé avec deux autres gars à l'ouverture d'une sorte de tombeau. On est entrés dans un tunnel puis ils nous ont demandé de faire sauter une pierre qui bloquait l'accès à une grande salle. J'ai enclenché le système de mise à feu. L'explosion a détruit une grande partie du tunnel.

L'Égyptien a ordonné au lieutenant de rester dehors. Il est rentré avec les deux civils. Ils sont restés une demi-heure à l'intérieur. Ils nous ont ensuite demandé d'apporter la caisse spéciale devant l'entrée et de dégager. Le lieutenant est de plus en plus nerveux. Presque toute la compagnie est ensuite allée charger des pierres récupérées dans le tombeau.

10 novembre 1956
Les hurlements m'ont réveillé. Les deux gardes en faction ont été retrouvés morts. Personne ne sait pourquoi. Des crises cardiaques, a dit l'un des civils. Ils nous prennent pour des cons. Le lieutenant a demandé qu'on double la garde autour de la caisse dans le camion. J'ai vu l'un des civils, l'archéologue, vomir du sang. Mon mal de tête ne passe pas, les deux copains sont dans le même état. L'Égyptien passe son temps à marmonner des prières dans une langue inconnue, c'est pas de l'arabe.

Départ pour la zone d'El Kedai, tenue par les Israéliens. Accrochage avec des Égyptiens mais rien à signaler. On est contents de repartir.

L'archéologue est mort ce matin, j'ai deux autres gars mal en point. Il paraît qu'al-Asroul était le grand maître d'une sorte de confrérie maçonnique égyptienne, Memphis. J'y comprends rien.

On a fait la jonction avec Tsahal. Les Israéliens nous ont mis en quarantaine. On serait porteurs d'une maladie attrapée dans le Sinaï. Nous sommes trois à *avoir survécu à l'expédition. Des médecins militaires français sont venus nous voir. Ils ont dit qu'ils s'occuperaient de nous et qu'on serait transférés en France.*

Je perds connaissance plusieurs fois par jour.

12 décembre 1956
On a été transférés en Métropole. Je suis dans un hôpital militaire près de Clamart. Je fais des hémorragies de plus en plus fortes. Je vomis tout le temps. J'ai perdu dix kilos. Mes copains sont en isolement. Je n'ai plus la force de tenir ce journal.

25 décembre 1956
Je ne sais pas comment raconter ce que j'ai vu. C'est merveilleux et atroce. Je reprends ce journal là où je l'avais arrêté. L'un des infirmiers m'a raconté ce qui m'était arrivé. J'ai fait une rupture d'anévrisme il y a trois semaines. J'ai été déclaré mort pendant quatre heures. Personne ne sait ce qui s'est passé mais je suis revenu à la vie. Pendant ce temps, je me suis vu mourir et j'ai fait des rêves étranges, si réels. J'ai été aspiré vers le haut. J'ai vu une femme magnifique, elle était brune. Elle avait l'air tellement triste.

17 mars 1957
J'ai accepté la mission. Je serai le premier à faire le grand voyage. Je suis impatient et j'ai peur. Mon dieu. Ayez pitié.

19 mars 1957
J'ai fait le voyage. Sur le trône des ténèbres. Maintenant je sais. Je suis mort et je suis vivant. C'est terrifiant.

16 septembre 1957
J'assure la formation des autres. Eux aussi ont été transformés par ce qu'ils ont vu. J'ai mal à la tête. Je commence à avoir des hallucinations. J'étais en permission, j'ai vu les gens autour de moi. J'ai vu des morts. Mais je suis mort moi aussi. Ils sont tous morts, ils ne le savent pas.

[Date effacée]
Ils m'ont transféré dans un établissement de repos. Il n'y a que des vieux. Je n'ai plus de force. Les autres aussi ont été transférés. On ne fait rien, ils nous donnent des cachets. On lit. Je me passionne pour l'amiral Nelson. Ils nous offrent les livres que l'on veut. Ça ne sert à rien de tenir ce journal. Je perds mes souvenirs un par un. J'ai mis trois jours à retrouver ce journal que j'avais planqué.

17 janvier 2010
Je retrouve mon vieux journal dans un carton. Je l'avais oublié. Je réalise que j'ai passé plus de cinquante ans dans cet endroit. Mon dieu, j'ai perdu ma vie. Les salauds. Les autres collègues meurent les uns après les autres. Mais je suis déjà mort. Je vais cacher ce journal pour qu'ils ne le trouvent pas.
J'attends la mort. La vraie.

Glossaire maçonnique

Accolade fraternelle : accolade rituelle discrète qui permet aux frères de se reconnaître.

Agapes : repas pris en commun après la *tenue*.

Atelier : réunion de francs-maçons en *loge*.

Attouchements : signes de reconnaissance manuels, variables selon les grades.

Cabinet de réflexion : lieu retiré et obscur, décoré d'éléments symboliques, où le candidat à l'initiation est invité à méditer.

Capitation : cotisation annuelle payée par chaque membre de la loge.

Chaîne d'union : rituel de commémoration effectué par les maçons à la fin d'une *tenue*.

Collège des officiers : ensemble des officiers élus de la loge.

Colonnes : situées à l'entrée du *temple*. Elles portent le nom de Jakin et Boaz. Les colonnes symbolisent aussi les deux travées, du *Nord* et du *Midi*, où sont assis les frères pendant la *tenue*.

Compas : avec l'*équerre*, correspond aux deux outils fondamentaux des francs-maçons.

Constitutions : datant du XVIIIe siècle, elles sont le livre de référence des francs-maçons.

Cordon : écharpe décorée portée en sautoir lors des *tenues*.

Cordonite : désir irrépressible de monter en grade maçonnique.

Couvreur : officier qui garde la porte du *temple* pendant la *tenue*.

Debbhir : nom hébreu de l'*Orient* dans le *temple*.

Delta lumineux : triangle orné d'un œil qui surplombe l'*Orient*.

Droit humain (DH) : obédience maçonnique française mixte. Environ 11 000 membres.

Épreuve de la terre : une des quatre épreuves, avec l'eau, le feu et l'air, dont le néophyte doit faire l'expérience pour réaliser son initiation.

Équerre : avec le *compas*, un des outils symboliques des francs-maçons.

Frère couvreur : frère, armé d'un glaive, qui garde la porte du *temple* et vérifie que les participants aux rituels sont bien des maçons.

Gants : toujours blancs et obligatoires en *tenue*.

Grades : au nombre de trois. Apprenti. Compagnon. Maître.

Grand Expert : officier qui procède aux rituels d'initiation et de passage de grade.

Grand Orient de France : première obédience maçonnique, adogmatique. Environ 46 000 membres.

Grande Loge de France : obédience maçonnique qui pratique principalement le Rite écossais.

Grande Loge féminine de France : obédience maçonnique féminine. Environ 11 000 membres.

Grande Loge nationale française : seule obédience maçonnique en France reconnue par la franc-maçonnerie anglo-américaine ; n'entretient pas de contacts officiels avec les autres obédiences françaises.

Haut Grade : après le grade de maître existent d'autres grades pratiqués dans les ateliers supérieurs, dits de perfection. Le Rite écossais, par exemple, comporte 33 grades.

Hekkal : partie centrale du *temple*.

Hiram : selon la légende, l'architecte qui a construit le Temple de Salomon. Assassiné par trois mauvais compagnons qui voulaient lui arracher ses secrets pour devenir maîtres. Ancêtre mythique de tous les francs-maçons.

Loge : lieu de réunion et de travail des francs-maçons pendant une *tenue*.

Loge sauvage : loge libre constituée par des maçons, souvent clandestine, et qui ne relève d'aucune obédience.

Loges rouges et noires : loges dites *ateliers supérieurs* où l'on confère les hauts degrés maçonniques.

Maître des cérémonies : officier qui dirige les déplacements rituels en *loge*.

Obédiences : fédérations de loges. Les plus importantes, en France, sont le GODF, la GLF, la GLNF, la GLFF et le Droit humain.

Occident : *ouest* de la *loge* où officient le *premier* et le *second surveillant* ainsi que le *couvreur*.

Officiers : maçons élus par les frères pour diriger l'*atelier*.

Orateur : un des deux officiers placés à l'*Orient*.

Ordre : signe symbolique d'appartenance à la maçonnerie qui ponctue le rituel d'une *tenue*.

Orient : *est* de la *loge*. Lieu symbolique où officient le *Vénérable*, l'*Orateur* et le *Secrétaire*.

Oulam : nom hébreu du *parvis*.

Parvis : lieu de réunion à l'entrée du *temple*.

Pavé mosaïque : rectangle en forme de damier placé au centre de la *loge*.

Planche : conférence présentée rituellement en *loge*.

Poignée maçonnique : poignée de reconnaissance rituelle que s'échangent deux frères.

Rite : rituel qui régit les travaux en *loge*. Les plus souvent pratiqués sont le Rite français et le Rite écossais.

Rite Pierre Dac : rituel maçonnique parodique, créé par l'humoriste et frère du même nom.

Rites égyptiens : rites maçonniques, fondés au XVIIIe siècle et développés au XIXe, qui s'inspirent de la tradition spirituelle égyptienne. Le plus pratiqué est celui de Memphis-Misraïm.

Salle humide : endroit séparé du *temple* où ont lieu les *agapes*.

Secrétaire : il consigne les événements de la *tenue* sur un *tracé*.

Signes de reconnaissance : signes visuels, tactiles ou langagiers qui permettent aux francs-maçons de se reconnaître entre eux.

Sulfure : simple presse-papier... maçonnique.

Surveillants : premier et second. Ils siègent à l'*Occident*. Chacun d'eux dirige une *colonne*, c'est-à-dire un groupe de maçons durant les travaux de l'*atelier*.

Tablier : porté autour de la taille. Il varie selon les *grades*.

Taxil (Léo) : écrivain du XIXe siècle, à l'imagination débridée, spécialisé dans les œuvres anti-maçonniques.

Temple : nom de la *loge* lors d'une *tenue*.

Tenue : réunion de l'atelier dans une *loge*.

Testament philosophique : écrit que le néophyte doit rédiger, dans le cabinet de réflexion, avant son initiation.

Tracé : compte rendu écrit d'une *tenue* par le *secrétaire*.

Tuileur : officier de la loge qui garde et contrôle l'entrée du *temple*.

Vénérable : maître maçon élu par ses pairs pour diriger l'*atelier*. Il est placé à l'*Orient*.

Voûte étoilée : plafond symbolique de la *loge*.

Remerciements

Merci à Alain-Jacques Lacot, organisateur de la conférence *La Fiction dans la construction de l'imaginaire maçonnique*, et à Pierre Lambicchi, Grand Maître du Grand Orient de France, qui s'est tenue au GO, le 23 janvier 2010. Nous avons pu, pour la première fois, évoquer la démarche qui sous-tend nos Marcas, devant un public nombreux, frères et profanes. Les temples étaient pleins. Un très bon moment en compagnie de Roger Dachez et d'Alain Bauer, clin d'œil au *Convent de sang* (Éd. Lattès).

Pour les accros aux récits ésotériques en BD, Éric vous conseille la remarquable série *L'Histoire secrète* (Éd. Delcourt), de Pécau, Kordey, O'Grady où l'on retrouve de multiples références qui parleront sûrement à nos lecteurs. Le tome 17, *Opération Kadesh*, donne une réinterprétation originale de la guerre éclair du canal de Suez.

Et bien sûr le blog *hiram.be*, de l'estimé Jiri Pragam, encore et toujours la meilleure source d'informations sur tout le web, en matière de maçonnerie.

Photocomposition Nord Compo
59650 Villeneuve-d'Ascq

*Achevé d'imprimer par N.I.I.A.G.
en juin 2011
pour le compte de France Loisirs, Paris*

N° d'éditeur : 64357
Dépôt légal : mars 2011

Imprimé en Italie